迷梦

苏剑卿 著

长江出版传媒　长江文艺出版社

图书在版编目（ＣＩＰ）数据

迷梦 / 苏剑卿著. -- 武汉 ：长江文艺出版社，
2019.11
　（湖北草根作家培养计划丛书）
　ISBN 978-7-5702-1176-0

　Ⅰ．①迷… Ⅱ．①苏… Ⅲ．①长篇小说－中国－当代
Ⅳ．①I247.5

中国版本图书馆 CIP 数据核字(2019)第 141678 号

责任编辑：梅若冰　邓　妙　　　　责任校对：毛　娟
封面设计：周　佳　　　　　　　　责任印制：邱　莉　杨　帆

出版：长江出版传媒｜长江文艺出版社
地址：武汉市雄楚大街 268 号　　　邮编：430070
发行：长江文艺出版社
http://www.cjlap.com
印刷：武汉立信邦和彩色印刷有限公司

开本：700 毫米×1020 毫米　　1/16　印张：23　插页：1 页
版次：2019 年 11 月第 1 版　　　　2019 年 11 月第 1 次印刷
字数：324 千字

定价：59.00 元

目　录

第一节

　　"我看见她了！"韩天坐在苏骁对面的沙发上，默默抽着烟，良久才重重吐出一口烟，静静对他说。

　　此刻苏骁正低头摆弄着手机，忽听韩天这么没头没脑地说话，连头也没抬便回问他："谁啊？"

　　"娜娜！"韩天的语气依旧平静。这是他做这么久刑警以来一贯的风格。

　　"谁？"苏骁只觉得心头一惊，手机滑落到了地上。终于将头抬起来，凝视着对面那三十岁出头的男人。

　　"你他妈没做梦吧？"苏骁似乎比韩天还要激动，忍不住爆出粗口。

　　"我确定是她！"韩天左手夹着烟屁股，上面的烟灰已经积得老长。

　　苏骁迟疑着，瞪大了眼直视着他。想从他的脸上找出一丝破绽，用以证明他在生理或者心理上存在着某种疾病。可是韩天双目依旧炯炯有神，看起来很健康。至少比苏骁这个长期熬夜的网虫要健康得多。

　　苏骁一时语塞，张着嘴却不知说些什么，过了许久才缓缓拾起地上的手机。手机握在手里，苏骁仿佛有了安全感，于是改用双手紧紧握住。盯着韩天看了许久，苏骁才稍稍平静地对他说："哥们儿，过去的事就别再想了！徒惹伤悲而已，你还年轻，何必如此执着呢！"

　　"不！"韩天霍地站起身来，烟屁股上的烟灰陡然全部掉落在地上，四溅开来，碎成一摊。他看了一眼地上的烟灰，面上露出一丝微笑，显得极其熟悉而亲切。

"我真的看见她了，千真万确！"韩天的语气里略微带着一丝抗议，像是对苏骁的质疑表示不满，尤其"千真万确"那四个字，抑扬顿挫、字正腔圆。

苏骁怔了许久，耳边似乎还萦绕着韩天最后那四个字——"千真万确"。那四个字仿佛钢印一般深深打在他的心上，竟使他有些不知所措。当苏骁猛然回过神时，韩天却已然不知去向。空空荡荡的客厅里只剩苏骁一人，显得有些寂寞。他忽然瞟到那团四散的烟灰，觉得这造型与他从前曾经见过的某些场景竟是那么相似。这些年来，每每想起那个时候，他总会不自觉地皱起眉头，直到眉间紧得发疼，注意力才会回转到现实。而此时此刻，韩天的话则让苏骁觉得自己连心都皱了起来……

苏骁只觉一阵心疼，手机再次落在地上。手机屏幕却很不合时宜地亮了起来，上面赫然显示着时间——2012 年 12 月 23 日 1 点 53 分。他脑子里一片混乱，眼前突然有些发黑，便使劲闭了闭眼，想要集中精神去做些什么。

这一招倒是颇为奏效，他清楚地记起了一年前的那个日子——一年前的今天，同样是在这个时间，娜娜从二十八层楼顶跳了下去。

正当苏骁努力回归现实的时候，韩天却不合时宜地从房里探出头。

"哥们儿，没烟了！"

临近午夜的街道，是酒鬼和货运司机的天下。整晚都在喝酒的人，整晚都在跑的车，在很多时候是一样的。两者一样落寞，一样自我。

"喝了咱的酒，上下通气不咳嗽；喝了咱的酒，滋阴壮阳嘴不臭；喝了咱的酒，一人敢走青刹口；喝了咱的酒，见了皇帝不磕头……"

一个酒鬼，摇摇晃晃，向他们这边走过来，一边走一边大声唱着歌。在路灯下，他的影子由长变短、由短变长。

苏骁摇摇头，用胳膊肘撞了撞身边的韩天，对酒鬼努了努嘴。

韩天看着酒鬼笑道："你别鄙视人家，你当初差不多也这德行！"

苏骁本想反驳。可他一想起多年来自己的所作所为，倒也无所谓了。苏骁将外套使劲儿裹了裹，喃喃地抱怨着："这大冷天的，买包烟还得两个大男人一块儿……"

苏骁话没说完，马路那边传来刺耳的急刹车声，随后一声闷响重重敲击着人的心房。

苏骁定睛看时，韩天已经撒腿奔向那边。苏骁忙跟过去，那惨烈的画面通过视网膜透射到脑中，使他下意识地吐出几个字："我的天啊！"

"我的天啊！"肇事的货车司机从驾驶舱跳下来，看到眼前的景象也发出了同样的惊呼。

只见沾满灰土的重型大卡车轮下浸染着一摊血迹。酒鬼的身子自脖子以下从车轮底下延伸出来，在昏黄的路灯之下叫人头皮发麻。

"这……这……这……"货车司机双手抱着头，呆呆看着车轮下的血迹说不出话来。

"别着急！"一直在旁边不言语的韩天忽然蹲到酒鬼的身边，细细查看着。

货车司机压根儿听不进韩天说什么，仍是歇斯底里地动着嘴却不知说着什么。

韩天对苏骁挥了挥手，示意他将司机带到一旁去。苏骁只得快快地遵命。那货车司机显然是激动得到了崩溃的边缘，任由他随意引导。

过不多时，韩天走过来，一人递过一支烟。苏骁接过烟，自己点燃。货车司机已由刚才的激动变为木讷，机械地接过烟而后任由苏骁为他点燃。

"放心吧，"韩天清了清嗓子说，"我看过了，现场迹象表明，死者是自己违规翻越护栏不慎摔倒，导致被撞死。初步来看，责任不在你。"韩天又吸了口烟，缓缓吐出来，接着说："我已通知交警大队的同事过来处理事故。你不用太着急！"

也不知货车司机听没听进韩天说的话，仍是不知所措地颤抖地抽着烟。香烟的烟气从他嘴里吐出来都变作一截一截，毫无连续性，仿佛人即将咽气。

"你放心吧！"苏骁一把拍在货车司机的肩膀上说："我哥他是刑警，他说没事儿就肯定不会有事儿！"

货车司机显然是无心对答，被苏骁一拍之下抽了半截的烟掉在地上。苏骁不禁一怔，还未反应过来时，却见货车司机弯腰捡起那半截香烟复又放回嘴里，对周遭状况似乎全然不觉。苏骁看着他的样子不禁连连摇头……

第二节

清晨，街市依旧太平，阳光仍然灿烂。

苏骁以一副无业游民的德行，赖着上了韩天的车。出于对音乐的痴迷，大学时的苏骁因同一群"狐朋狗友"投身于所谓的音乐事业而辍学。他的父母一气之下将他从家里赶出去。那时的苏骁年轻气盛，立即响应了父母的管教，背着一个单肩包出门自食其力。

那段艰苦奋斗的日子痛并快乐着。由于大学肄业，苏骁除了弹琴唱歌外一无所知，为此他失去了很多，譬如女友欧阳檬。最初苏骁只能靠跟着朋友的乐队在酒吧驻唱挣点生活费，后来情况才慢慢有所好转，经朋友介绍在一家琴行客串吉他教师。尽管收入不高，生活却高潮迭起。为了节省生活开支，苏骁就近住到了表哥韩天家里。

作为表哥，多数时候韩天都会让着苏骁。任由苏骁在他的生活里进进出出。或许也正因为如此，苏骁见证了他不少事情，例如娜娜。

韩天开着车，对于昨晚的事只字不提。苏骁也只好默不作声，却又忍不住不停地朝他张望。

"我早上没刮胡子还是没洗脸？"刑警的洞察力向来敏锐。

"噢……不……我只是想看看那边有没卖豆腐脑儿的……"

"你不是才吃过吗？"的确，在韩天的见证下，苏骁吃下了一碗面、两个鸡蛋、三个小笼包以及一大碗稀饭，"你好像说要减肥来着！"

"你记得昨晚说的话吗？"一直以来，苏骁对娜娜的事关心多过好奇。而像昨晚那样韩天自投罗网的情况更是少之又少。苏骁当然不会轻易放弃这么易于八卦的机会。

韩天静静开着车，仿佛没听到苏骁说话，又好像在沉思。穿过一条街，他才缓缓问："你是说那个货车司机吗？"

很显然，这不是苏骁所满意的答案。苏骁懒得再同韩天对答，将头扭向别处。窗外熙熙攘攘的人群中，人们忙于踩着彼此的影子赶路。而在这川流不息的人潮中，悠然自得的人则显得分外抢眼。

"快看！那个牵着狗的美女！"苏骁仿佛发现猎物的狼，也顾不得韩天正在开车，狠狠拽着他的衣服。

韩天默默地扫视了一眼，又回过头去盯着前方，嘴唇动了动却没说话。

"是不是小小心动了一把？"苏骁不禁咧着嘴笑。

"你牙齿上有根葱……"冷不丁地，韩天冒出这么一句。

"你……"苏骁对着后视镜看了许久，却陡然瞥见那女孩的视线一直跟着他们。只见温柔的阳光里，军绿色的短风衣随风轻摆，披肩长发浸染着太阳的味道，身边的大狼狗乖乖地蹲坐着。女孩时不时伸手去抚摸它的脑袋，眼神却始终没离开韩天的车。

"人家这样盯着咱们的车看！这车不会是你偷来的吧？"苏骁一边回头看一边拍着韩天问。

"干什么！"韩天忽然一甩盘子，一辆富康疾驰而过。韩天皱着眉头骂着，仿佛是在骂那个富康司机，又仿佛冲苏骁发火儿。苏骁只得缩在副驾驶座上大气儿不敢喘。一转眼的工夫，牵着狗的女孩已消失在了后视镜中。

"她叫孟恬，是社区服务站的志愿者。"韩天忽然开口，苏骁立时有种受宠若惊的感觉。

"原来你们认识！"苏骁恍然大悟，却又突然灵机一动，"莫非……你们……

你们……"正当他脑洞大开、浮想联翩的时候，韩天忽然靠边停下车。

韩天匆匆下车，苏骁转过脸去，却见前方一栋老旧的居民楼下摆满花圈，门道两侧站满了披麻戴孝的人。

"喂，警察连城管的事儿也要管吗？"苏骁一边口无遮拦地问着一边下了车。走近前去，却见三个穿着时尚的年轻人押着一名中年男子跪在地上。男子面前，一名哭哭啼啼的老妇人席地而坐，一边哭一边指着男子喝骂。

"怎么是他！"苏骁不禁一愣。若非此刻亲眼所见，他还以为昨晚发生的一切都只是在梦里。

"把人脑袋轧成那样，说一句对不起就完事了？"随着慢慢靠近，苏骁渐渐听清他们的对答。而那跪在地上的人似乎一直在说"对不起"三个字。

"把他放开！我是警察！"韩天脚步快，走到那群人之间亮出警官证。

"警察怎么了！"一个金发长毛戴着墨镜的黑衣男子一脸不屑地凑过来，理直气壮地嚷道："撞死人难道不该偿命吗！"

"就是！"其余人纷纷起哄。

韩天指着黑衣男子义正词严地说："交警鉴定，这位货车司机师傅既没超速也没酒驾。死者完全是因为喝醉酒随意翻越交通护栏导致的死亡，跟他一点关系都没有。"

"你胡说！"一直坐在地上的老妇人忽然站起身冲着韩天一阵乱抓。饶是韩天反应机敏，也被老妇人胡乱挥舞的手在脸上留下了一道殷红的爪印。

"就这么把我们家熊三活活轧死了还一分钱都不赔，这世上还有没有王法了！"大概是发现自己抓伤了警察，老妇人气势稍稍弱了几分，声音低了下来。

韩天捂着脸，冷冷看着眼前这群人，又回头看了看仍然跪在地上的货车司机，缓缓掏出手机，拨出一个号码。韩天一边侧目盯着老妇人一边对着电话里大声说："总部，我在 H 大街遭到袭击，请求支援！"说着，又扫视了一圈在场之人，而后说："天底下，总有一个地方是讲王法的，比如公安局！"

韩天一字一句，声音极具威慑力。老妇人本就在交锋之初败下一阵挫了锐气，如今又听到韩天打电话找增援，立刻底气全无。一双小脚匆匆踱到那名黑衣男子身边，踮起脚尖耳语了几句。

那男子看了看老妇人，又看了看韩天，终于对众人一摆手说："我们走！"说着，又指着韩天恶狠狠地说："算你狠！"

就这样，一行人这才大摇大摆地留下满地狼藉匆匆离去。那老妇人跟在最后，不紧不慢。

"真有你的！"苏骁见他们走远了，才凑上去一拍韩天的肩膀说："一个电话就能招来一队人马！太厉害了！"

韩天重重吐出一口气，无奈地将手机在苏骁面前晃了晃说："装装样子而已，根本没拨出去！"

苏骁愕然。

第三节

　　韩天并不理会苏骁的各种情绪，转身将货车司机扶起来问："师傅，没伤着你吧？"

　　此刻的货车司机，比起昨晚来似乎要镇定得多。想来一夜之间所经历的事，足以令人成长。

　　不等他搭话，居民楼门洞里奔出一个女人，一边跑一边喊着"老公"。韩天与苏骁不约而同地望去，只见来者不过二十五六的年纪，齐耳的短发略有些凌乱。她身披一件薄外套，难以罩住娇小却傲人的身材。

　　"慧儿，别怕，没事了！"货车司机将来者紧紧抱住，而那女人却在眼里闪起了泪花，仿佛刚刚历经了生离死别。

　　"唔……"韩天清了清嗓子，走上前去说："师傅，没记错的话，您叫张心武对吧？这是您爱人？"

　　司机点点头，轻轻说："这是我老婆叶星慧。警官，这前前后后的，都不知该怎么感谢你！"

　　"张师傅，您也别客气，这些都是我们做警察的应尽的义务。"韩天说话倒更为客气，"没什么事儿我先走了，今后如果那群混混再来找麻烦，就打电话给110。这事谁也不愿意发生。但公道自在人心，您不必太在意！"

　　张心武夫妻听了韩天的话不住地点头，俨然已将他当作了救命恩人……

苏骁赶到琴行时，已经有些迟。

"小苏老师，你好！"见苏骁走进教室，新来的女孩子就自报家门，"我叫孙晓钰……"

"好漂亮的小姑娘！"苏骁不禁倒吸一口气，一边在心里惊呼一边呆呆愣在那里。

"小苏老师？小苏老师？"见苏骁看着自己发呆，孙晓钰倒也淡定，不住地呼唤着苏骁，还用手在苏骁眼睛前晃了晃，"小苏老师你没事吧？"

"你好……"苏骁被她这一晃，才将魂儿找回来，缓缓坐下。又停了许久，似乎是感觉到孙晓钰的眼神有些异样，他才吞吞吐吐地回答："叫我苏老师就可以了，下次可以不把我喊成'小'字辈儿的嘛！"

对方"噗嗤"一声笑了出来，苏骁的心这才彻彻底底回到课堂上来。虽然苏骁平时有些自恋，但从来就不是一个善于搞笑的人，他玩音乐的时候显得激情澎湃，骨子里却还是个老老实实的大男孩。

"之前接触过别的器乐或声乐吗？"坐定，苏骁立时板起脸来，摆出一副老师的严肃样子。

"唔……钢琴十级，"看来孙晓钰很自信，想都不想就回答，"没过……"

苏骁正喝着水，小姑娘这一大喘气儿差点把他呛得往死里咳。他咳了多久，孙晓钰就笑了多久。

果然像孙晓钰自己说的，她对音乐的理解能力很强，课程进度也快。以至于苏骁同她有充足的时间无话不聊。看着孙晓钰练琴时专注的神态和聊天时天真的表情，苏骁忽然产生了异样的感觉，仿佛坐在他面前的是另一个人，她的名字叫欧阳檬……

那一年，苏骁刚进大学，作为社团的骨干被选为学校吉他培训班老师。

"苏老师，我们怎么开始呢？"面对着同自己年龄相仿的学生，苏骁竟有些紧张，被同学们一问反倒说不出话来，只得眼睁睁地看着少男少女们笑着闹着。

"冷暖哪可休，回头多少个秋……"苏骁索性坐到前排桌上，拨动琴弦自弹自唱：

"一生何求，常判决放弃与拥有。

耗尽我这一生，触不到已抛开。

一生何求，迷惘里永远看不透。

没料到我所失的，竟已是我的所有……"

台下逐渐安静下来，几十双眼睛向苏骁投去艳羡的目光。时不时有人窃窃私语，低声议论着这个新入校的大男孩。

一曲唱罢，掌声热烈而持久。苏骁终于有勇气站回到讲台上，开始他的第一堂吉他课。

尽管缺乏经验，苏骁却从来不缺激情。面对这样一群朝气蓬勃的年轻人，他很快就进入角色，眉飞色舞地为同学们讲述着。很快，他注意到坐在第一排一名穿着红裙子的女生，她的神情是那么专注，笑起来又是那么天真。然而当所有人喧闹起来的时候，她又像独处在另一个空间。

"美女，你叫什么名字？"同大家打成一片以后，苏骁很快就把全部注意力转到第一排的红裙子女生身上。

"老师，我叫欧阳檬。"这位自称欧阳檬的女生仰起头，眼神如同湖水一般清澈，冲苏骁调皮地笑着。

"拜托美女，别把我叫老了好吗！"苏骁略带抗议地看着欧阳檬，心中却无比受用。

"好吧好吧！"她嘟起嘴快快说道，"那我该怎么称呼你？阿苏，苏苏？还是……"一时间欧阳檬脑洞大开，给苏骁新增了无数昵称。

"索性，大家都叫我小苏吧！"苏骁抬起头，充满自信地说，眼神却忍不住不停地瞟向欧阳檬……

"亲爱的！"苏骁一边回忆一边喃喃自语着，"后来你一直这么叫我的！"

"你说什么啊？"孙晓钰被苏骁的神态弄得莫名其妙，脸色微微泛着红晕打断他问："苏老师，你怎么了？"

苏骁不禁有些尴尬，将对欧阳檬放肆的思念稍稍收敛了些，看着孙晓钰持琴的手称赞道："到底有弹钢琴的底子，很好很好！"

小姑娘特别单纯，似乎根本分辨不清苏骁的赞扬究竟发自真心还是纯粹敷衍，只是得意洋洋地一边看着他一边更加认真地拨动着琴弦。从她那里，苏骁似乎又看到了欧阳檬那充满爱意的眼神……

欧阳檬是苏骁大学时的女朋友——在他短暂的大学生活中，最刻骨铭心的那一个。当时，苏骁万万不曾想到自己会走上今天这样的路。他原以为自己会和欧阳檬一起毕业，一起工作，甚至于一起走到最后。很可惜的是，一切都超出了苏骁的预计。

"喂，看见漂亮姑娘就把持不住了？"上完课，苏骁送孙晓钰出门，忽然感觉背后有人拍他，瞬间便将他的思绪拉回到现实世界。苏骁回头看是琴行老板，不禁尴尬地笑了笑，一时不知该如何回应。

"不管你怎么想，有些话我还是得跟你说清楚。"老板收起一贯以来的嘻嘻哈哈，略有些严肃地说："你上我这儿是来工作的，希望你能把态度放明确些。作为一个带教老师，切忌和自己的学生发生感情纠葛，尤其是这些……"老板朝已然走远的孙晓钰努了努嘴，"这些自己都不知道自己想要什么的年轻学生。"

"对哦，原来我和阿檬还是师生恋……"苏骁恍然觉悟过来，喃喃道。

"你说什么？"老板没听清苏骁的言语，也不去追究。末了，才语重心长地说："今天我只是提醒一下你，没有别的意思，你别太往心里去。"说着，拍了拍苏骁的肩膀……

苏骁回到家的时候，韩天正窝在沙发里抽着烟。

"这么早回来，也不说把饭做好，饿死本宝宝了！"苏骁捂着肚子发着牢骚。

韩天白了他一眼说："你那么大块头，饿一两顿没坏处！"

"你干吗呢？"苏骁早已习惯了韩天的冷嘲热讽，凑过去时，却看到茶几上放着一份《刑事案件调查记录》。被翻开的那页密密麻麻地写满字，唯独"张心武"三个字分外醒目。

"这年头同名同姓的还真多，"苏骁一边拿起那份文件一边说，"我大学有个同学也叫张心武。当然那个张心武不是这个张心武。"说着将手上的文件扬了扬。

"可这个张心武却是那个张心武！"韩天将烟在烟灰缸里掐灭，重重吐出一口气，然后说。

"哪个跟哪个？什么乱七八糟的！"那密密麻麻的手写字看起来分外吃力，苏骁索性将它丢回茶几上，却似乎忽然想起什么似的，一本正经地说："我在路上看见那个张心武了！"

原来，苏骁下了班，信步走回家。一路上哪家小店新开张，又或是哪家店铺终于关门了，都是他所关注的对象。

那天他在路上走着，"只要不再去想她就好！"苏骁默默地对自己说。可是话刚说完，"欧阳檬"三个字却又在脑海里浮现。苏骁不禁狠狠地拍了拍脑袋骂道："没出息的东西！"

"没出息的东西！"街那头，忽然传来一个男人的声音，"你放开我！"

"谁没出息！"苏骁第一反应就是有人骂他，定睛看去，前面正拉拉扯扯的两人他认识。正是那天晚上驾驶货车撞死小混混的货车司机张心武同他的妻子叶星慧。

此刻，叶星慧正拉着张心武的手，那样子似乎想要拉住他，不让他上什么地方去。而张心武却像头倔驴似的一边蛮横地往前走一边不住地喝骂，似乎下定决心要去找什么人拼命。

"哎呀？上午还跟老鼠见了猫似的唯唯诺诺，这会儿教训起老婆来可是一套一套的！"苏骁暗想，"这可真是……"

苏骁正想着，他二人离得近了，却似乎并未看到苏骁，仍是一个在前一个在后，一个欲走一个还留。

苏骁这才有机会细细打量这二人。张心武个子不高，看起来不到四十岁的样子，一头短发显得十分干练。而叶星慧则是典型的娇小可人型的女子，一身短牛仔装扮将前凸后翘的身材衬得更为出众。

"你给我站住！"叶星慧忽然将张心武使劲一拉，二人定在苏骁身旁。

张心武却忽然回身，狠狠甩出一巴掌，将叶星慧打了个趔趄。

"你……"叶星慧登时一愣，随即满脸委屈地看着张心武，眼泪犹如溃堤的江水瞬间夺眶而出，"这么多年，这是你第一次打我……"

苏骁在一旁看着，几欲上前劝解。当张心武伸手打叶星慧的时候，他已经完全失去耐心。可他刚移动脚步，张心武却一把抱住叶星慧，用颤抖的声音低声说："对不起！慧，我再也不希望你受到那帮混蛋的伤害……"

就当两人上演大逆转的时候，围观的人渐渐多起来。似乎人们都很乐意将其他人的爱恨情仇当作一场闹剧来观摩，从中汲取一点点可遇而不可求的快乐。

"我们回家！"张心武忽然警觉地四下里望了望，随后便拉着叶星慧匆匆挤出人群，头也不回……

"真是世事难料啊！"待苏骁说完，韩天忽然叹出一口气说："这个张心武居然有过失杀人的案底。"

"什么！"苏骁一惊，刚才在街上时就隐约感觉张心武的眼神中透着些难以捉摸的味道。如今前前后后联系在一起回味起来，张心武眼中透着的正是一股浓浓的杀意。

苏骁不禁倒吸一口冷气，"可那天晚上……那小混混熊三的死分明就是一场意外！"

"有些意外是可以伪造的！"韩天沉思良久，"有时候惯性思维会让我们相信眼睛看到的一切，却忽视背后的真相……"

"那么，"苏骁忽然打断韩天，"我的侦探大哥，你打算如何去揭示背后的真相呢？"

韩天并不急着回答。他抬头看了看钟，又对了对手表的时间，这才对苏骁说："肚子饿了吧？我带你去吃顿好的！"

韩天领着苏骁径直来到一处火锅城。正是吃完饭的时候，呼喊声、笑骂声、呵斥声，声声入耳，在苏骁听来只化作一个字——饿……

苏骁跟着韩天走近一个包间，站在门口就听见房间里各种嘈杂的声音交织成一片。韩天一推门，房间立刻静了下来。

苏骁跟着走进去，只见一桌子黄头发、绿头发、紫头发，大家呆呆地望着韩天，纷纷僵在那里。

"唷，这不是韩警官吗！什么风把您给吹来了？"上座的那人，看起来倒还正常，左手夹着烟，右手正从锅里捞起一块儿涮羊肉悬在空中。

韩天让服务员在上座旁边加了两张椅子，这时一名染着金黄色头发的长发男子忽然站起身来说："警察了不起啊，随便过来混吃混喝……"他还想说，却被上座的男子挥手止住。

苏骁此刻已经认出这群人。他们分明就是白天上张心武家找麻烦的那群混混。

"我知道强哥这个时候肯定跟兄弟们在这儿吃火锅乐呵乐呵，特地过来看看大家！"韩天拿着酒杯，一位小弟给他斟满酒。刚才那长毛仍在怂怂地说："要打包盒吗？"

"老二！"这位被称作强哥的老大忽然怒喝道，"少他妈废话！"

包间里气氛顿时紧张起来。韩天却已举起了酒杯对强哥说："强哥向来豪爽，小弟从来都是很钦佩的。今天贸然过来，多有打扰，所以陪强哥喝一杯。喝完之后我只问三件事，问完即刻走人！"

强哥缓缓举起酒杯，仿佛心中藏着许多事，此刻正一件一件地撇开来找出能与韩天对上号的事件。最终，他才一字一句地说："我知道今天韩警官被我们的人伤了，瞧，还破相了！"说着，一仰头将一杯白酒干了个底儿朝天，"所以我也替我的人向韩警官赔不是。说起来熊三也是可怜，飞来这么一场横祸，家里就剩那么个老母亲。她情绪有些失控也是在所难免，韩警官你大人不计小人过，别去跟人家乡下老妇人一般见识！"

韩天似乎没在听这位强哥说些什么，一口气干了杯中酒，而后问："强哥以前是不是认识张心武？"

韩天的问题似乎勾起了强哥不少回忆，只见他握着筷子去夹菜，手却始终悬在火锅上方，直到旁边有人推了推他，才缓过神来。

"强哥你以前认识张心武吗？"韩天又重复了一遍。

第五节

"不、不认识！"强哥摇了摇头，专心地将筷子伸进锅里夹起一块牛百叶，放进韩天的碗里，"韩警官，吃菜！"

"谢谢！"韩天显得相当淡定，似乎早已料到强哥会这么回答，而后他接着问："强哥是否知道张心武曾经杀过人？"

"喔？是吗？"强哥一边将一块肉送进嘴里，一边装出惊讶的样子。奈何演技实在太差，苏骁在一旁看着暗自发笑。

"既然这样……"韩天忽然站起身。强哥见状也起身相陪，却听韩天接着问："强哥是否认识张心武的老婆——叶星慧？"

强哥一愣，似乎叶星慧这个名字具有足够的震撼力，让他情难自控。最终，强哥却斩钉截铁地回答："不认识！"

"那我也就不打扰了！"韩天从椅子前走出来。苏骁见状，忙放下筷子匆匆打了个嗝，跟着韩天一道走出包间。

"我还没吃饱呢！"苏骁一边走一边摸着肚皮抗议。他忽然觉得这家火锅店的东西还挺好吃，想起那嫩嫩的涮羊肉，脆脆的牛百叶，苏骁不禁舔了舔嘴。

"你心态真好！"韩天笑着说，"刚才那种情况，一言不合他们就能把咱俩给剁了，你居然还吃得那么香！"

"什么！"苏骁一想起影视节目里，那些黑社会火拼的场景不禁心里发怵，

"他们就是传说中的黑社会吗？"

这位强哥，原名郑辉强，在本地经营一家商贸公司，私下里干着放高利贷的勾当。那晚被张心武撞死的熊三就是郑辉强手下最得力的干将之一。

"事到如今，事情反倒变得复杂了！"韩天挠着头说，"依我看，张心武与郑辉强之间的矛盾，或许集中在叶星慧身上！"

"那还不容易吗？"苏骁拉着韩天便走，不出半个钟头就来到张心武家。

"上去吗？"走到楼梯口，苏骁却犹豫了。

"为什么不上去？"韩天将苏骁往旁边一拨，率先走了进去。

这个时候张心武一家刚吃完晚饭，见到韩天、苏骁来到，分外热情。张心武进进出出地忙着倒茶水，叶星慧里里外外地忙着切水果，只留下张心武年迈的老母亲陪两人闲坐着看电视。

"什么风把韩警官给吹来了！"张心武夫妻坐定，张心武满脸堆笑地问。对他来说，韩天就是救命恩人。可是韩天不近人情的问话却令他们一家再也笑不起来。

"韩警官把这些陈年往事翻出来，是怀疑我设局杀死熊三吗？"张心武显然有些不高兴，鉴于韩天之前的帮助，才勉强没有发火。

叶星慧也察觉到张心武情绪的变化，于是轻轻将张心武老母亲扶回房，转回客厅时坐到了张心武身边，五指交叉地握紧张心武的手，一副极为紧张的样子。

"你先别激动，"韩天的目光从张心武脸上流向叶星慧，最后又回到张心武，"我可没有那个意思！"

"那你想知道什么？"张心武依旧显得有些焦虑，随手拿出香烟，叶星慧很乖巧地给他点上。

"说说当年你错手杀人的那段吧，资料记载得不是很详细。"韩天接过张心武递过来的烟，自己点上。

张心武猛吸了一口烟，吐出的烟圈不断扩张，最后悬在张心武头顶，竟像是天使的光环。最终，他重重叹出一口气，眼神似乎有些绝望。此时韩天注意到，叶星慧握着张心武的手越发的紧了。

"三年前，我们还没结婚！"张心武伸出另一只手，用两只手牢牢握住叶星慧的手，"三年来，我常常会在半夜惊醒。要不是有慧慧的照顾，我都不知道这几年该怎么挺过来。"

"可你最近又得吃药才能好好睡觉了！"叶星慧关切地说，眼神丝毫不愿离开张心武。

"咳咳咳……咳咳咳……"房间里忽然传出一阵剧烈的咳嗽声，打断了夫妻俩的缠绵。

"妈又犯病了。"张心武回头看着里屋房门，眉头皱成了"川"字。

"我去看看！"叶星慧乖巧地拍了拍张心武的手，欠身对韩天等人笑着说："你们聊，我失陪会儿。"

韩天目送着叶星慧走进里屋，而后看着张心武，示意他可以继续说。可张心武却仿佛在神游太虚，眼光始终注视着紧闭的房门。苏骁有些耐不住性子，正想要出声打断他的神游，张心武却陡然回过头说："那时候慧慧在酒吧做服务员，下班总是很晚。而我还没去开货车跑运输，晚上都会去接她下班送她回家。偏巧那天我一发小结婚，哥儿几个喝酒喝得晚了，我赶到酒吧的时候慧慧已经不在了。我沿路找过去，在一条偏僻的小巷子里找到她，被一个男人压在身下。幸亏我去得及时，不然……"

"那后来呢？"苏骁似乎在听故事，饶有兴味地催促着。

"当时本来就喝得高了，看到这情况更是脑子一蒙，随手抄起路边一块板砖就拍到那男的后脑上。"张心武说到这里的时候，身子微微有些颤抖，那段回忆仿佛是一个无法愈合的伤口，触之即痛。

"你就这么把人拍死了？"苏骁并未注意到张心武的细微变化，只是自顾自地探究，仿佛把整件事当作一种娱乐。

"有时候真的很后悔当时没下手重一点……"张心武的言语间透着一种

落寞，眼神里闪烁着一丝愤恨。他的目光忽然扫向苏骁时，苏骁禁不住打了一个哆嗦。"虽然头上挨了一下，对他来说却好像根本不算什么。他起身就冲我扑了过来，我们扭打在一块儿。也许是我走运，地上正好有一堆废弃的建筑垃圾，在我们扭打的过程中，几根钢钉插进了他的后脑勺。如果不是这样，恐怕死的人会是我！"说着，张心武伸手指了指自己眼角。

韩天、苏骁跟着他的手指望去，张心武眼角边果然隐隐有一道半寸来长的疤痕。

"你也真是命大啊！"苏骁听完张心武的描述，不禁感慨，"这么看来，那个男人的死也是……"

"你认识这个男人吗？"韩天生硬地打断苏骁向张心武发问。

张心武摇摇头，一脸无辜的样子。

"那你认识辉强商贸的强哥吗？"韩天接着发问，根本不给对方片刻喘息的余地。

第六节

"我……"张心武一脸茫然地正要答话，里屋却传来打碎玻璃的声音，而后一阵夹杂着剧烈咳嗽声的浓重乡音在里屋抢白："我没病，吃什么药！你巴不得我早点病死是不是！我偏不让你如愿……"

老太太在里屋的独白让韩天同苏骁两人面面相觑，张心武只得尴尬地朝两人笑笑说："不好意思失陪会儿，我去看看。"

韩天忙起身说："我们也该走了，打扰你们这么久实在不好意思！"说着，很识趣地拉着苏骁从张心武家中退了出来。

外面的世界灯红酒绿，显得格外开阔。苏骁重重吐出一口气，仿佛在张心武家中憋闷了许久。

"你怎么看？"两人一前一后，仿佛没了交集，直到苏骁感觉吸够了外界的空气才快步赶上韩天询问。

"基本上都是事实，"韩天仿佛有些失望，加快了脚步，说话连头也不回，"卷宗上记载的也是这些内容。"

听完韩天的叙述，苏骁显得有些失落，许久不说话，只是自顾自地低头走路。

"或许，我们真的想多了？"韩天叹了口气，喃喃自语。

"事实上我也这么希望！"苏骁看着眼前花花世界里的灯红酒绿，不禁笑了出来。他仿佛是突然觉得原来一切都那么美好，因为张心武夫妇那样可怜的人最终得到了上天友善的对待，而坏人终究得到了应有的惩罚。

"嗖！"一个人影飞快地从苏骁身边掠过，险些将苏骁蹭倒。而后前方传来呼喊声："你给我站住！"

突如其来的变故令苏骁一时头脑发蒙，甚至连喊话的人是男是女的都没弄明白。当他转身时，韩天已然追了上去。苏骁脑海里立时闪现出"小偷"两个字，当即不管三七二十一也追了过去。

那人跑得奇快，以韩天的身手足足追出半条街才把他摁住，而苏骁则早已在后面当起了拖油瓶。直到连滚带爬赶上了韩天，苏骁却没见到想象中警察抓小偷的场景。

"你也老大不小了，怎么就不能长进点儿呢！"韩天语重心长地教育着那"小偷"。"小偷"苦于被韩天拽住胳膊，挣脱不开，只能以沉默示以抗议。

"敢情儿你们认识啊！"苏骁上气不接下气地嚷嚷着，"我还以为他是……"

"把气儿喘平了再说话，小心憋死！"韩天白了他一眼，那风格跟从前办案时一模一样。

苏骁讨了个没趣，放在平时定还会争辩两句，此时却只能默不作声，他隐隐觉得气氛有些尴尬。如果是寻常小偷小摸，被韩天逮住至多也就教训两句然后送到辖区派出所。可面对今天这位却多少有些恨铁不成钢的意思，面上透着失望。

正当苏骁百思不得其解的时候，后面又一前一后匆匆赶来两人，一男一女，一老一少。

"韩天！"那女的见是韩天，全然不顾还喘着粗气雀跃着迎了上去，用热情将刚才那阵尴尬化解于无形。苏骁细一看不禁愣了，他记得韩天跟他说过，这女人名叫孟恬。

"韩警官，韩警官，你高抬贵手……"孟恬的后面，还跟着个操着外地口音的老头，看起来也同韩天熟识。苏骁上上下下打量着他，想不起来曾在哪见过他。

"刘大爷，他是不是又赌博了？"韩天单手拉着"小偷"迎上去。那"小偷"纵然不乐意，却也无法挣脱，只得半推半就地随着韩天来到刘大爷跟前。

"你放开我！"看着刘大爷，他又是一阵挣扎，终于挣脱韩天的掌控，却并没有再次逃脱的意思。

"韩警官，他真没有再赌博了，真的！"刘大爷殷切地看了看韩天，又看了看那"小偷"，生怕韩天的脸上生出半点不信任的神情。

"那你跑什么？"韩天侧着头问那"小偷"，"那你追什么！"又回头问刘大爷，那劲头显得格外倔犟。连苏骁这种旁观者都禁不住要抱怨韩天的不近人情。

"韩天，"孟恬在一旁，见韩天摆出一副要吃人的样子，不禁轻轻拉着他的手柔声说，"刘希和刘大爷他们爷儿俩闹了点矛盾，一言不合就跑了出来。"

韩天将头转向孟恬，态度忽然出现一百八十度转弯，伸手理顺孟恬奔跑时弄乱的长发笑着问："你又去看刘大爷了？"

孟恬点点头，刘希见情势缓和，不禁将手一甩，头也不回地扬长而去。韩天见状，又看了看刘大爷，正要发作，却被孟恬拦住："今天这是刘大爷他们的家事，咱们还是不要掺和吧！"

韩天轻轻应了声，回头跟刘大爷攀谈起来："刘大爷，最近身体好些了吗？就算儿子不争气，也得自己照顾好自己啊！"韩天说这话时，俨然像对待自己的父亲。

"托韩警官和小恬的福，我身体好着呢……"

苏骁奔跑了刚才那一阵，气息还不太顺畅，站在一旁默默看着刘大爷，只见他一路跑来面不红气不急，暗暗有些自愧不如，而刘大爷那憨憨的神态更让他忽然想起了自己的父亲。尽管苏骁是被父亲拿着鸡毛掸子从家里赶出来的，但自小到大，他看着苏骁的神情永远是那么憨态可掬。想至此，苏骁的鼻子不禁有些发酸，再看刘大爷时又听他说："那小子自从上次被韩警官教育过，最近老实多了！所以我就想着吧，这日子一天天过去，眼瞅着他走回了正道儿，也是老大不小该成家的年纪了。他娘走得早，没机会瞧见自己的儿媳妇，这要是万一我也撑不到那一天，回头在下边儿跟他娘见着该怎么说呢！所以我就跟他急啊……"

韩天笑笑，轻轻拍了拍刘大爷的肩膀说："刘大爷您说笑了，瞧瞧您跑这么一路粗气儿都不带喘的，比咱们很多年轻人都不知道强到哪儿去了，将来肯定会长命百岁的！再说了，缘分这档子事儿您可千万别跟他急，时间没到而已，急也不顶用。您看看我和小恬就是最好的例子！"韩天说着，将孟恬揽在了怀里，孟恬更是一脸娇羞和甜蜜。

"说起来我还得谢谢您，"韩天接着说，"等我和小恬结婚了，您可得坐上席！"

"成！"刘大爷笑呵呵地点着头说，"别的不敢说，但韩警官的喜酒老头子我是非喝不可！"顿了顿，刘大爷接着说："我家那臭小子要能有韩警官一半出息，我也就心满意足了！"说话间，苏骁注意到刘大爷眼睛里已经隐隐泛起了泪光。

"他的本质其实不坏！"韩天见状，不禁柔声说，"您可得好好看着刘希啊，城里的诱惑实在太多了！但凡发现有什么不对劲的，您别跟他争也别跟他吵，直接给我打电话就好！"

刘大爷听韩天说得恳切，不禁感恩戴德地连连点头。

第七节

后来苏骁听韩天说，刘大爷家住农村，儿子刘希在城里打工，老伴儿死后就到城里投奔儿子。可是刘希嗜赌，把自己的生活搅得乱七八糟不说还欠一屁股债。刘大爷为了替儿子还债，找了份扫大街的差事，可事实上，这只是杯水车薪。于是刘大爷成了社区服务志愿者孟恬的爱心帮扶对象。再后来，要债的上门，碰上打抱不平的韩天。一来二去，刘大爷成了红娘，促成了韩天与孟恬这一对恋人。

然而，当韩天对苏骁说完刘大爷的这段故事后，苏骁问了他一个很严肃的问题。

"你记得娜娜吗？你还记得李黛娜吗？"

当然，苏骁在问及这个问题的时候，巧妙地避开了孟恬。但是他很清楚地记得"李黛娜"这个名字，尤其是那些回忆常常会像洪水般汹涌而来，让他难以抵挡……

"不！"韩天的哀嚎声在夜深人静的时候听来令人毛骨悚然。

"韩天！韩天！韩……"苏骁一路小跑，奔至韩天身边，却被眼前的景象惊呆了。李黛娜静静地躺在血泊中，仿佛睡着了一般安详。她的嘴角并未像大多数跳楼身亡的人那样鲜血淋漓，反而微微扬起，那样子似乎在笑。

苏骁使劲揉了揉眼睛，她却仍保持着嘴角微扬的样子，甚至于整个面庞还栩栩如生，眼睛仿佛随时都要睁开。以致他呆呆地立在那里，任由韩天的声音响彻夜空……

"不！你说的那是谁？"韩天下意识地扭过头，收回目送刘大爷离去的眼神，望着苏骁，那里面充满了疑惑。

"你们在说谁？"这时候，孟恬已经送完刘大爷，她站到韩天的身边。

苏骁望着他们俩，某些到嘴边的话却又咽了回去，他忽然觉得眼前的韩天是那么陌生，那种疑惑感是万万装不出来的。因此他有些迷糊，以至于在韩天喊他回家的时候对其置之不理，而缓过神来回家的时候却又找不着北。

夜里，苏骁理所应当地失眠了，他反复回味着李黛娜在他生活中留下的痕迹。那为数不多的寥寥数笔，几乎让他连李黛娜的样貌都记不全。唯独让他记住她、并且印象深刻的，似乎只有最后那一面……

"苏骁，你给我出来！"门外有人大喊苏骁的名字，同时传来砸门的声音。

"谁啊……"苏骁揉着惺忪的睡眼打开门，一脸茫然地看着门外那位高富帅。

"你就是苏骁？"高富帅旁若无人地走进门，四处打量着屋内陈设。

苏骁并不记得自己认识这位傲气逼人的高富帅，又或许是瞌睡虫影响了他的判断力，以致他全无脾气地点了点头，然后一脸迷蒙。

"我警告你，别再缠着欧阳檬！"高富帅终于奔向了主题。

提到欧阳檬，苏骁才终于彻底醒来，上上下下地打量着对方。只见他漂染的黄发扎成了小辫，脖子上挂着小拇指粗细的金链子，浑身散发出的香气令苏骁感到不适。

"你是谁？"苏骁恢复了平时的高冷，往床边走去。

"连我都不认识？"高富帅显然对苏骁的态度不是很满意。

"你有什么地方值得我认识的吗？"苏骁坐回了床上，言语间带着无所谓的态度。

"行！"高富帅白净的脸上一阵红一阵青，转而却又双手叉腰，趾高气扬地说:"这个不跟你计较,但有一点我要跟你说清楚,欧阳檬是我的!你这个穷小子是争不过我的!"

此时,说话的人在苏骁眼里是渺小的,说出的话却字字千斤。苏骁从不是个患得患失的人,可对方的话却犹如千斤巨石陡然压在他心里,纵然他面上不显山露水,心却着实凉了半截。

"你放心!"苏骁逼视着他看了许久,直到他感到浑身不自在将头扭到一边去,苏骁才淡淡地说:"我从来不稀罕别人的东西,更何况她不从属于任何人!如果真的属于你,请你好好珍惜!"

高富帅听苏骁说话终于软了下来,不禁又神气起来,指着苏骁鼻子说:"就凭你这样,能配得上欧阳檬?等着瞧吧,本少爷就让你开开眼,看看本少爷是怎么泡妞儿的!"说罢,摔门而去……

不知什么时候,苏骁又睡着了。只是素来质量不高的睡眠每每掺杂着一些往事构筑的旧梦,总能让他在午夜如约醒来。时至今日,他始终没弄清楚大学时那位高富帅究竟姓甚名谁。在苏骁对他为数不多的记忆中,最近一次见他是在欧阳檬寝室楼下。

那位高富帅穿着一套笔挺的蓝色小西装,手里捧着一大束红玫瑰,旁边骚红色的玛莎拉蒂引擎盖上写着几个大字——"欧阳檬,够格爱你,舍我其谁!"

碰巧苏骁和室友从旁边经过,被室友拉着凑过去看热闹。室友打趣地说:"这小子仗着家里有几个钱,愣是把自己整得跟发情的公狗似的……"

苏骁看着玛莎拉蒂引擎盖上那几个字,心里想走脚步却刻意停留。虽然此时他和欧阳檬之间或多或少生出一丝丝情愫,可窗户纸没捅破之前谁也不是谁的谁,更无权干涉对方的任何决定。

"欧阳檬,相信我,跟了我你不会后悔的!"在苏骁去意已决的时候,高富帅拿起了高音喇叭肆无忌惮地朝楼上喊起来,"那苏什么、李什么的啥都给不了你,只有我才是你的不二选择!欧阳……"

正当高富帅喊得起劲，楼上陡然泼下一桶冷水，把他浑身上下淋了个透湿，周围看热闹的同学们发出一阵爆笑声，高富帅登时僵在那里，足有十秒钟。

　　"欧阳檬……你会后悔的！"高富帅的高音喇叭显然是被水淋短路、喊不出声来，他仍然扯着嗓子朝楼上喊起来。上面却突然传来一阵爽朗的笑声，而后有人说："帮你洗个澡，去去身上的骚味儿；要是觉得不够，姐再给你洗个车！阿檬心里已经有人了，拜托你别再跟发情的公狗似的乱吠。你不害臊我们阿檬还嫌丢人呢……"

　　"后来阿檬说，帮她出头的是一位同寝室好姐妹……"苏骁躺在床上默默呢喃，情绪显得有些低落，但好在精神也一同失落下来，终于迷迷糊糊地睡了过去。

第八节

"你又迟到了！"第二天一早苏骁来到教室的时候，小姑娘孙晓钰又嘟起了嘴。

"对不起对不起！"苏骁揉着惺忪的睡眼，连声抱歉。

"光对不起有什么用，"孙晓钰狡黠地看着他，嘴角露出调皮地笑，"应该来点儿实在的！"

"实在的？"苏骁一怔，随即会意道，"好好好！下次课给你打八折！这样够实在了吧！"

"切！"孙晓钰一边拿出吉他一边不屑地回答，"我看起来就显得那么市侩吗？"

苏骁一愣，随后问道："那你想怎么地？"

小姑娘终于再度露出笑脸，凑过来轻声说："听说你是乐队的主唱，唱歌一定很好听。现场来一段呗！"

"噢……"苏骁一颗悬着的心终于落下，所幸她没有提什么过分的要求。随即却又为难地说："听我唱歌可是要收小费的！"

孙晓钰当即从口袋里掏出一枚一元钱的硬币放在苏骁面前："给你一块钱，不用找了，唱吧！"一边说一边笑得像朵花儿。

苏骁只得郑重其事地收起硬币："行，点歌吧！"

"我要听陈百强的《一生何求》！"孙晓钰大眼睛忽闪忽闪，嘴巴动得却比眼睛还快，"可以吗？"

苏骁的心"咯噔"一下，仿佛被什么东西刺痛着却还得强装无所谓。

"这歌是不是太老了，那换首别的，换什么呢？"见苏骁沉默，孙晓钰慌忙改口。

"没事！"苏骁冲她淡淡一笑，随即拨动琴弦，一边弹一边说，"没几把刷子哪敢出来混？"

然而，熟悉的前奏，熟悉的歌词，后面却隐藏着几乎被人遗忘的记忆……

"冷暖哪可休，回头多少个秋。

寻遍了却偏失去，未盼却在手。

我得到没有，没法解释得失错漏。

刚刚听到望到便更改，不知哪里追究。

一生何求，常判决放弃与拥有。

耗尽我这一生，触不到已抛开。

一生何求，迷惘里永远看不透。

没料到我所失的，竟已是我的所有；

一生何求，曾妥协也试过苦斗。

梦内每点缤纷，一消散哪可收。

一生何求，谁计较赞美与诅咒。

没料到我所失的，竟已是我的所有……"

一曲唱罢，苏骁仍回味着尾奏时，却发觉欧阳檬已潜然泪下。

"怎么啦？刚不还好好的嘛！"我拍拍她的背柔声问。

"都是你的错！"欧阳檬一边抽泣一边推开我的手，"干吗唱那么投入，让人家情不自禁地……"说着，眼泪又落下来。

苏骁拿出纸巾，轻轻为她擦去眼泪，不料她的泪反倒来得更加汹涌。苏骁连忙将她揽进怀里轻声说："一首歌而已嘛，这么多愁善感！以后的路还长呢，叫我怎么好再给你唱歌呢？"

她未答话，只是轻轻摇头。看着她梨花带雨的样子，苏骁心中万分感怀却也化作无限柔情，垂下头去轻轻吻在她的脸上，像拾取珍宝一般将她的泪水一一收藏。

那泪水，咸中略带着苦涩！

欧阳檬却似乎并不愿意让苏骁去细细品味她泪水的味道，热烈地迎合着他的吻。她的唇温软，与苏骁的贴合在一处仿佛能够擦出更为炙热的火花。

良久，欧阳檬才止住泪水，将苏骁轻轻推开。

"答应我，以后这首歌只允许唱给我听！我一个人！"欧阳檬看着苏骁的眼睛，眼中仿佛有种魔力，让他不得不答应。

"我发誓，"苏骁当即伸出右手说，"假如今后我将这首歌唱给别的女孩听，我就不得善终……"

"别！"不等苏骁把话说完，欧阳檬便已伸出手去捂住他的嘴，"干吗发那么毒的誓……"她咬着嘴唇，垂下头去。随后，却听到她轻声说："其实我就是随便说说。哪怕将来有那么一天你不要我了，我也要你好好活着，快乐地活着！"

"傻瓜！"苏骁心头一热，将欧阳檬一把抱住，"我怎么会不要你呢！你真是个傻瓜！傻瓜……"

"……

一生何求，常判决放弃与拥有。

耗尽我这一生，触不到已抛开。

一生何求，迷惘里永远看不透。

没料到我所失的，竟已是我的所有，

一生何求，曾妥协也试过苦斗。

梦内每点缤纷，一消散哪可收。

一生何求，谁计较赞美与诅咒。

没料到我所失的，竟已是我的所有。"

尽管许久未曾唱起这首歌，随意弹唱，那熟悉的节奏却也分毫不差。一曲唱罢，孙晓钰不住地鼓掌，崇拜的神色在眼中流转，却丝毫未注意到苏骁眼中泛起的泪光。

"怎么样，这下不生气了吧？"苏骁放下吉他，避开孙晓钰的眼神轻轻问。

"唔……"她的脸上露出一种耐人寻味的表情，而后笑嘻嘻地回答，"我啥时候生气过吗？我看起来像是那么小气的人吗？"说着，又是一阵笑。

"嗯，大气！"苏骁竖起大拇指赞叹，"那现在咱们可以开始上课了吧？好好学习，以后你就可以自己弹喜欢的歌了！"毕竟，苏骁是老师，循循善诱才是他应尽的义务。

"学不会也没关系啊！"孙晓钰忽然调皮地一笑，"反正我住得不远，没事儿就来听你弹琴，这样也挺好嘛！"

苏骁心头一震，欧阳檬期待的眼神再度浮现心头。

"我发誓，假如今后我将这首歌唱给别的女孩听，我将……"尽管回忆起来非常遥远，可那字字句句却犹在耳边。

"不得善终……"他嘴里反复低声默念着这四个字，"不得善终！"

"你怎么了？"孙晓钰看出苏骁的不对劲，关切地问，"要是不方便的话我就不来这儿找你。咱们上别的地方也可以，你说呢？"

苏骁不置可否地点点头，心却在彷徨中挣扎。当初自己亲口作出的承诺，而今却草草食言。

"若果真有报应，那便来吧！"苏骁暗想，"只是要来早就该来了！"

第九节

上完课，苏骁送孙晓钰出门。狭长的走廊上，两人一前一后走着，孙晓钰不时地回头望向苏骁，仿佛有话要讲。

"有什么东西落在教室了吗？"苏骁装作一脸茫然的样子回头望，而后说。

孙晓钰的脸"唰"得一下红到了脖子根。她一边继续往前走一边吞吞吐吐地说："老师，晚上一起去看场电影好吗？有部片子特别想看，可就是害怕……"

"那去看呗，反正我晚上没什么事，"苏骁侧着脑袋看着她，忽然觉得她很有些可爱，想都没想就答应了，"其实我对恐怖片也是又爱又恨……"

"真的啊？"孙晓钰又惊又喜地笑了，立刻凑上来抱着苏骁的手腕说："没想到你一个大男人也会怕鬼！"

"不是怕鬼！"苏骁慌忙拂开孙晓钰的手，一本正经地解释道："有时候，人心里的鬼比所谓的妖魔鬼怪更可怕……"

孙晓钰迷茫地摇摇头，而后笑着说："不管你怕人也好，怕鬼也好，今晚咱们一块儿见鬼去！"

说着话，两人走到门口，孙晓钰亲昵地冲苏骁挥挥手，而后挤眉弄眼地悄声说："晚上电话联系哦！"说罢，蹦蹦跳跳地走出门去。

"真有你的！"身后忽然有人拍苏骁肩膀。没有回头他便已知道那是琴行老板。

"把妹的功夫简直炉火纯青！"在这里也只有他会这么嬉皮笑脸地跟苏骁开玩笑。

"八字儿还没一撇呢！"回过头，苏骁无奈地回答。

"你年纪也不小了！"老板依旧笑嘻嘻地说，"总这么独来独往不会觉得空虚寂寞冷吗？"

"我……"一时语塞，苏骁不知该如何作答。

老板坐到一台钢琴前，随手弹了一段《卡农》，一边弹一边说："人啊，什么年纪办什么事儿！不然怎么三十而立，四十不惑。你这飞扬跋扈的年纪，还不赶紧找个合适的女人管管自己，不然得要飞天了！"

"你……"老板说话似有所指，苏骁却丝毫没听出弦外之音，光听见他对自己的评价了，"我怎么飞扬跋扈了？你倒是把话说清楚！"

老板忽然停下来，回头看着苏骁问："父母与儿女之间能有隔夜仇的？"

这下苏骁算是听明白老板的话外音，却又无法多作任何解释。毕竟清官难断家务事，而在老板眼里，苏骁也只是个孩子。

"有人找你，我让他去教室等你了。"老板再度弹起《卡农》，头也不回。

前言后语联系在一起，苏骁终于猜出了七八分，不禁更加忐忑。毕竟有些事，不可能逃避一辈子。

走进教室，便见一人正背着手看墙上的师资介绍，一边看一边点着头。而那面墙上，正挂着苏骁的照片和简介。

"爸……"犹豫了许久，苏骁才轻轻喊了一声。

时隔一年多，苏爸爸倒没有太大变化，只是稍稍胖了些许。他看着苏骁，仍是露出了招牌式的憨笑。

"小子，看起来生活过得挺滋润的！"苏爸爸走过去，脸上写满慈祥。

尽管如此，苏骁仍是表现得有些不自然，呆立许久才回过神来冷冷问："你怎么来了？"

苏爸爸依旧是笑，仿佛在极力奉承苏骁："一年多没回家了，你妈天天念叨着让我来看看。这些日子天气不错，我顺道来看看……"

看得出，苏爸爸有点紧张，两只手不停地来回搓着。

"坐吧！"苏骁拉出一张椅子，"喝茶吧？"

"不不……"苏爸爸摆着手说，"一家人，别这么客气！"

苏骁没理会，倒上茶递过去。苏爸爸受宠若惊地接过茶，不住地点着头。

"谈对象了吗？"苏爸爸一边啜饮着茶水一边问，小心翼翼而神情殷切。

"唔……"这一问倒令苏骁更加局促了，他将头转向别处轻轻说："还没……"

"你妈天天就盼着抱孙子，"苏爸爸又傻傻笑了两声说，"看着别人带孩子就凑过去套近乎。最近又张罗着给你相亲。"

"哦……"苏爸爸所说的似乎与苏骁全然无关，他只是随口应付着。

苏骁的冷漠似乎一道墙，任由苏爸爸献尽殷勤他仍是无动于衷。

"一个人在外讨生活不容易吧？"渐渐地，苏爸爸也察觉到尴尬的气氛，却只能依靠关怀来融化坚冰。

"嗯……"这一声轻轻地应答，却也不知包含了多少辛酸的故事。一时间想起过往的这段日子，苏骁的鼻子开始发酸。

"回家住吧！"苏爸爸忽然叹了口气说，"你的性格跟我一样，不动则已，否则惊天动地。那时候我真是被气昏了头，现在想想真没多大事儿。到现在你妈还老埋怨我。"

苏骁僵在那里，脑子里闪过一幅接一幅的画面。全是在他大学辍学之后的点点滴滴，其中苦涩远多过欢乐。只是苏骁不能确定，假如再来一次的话，他是否仍会同样选择，抛弃单纯的校园，抛弃青葱的岁月，更要抛弃他深爱的欧阳檬……想至此，苏骁流下两行热泪。

"行了行了，"苏爸爸凑过来将苏骁的头放在自己的肩膀上，"孩子别哭了，以后咱一家人还好好的。你还要找个媳妇，生个大胖小子，让我和你妈也早点儿抱上孙子……"

第十节

　　圣诞将至，这洋人的节日让夜变得格外撩人。灯红酒绿间，任由多少心猿意马的想法都得偿所愿。而苏骁在白天同父亲冰释前嫌后，压抑了一年多的苦闷终于得以排解，此刻更心甘情愿地徜徉在这美轮美奂的花花世界，甚至比孙晓钰到得还早。

　　"我还真怕你不来呢！"一看到苏骁早早在影院门口等候，孙晓钰的脸上笑开了花。

　　"怎么会呢！"苏骁上下打量着她，不禁有些痴痴地愣住了。平日里孙晓钰一身学生装，配上精致的脸蛋看起来朝气十足。可今晚却刻意换了种风格，紧身的牛仔裤搭配黑色的皮衣，淡淡擦着脂粉，长发笔直地垂到腰间。苏骁盯着她足足看了半分钟，才吞吞吐吐地夸赞道："你真漂亮！"

　　面对苏骁的夸赞，孙晓钰面上微红，明眸间全都透着欢喜。苏骁此刻更是近乎痴迷地流连在孙晓钰散发出的诱人香气和姣好的面容之间，无力自拔。

　　直到进场坐定，苏骁才惊奇地发现，孙晓钰所说的恐怖电影原来是一个以"柠檬"为主题的爱情故事。

　　"不是要看恐怖片吗？"苏骁好奇地问。

　　"什么？"不知是有意还是无意，孙晓钰将脸凑到苏骁跟前、几乎快要脸贴脸的位置问，"你说什么？"

面对孙晓钰吹气如兰的问话，苏骁只感到一阵窒息。那十八岁少女特有的芬芳足以令他陶醉。苏骁一边捂着加剧的心跳一边缓缓说："这不是一部爱情片吗？"

"对啊！"孙晓钰一点也没有把头缩回去的意思，接着说，"我左思右想了很久，怕我看恐怖片的时候太投入，遇到吓人的地方会往你怀里钻，所以……"说着，孙晓钰"嘿嘿"一笑，那种感觉坏坏地，在苏骁看来更添几分诱惑。

不待苏骁说话，孙晓钰却又接着说了句耐人寻味的话："爱情片挺好的！可惜我不爱吃柠檬……"

正当此时，影片开演了。孙晓钰才坐正了身子，却将手轻轻搭在了苏骁的手上，全没有退回去的意思。

苏骁在经受住刚才那一番贴面诱惑后，定力显然大增。此刻被孙晓钰握住的手也没有抽出来的意思，任由那温软如玉的感觉包围着自己，带着满满的幸福感观赏这部略带酸楚的爱情电影。

"柠檬看起来玲珑剔透、小巧可人，可你要想尝到与之外观般精致如一的味道，先得要承受它那刻骨铭心的酸涩。而那种酸涩，很有可能让你一辈子都不再愿意接近它。"

电影里这么说，可苏骁却暗暗琢磨："阿檬给我的爱分明满是甜蜜，而我却把酸涩全都留给了她，到头来也苦到了自己。不知道在经历了这一切之后，能否找回最初的甜蜜……"

"加油！加油！加油……"秋季田径运动会的赛场上，永远不会缺少呐喊声和欢呼声，尤其是校园运动会的赛场上！尤其是大学校园运动会的赛场上！

女子400米跑决赛，运动员们纷纷在起跑线上做着最后的准备。

"加油！亲爱的！"苏骁毫不顾忌地站在一旁大声冲着场内喊。

欧阳檬站在跑道上，听他喊得这么露骨不禁使劲儿瞪他一眼，而后却留给他淡淡的微笑。如此大庭广众之下赤裸裸地秀恩爱不由得让其余运动员纷纷侧目，甚至有人向欧阳檬投去鄙夷的眼神。而苏骁的目光却始终未曾离开她曼妙的身姿。

"各就各位——预备——"只听"啪"的一声，发令枪响。众女将如离弦的箭般冲出起跑线。

"亲爱的，加油！"苏骁扯着嗓子喊着，丝毫不顾及自己校园公众人物的形象，更没打算省下自己乐队主唱的"金嗓子"。

"哎呀……"还没跑出 100 米，欧阳檬脚下一滑，人往前飞了出去，而后扑倒在地上。苏骁见状，陡然以惊人的速度大叫着冲上跑道。几个带着红袖章的学生会工作人员立刻跑上来把他拦住。

此刻苏骁心急如焚，哪里听得进劝阻，一把推开几名"红袖章"往欧阳檬狂奔过去。看着她膝盖、手掌各处渗出的血，心疼得苏骁背起她就往运动场旁的医务处跑。

"跑慢点儿，别摔着！"伏在苏骁背上，欧阳檬的声音顺着她的呼吸从他耳边一直传到心里。

"以后再也不准参加这些乱七八糟的比赛了，什么破烂跑道！"苏骁一边跑一边咒骂着。

"那哪儿行呢！"欧阳檬噘起嘴嘟囔着说，"没了我咱们班可就拿不了团体冠军了！"

"拿不了就拿不了呗，"苏骁想也不想就接口道，"团体冠军能跟你比吗！这世上还有什么能比你更珍贵呢？"

"你这碎碎念的样子活像个小脚老太太！"欧阳檬"咯吱"一笑，轻轻伏在苏骁肩头……

"可是……"苏骁坐在影院里，双眼略有些模糊，独自喃喃自语，"那么珍贵的你却让我给弄丢了……"说着，他轻轻抽回自己的手。

尽管苏骁动作很轻，仍然立刻被孙晓钰觉察到。孙晓钰侧头看到苏骁眼中闪着泪花，还以为他看电影太投入，为剧里唯美的爱情故事流下眼泪，不禁莞尔一笑，乖巧地掏出纸巾为苏骁揩干泪水，而后摸摸苏骁的头说："感情这么丰富而细腻的男生我还是第一次见呢！"说着，给了一个魅惑十足的笑脸。

苏骁看着她，她也将脸凑近，仿佛做好一切准备迎接将要到来的任何事情。就这样，两人眼对眼、脸对脸足有半分钟，苏骁忽然说："你愿意相信世上有鬼，还是愿意相信男人的嘴？"

事情的发展似乎出乎孙晓钰意料之外，只见她愣了一会儿，才自信满满地说："我从不信世上有鬼！所以我宁可相信男人的嘴！"不待苏骁反应，孙晓钰已经凑过去轻轻吻在他的脸上，然后若无其事地继续端坐观影。反倒是此刻的苏骁，几乎要喘不过气来，只能强忍着剧烈的心跳退回自己的座位上，静静观赏着荧幕上演绎的悲欢离合。

电影结束，苏骁忽然觉得一阵轻松。不知究竟是因为终于摆脱了那虐心的电影剧情，还是因为别的什么。混迹在人群中，他选择一言不发，自顾自地埋头往前走，匆匆掠过欢笑的人群。

第十一节

"喂……你赶着去哪儿啊！"孙晓钰在后面紧赶慢赶，终于才跟上他的脚步，像抓住救命稻草似的将苏骁的手牢牢抓住。

"我……"事实上，苏骁自己也不知自己要逃避什么，可是脚步丝毫不慢。

"你站住！"孙晓钰一声娇斥，终于令苏骁停了下来。两人一前一后站在熙熙攘攘的街头，仿佛两尊雕塑。

"我爱你！"孙晓钰突然绕到苏骁面前说出这三个字，虽然声音很轻，但字字入耳敲击着苏骁的心。苏骁虽然也曾看出些端倪，可这三个字来得竟如此之快，实在所料不及，以至于呆呆立在那里一动不动，脑子里一片空白。

"我爱你！"孙晓钰跨上前一步，一个字一个字地又将那三个字说了一遍，坚定且大声。这时候她站在苏骁面前，尽管个子差了许多，却仍将头往上扬，努力同苏骁四目相对。

"说啊！"孙晓钰眼巴巴地盯着苏骁看了许久，有些着急了，双手搭在他的肩膀上。

"我……"苏骁显得很犹豫，急得脸上一阵红一阵白，孙晓钰越是催促他眼里越是显得迷茫，"我……"

"小苏？"旁边忽然有人走了过来，站在两人身旁。

"大庭广众的，你们干吗呢？"来人看来跟苏骁相当熟识，丝毫不避讳孙晓钰在一旁如此亲昵的动作。孙晓钰这才识趣地缩回手，却没有往后退的意思。

"韩天，怎么会是你？"苏骁看到来人是韩天，仿佛看到救兵，撂下孙晓钰却抓住他的胳膊语无伦次地说，"你怎么会在这里，你一个人来逛街吗？还是来办案子？"

"拜托……警察也需要有生活好不好！"这时候，韩天的目光丝毫没有在意苏骁急切的眼神，却上下打量着孙晓钰，"这是你女朋友吗？小子艳福不浅啊！"

"我……我……我……"听韩天误会，苏骁又开始吐词不清，着急得一个劲儿地"我"个没完。

"帅哥你好，我是苏老师的学生，我叫孙晓钰！"这时候，孙晓钰偏偏显出一副大家闺秀的样子，主动报上家门。这么一来，苏骁倒也没觉得那么尴尬了。

"原来你就是孙晓钰啊！"韩天显得饶有兴趣的样子惊呼，"我是小苏的表哥，目前也是他的房东。上次还听小苏夸你长得漂亮来着！看来他的眼光的确不错……"

"又到处撩妹了吧？"这时候，又走来一人，亲昵地挽住韩天的胳膊。

"嫂子好！"孙晓钰看到这位，更加殷勤地迎了上去，"嫂子你真漂亮！"

孟恬倒有些放不开，娇羞地看着孙晓钰说："小妹妹你这么青春靓丽，我哪儿能和你比啊！"

"嫂子太谦虚了！"孙晓钰一把搂住孟恬的另一只胳膊转眼间变成了苏骁独立人群中。

"我们这会儿还没领证呢！"韩天听孙晓钰"嫂子"前"嫂子"后地说个没完没了，不禁喃喃抗议说，"这么叫会不会把小恬叫老了？"说归说，韩天的脸上却是始终挂着笑，仿佛很满意这个"弟媳妇"。

正当三人有说有笑地愈发亲密时，苏骁却茫然地立在他们对面，似乎那种热烈的气氛与己无关，又仿佛有什么更有趣的东西吸引着他的注意力。

"你干什么呢？"韩天一拍苏骁的肩膀，"这姑娘除了年轻点儿，什么都好。不如你再等上几年，她大学毕业了你们就可以结婚！诶，你想什么呢……"见自己的建议丝毫没引起苏骁的兴趣，韩天不禁又把手在苏骁面前使劲晃了晃。

"好像有人在盯着我们，而且指指点点的！"苏骁一副心不在焉的样子，仿佛掉了魂儿。

"什么？"韩天听他这么说，忽然警觉起来，向左右不停地扫视，却并未发现有什么异常。再看孙晓钰和孟恬，她们仍在那边你一言我一语的，俨然已经成了好闺蜜。

"我看你是太紧张了吧？"韩天打趣地说，"难不成小美女能把你吃咯？"

"不！"苏骁全然不理会韩天，依旧自顾自地说，"我有种被围观的感觉！"那神情仿佛极其紧张，眼神越发显得空洞。

韩天见苏骁这样子并不像装出来的，不由用手背试了试他的额头。

"没发烧啊……"韩天一贯冷静，在此刻却也有些不知所措，"我说，哥们儿，今天这日子挺好的，你就别装神弄鬼了！"

"其实……"苏骁眼神中忽然有了神采，韩天看时，却发觉那里面似乎闪着泪光。

"我记得，我的嫂子叫李黛娜。"不等韩天细问，苏骁却忽然说，但言语里却不带任何感情色彩，那冷冷的腔调仿佛说明他只是个无关路人。

"你说什么？"韩天诧异地看着苏骁，那表情似乎在问，李黛娜是谁？

"那年我刚读大学，家里人送我去火车站，嫂子也去了。"苏骁依旧用那冷冰冰的声音陈述着，仿佛一台老式的留声机。

"那天大家都叮嘱我好好读书，说这样才会有出息。可嫂子却悄悄跟我说，未来的路还很长，重要的事情也很多，只是如何取舍的问题，还塞给我这个……"说着，苏骁从口袋里掏出一样东西。

借着昏黄的路灯，韩天看到一串钥匙。钥匙串里，掩藏着一只吉他形状的钥匙扣。苏骁一边摩挲着钥匙扣一边说："今天是个好日子，可惜……我的嫂子不是李黛娜！"

韩天一愣，而后陷入深深的思索中，仿佛要从记忆深处寻着些许旁枝末节来印证苏骁所说的一切。过了许久，他才一副无可奈何的样子将双手一摊，缓缓说："不知道你在说什么，至少我不记得有这么回事，这么个人。"

听韩天这么描述，苏骁望着天，漠然喃喃自语："我们的世界里究竟少了些什么……"

"哥儿俩聊什么呢？这么深沉？"不等韩天发表疑问，孟恬已和孙晓钰拉着手走了过来，"两位男士是不是该尽到护花使者的义务，把两位女士送回家去？"

韩天看了看表，轻轻叹了口气，将孟恬揽到身边说："时间不早了，咱们各自回家吧？"说着又对苏骁说，"你也送晓钰送回家去吧，路上你们还可以聊聊。"

听见韩天跟他说话，苏骁这才从自己的世界里走出来，依次看了看身边三人，眼神最后落在孙晓钰身上时，只见她也在用殷切的眼神回应着自己，那仿佛是"求带走"的意思。

苏骁却避开她的目光，正视着韩天说："哥，跟你商量个事儿。"

第十二节

韩天没有回答，只是用眼神示意苏骁说。因为他知道，没有特别的请求，苏骁不会喊他作"哥"。

"麻烦你送孙晓钰同学回家，我送孟恬。"苏骁声音并不大，说出话来却让人感到诧异。

孙晓钰刚还泛着光彩的眼神立时黯淡下来，转而却又看着韩天。却不料韩天点头说："我没问题，那孟恬就麻烦你送送吧。"

"不用这么麻烦了！"孙晓钰忽然打断说，"我自己回去没事的，你们兄弟俩一起送嫂子回家吧！"说着，转身就走。

"晓钰！"孟恬接连喊了几声，都不见孙晓钰回头，只得拉了拉韩天说："你去送她吧，她还是个孩子！"

韩天应了声跟了上去，留下苏骁同孟恬。

"晓钰其实挺好的，单纯得像张白纸。"孟恬叹了口气，轻轻说，"只可惜你并不喜欢。"

"你不明白……"苏骁仿佛在回应着孟恬的叹息，同样重重叹了口气，然而却更像放下心头重重的包袱，而后两人一路无话。

"你上去吧，我该回去了！"站在楼梯口，苏骁对孟恬说。

孟恬低着头，踟蹰许久，却没挪动半步。

"真可惜，你不是娜娜。"苏骁转过身去，嘴里有意无意地喃喃着。

"其实你心中一直只有娜娜，不是吗？"孟恬忽然有些激动，声音大了起来，在楼道里回荡着，仿佛带着几分哀怨。

苏骁一愣，没有转身，只是侧着头回应说："事实上，我心里有谁都与你全然无关不是吗？重要的是韩天心里有谁！"

孟恬没有回答，只是轻轻叹了口气，仿佛有些言语难以启齿，最终默不作声地转身往楼上走去。苏骁静静看着她的背影，不禁莫名其妙地感觉到一阵心酸。直到她的脚步声远了，苏骁才轻轻说："逝者已矣，或许我真的不该一而再再而三地提起娜娜，这太让韩天难堪了！"说着，无奈地摇摇头，转身准备离去。

"等一等！"楼上忽然传来孟恬的声音，然后一阵急促的脚步声，很快就见到她连跑带跳地冲下来。尽管这同她淑女形象很不符，她仍顾不上喘口粗气地冲苏骁喊道："刘大爷出事了，陪我去医院！"不等苏骁反应就拉着他的手冲了出去。

如果有一个地方每天二十四小时热闹如一，那里一定是医院。苏骁跟着孟恬赶到医院的时候，急诊科正熙熙攘攘，他们见到刘大爷的时候，刘大爷头上已经包扎好，孤零零坐在走廊上。看到两人，不禁有些诧异。

"小恬你怎么来了？"刘大爷站起身，却又被孟恬扶回椅子上坐下。

"社区给我打电话，我就马上赶过来了。怎么弄的，要不要紧？"孟恬关切地问，仿佛对待自己的父亲。

刘大爷看着孟恬，眼中流转出一种复杂的感情，默然低声说："假如我有你这么个闺女该多好啊！"

"是刘希那混小子把你打成这样的？"苏骁听刘大爷这么说，不禁猜测。

"不不不，"刘大爷忙摆摆手说，"我只是自己摔成这样的。人老了，楼道里太黑，上楼的时候没看清楚。没事的，医生说只是轻伤，再打几天针就没事了！"

苏骁将信将疑地看着刘大爷，又看了看孟恬，面上写满怀疑。

"是真的……"刘大爷站起身来正要继续解释，诊室里的医生喊到了刘大爷的名字。刘大爷只得一脸无辜地走进去，进门时还忍不住回头看了看两人。

"有没有觉得自己越来越像他了？"看着刘大爷可怜巴巴地走进诊室去，孟恬禁不住问苏骁。

"谁？韩天？"苏骁莫名其妙地回答说，"怎么可能？我可什么都没说，是刘大爷他自己那么敏感。我回去不跟韩天说这事就是了。"

孟恬看着苏骁一脸茫然的样子，不禁淡淡一笑，而后轻声说："还说不是，尽管什么都没说，可比说了什么都管用，你看看把刘大爷吓得……"

"这么大事你怎么不跟我说？"这时候，走廊上忽然传来一阵吼声，震惊四座，"你们还想瞒我到什么时候？"

声音越来越近，苏、孟二人循声望去，只见刘希风风火火地快步走过来，身边跟着一个女人。刘希骂骂咧咧地走来，那女人似乎也任由他训斥，一路默不作声。走近了，刘希才看到苏、孟二人。

"你……你们怎么会在这儿？"刘希停住脚步，说话都有些不自然，眼睛不住地四下张望。

"社区通知我刘大爷受了伤，所以我们来看看。"孟恬按了按苏骁的手示意他不要说话，自己迎了上去。

"哦？"刘希心不在焉地回了句，仍是不住地左顾右盼。倒是他身边那女人，很得体地同苏、孟两人寒暄，并点头致谢。

"哪儿那么多废话，还不快去看看爸怎么了！"刘希似乎有些不耐烦，声音骤然大了起来。

"你怎么说话的！"苏骁见状，一股无名火起，顿时吼了起来。

诊室门口登记的护士终于耐不住性子，对苏骁大声说："先生，这里是医院，请不要大声喧哗！"护士声音不大，倒让两个男人都静了下来。苏骁略带委屈地点点头，而刘希则贴着门往里望，而后才示意那女人跟他进去。

苏骁看了眼那女人，只见她一身笔挺的职业装束，显得极其干练，只是双眼发红，似乎相当疲惫，向苏、孟二人投来歉意的目光之后，才跟着刘希走进诊室。

"这都什么……"苏骁一屁股坐在椅子上，声音又忍不住大了起来，却因为那护士透过来责备的目光，活生生把声音止住，顿了一小会儿才接着低声说，"什么事儿啊！那个刘希简直太猖狂了！"因为害怕护士再度怒吼，苏骁几乎是贴着孟恬的耳朵对她说的这话。

"之前我还真没见过那个女人！"孟恬似乎也感到意外，刘希身边竟会有这么个女人任凭他呼来喝去。

就在两人不住地猜测那女人身份的时候，刘希大步从诊室里走出来，后面跟着那女人搀着刘大爷。苏、孟二人立刻迎了上去。刘大爷见到二人不禁满脸堆起憨笑地说："没事了没事了，我跟着儿子儿媳回家去。你们俩也早些回去歇着吧！今晚真是太麻烦你们了！"

"儿媳？"

第十三节

"儿媳！"苏骁同孟恬听到这话时不由得大吃一惊，两人对视过后，不约而同地将目光投向刘大爷的儿媳。

"实在不好意思，"那"儿媳"看来倒是落落大方，笑着回应两人说，"我叫蒋诗雯，我和刘希上个星期领的证，还没来得及摆酒。今晚真是谢谢你们了！"

"原来是这样！"孟恬笑着说，"恭喜你们！也要恭喜刘大爷才是！"

正当几人热烈地说起刘希婚事的时候，"男一号"刘希却独自叼着烟往走廊那一头走去。护士仍是大声地说"请把烟灭掉"，他却置若罔闻地往前走，仿佛有什么事足以让他将一切都置之度外。

当蒋诗雯搀着刘大爷离开医院，苏骁才重重叹了口气，望着人来人往的急诊走廊说："真不明白，为什么鲜花总爱插在牛粪上！愿意跟刘希那样的男人，不是有别的原因就是蒋诗雯有病……"说着，苏骁伸手敲了敲自己脑袋。

"爱情不总是让人捉摸不透吗！"孟恬望着苏骁，言语意味深长，"没准儿人家还觉得你有病呢。"

"你说得对！我肯定有病！"苏骁一本正经地点点头说，"而且已经病入膏肓、无药可救了！"

苏骁的言语仿佛一颗定时炸弹，立时在孟恬的面上掀起了波澜。只见她咬着嘴唇，眼里隐隐闪烁，仿佛在脑海里进行着激烈的斗争。

"其实，你……"孟恬挣扎了许久，终于下定决心说些什么的时候，却听见苏骁惊呼着指着走廊对面的墙上说："我的天哪！世界太小了，没想到他会在这里！"说着，苏骁凑到墙边，仰起头去看墙上悬挂的医院专家照片。

孟恬跟过去，只见苏骁指着一张照片兴奋地说："这是欧阳檬的同门师兄，在学校的时候特别关照我们，毕业之后一直没有联系。真没想到他会在这里！"

孟恬盯着那张照片看了许久，仿佛联想起不少往事，最终却只是无奈地摇摇头，失望的神色毫不隐藏。

"你知道吗，他叫施彬，是学霸级的人才，为人又特别仗义，可称得上是学弟学妹们的知心大哥。找到他，没准儿就能找到我的阿檬了！"苏骁说话时眉飞色舞，说到最后近乎手舞足蹈起来，那欢呼雀跃的样子立时引来护士制止。尽管如此，仍没能止住他那股兴奋的劲头。最终，孟恬带着一脸怒其不争的表情连拉带扯将他拖出急诊科。

苏骁回到家的时候，韩天还没回。带着在医院时的兴奋劲，苏骁一路哼着歌，心里比吃了蜜还甜，仿佛明天就可以见到施彬，后天就能联系上欧阳檬。

"可是这么久不见，万一她有男朋友了怎么办？"苏骁坐在床上忍不住想，"又万一她已经结婚了怎么办？"他这么想着，不自觉地点了根烟，呆呆看着钟，忽然觉得自己很傻。

"韩天怎么还不回家！"苏骁用力吸了口烟，努力排除那些奇奇怪怪的想法，可脑海里不知不觉又浮现出欧阳檬的身影。"假如给我再来一次的机会，我一定不会轻易放手！一定不会……"

青天白日，这又是一个好日子。苏骁今天穿得格外帅气，因为他知道，一辈子的幸福将在这一天决定。

"小苏，今天这么帅，打算去相亲吗？"不断有人赞美他的颜值，"好漂亮的玫瑰，今天要办大事吧？"甚至连他手里的九十九朵玫瑰也托他的福被夸上了天。苏骁脸上挂着掩饰不住的笑意，心里更是比蜜还甜，他要趁着这个美好的日子，去向自己最爱的人求婚。

仍是那熟悉的楼房，苏骁记不清自己曾经多少次走在这幢楼前，可只有今天，连那路边的花花草草也在和煦的阳光中展露笑意，仿佛预示着未来甜蜜生活的开启。

在楼前站定，苏骁看了看表，刚好到约定的时间。他自信满满地双手捧花，单膝跪在楼前，等待着心中的女神降临在他跟前。

"阿檬，从今天起，我再也不要隔着电话说想你，再也不要从楼下仰望你，再也不要只送你到楼梯口止步，再也不要你承受半点孤单，我要我们一直在一起，我要我们一生一世永远不分离……"苏骁似乎有些紧张，一遍一遍重复着事先准备好的告白台词，可到了关键时刻，却又把台词忘得一干二净，只得从口袋里掏出台词来默记。

正当苏骁在楼下做足功课的时候，楼上忽然传来一阵笑声，那里面仿佛带着甜蜜，带着快乐，细细品味还带着一丝嘲讽。

苏骁仿佛预见到"女神"将要降临，不禁整了整衣装，理了理玫瑰，端端正正地单膝跪好，静静候着。当"女神"出现在楼梯口时，他却傻了眼。他心中的"女神"欧阳檬正依偎在一个男人怀里朝他走来，面上洋溢着幸福的笑容。那个男人满面春风地注视着苏骁，眼神中仿佛有一种挑衅的味道。

苏骁看到那张脸，立刻认出了他——那个飞扬跋扈的高富帅……

"不！"苏骁猛然一挣，从床上坐了起来，"原来是做梦……"苏骁一边抹着额上豆大的汗珠一边站起身来，"可是……这实在不是好兆头！"他看了看钟，已经快十二点了，家里却仍是黑灯瞎火，韩天依旧没有回来。

"韩天，你在家吗？"为了证实这一点，抑或是为自己壮壮胆，苏骁喊了几声，让声音在房间里来回穿梭，这样似乎能让他觉得，自己不是一个人。

"这小子，上哪儿野去了？"苏骁喃喃自语地从房间踱到客厅，再从客厅踱回房间，最后又从自己房间踱到韩天的房间。

苏骁看着韩天房里的陈设，毫无人眼之处。在他看来，无论性格还是爱好，韩天从来就和他不是一路人，两个人相安无事地在一块住了那么久实在是一种奇迹。苏骁懒懒地打了个哈欠，就势躺倒在韩天的床上。他知道，即使韩天回来看见他就这样横在自己床上，也决计不会跟他计较，至多只是将脸一板然后说："滚回你的房间去！"然后也倒在自己身侧。

"就这么睡吧！"苏骁想，"至少这样，韩天回来自己立马就能知道。"他一边想着一边觉得眼皮在打架。可越是这样，脑海里越是清晰地浮现出那高富帅搂着欧阳檬的样子。就这样，他在韩天的床上翻来覆去许久也没能安然睡着。

"这可不好！明天还得上课呢，还得挣钱养活自己呢，还得交房租给韩天呢……"他一边想一边敦促自己不去想，这个过程看似矛盾，实质上却极为统一。直到他在韩天的床上又翻来覆去折腾了一个钟头，他才清楚地认识到，自己失眠了。

"明天还得上医院呢！明天还得找施彬呢！明天还得打听阿檬的消息呢！"苏骁一边想一边从床上坐起来，随手拉开床头一个小抽屉。他记得那是韩天的小药柜。

"安眠药……安眠药……安眠药……"他一边翻着药柜一边碎碎念，终于在角落里找到一个小药瓶，瓶上贴着的标签说明，瓶里的药片能够帮助他。

"啊哈！"苏骁甚至有些激动，似乎通过这小小的药片他就能立刻见到欧阳檬。

"真没想到韩天那小子也需要吃这玩意！"他一面将小药片放进嘴里一面自言自语，"可我不明白……"

第十四节

"不明白什么？"韩天忽然走进房间，看到苏骁时竟一点也不诧异，"你在我房里干什么？"说话间已走到苏骁跟前，却一眼瞥见了那小药瓶，面上表情立刻发生一百八十度的大翻转。

苏骁险些被韩天吓到，和着一口冷空气把药片吞了进去，脸憋得通红，望着韩天调整了许久才接着说："我不明白你为什么会把娜娜给忘了！"说着，又是一阵剧烈的咳嗽，丝毫没有注意到韩天表情的变化。

"你怎么找到它的！谁叫你乱吃药的！你不要命了吗！"韩天此刻仿佛一头愤怒的狮子，带着一连串气势汹汹的质问，至于苏骁的问题他却似乎充耳不闻。

苏骁从未见过韩天如此动怒，加上刚才被药片呛到，脸上一阵红一阵白，横膈肌强烈的痉挛使得他感到呼吸困难。面对韩天的暴怒他只能像一只乖巧的小绵羊，任由对方在气势上将自己一口一口吞噬。

"我……我……"随着韩天情绪上持续不断地升级，苏骁说话都感到有些吃力，使劲捂着胸口，面色渐渐苍白。

"算了，你去睡吧！"看着苏骁难受的样子，韩天仿佛心软了，伸手在苏骁背上使劲搓了搓，仿佛在帮他平整因痉挛而扭曲的心情。苏骁终于感到气息稍稍顺畅些，面色回复如常，大口喘着气。

韩天接着说："兄弟，很多事情发生了，你永远也改变不了；很多事情过去了，你再也回不到过去。我们所能做到的，只是尽可能地愉悦自己。而旁的人，来去自由，全然不由我们操心……"

夜里，苏骁回自己房里睡得很香，不知是安眠药的原因，还是因为他自己心情不错。他梦见同欧阳檬在一起的那些日子，那感觉就像品鉴一杯手冲的单品耶加雪菲咖啡，溢满了花香、蜂蜜、柠檬的多汁口感和甜橙、莓果的酸爽，清新而自然，寻不着一丁点咖啡的苦涩。

早上，苏骁早早起了床，他记得今天有孙晓钰的吉他课。然而他心情很好，早早去了琴行，这次却轮到孙晓钰迟到了。

"怎么来这么晚？"苏骁看着孙晓钰略有些肿胀的眼圈有些明知故问。

一夜之间，孙晓钰仿佛成熟了许多，再也不随意言笑，只是很认真地听着课、弹着琴。尽管这种感觉让苏骁觉得压抑，可他一心想着课后去找施彬打听欧阳檬的消息，倒也没去在乎那么多。这样一来，一个小时的吉他课变得极其漫长。

苏骁好不容易挨到下课，这才悄悄地叹了口气，正要离开时却被孙晓钰叫住。

"你说，人的思想意识能够主导自身的死亡吗？"孙晓钰似乎犹豫了好久，才在苏骁略有些不耐烦的眼光中抛出自己的问题。

"你……"那一刻苏骁不得不在心里对孙晓钰重新定义，因为她始终还只是个多愁善感的小姑娘。

"你听我说，"一时间苏骁觉得有些茫然，本着负责任的态度，他只能晓之以情动之以理地劝说，"你还年轻，将来要走的路还很长，很多你觉得看不开、放不下的东西很有可能在一段时间，比如几个月、最多半年以后，都变得无关紧要了，甚至那时你都会觉得如今的状态是可笑的。千万不要因为一时的冲动做一些让自己后悔，让亲人难过，让朋友惋惜的事情！"苏骁说出这些话的时候，甚至连自己也不敢相信，自己的这套说辞几乎足以把自己说服。只是这话听在孙晓钰耳朵里，却又不知是怎样一种感受。

很显然，苏骁的话并没能打动孙晓钰。她露出一脸不屑的表情，却又着急地解释说："放心吧，我只是想探究一下人在思想意识上的潜力，并没有什么别的意思。"

苏骁并不完全相信她的辩解，出于安全的考虑，他不得不硬生生地摆出一副为人师表的样子说："我看你今天不太对劲，要不我送你回家吧，顺便跟你的父母谈谈。"

"你干吗这么虚伪呢！"孙晓钰忽然直视着苏骁的眼睛质问，"你分明不想送我回家，又何苦为难自己！"说着，她紧了紧吉他包的背带，大步流星地往外走去，留下苏骁一人呆呆愣在那里。

"我……"苏骁仿佛被人莫名其妙地狠狠抽了一个耳光，诧异得说不出话来。"这……"当他还想要说些什么的时候，却已是人去屋空。

"这样也好……"苏骁苦笑着。

苏骁从琴行出来就直奔医院而去，一路剑步如飞。白天的医院繁忙程度比夜里有过之而无不及，好在苏骁早已摸清门路，径直来到急诊科。刚进门，却看到一个熟悉的身影。

"韩天，你怎么在这里？"苏骁从背后一拍那人的肩膀，不知是因为用力过猛还是他本就处于高度紧张状态，一惊之下，夹在腋下的笔记本落在地上，静静地随意翻开着，露出微黄的纸张。

苏骁不禁有些幸灾乐祸，指着韩天一阵嘻哈。可韩天的表情却显得颇为凝重，看到苏骁只是稍稍诧异了一阵便再度皱起眉头。那样子比任何言语都管用，立刻让苏骁再也笑不起来。

"你怎么在这儿？出什么事了？"苏骁关切地问，心里有种不好的预感。

韩天满腹心事的样子，没有答话，却忽然想起什么似的，猛一低头看到了自己的笔记本。

苏骁见状，很乖巧地弯腰去拾，却赫然看见几行字："死者李黛娜，女，

2011 年 12 月 23 日自 28 层楼上坠楼，当场死亡……"

笔记本上的叙述相当简洁，但看在苏骁眼里字字揪心。他还想继续看后面的内容，伸手去拿时，笔记本却被另一只手抢了过去——那是韩天的手。

苏骁险些失声喊了出来，心脏一阵狂跳，笔记本上记叙的一年前发生的事仿佛一个魔咒，让他深陷其中无法自拔。只是再后来，故事的男主角韩天凭空忘却了这件事。当然，不论他是故意不提起也好，选择性遗忘也罢，这段记忆终究是他生命中的一根尖刺，虽不足以致命却也让人体无完肤。

苏骁想伸手去抢回笔记本，无奈笔记本已经被韩天牢牢抓在手中，苏骁只得以眼神抗议。

"张心武出事了。"韩天仿佛没事儿人似的，平静地陈述着另一件事，"早上醒来被发现停止了呼吸。"

第十五节

"什么！"尽管与己无关，苏骁仍是感到吃惊。他清楚地记得张心武这个人，几天前他还同这个鲜活的生命在同一间屋子里进行亲切交谈。

"怎么回事？"惊诧之余，苏骁更希望听到一个能让自己满意的答案。

韩天看着他，仿佛守着一个永远得不到解答的迷。经过漫长的思索，韩天才对苏骁努了努嘴。顺着韩天指示的方向，苏骁看到一个小巧的身影。

此刻叶星慧正独自站在抢救室外，神情呆滞，仿佛囚徒静静等候着法官的宣判。苏骁缓缓走上前去，站在她面前，本想安慰她两句。可看到她一言不发的样子，苏骁也不忍再去打破她内心的沉寂。正当这时，医生从抢救室里走出来，一边走一边摇着头。

"医生，医生，我老公怎么样？"很显然，叶星慧关注的只是张心武，只有同张心武有关的人或事才会吸引她的注意力。

急诊医生看了看叶星慧，眼神显得有些疲倦，看到叶星慧那焦急的眼神时却又不得不重新振作起来，费了很大力气去轻轻摇摇头说："对不起，没能把他抢救过来。我们已经尽力了。"

"医生，医生，我老公他怎么样了？"叶星慧仿佛全未听见医生的话，依旧自顾自地问着医生，末了还激动地上前拽住医生的白大褂，仿佛那就是张心武的生命。

医生似乎见惯了这种几近癫狂的家属，无奈地看了看韩天，轻轻将叶星慧的手从自己白大褂上拂开，嘴唇微微动了动却没出声。叶星慧仿佛痴人说梦般不住地重复那句话，医生最终失去了耐心，转身对韩天说："麻烦家属一会儿跟着护士去把手续办了。"韩天默然点点头。

医生离去时经过苏骁的身边，苏骁听他低声嘀咕："奇怪！真是太怪了……"

苏骁正想跟上去问，却听见韩天大声说："你醒醒吧，张心武已经死了！"

"不可能的！"叶星慧此刻换成了抓住韩天的衣襟，不住地摇着头，仿佛魂不守舍的瘾君子，根本听不进旁人说话。

看着她这样，韩天也有些束手无策。

"你怎么会在这里？"正当韩天抓耳挠腮一筹莫展的时候，苏骁问他。

"你又怎么会在这里？"苏骁看着韩天尴尬的样子，不带一点同情地反问。

韩天仿佛失去了往日刑警的威风，一脸无奈地说："局里接到报案说张心武被下毒害死，我听说了就赶过来看看。"说着对叶星慧努了努嘴。

苏骁看了看叶星慧，惊讶得有些合不拢嘴。尽管上次他在张心武家已经见识过那个"难伺候"的婆婆，却没想到这种要命的事竟也随随便便往公安机关报告。

"这里面一定有什么误会！"苏骁对张心武的老母亲并无甚好感，故而对叶星慧更多出几分同情。

"等死亡分析报告出来，一切自见分晓。"韩天始终保持着刑警客观的态度，感情并不偏向谁。

苏骁忽然对刑警们那种不偏不倚的性格产生了些许反感，那些世人眼里明明白白的冤屈到他们眼里全都成了两个字——证据。凡是不能用证据证明的冤屈全是浮云。

当苏骁用鄙夷的眼光看着韩天时，走廊上凭空响起了一阵凌乱的哭喊声。那声音苏骁、韩天都很熟悉，他们在此刻却想要找个地方隐藏起来。尤其是苏骁，在经历上次接连被护士小姐训斥之后，他恨极了在医院随意喧哗的人，即使他们有正当理由宣泄自己的情绪。

正当两人一筹莫展地望着走进来的人时，叶星慧已经迎了上去，亲亲热热地叫了声："妈！"

"你还好意思叫我妈！"老太太看起来满面病容，可说话却显得中气十足，冷不防还甩出一巴掌。叶星慧猝不及防，白净的脸上立时留下一个五指印，身子一个踉跄往旁边一歪。

"就是就是！"老太太身边七大姑八大姨似的两名中年妇女也跟着随声附和着，"我当年就不同意小武找她这么个小骚货，如今果真出事了……"

见叶星慧跌跌撞撞地站了起来，另一名中年妇女又补上一脚，将她踹倒在地上再也站不起来，而后还理直气壮地说："我已经到公安报了案，你这个毒杀亲夫的潘金莲就等着法律的制裁吧！"说着，她还想跟上去再来两脚，却被人拉住。

"你凭什么打人！"苏骁使劲推了她一把，双眼圆睁几乎射出火来。

"这是我们家事，"那妇女似乎并不服气，挣扎着站稳瞪着苏骁问，"你谁啊？"

苏骁并不理会她，伸手把叶星慧扶起来。见状她立刻喊了起来："哦！你一定是那个奸夫西门庆，我说这小骚货怎么这么大胆呢！原来有你这个小白脸在后面撑腰……"

"你说话尊重点！"韩天忽然走了过来，亮出证件说，"我是刑警队负责调查这件案子的韩天。你们说叶星慧毒死张心武，请先拿出证据来，否则就是诽谤！"

"证据……又是证据！"苏骁心里想着，却没说出声。

韩天一句话，让老太太们再也不敢吭声。苏骁把叶星慧扶起来时，却见她已是泪流满面。

"哭什么哭，做了婊子还想立牌坊吗？"几位妇人虽然惧怕韩天，对自家儿媳妇却是依旧凶恶。苏骁不等韩天出声便已暴跳起来指着抢救室吼道:"你们这些不知好歹的东西,张心武还在里面躺着,你们就这样对他媳妇儿。敢情张心武就是这样被你们活活气死的吧……"

"同志,这里是医院,请你注意一下自己的行为!"很遗憾的是,苏骁总是能以最快的速度和最大的动静,招来周围医务人员的反感。

"我不就是说话声音大了点儿吗!"可这次,苏骁却是憋着十足的火气,根本没打算理会来人是天王老子还是阎王太岁,"至于这么每次都针对我吗!"可是当他回过头,一颗心几乎要从嗓子眼蹦出来。

"你是小苏?"来人穿着笔挺的白大褂,看见苏骁时却颇有些意外地将鼻梁上的眼镜往上推了推。

"你是施彬!"苏骁却不管三七二十一地喊了起来,惹得周围病患纷纷侧目。对方见状不由得连连摆手,示意他保持镇静……

无意间寻着了施彬,苏骁自然不会再去蹚韩天那趟浑水,顾不上自己的风度,更是全没顾及施彬白衣天使的形象,生拉硬拽地将他扯出老远。直到再也看不到那群令他厌恶的老太太、令他怜悯的叶星慧以及板着脸一言不发的韩天,他才停下来,张口就问:"你跟阿檬有联系吗……"

第十六节

当天下午，苏骁就坐上了去 W 城的火车。

"踏上开往南方列车，行囊却是一封信。

虽然那是一封你最让我，担心的信件。

在你每个字里行间，表露不想再留恋。

而我带着最后一些伤感，盼望最后一面。

火车快开，别让我等待，火车快开，请你赶快，送我到远方家乡，爱人的身旁，就算她已经不愿回来。"

一路上，他哼着这首老歌，心情愉悦而忐忑。根据施彬的描述，欧阳檬最后一次跟他联系是在她毕业后。那时候她去了 W 城某个县城的一家乡镇卫生院实习。至少在那时，她每每跟施彬提起苏骁，总还是不自觉地洋溢起幸福的感觉，仿佛苏骁从来没有离开过。

车窗外连绵不断的山丘换作田野，间或又是平静的湖泊，一幅幅画面像放电影般在苏骁眼里闪过，在他心里播下幼小的种子。也许这些种子到了来年将会成长为他的希望，又或许最终胎死腹中。然而一切在他看来，都只是生命中的一种形态。最终，生命只是被时光推着往前匆匆赶路，到头来所有人都忘记了最初那些种子的经历。

窗外风景看得乏了，苏骁靠在椅背上便睡，梦几乎被欧阳檬填满。他梦见欧阳檬去了 H 市，可是找遍苏骁钟爱的每个角落，也没能寻着苏骁的踪迹。最终，在梦里欧阳檬见到了韩天，而韩天脸上那阴郁的表情让他作为旁观者都觉得心寒。这个时候他凭着直觉想喊，想告诉欧阳檬不要靠近韩天。可是在一番挣扎过后，苏骁醒了过来，发觉列车已经到站，窗外也已经完全黑了下来。

苏骁一边揉着眼睛一边东张西望，期待找到些活的东西好让自己觉得不那么孤单，可空荡荡的绿皮车厢里透着清冷。这时手机铃声不合时宜地响起，让他不由得一阵哆嗦。

"你好，哪位？"苏骁努力让自己的声音不因为冷而显得颤抖，言语越发地简短。

"怎么搞的……"电话那头的男人似乎气急败坏，声音因为激动而显得扭曲，"阿鬼又失踪了！下一个是不是该轮到我……"

"对不起，你是哪位？"苏骁听对方说了许久，没听出所以然，来电显示表明对方并不在自己通讯录里。

"你们必须给我一个交代！"那人似乎并没听到苏骁说些什么，只是一味地怒吼，似乎因为"阿鬼"的失踪而失去理智。

"什么鬼……"苏骁觉得莫名奇妙，挂断了电话，而那男人的声音似乎仍在耳畔回响。

"我说话你没听见啊？"正当苏骁为耳根的清静感到庆幸时，身后忽然有人大声说，"我们要下班了，你给我赶紧下去！"

苏骁顿时觉得耳边一炸，不等回头一个黑影已经站在了身旁……

苏骁硬生生地被"铁大姐"从火车上赶了下来，丝毫不敢顶撞半句。出了站他才发现，"铁大姐"对自己发飙开赶是有十足理论依据的，这时离火车到站时间至少已经过了半个钟头！然而苏骁心里记挂着欧阳檬，旁的一切似乎都云淡风轻、微不足道。他马不停蹄地赶上了长途巴士，带着满满的思念去往欧阳檬所在的地方，纵然在赶到时发现这个前不着村后不着店的乡镇卫生院只是一幢孤立在凛冽寒风中的黑屋子时，心中仍然一片光明。他脑海里已经在想象欧阳檬见到自己的时候，那张俏脸上惊诧而激动的表情。

　　所幸的是这一夜天气很好，月亮孤零零地挂在天上，投下清冷的微光，似乎将周遭空气全部凝住。苏骁独自坐在卫生院大门口的台阶上，不住地哈出白气，间或还使劲跺跺脚。然而他并没有任何抱怨，似乎仅靠回忆和憧憬就足以让他积聚更多能量……

　　"对不起，我们分手吧！"苏骁在说这话时，明显底气不足，以致声音发颤。

　　欧阳檬几乎不能相信自己的耳朵，睁大了眼睛看着苏骁。苏骁自觉无法面对她，只得逃避与她对视。

　　"你……刚才说什么？"欧阳檬强撑起笑，眼里却隐隐泛着泪光。

　　"我要离开这里了……"苏骁转过身去，"这不是我想要的生活，对不起！"

　　"可是……"

　　"别可是了！"欧阳檬还想抢白，却被苏骁粗暴地打断，"一切都是我的错。你是个好女孩，年轻漂亮，将来会有很好的前途。我们在一起只会害了你！"说罢，苏骁想要离开。

　　"站住！"欧阳檬不知哪里来的勇气，令苏骁乖乖地停在那里。

　　"你是认真的吗？"欧阳檬的声音带着哭腔，而苏骁根本不忍回头去看，他知道自己对欧阳檬眼泪的抵抗力几乎为零。

　　"是的！"苏骁咬了咬牙，坚定地说。

　　"那……你走吧！"欧阳檬顿了很久，那时间长到令苏骁想要回头。他们俩似乎在进行一场比赛，最终苏骁取得胜利，却并不快乐。

　　时至今日，苏骁仍然记得欧阳檬对他说的最后一句话："也许某一天你会在某个角落发现我悄悄注视你的身影，那只是因为我一直不舍得离开你，却更不舍得让你不开心。你一定要好好的，好好等到那一天！"

　　"这一天来了！"苏骁看着月亮的眼睛模糊了一片，"只是再见到你，我一定不会离开！"

苏骁这么想着，身子不由自主地颤抖起来。一则因为激动，二则因为天气确实太冷。然而没一会儿工夫，他又沉沉睡了过去。

所幸的是，这次没有更多的梦。只是不知过了多久，苏骁忽然看到欧阳檬的脸，充满哀怨。苏骁不禁身子一缩，一股凉意从脚心一直往上冲，最后涌进脑袋。

苏骁看着缩成一团的自己，尽管不住地哈着气、搓着手，也抵挡不住严寒。这时天已经微微泛着光，苏骁这才有机会看清楚周遭的环境，这是欧阳檬一直生活的地方！

一望无际的平原上罕有人烟，豆腐块状的田埂错落有致。尽管在这数九寒冬里光秃秃的什么也没有，苏骁却已在想象那绿油油的春天到来时的景致。

"如果她愿意，在这里生活下去倒也挺好，至少……"苏骁自言自语着，"阿嚏……"没把话说完，却已是喷嚏不断。他搓了搓大腿，试着站起身，但自腰部以下似乎完全失去了知觉。

"坏了……这不是瘫痪了吧……"苏骁惊呼着，用手撑着地试图强行站起来。

"别逞强了！这么干坐一晚上，是个人都会这样！"苏骁身后忽然有人说话，"何况还这么冷的天！"

第十七节

　　苏骁被身后突如其来的声音一惊之下，竟然站起身来。只是继而双腿再度一软，身子往旁边倒下去。失去平衡之际，一只健壮的手将他搀住。

　　"小伙子，从城里来吧？"苏骁上下打量着对方，仿佛看见了亲人，一个穿着白大褂的老人慈眉善目地看着他，笑呵呵地说，"人家说遇到困难找警察叔叔，可你怎么在我这卫生所门口坐一整晚上呢？有什么急病你敲门不得了嘛！"

　　"大……大爷！"苏骁压根儿没听进去他说什么，双手抓住他的胳膊仿佛抓着救命稻草，激动得有些吐词不清，"欧阳檬！我……我找欧阳檬！"此时此刻，他唯一能够清楚说出来的，恐怕只有"欧阳檬"三个字。

　　"欧阳檬……"老大爷沉吟着这个名字，写满沧桑的脸上看上去柔和了许多，最后却摇摇头，轻轻叹了口气说，"那小妮子命太苦了……"

　　老大爷说话虽轻，苏骁却觉得头顶上仿佛响起一个闷雷，抓着老大爷的双手越来越使力，用几乎失声的声音喊道："她怎么了？她怎么了？"伴随着身体更激烈的缠斗，苏骁终于再度歪倒下去。

　　老大爷把苏骁扶进屋，让他到火炉边坐下。苏骁立刻感觉腿上有了知觉，然而一想起对方的话，却又忍不住站起来大声问："求求你，快告诉我她究竟怎么了？"

老大爷把苏骁再度按到椅子上坐下，细细端详了他一阵，捋了捋胡子问："你是不是叫苏骁？"

听老大爷这么说，苏骁更坐不住了，站起身来使劲点头，巴巴地望着他，眼神里带着殷切的期望。

"呵呵呵，"老大爷反倒笑了起来，"看来是我老了，半天没跟小妮子形容的对上号。"

"她究竟怎么了？"苏骁这下急了，饿虎扑食般的抓住医生胳膊，令他一个趔趄，险些摔倒。苏骁连忙将他扶住。

"这一点上倒是真像！"老大爷颤颤巍巍地说，"你算是没把我这把老骨头给弄散喽！几个月前，我们这儿遇上秋汛，水涨得厉害。当时她出急诊，路上遇险被水冲走了……"

"什么！"苏骁简直不敢相信自己的耳朵，当即怔住，而后痴痴地歪坐在椅子上，仿佛全没了生的希望。

"小伙子毛毛躁躁的，听风就是雨，大概小妮子就喜欢你这样的吧！"老大爷随手拎了把椅子坐在苏骁身边接着说，"当时我也是急得火烧火燎的，她爹娘才去世，要是就这么把命给丢了，那实在是……"

"你说什么？"苏骁瞪圆了眼睛，接连而来的讯息令他几乎难以自持，心脏不禁一阵狂跳，一直跳到他感觉痛。

"还好过了几天，她打来电话说，在下游被救了起来，住进了当地的医院。"老大爷拿出了旱烟袋点上，"吧嗒吧嗒"抽上一口，那火焰忽明忽暗地闪烁，仿佛连接着过去与未来。

"可惜的是她并没有说在哪个镇子哪家医院。"老大爷仿佛看穿了苏骁的心思，"但我活了这么大岁数，最相信缘分两个字。要是你们真的还有缘分，一定会再见面的……"

苏骁从卫生所离开的时候，心情异常复杂，说喜忧参半也好，忐忑不安也罢，都是他心情的真实写照。尽管老大爷临走时再三叮嘱，河的下游少说也有十几个城镇，千万不要挨个儿去找，缘分到了自然会再见面。可是当苏骁沿着河走出几公里之后，终于决定就算走到天涯海角，也要找到那个他最爱的人。

于是接下来的一整天里，苏骁奔波在乡村与城镇之间。他一路往河的下游寻去，从长途巴士到路边搭顺风车，实在没车的时候甚至连农用拖拉机也成了他的脚力。当暮色降临时，他才找了四五个镇子上的七八家医院。

"阿檬，你究竟在哪里？"苏骁从一家医院走出来，失落之情不禁占据了他的心，更写满了他的脸。

一座城镇的繁华程度，通常在夜幕下最能体现。苏骁看着广场上熙熙攘攘的人流，流光溢彩的华灯映在每个人脸上，留下的都是幸福的笑容。看到电子大屏幕上的字苏骁恍然醒悟过来——昨天刚过完圣诞节！

只身一人的圣诞节就像没有情人的情人节一样，面对欢笑的人群自己永远笑不起来——即便苦笑也不会。苏骁想到这里，努力让自己把嘴角往上扬，可是试了半天都没能成功。最终他只能放弃，因为他知道，那样子一定比哭还难看。

正当苏骁想要远离快乐的人群时，手机响了，苏骁接通，里面传来叶星慧的声音。

"是时候了，我想向帮助过我们的人表示感谢——由衷的谢意。很多时候生活那么无助，没有相互之间的扶助，真的很难走下去；很多时候生活又那么迷茫，没有相互之间的指引，真的很容易走进万丈深渊……"

"喂！喂！你在说什么？"苏骁听得一头雾水，连声打断，却被叶星慧置若罔闻，依旧自顾自地发着感慨。

苏骁心里涌起一种不祥的预感，顾不得细听对方说些什么，只是用一种近乎命令的口气说："不论发生什么事，都是可以解决的。你千万不要做任何傻事，你觉得委屈也好、悲伤也罢，真相会还你一个公道……"

尽管苏骁说得在情在理，可叶星慧依旧诉说着，平静得可怕。

"很多事情我们无力改变，于是选择屈从，可是心有不甘。没错儿，你我总是这样矛盾。但这个世界本来就是矛盾的，也许我们看到的和实际存在的差着十万八千里。所以到后来，没谁在乎隐藏在背后的真相，只要那一刻痛快了，其余的一切都只是点缀，不是么……"

最终，苏骁发现自己根本没法打断叶星慧。此刻的他早已心乱如麻，本想就此挂断电话继续寻着欧阳檬，可是叶星慧的声音仿佛有种魔力让他欲罢不能。他只能给予足够的耐心静静地听着。

"武哥虽然走了，我却可以认定他还活着，只是以某种我们并不熟悉的方式。我没读过什么书，不太懂得那些高深的理论。我想做的事只是循着他的足迹去寻着，最终在另一个地方同他相聚而已。话说回来，你不也同样在费尽心力去寻找生命中的挚爱吗？很多时候，我们遍寻不着，有没有想过或许只是寻找的方式或方向不对呢……"

叶星慧的话，越往后听越令苏骁感到后背发凉，仿佛对方就站在自己身后静静地注视自己，同自己通话。苏骁下意识地猛然回头，背后只有医院的大门，空无一人。

第十八节

"你把话说清楚！"苏骁终于忍不住爆发了出来，一整天的寻找几乎让他精疲力竭，他用最后的力量喊了出来。可是此刻，手机里已然鸦雀无声。苏骁焦急地看着手机，才发现手机电池已经耗尽、自动关机了。苏骁忍不住爆了粗口，却陡然发现身边的人们都在用一种异样的眼神看着自己。

苏骁已经顾不上应对周围人的眼神了，尽管没能找到欧阳檬，他知道自己必须马上回 H 市。事实上从一开始他就很信奉卫生所老大爷说的话："但我活了这么大岁数，最相信缘分两个字。要是你们真的还有缘分，一定会再见面的……"那感觉，就像杨过与小龙女分隔十六年最终跳下断肠崖，仍能同小龙女在绝情谷底相聚。

回到 H 市时，夜已深。苏骁出车站匆匆拦了辆的士。当司机巴巴地望着他等待目的地的时候，苏骁却犹豫了。他满脑子都是叶星慧那淡然的声音。

在司机的再三催促下，苏骁终于说出了张心武、叶星慧夫妻俩的地址。

临街的老房依旧灯火通明，看起来人们的夜生活似乎才刚刚开始。即使到了楼前，苏骁仍然有些犹豫。他终究只是个路人，无非是因为韩天接手了这个案子，他才对事情的始末有所了解。而他很清楚地知道，自己所了解的一切很有可能只是冰山一角，对于参与其中的每一个人的认识也相当有限。极有可能每个藏在陌生面孔背后的那张脸，此时此刻正躲在阴暗的角落对他发笑，嘲笑他的不自量力。

可是在这一番激烈思想斗争过后，苏骁发现自己已经站在了张心武家门口。尽管如此，他仍扭扭捏捏地迟迟不敢按响门铃。

正当此时，苏骁忽然觉得门里有动静，他机警地一闪身，往楼下躲去。

"有些话也许我不该说，听到这个消息的时候我是十分高兴的……"楼上传来一个男人的声音。苏骁只觉得这人声音听着耳熟，侧身扶住楼梯探出头，想要一探究竟，无奈他们始终没有挪动步子，更不曾出声。

"你不用这么看着我，就算你打我、骂我，我还是这个想法！"那男人言语间带着一股霸道，令苏骁愈发地好奇。

"要不是看在你的分上，我能让那小子人模狗样地活到现在？"听起来他越说越来劲，丝毫没有要立时离开的意思，苏骁所幸换了个舒服的姿势，斜倚在楼道栏杆上，听他说那些闻所未闻的事。"就说几年前小阿四那事儿，虽说他是误杀。可只要我随便动动嘴皮子，他能那么快从里面出来？"

"那你今天来算什么？落井下石吗？"终于，苏骁听到了叶星慧说话，只是话一出口就令苏骁觉得剑拔弩张。"当初，要不是你手下小阿四挑事，也不至于惹出那么大麻烦来！"

叶星慧说话铿锵有力，同苏骁记忆中那个娇俏可人的小女子判若两人。

"这么多年过去了，难道你不明白？当初你一心要跟张心武，起早贪黑也好、吃苦受累也罢我都由着你，只因为你愿意；如今张心武死了，难道我还能眼睁睁地看着你守寡活受罪吗！当年小阿四的事纯属一场意外，做兄弟的也是为我出头而已。"

很显然，那男人在叶星慧的强硬下终于服了软。这两人对话却让苏骁忽然觉得之前了解到的张心武的一切，都似乎另有隐情。

"这么多年，对我投怀送抱的女人数都数不过来。为了你，我一直单身，为了什么你是最清楚的！有些时候我真恨不得派人把那小子给……"他越说越激动，言语却在最关键时刻戛然而止。苏骁能够想象，叶星慧瞪大眼睛看着他的样子，那一定是一种怒不可遏的气势，然而叶星慧却并未出声。

也许因为叶星慧软弱下去，那男人进而更加意气风发地说："如今我终于等到这一天了，我能给你的只会比张心武多，只要你愿意……"

苏骁忽然对这位男士油然生出一种敬意。毕竟这年头，有权有势同时还用情专一的男人已经不多了。正当苏骁暗自感叹的时候，却听见"啪"的一声，显然是有人被干净利落地赏了一耳光。

"对不起，有些情不自禁了！"那位痴情男士的声音终于低了下去。原来在爱情面前，再高傲的人都会心甘情愿地低下他高昂的头颅。

"你……你……你怎么了？"楼上的情势忽然急转直下，令苏骁忍不住想要一窥究竟。只听那男人略有些结巴地说："有话好好说，你别哭……"他的声音忽然弱了下去，仿佛发生了突如其来的变故，楼上静得出奇。苏骁细细听去，勉强能够听到叶星慧的抽泣声。

这时候苏骁终于再也忍不住了，毕竟八卦是人类共同的毛病。他蹑手蹑脚地走上两步，缓缓伸出头去，只见叶星慧正趴在男人怀里低声抽泣。而苏骁也终于如愿以偿地看到了那男人的脸。

"那不是郑辉强吗！"苏骁心里暗暗嘀咕："他们俩果然有一腿……"

"咳咳……咳咳咳……"正当郑辉强拥着叶星慧，体味多年以来梦寐以求的温存时，房间里忽然传来剧烈的咳嗽声。随即听见老太太带着浓重方言的声音："慧慧，在外面干吗呢？和谁在一块儿啊？我渴了，给我倒点水！"

两人不禁错愕，叶星慧慌张得感觉仿佛自己真是偷情的少妇。那样子别说是郑辉强，就算苏骁这个旁观者都有些我见犹怜的感觉。

郑辉强拍拍叶星慧的后背，轻轻说："别怕，天塌下来有我扛着。你去吧，我也该回去了……"

"这是谁啊，猫在这儿装神弄鬼的，怪吓人的……"苏骁背后忽然传来一阵公鸭般嘎声嘎气的声音，苏骁被吓得一屁股坐到了地上，回头看时一对老夫妻一前一后从他身旁走过去。那老太太一边走还一边埋怨说："现在年轻人也真是的，把咱老两口吓出个三长两短来可怎么办……"

　　苏骁嘴里没说话，可心里却像炸开的热油锅，早将他们二老骂上了千遍万遍："也不知是谁吓唬谁……"骂归骂，当苏骁忽然想起来猛然回头时，楼上那两人正面色惨白地注视着苏骁。那老两口早已走到楼上去，老太太一边走一边叹着气说："张家的小武可是够冤的……"

第十九节

"这么巧……"听着老太太的声音越来越远，苏骁挤出一丝尴尬的笑对两人说。

叶星慧看了看苏骁，又看了看郑辉强，一张白脸立时变得通红，低头轻声说："不早了，你们聊，我回家了。"说罢，匆匆挣脱郑辉强拉着她的手退回家中，反手把门关上，随后里面传来上锁的声音。

"我朋友住这儿，我正巧来看朋友……"面对郑辉强冷峻的眼神，苏骁自觉心虚，说起话来前言不搭后语。

郑辉强面对苏骁的解释仍是不说话，足足呆立了半分钟，才缓缓往楼下走来。目光一直盯着苏骁。

苏骁此刻心中七上八下，双手扶着栏杆更不知是该上楼还是下楼，眼见郑辉强越走越近，双手握着栏杆也越来越紧。一时间，脑海里浮现出黑道老大出手就要人命的场面。

"干你们这行的，还真是敬业啊！"郑辉强一边走一边面无表情地说，脸上肌肉抽动着。同时还将手伸进外套里层。

苏骁脑袋"嗡"的一声变得巨大，他在想象郑辉强将要掏出来的会是把刀还是把枪。然而想来想去，他更想撒腿往楼下跑。只是刚才偷听的时候姿势保持太久，腿有些麻木不听使唤。

就在苏骁犹豫的时候，郑辉强已经走到他跟前，伸进外套里面的手忽然拿了出来。苏骁下意识地眨了眨眼，在看的时候，对方递过来一支烟。

看到是香烟，苏骁悬着的心立刻放了下来，伸手接过烟放进嘴里。郑辉强随即又送上火为他点燃，接着也为自己点燃一支烟，仿佛很多心事似的，用力吸了一大口，而后缓缓吐出淡青色的烟。

"混了这么多年，我深深明白一个道理。男人，俯仰天地，无愧于心，其余全是扯淡。你说呢？"郑辉强说话很轻，但字字压在苏骁心里，让他觉得憋闷。他感觉那是对方的一种警示，只得不置可否地胡乱笑笑。

"这样回应我可不是你的风格……"郑辉强摇着头，又猛吸了一口烟，缓缓往楼下走去，脚步声却显得极为沉重。

直到郑辉强的脚步声消失在楼道里，苏骁才重重地吐出一口气，而后不停地抽烟，直到香烟烧到烟屁股，他才意犹未尽地吐出最后一口烟。

苏骁回到家时，满屋的烟气将整个客厅弥漫成仙境。

"一天不见，你都快修炼成仙了哥们儿！"苏骁一眼瞥见歪坐在沙发上的韩天，就势凑了过去，顺手点燃一支烟，同韩天一道吞云吐雾。

"怎么回了呢？我以为你真打算找遍天涯海角呢！"韩天随手翻着一本资料，心不在焉地说。

苏骁一把抢过韩天手中的资料，一边翻看一边说："你还真别挤兑我，没准儿哪一天你真见不着我的时候你肯定会后悔的……这……这是什么？"终于，苏骁也不再言语，眉头不由自主地皱了起来，看起来丝毫不比韩天轻松。

"瞧瞧瞧瞧！书到用时方恨少！"韩天伸手把资料接过来说，"死亡报告，这么大几个字都不认识？"

"这不是张心武的死亡报告吗，深更半夜的你研究它干什么？"

苏骁把烟掐灭，再度把死亡报告抢过去，"上面怎么说的？"可发觉韩天那凌厉的眼神正虎视眈眈地注视着自己时，又乖乖地把它递还到韩天手上。

这次韩天没有答话，只是静静地把死亡报告翻了几页，然后塞到苏骁手里。

苏骁有些受宠若惊地逐字逐行地看着死亡报告，最终在死亡原因上看到一行小字："死者系死于过敏性哮喘所致的呼吸道水肿引起的窒息。"

"这下我就放心了！"苏骁终于心满意足地把死亡报告还给韩天，仿佛小学生拿到成绩单时看到门门考试结果都是六十分，"至少我知道了张心武的死跟他老婆无关！"说起叶星慧，苏骁忽然想到之前的事。正想说话，却听韩天说："得亏你爹不在，不然得被你气死！"

苏骁看着韩天，一脸茫然。

韩天摇摇头，缓缓接过死亡报告放在茶几上，而后却忽然往苏骁扑过去，单手扼住他的咽喉。

苏骁一惊，顿时觉得憋闷，手脚不听使唤地胡乱挥舞。纵使这样，韩天却也丝毫没有放松的意思。渐渐地，苏骁觉得脑海里只剩下一片空白。而在空白的尽头有一个小黑点，小黑点慢慢向自己靠拢。最终，他看见欧阳檬的脸。可正当他想要伸手去抚摸那梦寐以求的脸庞时，一切都消失了，韩天放开了手。

苏骁大口喘着粗气，仿佛获得了新生一般，吸进的每一口空气都变得异常珍贵。当他渐渐觉得一切如常时，不禁冲着韩天怒吼起来："你他妈跟我玩真的！差点儿弄死我了你知道吗！"吼归吼，苏骁却不敢动手，因为他知道动手也打不过对方。

"玩真的？玩真的你还能这么吼吗？"韩天却不以为然地说，"我只是意思意思你就挣扎成这样，呼吸道水肿所致的窒息可是要命的！"

韩天一句话，终于令苏骁幡然醒悟过来。他忽然想起当天在急诊科，医生从他身边走过时接连念叨的"奇怪"二字。

韩天见苏骁终于平静下来，不禁点上一支烟，静静地说："据描述，张心武在早上被发现停止了呼吸，然而身体还有余温，然后他老婆叶星慧叫了救护车。再后来，张心武她表姐到局里报案说叶星慧下毒。这个时候，张心武在医院抢救无效，最终死亡。后经我们调查，他们的卧室虽然没有收拾，却也没有剧烈挣扎的痕迹。"说着，韩天指了指沙发，"你在看看这……"咖啡色的布艺沙发上尽是苏骁刚才挣扎留下的褶子，不少接缝处的魔术贴都被掀开来。

"可怜我的沙发……"韩天一面整理着沙发一面喃喃自语。

"可怜我的喉咙……"苏骁学着韩天的语气，双手捂着自己喉咙。

韩天瞪了他一眼，忿忿地说："真后悔刚才没把你掐死！"说着装出又要扑上来的样子。

"说真的，突然想起来……"苏骁忽然伸手止住韩天说，"叶星慧很奇怪……"

"等会儿！"韩天忽然掏出手机。在苏骁的配合下，客厅里回荡着苹果手机那单调的铃音。

"什么事……好，我知道了……马上到！"

"去哪？"苏骁见韩天掐灭了烟头，不禁站起了身。

韩天上下打量着苏骁，仿佛脑子里在进行激烈的思想斗争，最终缓缓回答："凶案现场……"

第二十节

凌晨，寒风和着皎洁的月光，不住地侵袭着夜行人的衣襟。那感觉，似乎是合伙作案的两个扒手，一个负责下手，一个负责打掩护。苏、韩两人趁着夜色来到一幢烂尾楼前，尽管周边黑灯瞎火地并无太多居民，可此刻楼前却格外热闹。执勤的民警早已在楼前拉起了警戒线，场面堪比电影大片。

"小王，什么情况？"韩天穿过警戒线，看着中间的尸体，目光仿佛同外界的空气一样冷峻。苏骁跟在韩天身后，一眼瞥见尸体，胃里顿时一阵抽动。强烈的胃痉挛致使他捂住胃部不停地揉搓，所幸晚上没有吃饭，不然肯定吐个稀里哗啦。

那位被称作"小王"的警察正拿着相机前前后后忙活，见到韩天到来，如释重负地上前汇报说："晚上值班接到电话，说这一带发现尸体。我们赶过来没找着报案人，兜了好几圈才在这栋烂尾楼前有所发现。这一带比较偏僻，居民比较少，估计报案人也只是周边居民。"

韩天默默听着小王的报告，静静看着眼前这具摔得不成人形的尸体，脑子转得飞快。

"人得从多高摔下来才能摔成这样啊？"韩天一边听着苏骁在背后自言自语，一边抬头望去，只见三十几层的高楼在月光下拔地而起。不知是因为断了资金链还是什么别的原因烂尾了好几年，空中兀自参差着长短不一的钢筋、水泥柱子。

"能够确认死者身份吗？"韩天忽然问。

"除了这个，死者身上没能找到什么别的东西。"小王似乎早有准备，递过一个封好口的取样袋。苏骁在韩天背后够着头看去，里面装着的似乎是一张卡片。只是光线昏暗，苏骁怎么也看不清那究竟为何物。当苏骁绕到韩天身侧想要看清楚时，韩天却收起了取样袋，眉头皱成了"川"字。

回去的路上，苏骁并没有缠着韩天问取样袋里的东西。他深知"好奇害死猫"的道理，同时他更了解韩天的职业操守。又或许他是真的累了，坐在副驾驶上沉沉地睡了过去，甚至不知道自己是怎么回家、怎样睡到床上。他只是觉得这一夜睡得很香，没有被那些潜藏在大脑皮层沟壑里的各种渴望所骚扰。

然而，第二天孙晓钰的吉他课他又迟到了。

当苏骁意识到这一点的时候，他是相当忐忑的。尽管对方对自己大胆表白，可终究是他的顾客。从某种意义上说，苏骁即使再高冷，也不得不在某些时候迎合自己的这些上帝。在这样一种尴尬的情况下，他却见到了一个再正常不过的孙晓钰——五官精致，肤色白皙，浑身上下充满阳光的味道，只是眉宇间略显疲惫。

"你又迟到了！"孙晓钰说话的语气依旧没变，仿佛之前那些事全没发生过。

"对不起、对不起……"苏骁只得连声道歉，却在心里合计，无论对方点什么歌，也决不再唱了。

"看在你那双熊猫眼的分上，就不跟你计较了，咱们上课吧！"说着，孙晓钰坐直了身子，摆正了姿势，和以前那股热情劲判若两人。

苏骁忽然觉得这样也挺好，然而心里却又隐隐有些失落。

"上次你教的指法我都练好了，我弹给你看……"丝毫不给苏骁自怨自艾的机会，孙晓钰已经开始拨动琴弦，那样子显得格外认真，令苏骁无暇顾左右而言他。

"一眨眼这一年就快过完了……"见苏骁在一旁闷不作声，孙晓钰一边练着琴一边说："今年出了不少好剧，"顿了一顿，孙晓钰偷瞄了苏骁一眼，"估计你平时不怎么看电视剧的吧？"

苏骁有种被人一眼识破的感觉，只得点点头，默不作声。

"今年的《宫锁心玉》啊、《步步惊心》什么的，我都断断续续没看完，好可惜的感觉，希望以后有时间再看一遍！"孙晓钰谈起时下最流行的电视剧，不禁兴致勃勃，却丝毫引不起苏骁的兴趣。

"如果我也能穿越就好了！"当说起穿越这个话题时，孙晓钰的话终于被苏骁听进去。

"是啊，假如我也能穿越该多好！"苏骁这么想，却没说出来。

苏骁开小差的时候，已经被孙晓钰盯上。她略有些心疼地望着他轻轻说："说说你吧，看起来那么憔悴！"

苏骁一怔，不知从何说起。这时孙晓钰已经放下手里活计，静静盯住他，忽然问道："假如给你穿越时光的机会，你一定最想回到欧阳檬的身边对吧？"

"你……"苏骁知道这时候自己脸色一定很难看，"你听谁说的？"

孙晓钰微微一笑："老板他们都说，你是个痴情种，这么久了还对初恋情人念念不忘……"说着，孙晓钰轻轻拨了下琴弦，"欧阳檬……这名字像诗一样……"

"别提她了……"苏骁忽然打断她说，"这世界上只有一个真理，已经错过的人和事，再也回不了头。没有时光穿梭，没有梦想成真！"

孙晓钰摇摇头，双唇动了动却没作声。

"我只是个自作自受、一无是处的神经病，根本不值得任何人爱。真的！不值得……"苏骁不知哪里来的勇气，一口气把自己的形象诋毁得一文不值。

"没准儿我也是个疯子呢？"孙晓钰迎着苏骁情绪上的风口浪尖，丝毫不避其锐气。

"那你去找他，他一定给你治好！"苏骁语气越发地激烈，随即抄给孙晓钰一个电话号码。孙晓钰缓缓接过号码，疑惑地看着苏骁，最终小心翼翼地将纸条揣进怀里，然后继续看着他。两人终于在这一刻各自平静下来。

这种平和的气氛一直保持到课程结束，苏骁没敢多作停留，回家路上的景致足以让他将一切不悦的情绪抛诸脑后。

第二十一节

"那不是韩天的车吗!"小区前的街口,苏骁发现猎物一般,蹑手蹑脚地走过去。所幸车窗被摇了下来,韩天和孟恬坐在车里,似乎正争论着什么,并没注意到苏骁。

"你从前不是这样子!"孟恬的声音略微有些发抖。

"我一直是这样!"韩天的声音却相对冷漠。

"我不知道你究竟是蒙在鼓里还是自欺欺人,"孟恬仿佛温驯的小绵羊,即使在盛怒之下也不懂得用强硬的语气表达自己的情绪,"难道你没发现你的生活不太对劲吗?"

在这一点上,苏骁一直觉得孟恬跟韩天简直绝配。两个人都是那样沉得住气,尽管处变不惊是好事,可两个这样的人在一起相处,火花都难擦出来,还能怎样愉快地玩耍?

韩天沉默了许久,最终缓缓说:"你先下车吧,我还有事要去办。"

苏骁正在想,这下孟恬应该发火了吧?正在这时,车门突然被推开,一股大力把苏骁推倒在地上。孟恬静静地从车上下来,红着眼睛扬长而去,完全忽略了苏骁的存在。

苏骁痴痴地望着孟恬远去的背影,忽然觉得眼前一片模糊。一种莫名的感伤涌上心头,令他几乎难以自控。真情流露之余,他忽然意识到身后还有一双冷峻的眼睛正在注视着自己。

此时韩天已经发动汽车，余光瞥见苏骁起身，只冷冷说："麻烦帮我把门关上！"

苏骁叹了口气，坐上副驾驶的位置，而后关上车门。

"我好像没叫你上车？"韩天一脸迷茫地看着苏骁。

苏骁却一脸无所谓的样子："上都上来了，还扯那么多闲犊子干吗？开车呗！"

韩天一脚油门踩下去，吓得苏骁立刻乖乖地系好安全带。车很快停在一处高档小区门口。

"这是哪里？来这儿干吗？你不是回家啊？"苏骁一连发问，却都被韩天随意忽略。

韩天走路奇快，苏骁跟在后面一路小跑才勉强跟上。直到这时，苏骁才隐隐有些后悔。当他胡乱猜想着此行的目的时，韩天按响了一户人家的门铃。

苏骁悄悄躲在了韩天的身后，刚才在匆忙行进间，他不小心从韩天撩起的衣衫下面看到了明晃晃的手铐。正当苏骁提心吊胆地做好"撤退"准备时，门开了。

"哟，韩警官！"一个熟悉的声音顿时让苏骁打消了顾虑，站在门里的竟是刘大爷。

"刘大爷，搬家之后我就没来看过您，今儿正好路过，就上来瞧瞧，也没顾上带点儿什么。"韩天满脸堆笑地说。在苏骁看来，同刚才简直判若两人。

"警察都是睁眼说瞎话的么……"苏骁低声咕哝着，韩天却并未理会，只有刘大爷带着诧异的眼神看着他。

苏骁自觉没趣，只能冲他尴尬地笑笑，不再说话。

"快快快，进来坐！"刘大爷拉起韩天的手说，"来就好，啥也别买，家里啥都有！"

苏骁走进屋，顿时觉得眼前一亮。跟这满屋富丽堂皇的装饰比起来，韩天的家可算是家徒四壁了。

看着两人惊讶的表情，刘大爷乐呵呵地说："刘希那小子也不知道哪儿修来的福气，能娶到雯雯这么好的姑娘。如今我也跟着沾光，住这么好的屋……"刘大爷一激动，又自顾自地抹着眼泪。

"您苦了大半辈子，也该享享儿孙福了！"韩天搀着刘大爷坐下，轻声安慰着。

苏骁四下打量，忍不住暗自感叹，命中有贵人的人当真是福气来了挡也挡不住。再看看墙上挂着的结婚照，两人也算男的帅、女的俊，这么看也就不觉得心里不平衡了。

"他们没在家里吧？"韩天朝里屋瞄了眼，略有些心不在焉。

刘大爷点头说："雯雯工作忙，没日没夜的，挣的都是些辛苦钱。倒是我家刘希那不争气的东西，成天里不知道忙些啥，雯雯跟着他太委屈了！"

"哦？刘希找到工作了？"韩天问得不经意，却让苏骁在一旁听出了些端倪。

刘大爷不明就里，只摇摇头说："那小子总不跟我说，平时也难见着人，总是我睡了才回，早上我出门了也没见起床。"

"如今生活改善了，刘大爷您就别扫马路了，一把年纪了也该过两天好日子！生活上的事儿让他们年轻人去奋斗就是了。"韩天说这话时倒也真诚，只是在苏骁听来却有些自惭形秽。自己跟刘希年纪相仿，尽管刘希千般不是，却也长年守在老父亲身边。相比自己，刘大爷父子俩的父慈子孝足可作为表率。

刘大爷拍拍胸脯说："我身子骨好着呢……"说着，刘大爷忽然起身笑呵呵地说："可就是脑子不好使，韩警官进屋这么久了，我就让你这么干坐着，等会我去倒茶！"

"不客气不客气……"韩天忙站起身，却忽然听到门外有动静。随后门被打开，刘希站在门口看见屋内的情形，不禁有些错愕。

"刘希，你瞧，韩警官来看咱们了！"刘大爷见到刘希回家，自是满心欢喜。韩天的脸色却在一瞬间变得严肃起来。而刘希则是既不说话，也不进屋，只是在门口冷冷看着，气氛顿时变得凝重起来。

"你怎么了？怎么不进屋啊？"刘大爷见状，迎上前去，不料刘希扭头便走。

"你去哪儿啊？"刘大爷不明就里地呆立在屋里，韩天却快步跟了出去。苏骁看了眼刘大爷，只见他仿佛做错事的孩子，不知所措地叹着气。一时间苏骁也找不出更好的词语去安慰，只得跟着韩天追了出去。

"刘希你给我站住！"一眨眼工夫，韩天已经追着刘希奔出了小区。苏骁在后面紧赶慢赶，只觉得前面两人越跑越快。

"你们这是玩命呢……"苏骁一边说一边喘，仿佛脚底灌了铅，最终他停了下来。他知道奔跑、抓人这些活是韩天的特长，自己完全没必要跟着掺和。果然在街道拐角的地方，他发现韩天把刘希摁在了墙上。

第二十二节

"你干什么！"刘希不停地挣扎，言语间带着愤怒。

"警察办案，你老实点！"韩天一改往日冷静的性格，言语和动作都显得格外粗鲁。

"我又没犯事，你放开我！"尽管刘希一直反抗，却拗不过韩天那双有力的大手，只得在言语上同他一较高下。

"没犯事你跑那么快！"韩天一边单手摁住他，一边摸出手铐。一个不留神，却被刘希挣脱开来，他靠在墙上一边大口喘着粗气一边大吼："你不追我，我能跑那么快？"

韩天怒视着刘希，忽然左手拉住他，右手亮出手铐飞快地把他铐住。

"你他妈神经病啊！当警察了不起啊？可以随便抓人？"刘希见双手被铐，挣扎得更厉害。

"郑阿桂死了，你知道吗？"韩天黑着脸，忽然说。

刘希骤然听到韩天所说，随即一愣，当下也不再挣扎了。

苏骁见状也是大吃一惊，尽管他同刘希并无交集，却也很难将他同杀人犯联系在一起。可是此时看着刘希的表情，却又很难不这么想。

"你凭什么认为我是凶手？"尽管一开始刘希输了气势，却不代表他会乖乖伏法认罪。

韩天听了这话，嘴角很少见地露出一丝轻蔑的笑："上个星期我在辉强商贸见过你，记得吗？要不你说说，那天你在那儿干吗？"

韩天的话似乎令刘希极为沮丧，只见他低头不语，仿佛整条心理防线已然被摧毁。

"你还要说什么吗？"韩天略带挑衅的味道问。

刘希默不作声，仿佛默认这场战役的失败。这表现令韩天获得一种成就感，那感觉就像君临天下的王者，言语掷地有声。

"韩警官……韩警官……"这时候，远远传来刘大爷的呼喊。苏骁侧头看去，只见刘大爷一路小跑来到跟前，看了眼韩天又看了眼刘希，不禁抓住韩天的手动情地说："他犯了什么事儿？这孩子虽然不学好，可也不至于犯罪吧！"

韩天一手抓住锁住刘希的手铐，一手揽着刘大爷说："现在警方怀疑刘希跟一起案件有关。一个叫郑阿桂的人从一栋烂尾楼上坠楼身亡，现场被人为地制造成意外坠楼的假象，但我们从死者的身上找到刘希的银行卡。刘大爷你放心，法律是公正的，绝不会冤枉一个好人，也不会放过一个坏人！警方只是暂时拘留他进行审查。"最后一句话，韩天特别加重了语气。

"人是我杀的！"刘大爷忽然冒出的这句话，令在场的人都吃了一惊。

韩天微微笑笑，双手握住刘大爷颤抖的手说："刘大爷，我知道你爱子心切。刘希好不容易娶了房好媳妇儿，你盼着他好好活着。可法律上的事凡事都讲证据的，如果真是他干的，你冒认罪名不但帮不了他，对自己也是一点好处都没有。"韩天又看了看刘希，只见他老老实实立在那里，双手垂下去，不禁满意地接着说："我向你们保证，一定把这事情调查个水落石出，一定不会让真凶逍遥法外！"

"他是我从楼上推下去的！"刘大爷继续秉承着语出惊人的特色，同韩天的言语进行着无缝对接，"那天我……"

"老头子你别瞎胡闹了好吗！"这时候，一直一言不发的刘希忽然暴怒起来，冲着刘大爷喊道，"男子汉大丈夫一人做事一人当，不就是杀个把人嘛！"转而又用一种极度嚣张的语气对韩天说："没错儿，我赌博欠了强哥的钱，被逼债抓去辉强商贸，还不上债挨顿打也是再正常不过了。郑阿桂还抢走我的银行卡和密码，我当然怀恨在心。那天晚上我以还债为名把他骗到烂尾楼上，趁他不注意把他推下楼。最可惜的是没能拿回我的银行卡！"

"你……"刘大爷以一种错愕的眼神看着刘希，仿佛胸口被重击一般，半天说不出话来。

这时候，刘希却越说越激动，突然狠狠推了刘大爷一把说："你什么你，我说了一人做事一人当，你就当这辈子没生我这么个败家子吧！"

刘希那一推似乎并没太用力，刘大爷身子只是微微晃了晃。但刘希的言语无疑像一把大铁锤，狠狠敲击着刘大爷的心。只见他满脸沮丧地看着地，嘴唇不住地抖动着，面上全无生的希望。

苏骁一直站在一旁，看见这场面终于有些按捺不住，冲刘希吼了起来："你杀人你还有理了？有你这么对待父亲的吗？枉你老爹一心替你顶罪，你这种人在世上死一个少一个……"

韩天冷冷看着苏骁，并未太多干预，他的眼神似乎对苏骁的行为给予了肯定。刘希上上下下看着苏骁，最终不耐烦地对韩天说："别磨叽了，把我带走吧！"

两人把刘希送回派出所，三个人一路上谁也没说话。韩天专心致志地开着车，板着脸看着前方，偶尔遇见加塞的车辆还会骂上两句；刘希低头看着手铐，乱糟糟的头发把他的脸遮住，似乎他想要隐藏的东西绝不止自己的脸；苏骁心中想着刚才带走刘希时刘大爷的眼神，那种痛彻心扉的神情和天下间任何父母都一样，一时间他想到了回家。

从派出所出来，韩天仍是一言不发。苏骁几次都想找些话题来说，可每每想起韩天同孟恬两个人的表情时，话到嘴边却又咽了回去。

"说实在的，我对刘希能够一个人搞定郑阿桂表示怀疑！"等红灯的时候，韩天忽然说。

"人都死了……"苏骁顿时觉得压抑的气氛轻松了不少，于是习惯性地跟韩天抬起杠来，"你又凭什么去比较呢？"

韩天忽然扭头看着苏骁说："这两个人我都抓过。刘希跟你似的，手无缚鸡之力，抓他跟闹着玩儿似的。可想抓郑阿桂，还真要费一番功夫。关键是……"

后面的车忽然不耐烦地"滴滴"起来。

"那天看到刘希被郑阿桂揍得真是不成人形，"韩天厌恶地看着后视镜，嘴角却微微扬起，仿佛有些幸灾乐祸的样子，"要不是我当场制止，大概后来郑阿桂就不会死了。"

苏骁听后不禁咂舌，一脸嫌弃地说："人民警察不是应该秉公执法吗？我怎么觉得你好像对刘希存有偏见呢？"

"难道不应该吗？"说起刘希，韩天不禁义愤填膺，"那小子简直就是社会的蛀虫，成天游手好闲、滥赌成性。可怜了刘大爷这么大把年纪还得为这混小子操碎了心！"

"你分明是嫉妒他！"苏骁放肆地说，"嫉妒他有那么个好爹，又娶了那么贤惠的老婆，没准儿你还嫉妒他长得帅……"话一说出口，苏骁立时后悔了，随即黯然说，"或许，应该是我最嫉妒他才对……"

第二十三节

　　韩天没有搭话，驾着车一连驶过几个街口，也许是一直在酝酿，最终缓缓说："快过节了，趁着这机会，回家吃个饭跟父母团聚。亲人之间，有多大怨恨都解开了，何况这么久！"

　　韩天这话说到苏骁心坎儿里，令他不住地点头。

　　车又驶过一个街口时，路边围满了人。

　　"这里很眼熟！"苏骁看着嘈杂的人群，喃喃说。

　　韩天一边把车靠边，一边惊觉地提醒："这里是张心武和叶星慧的家啊！你去看看怎么回事。"

　　提起张心武和叶星慧，苏骁忽然想起之前发生的事还没来得及向韩天汇报。在韩天的催促下，苏骁也顾不上多说半句。来到人群前，苏骁却又犯了愁，凭着自己弱不禁风的身板儿，根本没法挤进。可正当他围着人群一边绕圈一边犯愁时，人群却突然散开。人们像躲避瘟疫一样纷纷后退，自觉让出一条道来。瘟疫纵然令人望而生畏，这里的人们却更愿意观赏瘟疫肆虐后的惨状。

　　从中间的走道里，几名急救人员抬出一个人。隔着人群苏骁向里面望去，那惨状颇有些熟悉。

　　苏骁还来不及去追寻记忆深处的某些相似场景时，便已经看清了躺在担架上那人的面貌，心里不禁一惊："叶星慧！"苏骁失声喊了出来。在他的目送下，叶星慧已经被抬上救护车。

"等等！"苏骁也不知哪里来的勇气，冲到救护车前大声喊道，"她的伤势怎么样？"

车上急救人员看着苏骁，不禁面面相觑。最终，一个大块头冲苏骁吼起来："家属是吗？还磨磨叽叽地干什么？赶紧上车！"

接下来苏骁在医院急诊科待着的五个小时里，除了韩天打电话来询问情况之外，他没有跟任何人说一句话。任由医院里来来往往的人从他身边匆忙走过，有人询问他也只是点头或摇头。一来他确实不知该说些什么，二来他觉得自责，三来他也同情叶星慧的境遇，或许还有别的什么，种种因素交织在一起，令他的心情异常沮丧。

"谁是家属？"终于，医生从抢救室里走出来。

苏骁迎了上去，却不知该点头还是摇头，只能怔怔地望着医生。或许经过连续几个小时的抢救，医生也有些疲倦，缓缓说："算她命大，可能是在下落过程中被晾衣架之类的东西拦住，减缓了下坠速度，命基本算保住了。可是伤者头部可能也在下落过程中遭到了重创，目前还需要进一步观察。"说罢，医生一边摘下口罩帽子一边摇摇头，边往办公室走边喃喃自语："现在年轻人真是，动不动要死要活的……"说着，还长长叹了一口气。

医生的话似乎并没能让苏骁找到轻松的感觉，他反而愈发地为叶星慧感到悲哀。在这抢救的五个多小时里，没有任何家属前来。虽然他早听说叶星慧是孤儿，可她毕竟还是张家的儿媳妇，即使张心武不在了。

苏骁将外套裹了裹，尽管医院里暖气十足，他却仍感到从头至尾浑身冰凉。

"阿慧！阿慧！阿慧在哪？"走廊里忽然热闹起来。苏骁循声望去，郑辉强俨然一副黑道大哥的样子，黑色风衣行进时衣角随风飘荡，身后跟着三五个壮实汉子。可他本人却显得苍老而焦虑，仿佛一只没头苍蝇。

"阿慧在哪？"郑辉强一眼瞥见了苏骁，不禁冲上来问，眼神里充满殷切的期盼。

"额……"苏骁同他四目相对，并且胳膊还被人双手抓牢，一时间竟不知该说些什么，"她……"

"都是你小子闹的！"郑辉强忽然抢起拳头，狠狠往苏骁脸上砸去。苏骁毫无防备，顿时觉得眼冒金星，脸颊上火辣辣的疼。

"阿慧要是活不成，我让你全家陪葬！"郑辉强仿佛一头发怒的野兽，对苏骁又是一脚。苏骁没站稳，往后一仰倒在地上。

郑辉强那些手下见状，纷纷围到苏骁身侧，筑起一道人墙，任由郑辉强对苏骁拳打脚踢。一旁的医务人员全都看傻了眼，这些年他们见惯了医闹，却没见过这么闹的。

"阿慧！"正当急诊走廊里郑辉强暴打苏骁乱作一团时，郑辉强陡然跳了起来，把苏骁晾在一边。他看见两名护士从抢救室里推出一个人，那正是叶星慧。郑辉强顾不得擦掉嘴角被苏骁还手流下的血迹，抢到叶星慧身边，一边看着她一边询问护士情况。

护士也被这情景吓得不知所措，郑辉强索性一路跟着护士帮着推车，他的手下们则跟在他身后，最后所有人一起消失在走廊尽头。

苏骁歪歪倒倒地站起身，尽管觉得冤枉，却也只能认命。他很清楚地记得，那天晚上郑辉强跟他说的话，比起如今叶星慧的不幸遭遇，自己挨这顿揍也算是很幸运了。

回到家，韩天已经在窝在沙发里吞云吐雾了。看见苏骁满脸狼狈的样子，一贯冷静的韩天不禁跳了起来。

"你这是干吗了？被谁打的？"

苏骁起初还遮遮掩掩，可发现丝毫逃不过刑警的眼睛时，索性大大方方地说："算我倒霉，得罪了黑道老大……"

"你是说……郑辉强？"韩天侧着脑袋看着他，一脸怀疑的样子。

苏骁没打算回话，可就在他一愣神的工夫已被韩天看穿了一切。韩天拉起他的手往外走，一边走一边怒不可遏地说："跟我走，去找他！"

苏骁使劲拽回手，一言不发地呆立一旁，仿佛犯了错的小学生。

"你现在怎么这么窝囊？"韩天见状，愈发气不打一处来。

"其实……"苏骁顿时觉得有些委屈，却仍是一本正经地回答说，"我是觉得特别对不起叶星慧。"

"这跟她有一分钱关系吗？"韩天听了，依旧是义愤填膺地要拉着苏骁往外走，"话分两头说，一码归一码，郑辉强把你打成这样，管他黑道白道，我得让他给个说法！"

"你听我说！"苏骁避过韩天，当即把有关叶星慧的事一股脑儿地说给他听，包括他在 W 城时接到的那个电话。随着苏骁的陈述，韩天的状态终于由暴怒转为平静，随后陷入沉思。

第二十四节

夜里，苏骁翻来覆去久久无法入眠。尽管受的是些皮外伤，触之即痛却是在所难免。也不知过了多久，当疼痛变成了习惯，苏骁也不再觉得有任何不适了。然而当一切都变得麻木后，韩天在最后一刻所说的一句话却又令他耿耿于怀："为什么我觉得，在某一些方面你越来越像我了？"

"像你就完了！"苏骁望着黑乎乎的天花板极度自信地自言自语。然而，当韩天发觉自己被打时那副激动的情绪着实令苏骁有些许感动。韩天仿佛又变回从前那个处处都护着自己的大哥哥。

苏骁就这么望着、想着、说着，终于有那么一刻，他觉得有些困倦。可当他迷迷糊糊将睡未睡着的时候，他听见隔壁房间里传来韩天打电话的声音。韩天的声音不大，却句句带有爆发力，仿佛在同什么人激烈地争执着。

苏骁的瞌睡虫立时被赶去了爪哇国，可纵使他竖起耳朵听，也只能勉强听到诸如"你敢""奉陪"之类的字眼。苏骁想要更努力些去倾听，却始终不愿离开温暖的被窝。就在这种渴望而矛盾的心态下，苏骁终于沉沉睡了过去。

"苏骁！苏骁！"一阵群星闪烁与繁花似锦交织的梦幻场景中，苏骁忽然听见有人在喊自己。

"该起床了！"

苏骁极不情愿地睁开眼，当看到是韩天时，又懒洋洋地把眼闭上，留给他一句"今天我休息"之后，转了个身继续做梦。

"时间不早了，今天你跟我一起去上班！"韩天站在床边，看着苏骁的样子，颇有些恨铁不成钢的感觉。最终他一咬牙，一股脑儿把苏骁紧紧裹着的被窝掀开。苏骁立时觉得闪烁的群星和似锦的繁花全变成细小的冷空气分子，瞬间都抢着往自己毛孔里钻。

"你干什么！"苏骁坐起身大吼起来，随即又把被窝裹了起来。

"听说叶星慧情况恶化，为了保险起见，今天你跟我一起。"韩天一件一件地把苏骁的衣服扔给他，一边扔一边说，"我太了解郑辉强了，如果叶星慧真有个三长两短，我真不知道他会干出些什么事来。"

"又不是我闹的……"苏骁一边嘟着嘴嚷嚷，一边接过衣服穿上。昨晚的伤还在隐隐作痛，尽管有一万个不情愿，他也不愿意类似的经历重来一次，并且后果只会更坏。

苏骁跟着韩天去上班，起初有种被囚禁的感觉。然而韩天的同事们似乎很习惯这个小尾巴，对他不闻不问，甚至对他视而不见。这样一来，苏骁倒也觉得自在，索性独自坐在韩天桌前，翻看着韩天的各种物件。

韩天的桌面很整齐，除了办公电脑和一本精美台历，便没有更多的东西。苏骁随手按下电脑电源，然后去翻动台历。

台历被翻到最后几页，意味着旧岁将尽，它的生命也即将走到尽头，至于韩天会如何对待一本过时的台历，苏骁也无从得知。他往后翻了两页，陡然发现十二月的月历上每一页，都被人在 12 月 22 日这个地方用红笔画了一个圈。而在日历的 12 月 22 日上，却只记录着些日常工作中的琐事。

苏骁有些不解，又一页一页地往前翻看着。每一页都有一些工作记录，前前后后串起来仿佛是一个个故事。

"简直可以写书了！"苏骁一边感叹着一边翻看，手突然停在半空中。他在九月份的某一页里，发现了自己同韩天的合影。

照片是几年前、苏骁还没读大学的时候留下的，那时候两人都还很青涩。韩天刚从警校毕业，而苏骁还留着一头飘逸的长发。在夕阳下，两人勾搭着肩笑得都很灿烂。苏骁还悄悄在韩天头顶伸出手指，做成犄角的样子。夕阳恰到好处地将两人分隔开来，身后绿树成荫。

苏骁突然觉得有这么一个哥哥是件很幸福的事情，即使平时总是被他冷嘲热讽，但关键时刻他总能记挂着这个弟弟，譬如今天强迫自己跟着他来上班，又譬如意外发现的这张老照片。

苏骁左右看了看，没见到韩天的身影，索性悄悄把照片揣进自己口袋里。他忽然觉得，自己似乎应该对韩天这位兄长更好一些。一边想着，苏骁一边继续往前翻，希望会有更惊讶的发现。可是从九月一直翻到一月，看到的都只是些琐碎的案情记录。尽管各种离奇各种古怪，却终究勾不起苏骁的兴趣。

一直翻到台历的第一页，一行刚毅有力的行书跃然纸面："新的一天，新的一年，抛掉过去，重新开始！"

结尾还一连打了三个惊叹号，下笔一个比一个重。

"原来你也会自己给自己打鸡血！"苏骁一脸鄙夷地自言自语，小拇指灵巧地一勾，"啪"的一声把台历合上，又一张照片跃入他的眼帘。

"有发现！"苏骁感觉心一阵乱跳，拿起照片时却呆住了。

"娜娜……"面对这个风姿绰约、明艳动人的女子，苏骁的情绪立时低落下来，黯然念叨着："嫂子！"

这一刻，他觉得胸中涌起一股莫名的悲伤，令他几乎难以自持。想起娜娜的种种好，苏骁不禁猛然抬起头，想去寻着韩天的踪迹。尽管他是那样悲伤，却无从知晓悲伤从何而来。唯一能够为他解答疑惑的人，却不合时宜地选择了忘记，并且似乎真的做到了。

苏骁扫视一圈，依旧没有发现韩天的影子，不禁有些失望。

"也许他是装的！"苏骁恨恨地说，随手把台历翻回到今天，下意识地又把台历的位置摆正，却在不经意间发现台历下面还压着几张照片。

苏骁发现新大陆一般拿起那些照片，刚才的悲伤似乎立刻烟消云散。可看到照片时，他觉得胃里一阵抽搐，使他不得不放下照片，用手在腹部使劲搓了搓。

第二十五节

照片上是一具残缺不全的尸体。苏骁曾经去过案发现场，只是那次夜黑风高，所看到的并没能满足他对重口味的需求。而眼前这些照片，正好弥补了这一点。

苏骁感觉胃里舒坦了些，又拿起照片。照片显然是天亮之后，韩天等人去现场拍的，从各个角度展现了被摔得四分五裂的人，或者叫作尸体。苏骁一边轻抚着肚子，一边盯着照片看。那具尸体仰卧在地上，暗红色的血成爆炸状溅出几米远。面部染血，几乎看不清样貌。

后面几张照片记录了周边的环境，其中也不乏令苏骁印象深刻的场景。譬如，一根伸出楼外的钢筋拦在半空中，上面挂着一小块皮肉，仿佛寻常人家里冬季腌渍的腊肉。

苏骁看完这些照片后长长舒了一口气。他忽然有种自虐的感觉，痛并快乐着。

"韩队，坠楼案嫌疑人已经提到审讯室了！"苏骁一抬头，看见一个二十出头、着警服的年轻人对着自己说。

苏骁正觉着莫名其妙的时候，忽听身后韩天回答："你先过去，我马上来！"

苏骁一惊，却看见韩天同样穿着警服站在身后，用一种平淡无奇的眼神看着自己。

"对不起,我不该随便翻你的东西……"苏骁一边将韩天的桌面收拾整齐、恢复到原来的样子,一边主动认错,仿佛温驯的小绵羊。

韩天白了他一眼,默然转身离去。

苏骁跟了上去,刚才的照片深深刺激着他,更令他对整个案件充满好奇。

"谁这么丧心病狂,把人弄成这样……"苏骁一边努力跟上韩天匆忙的脚步一边悄声说。

韩天点点头:"这个人你认识!"韩天说出这几个字的时候,更像是一部机器,仅仅是嘴动了动,双眼一直平视前方,脚步更没有放慢半分。

苏骁一惊,心中立时将"刘希""郑阿桂"以及"残缺的尸体"联系在一起。这么一来,他的脚步也紧紧跟上了韩天,一直来到审讯室。

看起来刘希已经在房间里坐了很久,带着手铐的他显得格外坐立不安,同之前被捕时的状态完全不同。

"你给他看过照片了?"韩天一边坐在刘希对面,一边问旁边的警察。

旁边站着的警察苏骁认识,正是那晚守在现场的小王。小王点点头,韩天随即用他那招牌式的冷峻眼神盯着刘希。在韩天的强势威慑下,刘希仿佛斗败的公鸡,默默低着头。

"是你把郑阿桂推下楼去的?"韩天一出声,连站在一旁的苏骁也吓了一跳。

刘希缓缓抬起头,眼神有些迷离,在周遭游走了一大圈后,终于回到韩天身上,却不敢同韩天对视,只是轻轻点点头。

"说话,是还是不是?"韩天声音提高了一倍。

"是……是我!"刘希战战兢兢地回答。

"你为什么要杀他?"韩天接着问。苏骁不禁白了他一眼,碍着审讯室里严肃的气氛,只得默不作声。

"韩警官……不是都知道吗……"刘希试探地说,没有一点底气。

"回答我的问题！"此刻的韩天，一板一眼都仿佛端坐公堂上的官老爷。

刘希抬头看了眼韩天，苏骁从他的眼神中看不到丝毫怨毒，其中所包含的只是惶恐。最终，刘希把当天被捕时的那段说辞重复了一遍。

"你什么时候实施的犯罪？"韩天的声音终于趋于平和。可苏骁感觉，更大的波澜还在后头。

"我……"刘希听到"犯罪"两个字，浑身一震。苏骁甚至能够看清他肩上的头皮屑震落在地。

"23 日晚上。"最终，刘希还是说出了那个日子，仿佛在心里经历了一番激烈的挣扎。

"几点？"韩天的问题像连珠炮似的没完没了，活生生地让气氛变得愈发紧张。

"大概 7、8 点钟吧……"刘希的声音很低，似乎只有他自己能听见。

"那个晚上！"苏骁忽然喊出声来。他想起那个晚上曾在医院见过刘希。苏骁的一惊一乍与周遭气氛极为不衬，立时收获了韩天投来的白眼。

也许是因为苏骁的打岔，刘希看起来似乎轻松了不少，当韩天问起一些细节的时候都对答如流。又或许只是因为刘希适应了韩天的节奏，再也不显露出胆怯和迟疑。最终，韩天叹了一口气后站起身。

刘希紧紧盯着韩天，突然见他起身，不禁长长舒了一口气。

"你用什么办法把他推下楼的？"韩天忽然双手撑在桌上，身子使劲前倾，那一对闪着精光的眼睛仿佛可以判处刘希死刑。他说话的声音不大，甚至近乎低沉，那言语却能在瞬间将刘希击溃。

"你应该很清楚，论单打独斗，你都不是我的对手，更不说要对付郑阿桂这样的专业打手！"韩天不断地抛出强有力的证据，让刘希无言以对。

"说出实情吧！我知道这事不是你干的！"韩天在不断地击垮刘希的防御体系之后，大声宣布了自己的结论。

"不！事实就是我趁郑阿桂不注意把他推下楼！"刘希不知哪里来的勇

气，忽然用自己的声音盖过韩天，言语中却带着急切。

韩天默默看着苏骁，眼中充满焦虑。最终对坐在一旁的小王摆摆手："把他送回去。如果找不出新的证据到时间就把他放了。"

韩天说这话时，苏骁悄悄瞥了眼刘希，只见他一脸震惊地看着韩天，继而转为失望地低下头，没有做任何多余的解释。

"韩队。"小王忽然走到韩天身边，对他耳语了一阵。韩天顿时双眼一亮，抬起头看着刘希。刘希只顾着沉浸在自己的世界里，并未在乎身旁一切，直到韩天说"你老婆来看你了"的时候，才一脸惊愕地抬起头，仿佛初来乍到。

韩天丢下一句"让他们在这儿聊"，便起身往门外走去。

"韩天！"苏骁跟出去，一边走一边说，"我还从没见过你这样审犯人的！"

"今天你这不是见到了嘛！"韩天侧着头回了句，"有何不妥？"

苏骁带着一脸坏笑说："人家都是要嫌疑人交代案情、主动认罪！可你倒好，反倒主动为嫌疑人开脱罪责。你这样做真的合适吗？"

说到这里，韩天忽然停住脚步，一本正经地看着苏骁说："审讯本身，只是为了还原事情的真相，通过审讯找到真正的罪犯只是这件事情的结果。不放过一个坏人，也不冤枉一个好人才是我们的真正目的。"

"说得好！"苏骁一边放肆地笑一边鼓掌，立时遭到韩天投来的白眼。韩天正要说话，忽然听到背后有人喊。

两人回过身时，蒋诗雯已经一路小跑过来，顾不得把气喘顺就大声说："韩警官，我有刘希 23 日晚上不在场的证据！"

韩天默默看着她，并不急着答话。

蒋诗雯显然比韩天更为焦急，见他不说话，便匆匆给出自己的证据："那天，我没下班就接到电话说老头子受伤去了医院，我立刻给他打电话，发现他在赌桌上……"

"哦！"韩天不以为然地看着蒋诗雯，仿佛对她的举证并不感兴趣。

"真的！"蒋诗雯见状，不禁反复强调，"那天很多人都可以为他作证的！"

"嗯！"韩天这种态度令蒋诗雯愈发感到不安。只见她目不转睛地盯着韩天，有些不知所措，憋到满脸通红才说："要不我找几个当时和他在一起的朋友来给他作证吧！"

看到蒋诗雯一脸狼狈的样子，韩天不禁轻声笑着说："赌博是违法的啊！"

"可是……可是……"一时间，蒋诗雯又说不出话来。

"别可是了，刘希可以回家了。"韩天极其少有的保持着一脸微笑说，"也不用为难他的那些'朋友'了！"

"好的！好的！谢谢韩警官！"蒋诗雯似乎有些不相信，却仍是一面点头一面致谢。在她看来韩天仿佛一只怪兽，关键时刻却又似乎十分可爱。

"记住，让刘希别再赌博了，回家好好孝顺刘大爷！"蒋诗雯走远，韩天还不忘叮嘱。苏骁一直站在一旁不言语，直到这时才重重舒了一口气说："其实我也可以给刘希作证的！"

"别多管闲事！"韩天忽然收起笑，转身往办公室走去。

下班回家，苏骁坐在副驾驶上一言不发。他静静地看着街边往来的人群，仿佛每个人都急切地盼望着、追赶着。那些低头看路，专心赶路的人似乎都为自己的世界开启了一层特制的防护网，旁的人看不见也进不来。有时候苏骁会觉得，自己也是这样。

"我感觉我是多余的！"苏骁忽然将头转向韩天。

"怎么说？"韩天目不转睛，只动了动嘴。

苏骁看着韩天，一本正经地说："比如今天，我在你的'庇护'下过完生命中最无聊的一天；比如从前，我在父母的'关心'下度过生命中最无趣的岁月。虽然我曾努力过，用尽全力去拼搏，可是你们怎么看，我父母怎么想。在大家眼里，我所做的一切都有悖常理。到头来，我所有的努力和付出在大家看来只是过家家而已。似乎所有人都认为，不安安分分读完书、兢兢业业做工作、老老实实过生活的人，最终都将得不偿失。我们就像活在梦里永远无法醒来的人，被你们肆意嘲讽、随意调侃，即使偶有收获也被你们任意践踏。我们这群人永远不会融入你们，事实似乎就是这样！"

"你说得没错！"韩天依旧没有转头看他，"这个世界的主流，永远是生老病死。假如你跳开这四个字，你就是异类，毕竟长生不死只是传说。至于你，我们从来没有任何人戴着有色眼镜来看待。我不会这样，你爹妈不会这样，甚至孟恬也不会这样。就算你犯了天大的错，我们还是一家人。更何况你从没做过什么伤天害理的事，你只是走了一条你认为对的路。"

韩天说得情真意切，苏骁也不再言语，只是继续望着窗外。

车到小区，驶进地下车库，光线顿时暗了下来。

"怎么觉得这么冷！"苏骁使劲裹了裹外套，一个劲地搓着手。

"谁叫你要风度不要温度，自找的！"韩天一面控制着方向盘转弯一面说，可言语间已没了那种冷冰冰的感觉。

"我真心觉得今天这气氛不对！"苏骁一面往手上哈着气一面说。

经苏骁这么一说，韩天才想起，今天地下车库里的灯没有全部打开，仿佛刻意关掉了很大一部分。

"你看，现在这么早，车却停这么满，平时哪会这样！"苏骁接着说，"而且，很多车看起来都很陌生。"

听苏骁说到这里，韩天猛然踩下刹车。

"怎么回事！"苏骁瞪大了眼使劲往外看，却并未发现什么异常。"我也只是随口说说，拜托你别一惊一乍的好吗！"

"不！"韩天说话的语气变得与平时不同。苏骁从未见过他如此紧张，以至于身子颤抖得更厉害。

"如果发生什么事，你千万别下车。待在车上把门关紧。如果有必要赶紧报警！"韩天用近乎严厉的语气命令苏骁。苏骁在这一刻更加深刻地体会到有一个哥哥的好处，不禁默默点头。

车缓缓往前行进，两人坐在车上警惕地向车窗外张望，希望尽快找到一个车位，把车停好然后离开。

"那里有个车位！"苏骁眼尖，手指着安全出口旁边一处空地喊起来。韩天以最快的速度调转车头。

两人飞快地推开车门，往安全出口冲去，仿佛那亮着光的安全出口便是救赎。

苏骁跟在韩天身后，忽听他一声惨叫，身子栽进门里。

"韩天，你怎么了！"苏骁想要抢上去扶，门后陡然蹿出几个手持棍棒的人，他们头顶的红绿毛在安全出口那明亮的灯光照耀下显得格外抢眼。韩天显然是被他们使绊放倒的。

苏骁看到这架势，不禁止住脚步想要回头往地下车库跑，不料后路也被几人截住。苏骁勉强让自己镇定下来，环视一周后发现，这几人分明是郑辉强手下的小混混。

韩天从地上挣扎着起来，一记勾拳打翻了挥棒上前的绿毛，却被旁边一名红毛一棍打在腿上。韩天只觉得双膝一软，跪在地上。

第二十七节

"小苏快跑！"韩天还想站起来，却被两名小混混左右架住，只得冲苏骁大声喊。

此刻苏骁有些发蒙，等到缓过神来的时候，也被两人反绑住胳膊。

"你们有什么事冲我来就行了，别为难我弟弟！"韩天倔犟地站起身，又被人按下去，他不禁怒吼起来。

"韩警官！"一名染着金发的男人拎着把泛着寒光的匕首皮笑肉不笑地说，"我们大哥以前常常教育我们，警察应该享有特别照顾，尤其像您这样常年跟我们打交道的老朋友。如果说普通人只需要留下一只胳膊或者大腿什么的，您恐怕就得给我们留下脑袋了！"这话说罢，众人一阵哄笑。

"李二毛！"韩天心知大事不妙，反倒沉着下来，静静盯着眼前这名飞扬跋扈的混混说，"我绝对相信，杀人放火对你们这些人来说只是小儿科。可我真的不相信强哥会随随便便指使你们杀警察……"

"警察了不起啊？"韩天的话引起群愤，四下里仿佛尽是被压迫已久的奴隶，纷纷指着韩天的鼻子喝骂。这场面仿佛一场批斗会。

"别吵！"最终，李二毛将手一摆，看起来具有绝对的权威，众人顿时鸦雀无声。李二毛眼神在众人身上游走一圈，得意地笑道："大哥常常说，虽然我们是混黑道的，可我们做人还是得讲天地良心。韩警官，你说呢？"他那说话的神态趾高气扬，苏骁在一旁看了都觉得气不打一处来。他悄悄瞥了眼韩天，只见他铁青着脸，双眼望着地，全然失去了反抗的勇气。

"说句难听的，你是官我是贼，本来我应该怕你。"李二毛神气活现地挖苦着韩天，根本停不下来。"可偏巧你要去惹老大这辈子最爱的女人，你这不是找死嘛！"说着，一拳打在韩天脸上。

"你是说，张心武的老婆？"韩天疑惑地抬起头，看着李二毛，仿佛全没在意刚才那一记重拳。

"放屁！张心武是什么东西，谁知道他给慧姐喂了什么迷药。"李二毛提起张心武夫妇，竟然意外地义愤填膺，"我们老大对慧姐十几年如一日的照顾居然不如张心武那小子几句花言巧语！"李二毛的话令苏、韩二人倍感惊讶。苏骁忽然想起那天夜里在张心武家门外看到的那一幕，他忽然对张心武的离奇死亡有了新的想法。当然，一切想法都至少要等他安然无恙地离开这地下车库以后才能逐步施行。

"说了这么多，是时候该说拜拜了！"李二毛提起匕首，刀刃放在胸口衣服上擦了擦。"冲着韩警官跟咱们的老交情，我给他来个痛快的！"说着，匕首在韩天胸口比划着。

"强哥要找的人是我，跟我哥哥无关！"苏骁忽然觉得浑身热血开始沸腾，一颗不安的心跳动得愈发激烈，忍不住脱口而出，"那晚上是我撞见他们两人幽会！你们要杀要剐都冲我来好了！但是天地良心，我绝对没有向任何人透露半句。只是中国有句古话，要想人不知，除非己莫为，事实是怎样，强哥应该很清楚！"

苏骁一席话说得铿锵有力，让在场众人纷纷刮目相看。而那李二毛更是以一种疑惑的眼神看着苏骁，似乎觉得有些不可思议。然而，只是短暂愣了一小会儿，就再度转头向韩天说："放心吧韩警官，一会儿就过去了！"李二毛说着笑着，眼角却流露出一丝狠毒的神情，右手握紧了匕首。

正当此时，整个地下车库里忽然飘荡起《最炫民族风》的音乐声。

"谁啊，这么不赶巧！"李二毛一边念叨着一边掏出手机接通，随即脸色出现一百八十度大转变。

"老大，我正打算动手呢！"

苏骁看着李二毛打电话，隐隐觉得另有一线生机。正当他这么想的时候，李二毛仿佛变了一个人似的，连声应诺说："好的好的好的！我马上把他带过去！"

挂掉电话，李二毛看着韩天发愣。直到架住韩天胳膊的两名混混问他，才如梦初醒一般摇摇头说："大哥是怎么想的，让把他带去医院……"

"那不用干掉他咯？"旁边有人略有些失望。

"韩警官，实在对不住！"李二毛忽然满脸堆笑，把韩天从地上扶起来，"刚才是我糊涂，您大人不计小人过，得罪之处还望多包涵！"态度转变之快令人始料不及。

韩天站起身，揉了揉略有些僵硬的膝盖，回头看了看苏骁，只见他一脸惊魂未定的样子，不由放下心来。

苏骁一边揉着胳膊一边靠近韩天悄声说："上次你跟我说的时候我真不以为然，这次算是领教到了！"

韩天拍了拍苏骁的肩膀轻声说："放心吧，天塌下来有哥哥在！"

这时，李二毛走到韩天身后，刚才那用以耀武扬威的匕首已经不知去向。他一改之前的风格，乖巧地说："韩警官，麻烦跟我们一块儿去趟医院。强哥说慧姐要见你，让我一定把你带去。"

"叶星慧！"苏骁嘴里默念着这个名字，心里隐隐作痛。只听身边韩天回话说："今天你这架势，我是不去也不行啊！"

"不不不，韩警官，我们绝对没有强迫的意思！"李二毛连连摆手说，"只是强哥说，慧姐可能熬不了多久。有些话如果不亲自说给韩警官听，可能……可能……"

"别可能了，我们走！"韩天把手一挥，而后指着李二毛说，"只是你最好记住今天发生的一切！"

"我也去！"苏骁在一旁斩钉截铁地说。经历了这惊心动魄的一幕之后，他的眼神里似乎充满了某种坚定的信念，让他有勇气面对即将发生的一切。

第二十八节

医院 ICU 病房门口，苏骁老远就看见郑辉强背着手独自踱来踱去，仿佛满腹心事的样子。郑辉强看见韩天，不禁快步奔上前，步子矫健得跟实际年龄有些不相称。

"韩警官，我可算把你盼来了！"郑辉强一边去握韩天的手一边说，激动得仿佛随时可能落泪。一时间他的目光停在韩天的脸上，只见他嘴角边挂着一行暗红的血迹分外醒目。

"老二，韩警官这是怎么回事？"郑辉强握着韩天的手，侧头问话。李二毛看了看韩天，又看了看郑辉强，目光不住地游走在两人之间。

"这……"

没等李二毛"这"明白，郑辉强反手一耳光，抽在他脸颊上，回过手来想要再抽过去的时候，被韩天拦住。

"强哥息怒，"韩天一边擦拭着嘴角的血痕一边说，"手底下的兄弟们无非混口饭吃，关键只是做与不做。至于做得好与不好，实在是能力决定。"

郑辉强看着李二毛，缓缓放下手，嘴里轻轻说："韩警官说得是！老实说，我觉得他们今天干得是相当不错！是我考虑欠周到了。"

郑辉强说这话时，目光已经转移到韩天身上。韩天看着他的双眼，从中感觉到愤怒、悲伤、惋惜、愉悦、无奈甚至得意等多种情绪，不禁有些后怕。

在这一刻，韩天清楚地感受到，如果今天没有叶星慧，恐怕兄弟俩早已横尸在地下车库里。

"强哥太客气了！"韩天笑道，"我估摸着今天这事就是强哥跟我们开了个玩笑，叶星慧才是强哥的重点！"

一提到叶星慧，郑辉强脸上诸多表情都化作焦虑，眼里刚还泛滥着的神采此刻全被阴霾笼罩，黯淡无光。

"别浪费时间了好吗！"苏骁忽然在韩天身后出声。郑辉强显然不太适应这种催促，尤其是被一位性命刚还掌控在自己手里的人催促，令他一时间浑身一震，而后用异样的眼光盯着苏骁上上下下看了许久。

"小苏，你怎么说话的！"韩天回头象征性地教训了两句，而后依旧态度谦和地对郑辉强说："咱们闲话就不多说了，赶紧带我们去见叶星慧吧。"

郑辉强点点头，转身往病房走去。一进门，苏骁立时感觉一阵令人窒息的气氛扑面而来。房间里各种监护设备屏幕上红的、绿的滴滴作响；窗外夜空黑沉沉的更衬出房间内灯光昏暗；床头输液架上挂着黄的、白的药液缓缓滴下顺着输液管进入叶星慧体内；叶星慧头部裹着纱布脸色苍白地躺在床上一动不动。

这一切景象被苏骁看在眼里，他忍不住问出了声："她……还活着吗……"

"胡说八道！"郑辉强斥责说，"别乌鸦嘴！"

韩天回头瞪他一眼，苏骁只得吐吐舌头以示道歉。

听到郑辉强的声音，叶星慧缓缓睁开眼，吃力地在众人身上扫视一圈，最后眼神落在韩天身上。

"韩警官，他们把你请来了……"叶星慧挣扎着要坐起来，可随便动一动浑身痛楚就令脸上呈现出扭曲的表情。韩天不禁上前柔声说："你就躺着吧，身体要紧！"

"实在不好意思，下班还要打扰你……"在经历一番挣扎之后，叶星慧的声音更弱了几分。要不是韩天就站在床头，恐怕根本没法听见她说些什么。

"不打扰不打扰！"苏骁忙接过话茬说，"我们恐怕还得感谢你呢！"他一边说一边看着郑辉强，却被韩天回过头来白了一眼。

"强哥……"叶星慧忽然看着郑辉强说，"实在抱歉……麻烦你出去等会儿……我有话要跟韩警官说……"

郑辉强一脸诧异地看着韩天，随后又看着叶星慧，嘴唇动了动却没说话。最终在房间里众人注视下走出房间，轻轻关上了房门。

苏骁一直看着郑辉强走出去，才走到叶星慧另一边床头说："其实他对你不错，可惜老了点！"

"小苏！"苏骁的玩笑立刻招来韩天的白眼，却听叶星慧用她那虚弱的声音说："其实韩警官应该偶尔开开玩笑！"

叶星慧这话说出来，听在苏骁和韩天耳朵里有着不一样的感受。苏骁自是洋洋得意地看着韩天，而韩天却若有所思地望着苏骁。最终，韩天仍是狠狠地白他一眼，对叶星慧说："强哥说你有事要告诉我？"

叶星慧吃力地点点头。

"有些事情本来可以随着张心武的死、我的死一了百了。只可惜……我命大……"叶星慧说话轻且慢，很是考验人的耐心。偏巧床头两位听众都是没有太多耐心的人。饶是如此，他俩还是静静地，等着她一字一句把话说完。

"上次韩警官去我家问张心武三年前杀人的事情，他没有说实话，实在抱歉！"叶星慧目不转睛地盯着韩天，用眼神表示着愧疚。

韩天轻轻点点头，并没有太吃惊的感觉。

"你是想告诉我们你和郑辉强的事情吧？"苏骁看了看韩天，又看了看叶星慧，最终没忍住说了出来。韩天抬起头时，苏骁已经自觉低下头，回避了他责备的眼神。

"我自幼在孤儿院长大。八年前，我高中毕业没读大学，在一家酒吧做服务生。"叶星慧并不理会苏骁，"那时候强哥常常带着手下去喝酒，有一次碰见我被人调戏，出手为我解围。自那时起，我的生活就和强哥开始纠缠不清。"

"这么说，强哥还算是对你有恩的！"苏骁忍不住插嘴说。

叶星慧缓缓闭上眼，轻轻摇摇头说："如果说这是恩情，我宁可不要！"

韩天对苏骁摆摆手，示意他不要随便插嘴，然后让叶星慧继续。

"几年来，强哥几乎每天都去我上班的酒吧喝酒，确实对我照顾有加。那时候我年轻不懂事，更没有往男女关系上去想，只觉得他像大哥一样亲切，于是对他的好处满心欢喜地照单全收。直到有一天……"叶星慧讲到这里，韩天也忍不住搬来张椅子坐下，同苏骁两人静静聆听她的故事。

"那天强哥生日，包下了整间酒吧，做妹妹的理应作陪。那晚大家玩得都很嗨，酒也喝得多，平时不胜酒力的我更是醉得一塌糊涂。我记得在大家的起哄声中，我被强哥抱起来带去酒吧的包间。包间里灯光很暗，我觉得有只手在脱我的衣服……"

第二十九节

　　这时候，苏骁忽然悄声打断韩天，指了指一旁的监护仪，上面正"滴滴滴滴"地报着警。

　　韩天看了眼监护仪，不禁柔声对叶星慧说："要不你先休息吧，改天再告诉我后来发生的事，好吗？"

　　叶星慧使劲摇摇头，仿佛有些事不吐不快。

　　"后来当我酒醒，发现被强哥强暴过后，有一种万念俱灰的感觉。然而强哥一直坐在一旁抽烟，他也承认喝醉了一时冲动并表示愿意负责。"

　　"可你仍是没有嫁给郑辉强！"这回轮到韩天中途打岔，苏骁立刻向他投去鄙夷的目光。

　　叶星慧点点头，以极微弱的声音叹了口气接着说："从那次以后，我换了工作和住所，希望能够逃避强哥和他手下们的骚扰。可这时候我才发现，强哥的势力简直无孔不入。我躲到哪里他们就找到哪里。"

　　"你为什么不离开 H 市？或者……"虽然有些犹豫，韩天还是说了出来，"或者报警，让警察来处理。"

　　可叶星慧仿佛没听见韩天所说的话一样，依旧自顾自地一边回忆一边说："其实强哥所做的一切，现在想来只是为了掌握我的一举一动；或者可以说，他只是为了保护我——出于某种自私的心理！"叶星慧说这话的时候，眼里射出某种仇恨的情绪，映射在苏骁眼里让他觉得不寒而栗。

"这种情况直到认识了我老公张心武，确切地说是直到张心武错手杀了强哥派来找我的小阿四，才逐渐没有再发生……"说到这里，叶星慧再度闭上眼睛，仿佛很疲倦的样子，胸口随着呼吸剧烈地起伏着。

"有时候觉得，我才是一切事情的始作俑者。"叶星慧伸手捂着胸口，仿佛极度痛苦的样子，却仍忘不了诉说。

"你怎么了？是不是不舒服？"苏骁忽然警觉起来，回头瞟了眼监护仪，只见上面的数字已经变红，报警声也显得更为急促。

"快叫医生！"韩天忽然喊道，"心率接近200了！"

苏骁一着急，起身往门外奔去，却和推门进来的医生撞了个满怀。

"干什么的，赶紧出去，我们要抢救病人！"医生大声呵斥，身后陆陆续续进来的医护人员显得焦急而忙碌。

"医生，我是警察。"韩天掏出警官证说，"这是一起案件很重要的知情人士，希望你们尽力抢救。"

医生斜眼看了看警官证，随即不耐烦地摆手说："快出去快出去，抢救病人是我们分内事，用不着你们警官下指示也会尽力而为！"韩天无奈，只得收起证件低头往外走。

"韩警官！"苏骁跟在韩天后面，正要反手关上门，却听叶星慧忽然一边大声喘息一边喊，"你一定要把张心武的死调查个水落石出啊！"那声音与之前叶星慧虚弱的状态截然不同，仿佛陡然间打了鸡血，尖厉而放肆，穿透门缝飘荡在整个ICU病房的走廊上，令在场之人无不动容失色。

"你干了什么？"见到韩天从病房里走出来，郑辉强突然冲过来抓住韩天的衣领怒吼着："我警告你这个神经病，如果阿慧出了什么事我一定不放过你！"

韩天忽然伸手拿住郑辉强的双手使劲一拧，只听郑辉强一声惨叫，立时松开手来，怒视着韩天。

"我也警告你这个老东西别再耍什么花样！不论是我弟弟还是里面的叶星慧哪一个出了任何状况，我都会跟你好好算算旧账！"韩天指着郑辉强一字一句地说，仿佛愤怒的狮子。

这一刻，郑辉强那些手下似乎都被韩天的气势所震慑，纷纷驻足不前，任由老板被人喝骂。

正当昏暗的走廊里凝滞着剑拔弩张的气氛、就连护士都不敢轻易上前制止的时候，刚才那名医生忽然从房间里探出头。

"喂，警察吗？有个情况要向你反映！"

韩天侧过头，疑惑地望着医生。

"我们在验伤时发现伤者身上有多处瘀伤，其中有至少一半不是因为此次坠楼造成的。"医生径直走到韩天跟前，全没在意旁边的各色红毛、绿毛、黄毛，若有所思地说，"以我的经验判断，应该是曾经遭人暴力殴打所致。"

韩天听了医生的话，随即怒目而视周围小混混，那眼神仿佛具有强大杀伤力，致使众人纷纷惊惧地往后退却。就连郑辉强在被韩天的目光扫过之后，也自觉避过他的锋芒。

医生见状，不禁补充说："那些伤比坠楼留下的伤还要早，这也是我们唯一能够为警方提供的线索了！"说罢，看了看四下众人，还不忘记说："另外，这里是医院，这里是重症监护病房，为了里面的重症病人着想，请你们注意维护医院的公共秩序！"说罢，扭头往病房走去。

"这么说，她跳楼前还被人殴打过？"苏骁站在一旁，一直看着眼前一幕幕，忽然听见郑辉强这么说。苏骁扭头看他时，发现他脸上隐隐泛起青光，眸子里暗含杀意。

"小苏，我们走！"韩天此刻也默默注视着郑辉强的一举一动，直到看到他并无更多的举动，才转身离去。

回家的路上，苏骁一言不发。韩天以为他被今天所经历的事吓到了，不禁主动伸手搭在他肩膀上，却被苏骁轻轻避开。

"实在抱歉，把你卷进这么大的麻烦里。"韩天愣了许久，才想起来道歉。

苏骁摇摇头："或许像叶星慧所说，指不定谁是始作俑者呢……"

苏骁的思路似乎全不在趟上，令韩天感觉云里雾里。正当韩天想要细问时，却听苏骁说："只不过，两个跳楼的女人，一个被众星捧月，一个则被人遗忘！"

借着路灯昏暗的光，韩天注意到苏骁脸上怨毒的神情。

"你在说什么？"韩天忽然觉得一阵心绪不宁，而苏骁的眼神让他愈发感到冰冷刺骨。

苏骁摇摇头，仿佛中了邪一般，一边走一边呢喃自语："你已化为幽灵，被人忘记，却在我的眼前，若即若离。

当那陌生的土地上，苹果飘香时节，你在那遥远的夜空下，上面星光熠熠。

……"

"够了！"韩天忽然粗暴地打断他说，"你到底想说什么？"

苏骁幽幽地望着他，许久不说话，直到韩天又要发作，他才冷冷回答："你记得娜娜吗？你记得那个从二十八楼跳下去本来要做我嫂子的女人吗？你记得压在你办公桌上台历下面照片上的那个女人吗？她的名字叫李黛娜。"

第三十节

苏骁突如其来的排比问句令韩天感到眩晕。韩天仿佛觉得苏骁就像一个捉摸不透的怪物，时不时地溜进自己脑子里用力敲击着脑髓，最后还使劲胡搅一通，让他满脑子糨糊，然后趁着这种混乱的状态窃取一些连他自己也无法查证的记忆，并以此向他炫耀。从前是，现在是，以后恐怕也是。

"我不记得！"韩天怒吼起来，凭借着十足的底气，他终于重新占据了上风，令苏骁不再言语。只是看着苏骁无辜的眼神转向别处的时候，他的脑海里忽然一溜烟儿地转过苏骁排比问句中的每一个镜头，最后又化作一片空白，只在空白处用加粗的黑体字写着"李黛娜"三个字，让他头痛欲裂……

一阵迷糊的梦过后，苏骁觉得脑子里尽是自己最爱的摇滚乐声，直到音乐反复到第三遍，他才意识到是电话响了。

"喂……"苏骁接电话的声音软弱无力，仿佛能把电话那头的人给催眠。

"小苏，是我！"所幸的是，电话那头的人非常清醒。

"嗯……"苏骁的声音一如既往地迷糊。

"臭小子！你还能干点好事吗？"电话那头的人骤然加大音量。

"额……你是谁啊？"终于，苏骁在高分贝音量的作用下，想起来该怎么说话。

"你……"电话那头的人显然拿苏骁没办法，最终只能自报家门，"我是施彬！"

"噢！"苏骁勉强应答，那意思仿佛是打算继续睡。

"有个叫孙晓钰的小姑娘你认识吗？"施彬听着苏骁那爱理不理的声音，有些气不打一处来。

"什……什么？"听到孙晓钰的名字，苏骁渐渐清醒过来。

"她刚才来我这儿看病！"施彬说话声音越来越严肃，不断让苏骁绷紧心中那根弦。

"她……"苏骁终于按捺不住，从床上坐了起来，"她有什么病？"

"电话里说不清楚，有空的话你最好能来一趟。"临末了施彬还不忘记补充说，"我感觉情况并不乐观……"

"什么情况？"由于施彬的描述，以至于苏骁走到施彬诊室门口就大声询问。

施彬这时正在接诊一位长期失眠的老太太，看到苏骁大大咧咧的样子不禁使劲皱眉。而苏骁经历这么多事情之后，总算在韩天的不断调教下学会了看人脸色，当即捂住嘴坐到一旁椅子上一言不发地等候。

"大妈，哪儿不舒服？"施彬对待病人显然和普通医生不同，独有的亲和力能让病人感受到更多的关怀。

"年纪大了，每晚睡不着，小医生你给想想办法吧！"老太太一边摆弄着花白的头发一边说。

施彬看了看老太太，又看了看病历上的资料，扶了扶鼻梁上的眼镜说："家里子女都还孝顺吗？"

苏骁在一旁听他问诊不禁一愣，出于礼貌的考虑才没有出声。直到施彬经过一系列交谈得出"您一定是白天睡太多了"的结论把老太太打发走时，苏骁才忍不住开玩笑似的指着他说："庸医！"

施彬却似乎一点不生气，反而一本正经地反驳说："晚上睡不着觉的人里面，至少有 70% 是因为白天没有累着，刚才的老太太就是典型！既不遛弯儿也不带孩儿，吃过饭还不跳广场舞，成天窝在沙发里吃了睡睡了吃，晚上能睡得着才怪了！”

一席话毕，不禁令苏骁对施彬佩服得五体投地，当苏骁还想继续恭维两句的时候，施彬却陡然转过话锋："孙晓钰那小姑娘跟你什么关系？"

这个问题着实令苏骁沉默了许久。他也许在思索，也许在犹豫，甚至还可能在怀疑。直到最后，他给出一个最容易表述也最不容易引起误会的答案："她是我的学生。"

"可是你们绝不止师生那么简单的关系，"施彬端坐在办公桌后，拿出问诊时那副神态，仿佛也要为苏骁进行一番诊断，"至少她对你不是学生对老师那种单纯的情谊。我看得出来，她喜欢你！"

"我说你……"苏骁几欲无言，眼神在诊室里到处游走，"你究竟是治什么病的？"最终，在看到办公桌上立着的工作牌写着"精神心理科副主任医师施彬"时，他不住地点头，好像是在说："果然是看神经病的专家！"

"首先你得明白，人家喜欢你是没有错的！"施彬仿佛完全看不出来苏骁的意思，仍是耐心十足地向他解释，"只是你的态度对她来说是一种莫大的伤害，成了她无法逾越的障碍。"

"这么说，给她你的号码还真给对了！"苏骁喃喃地说。

"她的表现和所有单相思的人一样，求而不得形成了极大的矛盾。只不过大部分人可以自我调节，经历一段时间后注意力会转移到其他事物上，便也不再纠结。可是经过与她交谈，我发现她是一个极其执着的人。甚至执着到……"施彬在说到这里的时候，眼神明显变得惊诧，仿佛孙晓钰对他来说是一个从未接触过的未知领域，以至于思维的速度跟不上说话的节奏。

"执着到认为自己的意志可以操控一切！"终于，施彬想起用来描述的词句。

"说那么晦涩干吗，不就是说意志可以操控死亡嘛！"苏骁觉得施彬存在卖弄之嫌，索性把事情的前前后后全讲给他听。当苏骁讲完后，施彬一边摇头一边叹气，指着苏骁说："你呀你，整个一祸害！"

"我祸害谁了？"苏骁对施彬的指责表示抗议说，"我一不偷二不抢，全心全意过自己的日子。"说着，还拍着自己胸脯说："我苏骁做人，对得起天地良心，对得起公道正义，这点你是最清楚的！"

"我本将心托明月，谁知明月照沟渠！"施彬低声沉吟着，"这世上，不是你孑然一身、与世无争，旁人的一切就与你无关了。你不杀伯仁，伯仁却因你而死！"

苏骁一惊："没那么夸张吧？"

"你总活在自己的世界里，什么时候真正走进过别人的内心世界去看一看？当年的阿檬没有，如今这小姑娘也没有。你究竟想要什么？或是在害怕什么？"

施彬一语击中苏骁的要害，令他忽然觉得胸口一阵憋闷，随即呼吸变得急促，仿佛是施彬的话变作一块巨石压在他的胸前，使他既挪不动也搬不开。

"小姑娘说常常整晚失眠，希望我能给开点安眠药之类的帮助睡眠。"施彬发现话题太过沉重，只得另起话题，然而话说出口却发现这个话题同样沉重。

"那你给她弄了？"苏骁瞪圆了眼睛，似乎随时要把施彬一口吃掉。

"你真把我当庸医了吗！"施彬回避着苏骁的目光，一脸无辜的样子说，"思想上的开导、心灵上的关怀，很多时候比吃药管用得多……"

"施医生，麻烦来一下！"外面忽然有人喊。

第三十一节

施彬应了声，示意自己去去就回，走到门口时却又神经兮兮地猛然回头说："对了，孙晓钰的心结可能也不全是因为你。大概跟她常常遭到家暴也有一定关系……"说罢，才转身离去，连让苏骁问清楚的机会都没留下。苏骁目瞪口呆地僵在那里，脑海里浮现出孙晓钰充满笑意的面庞。他从来没有想过，那样青春精致的一张脸后面，竟会藏着那么多委屈，一时间心中坚冰融作涓涓细流，汇聚成汹涌澎湃的河流，滚滚流进心间，让他难以自拔。

苏骁不禁掏出手机，拨通孙晓钰的电话。

"您所拨打的电话暂时无法接通，请稍后再拨……"一连数次，得来的全是电脑温婉的录音。每一次，都让苏骁的心往下沉几分，以至于到最后，苏骁有种万念俱灰的感觉，仿佛当年同欧阳檬告别时的那种心碎。

苏骁愣愣地坐下，对一切都没了主张，手随意瘫在施彬办公桌上。施彬办公桌显得十分凌乱，正配合了苏骁此刻的感情。

"小施，昨天我说的那个人……"正当苏骁带着一股悲伤的情绪神游九州时，忽然有人闯了进来。苏骁抬头，见是个略有些秃顶的老医生，不禁尴尬地朝他笑了笑。来人看到苏骁，也是一愣，随即扭头看了看门外墙上贴着的门牌。

"施彬被人叫出去了，一会儿就回。"苏骁解释说。

"噢……"老医生笑呵呵地看着苏骁，而后扭头对门外说："先进来吧，他一会儿就回。"说着，从门外领进一个人。

苏骁不经意地瞟了眼那人，不禁浑身一震，一股凉意自脚底一直升上心头。只见来人看来同苏骁年纪相仿，一身灰不溜秋的装扮仿佛随时可以隐藏在空气中。从那人的眸子里射出一股与年龄不相称的神采，仿佛这世间一切都与他无关，甚至包括他的肉体。

苏骁想了许久，才想出一个可以用来形容他眼神的词——虚无。

老医生见苏骁眼中略带诧异的神色，依旧是笑容可掬地把那男人让到诊室里坐下，而后殷勤地同苏骁攀谈着。

苏骁心情本就沉重，陡然见到这浑身没有一丝烟火气的人，更觉得生活无趣，便也有一句没一句地随便应付着老医生的问话，直到施彬回来。

"陈老师，这就是您说的那位……"施彬陡然看到老医生旁边坐着的男人，脸上也呈现出异样的神色，直到他将目光投向苏骁，那怪异的神情才稍稍退去些许。

苏骁看了看施彬，又看了看那位被称作"陈老师"的老医生，很乖巧地起身说："你们忙吧，我先走了。"说罢便匆匆离开施彬办公室，自始至终都没敢再看那个与自己年纪相仿的男人一眼。

走在医院里，看着形形色色的病人和忙忙碌碌的医护，苏骁有种生无可恋的感觉，他不知道是因为孙晓钰还是那个莫名男人的缘故。这种浑浑噩噩的状态令他对周遭的一切浑然不觉，直到进了电梯，他才觉得身边有人对自己指指点点。

苏骁猛一抬头，看到两双冷漠的眼睛正盯着自己。其中一人染着金发，正是郑辉强手下李二毛。苏骁被他们盯着，自觉有些尴尬，只得二人傻傻一笑。李二毛等人见状，似乎也觉得不妥，随即各自将眼神移至别处。

"叶星慧的情况怎么样？"看见二人，苏骁忽然想起叶星慧，便随口询问，也没更多地顾及时间、人物、场合。

苏骁的问话显然出乎李二毛等人意料之外，更不知该如何回话。支支吾吾许久，李二毛才一脸木讷地摇摇头。

苏骁失望地注视着两人，久久不将眼神挪开。这下倒令李二毛他们感觉颇有些局促。当电梯门打开，两人便匆匆逃出去，仿佛逃避瘟疫一般。苏骁无奈地看着两人背影，一时间心里五味杂陈，就像堵得水泄不通的路上硬塞进一辆"后八轮"。当李二毛等人的背影在电梯门的夹缝中化作一条线随后消失不见的时候，苏骁忽然大吼一声："等一等！"

当电梯里的乘客纷纷厉声谴责苏骁的一惊一乍时，苏骁已经冲出电梯往重症监护病房奔去。

跑不出多远，苏骁在走廊尽头，看见这样一张脸：蜡黄的脸上没有一丝血色，双眼呆滞宛如一对干枣核，原先乌黑发亮的头发呈现片片斑白，整个人呈现一副老态龙钟的样子。

"强哥，你还是吃点吧！"李二毛站在他身旁劝道，"你在这儿坐了十几个钟头，不吃不喝怎么行！"

郑辉强睁着他那干枣核般的眼睛看着苏骁，轻轻摇摇头。

"你怎么来了！"

苏骁旁若无人地看了看郑辉强身边的李二毛，大大方方地坐到郑辉强身边，随口回答说："路过，来看看。"他尽量让自己显得轻松，甚至连言语都很轻。

"有些时候挺恨我自己！"郑辉强双眼盯着地板，自顾自地说，"明明走在夜里，却总指望还能走到天亮。大多数时候由着性子埋头往前走，结果越走越黑，以至于分不清对错，凭着感觉和运气混完大半辈子，到头来发现得到的除了钱还是钱，而真正想要的全没得到。"

"比如说叶星慧？"苏骁说这话时有些后悔，那一瞬间他觉得自己是个极其残忍的人，"她现在好些了吗？"

郑辉强摇了摇头，情绪中透着沮丧和绝望。

"当我跟你这么大的时候觉得，喜欢什么就一定要拥有。可那时我不知道，那些拥有只是片面而肤浅的。尤其是在强行占有阿慧以后，才发现其实我失去了她。后来年纪大了些，阿慧嫁给了张心武。虽然我并不甘心，但也只能用'只要她好就好'来安慰自己……"

郑辉强的这些话在苏骁听来如同嚼蜡。那些过往的琐事对苏骁来说，仿佛更像临终前的忏悔。当然，苏骁的爱憎分明，让他为叶星慧感到惋惜，也让他更关注叶星慧的状况。

第三十二节

正当苏骁听腻了郑辉强絮絮叨叨地"忏悔"，想要寻找机会起身离去时，却听郑辉强接着说："大家都说我很霸道，可是我也有服软的时候，对待阿慧我更是从头到尾都没有半点硬气，她要嫁人的时候我高高兴兴送上贺礼，她不开心的时候我嘘寒问暖，甚至两位兄弟的死同她有关我都没有多作纠缠……"

"强哥……"李二毛忽然打断郑辉强的自说自话，凑到他身边低声耳语。当李二毛说完时，苏骁陡然发现郑辉强眼中射出了完全不同的光彩，那仿佛是一种复仇的快感，与之前自怨自艾的样子判若两人。

"你们两个马上去，按规矩办事！"郑辉强连说带比划地向李二毛等人布置任务，丝毫没顾及苏骁这个外人在。

苏骁立时觉得有些尴尬，仿佛窥探到对方的隐私，但强烈的猎奇心理又让他欲拒还留。最终，苏骁缓缓起身，低声道："既然这样，我先走了，如果叶星慧有需要我帮忙的地方，强哥尽管跟我联系。"说罢，不等郑辉强表态便轻轻离去，在长长的走廊里留下一声幽幽的叹息。

回家的路上，苏骁一直在拨打孙晓钰的电话。令他失望的是，从无法接通到查无此号，电话从未被打通。以至于苏骁怀疑这个人是否真的来到过他的身边。

"算了，或许已经被她拉黑。反正明天还有课。"看着川流不息的繁华街市，苏骁喃喃自语。

第二天一早的吉他课，苏骁终于没有迟到。

早在开课前十分钟，苏骁就在琴行大厅里静静候着，随手弹着琴，眼巴巴地望着门外。

"和小美女吵架了吧？"老板神出鬼没地出现在苏骁身后，眼神跟着苏骁往门外望，"弹得全没在调上，敢情你的魂被小美女勾走了。"

"哪有！"苏骁索性把吉他放到一边，起身踱到门外，而后又踱进来，来来回回地连老板都跟着他不安。

"这么着急就打电话呗，这么折腾自己算什么事儿？"老板索性跟到门外，递过一支烟。

苏骁点上烟，皱着眉狠狠吸了一大口，摇头说："电话都拉黑了！估计不会来了……"

听苏骁这么说，老板当即掏出手机："号码拿来，我给她打！"

然而，得到的结果仍是"您所拨打的电话暂时无法接通"。

"年轻人，"老板掏出烟给自己点上，长长吐出一口气，摆出一副过来人的姿态对苏骁说，"爱情这玩意儿，像极了昙花。真正的爱情寿命都不会长久。它如果开了，千万不要错过，干吗要去纠结这一朵跟那一朵的区别呢？你以为上一朵比这一朵开得更艳，还在流连中徘徊，可是花儿已经谢了，连眼前的都谢了！到头来你究竟要纪念上一朵的美好呢还是惆怅这一朵的错过？"

苏骁一直望着他，一副不知所措的样子。

"好好想想吧，如果来了赶紧跟人家解释清楚，不要一错再错！"老板撂下话，随手灭掉烟头走回店里。

苏骁看了看表，早已过了上课时间。他满脑子回荡着老板的忠告，越发地拿不定主意。

最终苏骁等了一整个上午，都没等来孙晓钰同学的影子。

"这样是不是该报警？"老板打趣地说。

苏骁看着他，心里有了别的想法。

"哥，你在哪儿？"一下班，苏骁就拨通了韩天的电话。

"什么事？"电话那头的韩天似乎心事重重，并不太愿意理会兄弟的求助。

然而苏骁管不了那么多，开口便直奔主题："记得孙晓钰吗？我的那个学生，她失联了！前几天她去医院看精神科，状态似乎不太好。这两天电话一直打不通，今天的课又没来上，我怕她出什么事。"

"那你想怎么样？"韩天说话显得心不在焉，苏骁说完好久才回话。

"你帮我找到她好不好？"苏骁则更急切地道出自己的目的，韩天就是他唯一能够指望的人。

"你们什么关系？"韩天忽然加大了声音。

"没……没关系……"苏骁说这话时犹豫再三，然而说的全是事实。

韩天忽然在电话里吼起来："你一不是人家的监护人，二不是人家的谁谁谁，你有什么权力管人家失联不失联？多事！"说完，电话那头传来"嘟嘟嘟"的忙音。

韩天的怒吼让苏骁不禁愣住，眼看着最后一条路也被堵上。然而细一想，韩天所说也不无道理，也只能释然，只是韩天的态度却令他大为不解。

"或许碰到什么麻烦的案子吧！"苏骁走在回家的路上自说自话。

"喂，你在哪？"韩天的表现在苏骁心里化作一个死结，苏骁一心要把它解开，随即又拨通了电话。

"干什么？"韩天的言语依旧冷冰冰，态度却较之前好了很多。

"我下班了，发现没带家里钥匙……"苏骁说话小心翼翼，生怕一不小心触动韩天的爆点，"你那么忙，没准儿我还能帮你做点什么。"

韩天轻轻地"哦"了声，而后放大了音量，却没让语气显得那么僵硬："拉倒吧！你不给我添乱已经谢天谢地了……"末了，才缓缓说："我在刘大爷家，刘希可能出事了！"

苏骁放下电话便往刘大爷家里赶，来到刘大爷家里时，韩天和孟恬都在，刘大爷正在家里胡乱转着圈，蒋诗雯则独自坐在沙发上抽泣。

"怎么回事？"苏骁凑到韩天身边悄声询问。

"刘希失联了！"韩天低声说，"从昨天起就一直联系不上，没人知道他去了哪。"

"好嘛，从什么时候起流行玩失联了……"苏骁想起一直联系不上的孙晓钰，不禁抱怨说。当然，苏骁的抱怨立刻遭来韩天的白眼。

刘大爷仿佛没听见兄弟俩的交流声，一边叹着气一边自言自语："这小子平时虽说游手好闲惯了，可也没个坏心眼；每天虽然回来得晚，可也总算记得回家。如今这是怎么了，一天一夜都不着家，电话也打不通。韩警官，你说他会不会出什么事儿啊？"说着，刘大爷眼巴巴地望着韩天。

韩天手指托着下巴，缜密的思考让他对刘大爷求助的眼神无动于衷。最终，他一针见血地问道："他欠强哥的钱还清了吗？"

　　韩天的问题一经抛出，刘大爷同蒋诗雯对视一眼，使劲点头说："还清了还清了！这事还多亏了雯雯！"

　　刘大爷的话让苏、韩二人感到疑惑，韩天默默打量着蒋诗雯，随后问道："刘希究竟欠了强哥多少钱？你怎么会有能力帮助他？"韩天的问题相当直白，却比不上苏骁问题的尖锐："刘希这么一个游手好闲、滥赌成性的男人，你怎么会选择嫁给他？"

　　苏骁的问题立刻招来刘大爷和蒋诗雯异样的眼神，相比之下，韩天显得镇定许多。或许这个问题也早困扰了他许久。

　　蒋诗雯看了看她与刘希的结婚照，眼神里透着一股温柔。而后又看了看刘大爷，最终将脸转向提问者。那种梨花带雨的笑意甚至令提问者有些后悔自己的唐突。

　　"我觉得，无论他欠人家多少钱，也不管他是怎样的人，关键在于我爱他，愿意跟他一起同甘共苦。"蒋诗雯笑着，那里面藏着一种温柔的倔强，"也许我的回答并不能解答你的疑惑，可是事实就是这么简单！"

　　苏骁同韩天不禁面面相觑，可蒋诗雯的回答却又容不得两人不信。

　　"韩警官，"或许是蒋诗雯的言语太过动情，以至于刘大爷眼角已开始闪着泪花，拉着韩天把他让到沙发上坐下，轻轻说道，"雯雯说得没错，刘希是我儿子，在你们眼里就算有千般万般不是，可在我心里他还是个好儿子……"说着，刘大爷叹了口气，仿佛有些沮丧的样子说："最近我常常梦见，刘希找了份工作踏踏实实过日子，雯雯生了个大胖小子，我们一家人快快活活地在这个城市生活。有时候一觉醒来发现只是个梦，于是觉得活着不如睡着。假如有那么一天，一切都像梦里发生的那样，估计我也得乐得睡不着了！"

说话间，苏骁注意到刘大爷眼角依旧挂着泪，可嘴角却微微扬起，那分明是一种愉悦的笑意。他觉得自己完全能够理解这种矛盾而复杂的心理，只不过心理上的两极分化，似乎终究不是一件好事。

从刘大爷家离开之前，韩天再三向刘大爷保证，自己一定尽最大努力把刘希找回来。苏骁一度觉得韩天只是在安慰刘大爷，毕竟人海茫茫，要找一个人该是何其困难的事。

"你怎么看？"两人走到小区门口，韩天忽然问苏骁。

苏骁怔怔地看着他，好久才摇头说："刘希那么爱赌博，你可以从赌场查起！"

"说得有理！"韩天猛一拍苏骁肩膀，而后笑了。

在苏骁印象中，韩天近来很少会笑，不论是因为工作还是生活，似乎都没有值得高兴的事。

"如果每天做梦都能弥补一下生活的缺憾，未尝不是一件好事！"苏骁回味着刘大爷描述的梦，不禁"啧啧"地赞美起来，"我巴不得今晚就在梦里遇见我的梦中情人，然后……"

"打住！"韩天忽然打断苏骁的白日梦，一本正经地说，"昨天你爹打电话给我，让我带你回家吃顿新年团圆饭，你安排下把时间腾出来。"想了想，韩天又补充说："想来你这单身狗也不会有什么多余安排的，咱们就这么愉快地决定了！"

苏骁没有拒绝，只是轻轻嘟囔着："敢情是让你把我当犯人押回去啊……"其实在苏骁心里，早就盼望着这一天的到来，却没想到在这年岁将近的日子突然来到，不禁令他有些受宠若惊，以至于让他把其余的所有烦恼全都抛诸脑后。

可是夜里，苏骁却又失眠了。他把玩着手机，屏幕却始终停在孙晓钰的朋友圈里。屏幕上照例晒满了各种风格的摆拍，尽管背景充斥着天南海北的不同景致，不变的只有主角始终如一的甜美笑容。

白天的时候苏骁尝试过好几次拨打对方电话，结局依旧是以无法接通而收场。这种情况甚至让苏骁怀疑，这个人是否真的曾经来到过自己的身边，又或许她只是自己因为过度思念欧阳檬而衍生出来的一个替代品。可是平日里的接触，包括在影院时孙晓钰主动献上的吻，一切都显得那么真实。

"你还好吗？"苏骁一边念叨，一边发过去一条短信。这种原始的留言方式或许早已被微信、QQ等取代，可到头来仍旧是最值得信赖的一种，没有之一……

天明，微雨，烟雾忽浓忽淡，缠绕着人却久久不愿散去，使得整座公墓更显得清冷与神秘。苏骁穿着久违了的黑色西装独自穿行在层层叠叠的墓碑之间，如同无头的苍蝇，不知去往何方，更不知归路何在。

在他看来，目的地的气氛更像是一场老旧的黑白电影，没有对白、没有配乐。人们仅仅用肢体语言和肃穆神态表达对逝者的哀思。

"小伙子，花挺漂亮啊！"忽然，一位正蹲在墓碑前烧纸钱的老大爷侧过头来看着苏骁，用沙哑的嗓音问话，"来看女朋友吧？"

苏骁下意识地猛一低头，只见自己怀里正安安静静地躺着一束玫瑰花。火红的玫瑰花瓣如烈焰一般刺激着他的视觉神经，在这黑白世界里显得如此惊艳。苏骁凝视着玫瑰花，一、二、三……不多不少，正好十一朵！

"阿檬，从今天起，我再也不要隔着电话说想你，再也不要从楼下仰望你，再也不要只送你到楼梯口止步，再也不要你承受半点孤单，我要我们一直在一起，我要我们一生一世永远不分离……"

"一生一世永远不分离……"苏骁颤抖着反复咀嚼这段梦中告白，可一切却显得那么逼真。

"可是……说好的一生一世呢？"苏骁闭上眼睛，嘴里发出自嘲般的呢喃。好一阵子，他感觉自己存在于一处孤立、封闭的空间里，满耳充斥着的只有自己的呼吸。直到他觉得这一切如此压抑，才缓缓睁开眼，却发现老大爷依旧死死盯着他。苏骁这才觉得这样的气氛却是更加诡异，正想举步离开，陡然发现老大爷的脸竟同刘大爷略有几分神似。

苏骁向来胆大，于是索性同他对视。在经过一番仔细坚定过后，终于得出结论，这不是刘大爷！

苏骁朝着那老大爷点点头，迈步往前走。当对方也礼节性地朝苏骁点头时，却让他陡然感到浑身不适。他一边走一边想着哪里不对劲，却猛然发现老大爷的一切动作竟是那么僵硬，甚至连点头如此简单的动作都只是在机械性地重复重复再重复。

苏骁不由加快了步伐，却感觉自己越走越慢。当他从老大爷背后经过时，不经意地朝墓碑上一瞥，只觉得一股凉气自脚底而起，瞬间袭遍全身。

那墓碑上贴着的逝者的照片，分明便是张心武和叶星慧夫妇！

第三十四节

在这一刻，苏骁反倒更想要停下脚步。不知为何他忽然觉得双腿不听使唤，竟越走越快地一路往前，顷刻间便将所有难以捉摸的事甩在身后。他立时感到事有蹊跷，不禁回头去看，却猛地发现那位老大爷已经将头侧向自己这边，痴痴地望着他。见苏骁回头看，老大爷竟冲着他笑了起来。说来是笑，可实际上却比哭还要难看，仿佛死人脸上硬生生地扬起了嘴角一般。苏骁只觉得一阵心悸，忙将头扭回去，不再看他。

可是摆在眼前的墓碑千千万万，前来祭祀的人更是不计其数。苏骁行在其间，匆匆而过，生怕再次遇见某个熟人，更怕熟人并非来扫墓的人，而是地下长埋的人。

也不知越过多少墓碑，苏骁终于习惯性地停在了一块墓碑前。他下意识地朝左右望了望，全是清一色的空墓。

"你在这里也怪孤单的……"苏骁俯身将玫瑰花放在墓前。墓碑已被一层厚厚的积灰盖住，难以窥见全貌。

"难怪这么难找了！"苏骁一边嘟囔着，一边伸手去擦拭碑上的灰尘。渐渐地，墓主人的面容显露出来，却令他诧异地张着嘴半天说不出话来。

"怎么会是她！"终于，苏骁喊了出来，"不可能！"他几乎控制不住自己的嗓音，任由那呼号声在目的地上空回荡，那腔调仿佛机器在极度扭曲时发出的刺耳轰鸣。

逝者照片，赫然摆在那里，正是欧阳檬美丽的脸庞！

"不！"苏骁深切感到发自内心的痛楚，宛若狂人一般嚎叫起来，疯子一样伸出双手去擦拭整块墓碑，直到墓碑上的文字完整地显现在他面前——爱女孙晓钰之墓。

当苏骁感到自己的歇斯底里时，却发觉无论如何呼喊都再也叫不出声来。他不禁肆意挣扎起来，最终，手触到一个冷冰冰的物件——他的手机。

苏骁猛然坐起身子，原来自己还在床上。

他随手打开床头灯，屋内一切陈设如故，这才长长吁了口气，却忽然想起了什么，打开手机屏幕寻找着，只见已发信息里面静静躺着一条凌晨 1 点 35 分发送给孙晓钰的短信"你还好吗"。

"没有回复……"苏骁轻声说，随即翻身下床走到窗边，轻轻拉开窗帘的一角。夜很沉，而外面的世界依旧冷清。仿佛整个世界都将一同沉沦下去，再也无法苏醒。

当苏骁再次醒来的时候，天已大亮。他胡乱吃了些韩天留下的早餐便匆匆出了门。夜里，他在床上辗转反侧的时候便已下定决心，无论如何也要找到孙晓钰，哪怕只是梦里的一座墓碑。

苏骁来到琴行时，老板正被一群叽叽喳喳的小女生围在当中叫苦不迭。一眼瞟到苏骁进来，不禁指着苏骁说："快看快看，这才是我们这儿最出色的吉他手，人帅手艺好，如今还单身，姑娘们还等什么！"

苏骁一脸茫然地看着眼前花花绿绿的场面，忽然有了想要收回脚退出门的感觉。

"小苏！"忽然有小女生喊了起来。

"我看过他们乐队的演出！"旁边的另一名女生附和着。听着炸了锅的小女生兴奋的尖叫，苏骁忽然觉得头皮发麻，一阵眩晕直冲脑门儿。当他清醒过来以后，三三两两的小女生已围在身边，等待他的现场演出。

"都闭嘴！"苏骁顿时觉得这仿佛是对他的一种侮辱，大声吼起来，"女孩子家，都矜持一点好吗！"

苏骁吼这一嗓子倒十分有效，小女生们纷纷嘟着嘴各自去选乐器，就连本还把老板也围住的几个女生，也知趣地闪到一边。

"上次看他演出没这么凶的！"

"就是就是，他还跟我合过影的，虽然酒吧灯光很暗什么都看不清，但至少那时很温柔……"

苏骁走向老板，耳朵里充斥着小女生们的埋怨。

"一群早起的客人，"老板看着苏骁严肃的表情，不禁将手一摊，无奈地说，"看我在弹琴就起哄……我对付这些小姑娘的办法实在没你高明……"

然而，苏骁似乎并没关注老板说些什么，只是径直走到吧台后面兀自搜寻着想要的东西。

"喂！你干什么？"老板见状不禁坐直了身子。无奈旁边不断有小女生来来回回向他咨询，令他无暇分身，只得一边应付着她们一边关注苏骁的动向。最终，苏骁拿起一本厚厚的册子使劲翻找起来。

"你要什么你跟我说，别把东西翻乱了！"老板显得有些无可奈何，却也并不加以制止。直到苏骁把那册子从头翻到尾，而后失望地扔到一边继续寻找起来，才摇头苦笑说："你想查找那个小姑娘的家庭住址对吧？"

这时候苏骁几乎把吧台后面翻了个底朝天，听到老板这么说，眼睛骤然亮了起来。

老板索性打发走身边纠缠着的小女生，走到吧台后面。当他看到吧台后的一片狼藉时，不禁连连摇头说："你记着，这个月工资我是扣定了！"

"就算你不发工资我也得找！"苏骁侧头看了他一眼，而后又伸出手。老板连忙拉住他，从抽屉里拿出另一本厚厚的册子，不紧不慢地一边翻找一边碎碎念叨："如今我是越来越搞不懂你了，在你心里究竟念念不忘的是那个叫什么什么柠檬的，还是最近性情大变爱上了吃嫩草……"正说着，他身后伸出一只手，想去抢那册子，却被他轻巧地避开。他背对苏骁指着那册子说："喏！不是在这儿吗！安西街 46 号三单元……"

对从琴行老板那里得到的地址，苏骁并不熟悉。然而，他从来就是这样，对任何无关紧要的事漠不关心，至于市长是谁、或城门朝哪个方向开，二十几年来他从未弄清楚过。多年的宅男生活更是让他对这个城市的变化一无所知。他所清楚的只是自己心里记挂着谁而已。然而今天在琴行这么一闹，老板觉得他似乎连这一点都已经不清不楚了。

第三十五节

"安西街 46 号三单元！安西街 46 号三单元……"苏骁一路默念着这个地址，根据老板给出的大致位置寻了过去。其实早在出门的时候苏骁就已经想明白，见到孙晓钰他只想说清楚一件事。

然而，当苏骁独自游走在新旧参差、高矮错落的街道上，他发现凭空寻找这样一条闻所未闻的街道实在不是容易的事。他觉得自己很像行进在热带雨林里的探险者，就算穷极一生也未必能够寻着传说中的失落神庙。

于是苏骁一路问一路找，得到的答案一个比一个让人失望。他甚至怀疑琴行老板只是在逗他玩儿，凭空捏造了这样一个"安西街 46 号三单元"，为的只是让苏骁不再乱翻琴行的资料。

正当苏骁一点一点失去信心的时候，一个上了年纪的老奶奶给了他继续寻找的希望。

"安西街啊？就在西边！"顺着老奶奶的指示，苏骁一眼望过去，那是一条不起眼的小弄堂。

"从这条小巷子过去，再穿过两条街，绕过一栋大楼，前面就是安西路了！"老奶奶补充说。

苏骁一听不禁有些发蒙，打心眼儿里他恨不得拉上老奶奶一块儿，带她去安西街。然而这所有困难并不能阻止他继续寻找的决心。苏骁按照老奶奶所说的，从小弄堂走过去、穿过两条街、绕过一栋大楼之后，他不禁长长舒了一口气。

"请问，这里是安西街吗？"苏骁迎面拦住一个中年人。

"什么？安息街？"那中年人听了显然不太高兴，"这里没有什么安息街！"说罢便要走。

苏骁心头一沉，却又心有不甘，情急之下拉住他接着问："那么大哥，你知道安西街在哪里吗？"

"这里没有什么安息街！"中年人一把撇开苏骁的手，愠怒之情溢于言表。

"吼什么！这里就是安西路，我在这儿住几十年了！"旁边一位老大爷听到呼喊凑了过来。

"我吼我的，碍你什么事儿了！这里从来就没什么安息路！"中年人一副不服气的样子，脸涨得通红。

"这么多年，我过的桥比你走的路还多，我说是就是，说不是就不是！你争什么争！"老大爷的满头白发似乎是他争辩的资本，令他腰板儿挺得更直，中气十足。

两人你一言我一语，苏骁站在一旁不禁有些尴尬，站了半晌根本插不进话。看着他们争得面红耳赤，苏骁只得摇摇头，悄声退出战阵。此刻他感觉内心是崩溃的，他注意到路边的街道指示牌上清清楚楚、明明白白地写着街道名称，却并不是他要找的"安西路"。

苏骁站在街头，远远看着两人指手画脚地争执，最后不欢而散，忽然觉得自己所做的一切也许都和他俩的争吵一样毫无意义。

然而回家的路上，他又打算去做一件毫无意义的事情。

医院的忙碌，这些日子苏骁充分见识到了，即使在一年的最后一天，这里仍然保持着高速度的运转，外界的四时变换全然与这里无关。

苏骁小心翼翼地走到重症监护病房门口，环顾左右觉得似乎少了些什么。

"是啊，怎么没见那些红毛绿毛的小混混了？"苏骁喃喃自语着，想要推门进去。

"请问你找谁？"一个戴着口罩的护士拦住他。

苏骁像触电一般缩回手，扭头看着她的眼睛，不知是出于害羞还是什么别的原因，一时间竟有些语塞。

"我……我找叶星慧……"

"你是她什么人？"护士小姐看起来十分警惕，把口罩往上拉到鼻梁上方，只露出一双眼睛全方位地关注着苏骁的动向。

"我……"苏骁被接连盘问，更显得不知所措。他在心里来来回回给自己更换了多种身份，都觉得略有不妥。

"她情况有好转吗？"最终，苏骁选择不正面回答护士小姐的问话。

护士小姐摇摇头，眼里带着一种悲天悯人的神采，回答苏骁说："昨晚发生过一次呼吸衰竭，经过抢救已经渡过了危险期。但是医生对她的状况并不感到乐观。"

护士小姐的话犹如一块巨石，压在苏骁心里让他久久无法呼吸。

"先生，你还好吗？"护士小姐见苏骁脸色发白，半天不言语，不禁关切地询问，"你要进去看看她吗？"

"或许我该找个医生先给自己看看病吧！"苏骁苦笑着喃喃低语。

"什……什么？"护士小姐似乎有些不相信自己的耳朵，不禁瞪大了眼睛仔细打量苏骁，"先生如果您需要进去探视的话，请先跟我去登记。"

苏骁保持着面上的苦笑向护士小姐摆摆手，有些失魂落魄地离她而去，把护士小姐冷落在当场令她不明就里。

苏骁摇摇晃晃地走到电梯前，心里想着孙晓钰，嘴里念着叶星慧，眼前却浮现着欧阳檬的笑。这些女人都同他或多或少有过些许交集，只是最终都与他走成了平行线，甚至生死未卜。于是，他开始怀疑自己，仿佛其他所有人的不幸都同他有关；而其他所有人的幸福都与他无关……

"小苏？"电梯门打开，从里面走出两个人。

"怎么是你们？"苏骁迟钝地抬起头看着面前的韩天和郑辉强，韩天依旧是神情冷漠的老样子。几天不见，郑辉强却显得老了许多，瘦削的脸上一片黄一片白，昏黄的眼珠子全然找不到昔日的神采，一副心力交瘁的样子令苏骁看来都觉得心寒。

"我……"苏骁压根儿就没想过会在医院碰见韩天，更是从未考虑过为何要来医院。

没等苏骁回答，韩天已将脸转向郑辉强，勉强挤出一丝笑容，用一种生硬的语气说："感谢强哥对我们工作的配合，假如有什么线索，还希望强哥及时跟我们沟通！"

"韩警官客气了！"郑辉强虽然说话客气，可表情却比坚冰还冷，"虽然我和刘希之间确实存在债务纠纷，可私底下我们的关系还是很融洽的。假如我的兄弟们发现刘希的下落，一定第一时间向韩警官汇报！"

韩天看起来很满意郑辉强的表态，两人握过手之后准备分道扬镳的时候，韩天却不合时宜地问起了叶星慧。

第三十六节

"叶星慧好点了吗？"

郑辉强的脸色本就难看，忽然听韩天提及叶星慧，他更表现出一脸不悦。苏骁只得在一旁悄声向韩天汇报叶星慧的情况。

"韩警官，不送了！"郑辉强对于叶星慧只字未提，转身便走，将两人晾在电梯口。

"看样子，刘希是凶多吉少了！"苏骁望着郑辉强的背影，自顾自地摇着头。

韩天点点头，不再言语。在苏骁看来，这是多年以来极少数韩天没有否定自己想法的一次。

"不光是刘希，恐怕叶星慧也是如此……"韩天看着正要关闭的电梯门，忽然拉起苏骁冲进去，一边走一边说，"我们该为她做点什么！"

不等苏骁问清楚，韩天已经拉着他走出了医院。一路穿街过巷，没多久就来到张心武家。

年岁将尽的日子，张心武家里显得格外凄凉。张心武年迈的老母亲将两人让进屋后，自己就坐在沙发的一角，看起来更像是蜷在角落里受伤的动物，独自舔舐伤口，使人难以靠近。

苏骁一走进门，便看到正对大门的桌上，并排摆着张心武夫妇的结婚照和张心武的遗像。直到这个时候，苏骁才第一次有机会认认真真看清楚两人的模样——张心武长着国字脸，浓眉大眼，嘴角含笑，十分精神的样子；叶星慧看来虽然并不美丽，却自有一股灵秀之气。只是结婚照与遗像并排放在一起，令苏骁自心底生出一种怪异的感觉，那感觉如电流一般传遍全身令他觉得不舒服。

"阿姨，明天就是新年了，我们来看看您！"韩天笑着跟老太太打招呼，缓缓坐在窗户边上一张椅子上。

可是老太太却并不太搭理他，两只眼睛好似干瘪的桃核，毫无光彩地看着张心武的遗像，半天才从嘴里含含糊糊地蹦出几个字："新……新年啦？"

老太太的乡音很重，听起来像是来自河南一带。看着这位老太太，苏骁忽然想起了鲁迅先生笔下对祥林嫂的描写："五年前的花白的头发，即今已经全白，全不像四十上下的人；脸上瘦削不堪，黄中带黑，而且消尽了先前悲哀的神色，仿佛是木刻似的；只有那眼珠间或一轮，还可以表示她是一个活物……"

在苏骁心念一动之间，韩天又接着说："关于张心武和叶星慧的事，我们基本可以得出结论，张心武死于过敏性哮喘所致的呼吸道水肿，简单说他就是被自己闷死的。就目前我们调查的情况来看，他们俩可以说是婚后生活十分和谐，街坊邻里也都反映说他们感情极好。从理论上看，叶星慧没有理由谋杀张心武……"

老太太静静地听着韩天的陈述，好像事不关己，甚至眼神丝毫都没有离开过张心武的遗像。韩天看了看苏骁，接着说："鉴于如今，叶星慧也躺在医院里，情况并不乐观。我们建议您取消对叶星慧的指控，这样对您以及您今后的生活或许会有更多的好处，如果叶星慧能够康复出院，至少还能为您养老送终。"

老太太忽然站了起，指着张心武夫妇结婚照情绪异常激动地喊着："那婊子不干不净，串通地痞流氓害死我家小武，她就是潘金莲！她就是潘金莲……"说着，老太太忽然起身往张心武夫妇结婚照奔去，伸手将相框取下来往地上狠狠砸去，末了还不忘踩上两脚，嘴里不停地念叨："踩死你这小骚货，踩死你这潘金莲……"

苏骁不禁与韩天对视一眼，只觉得莫名的尴尬。随后又悄然望着张心武的遗像。尽管张心武说不上貌似潘安、形如宋玉，却也还长得周正，老太太一味地拿潘金莲说事儿，苏骁不禁在心里为张心武喊冤："张心武可比武大郎帅多了！"

韩天忙走过去将老太太扶住，轻声说："阿姨您别激动，事情我们一定会调查清楚的，到时候自然还张心武一个公道……"看起来，韩天在安抚人的情绪这方面颇有些心得。很快，老太太便又坐下，眼睛复又盯住了张心武的遗像，目不转睛。

苏骁忽然有些无奈。有些事情本就是板上钉钉的，但偏偏被执着的人们紧握住不放。于是宁可将事情抽丝剥茧地剥离开来，却发现原来结果是那么简单。之所以变得那么棘手只是因为人心太过于复杂，往往不愿意去相信原来本是美好而单纯的事物。

正想着，苏骁忽然发现韩天正看着他，眼神里似乎另有深意。苏骁正揣测着他的意图时，只听他一边安抚着老太太一边说："阿姨，这是我们局的小苏同志，他负责为这个案件调查取证。"说着，他又转头对苏骁说："小苏，你去张心武夫妇的卧室看看，能不能找到些蛛丝马迹。"

苏骁只觉得脑袋一炸："你也忒看得起我了，我上哪儿去给你找蛛丝马迹啊！"苏骁只能在心里暗暗嘀咕，此刻已是骑虎难下。只见老太太淡淡地点点头，苏骁只好起身往张心武夫妇的房间走去。刚走进屋便从外面传来老太太的声音："找归找，可千万别弄乱了东西……"苏骁应了声，心里又把韩天骂了千万遍。

房间不大，各类陈设摆放相当整齐，只是铺着厚厚一层灰，看起来这应当是叶星慧在临跳楼前整理过。卧室直通阳台，苏骁漫无目的地巡视了一圈之后，信步踱到阳台上。这是一栋临街的老房子，张心武家住四楼。从阳台望下去只见街上车辆川流过往，城市的繁忙可窥一斑。

"叶星慧或许就是从这里……"苏骁喃喃自语着，扶住栏杆往楼下眺望，忽然有种恍如隔世的感觉，瞬间只觉脑子一晕，脚下一个趔趄，忙将扶住栏杆的双手猛地一推，整个人往后弹了出去，后背重重贴在阳台的墙壁上。

苏骁坐在地上大口地喘息着，仿佛刚刚逃过一场大劫。看着刚刚救自己一命的栏杆，他忽然一个激灵，自忖着："叶星慧会不会也是像我这样，只是因为精神恍惚而一不小心摔下去呢？或许她根本就没打算跳楼自杀呢？"

想到这时，苏骁忽然记起在 W 城市接到的叶星慧打来的电话。电话里叶星慧的意思分明是生无可恋、但求一死。想来想去，苏骁不禁狠狠拍了拍自己脑袋，希望打消这些毫无理论根据的猜想。

第三十七节

　　阳台上忽然一阵风过，将苏骁额头刚刚渗出的冷汗吹干，顿时一股寒意流遍全身。他忙站起身来，使劲甩了甩肩膀跺了跺脚，让全身觉得暖和一些，这才走回卧室。

　　卧室依旧静静地，床头挂的结婚照中的张心武夫妇依旧对着苏骁幸福地微笑。

　　"反正不会是畏罪自杀！"看着他俩甜蜜的笑容，苏骁斩钉截铁地想，"殉情的可能性大一些吧！听说之前还挨过打！这种情况下想不开做傻事也是情有可原……"停了一会儿，苏骁看着张心武那魁梧的身材疑惑地问道："可是你究竟是怎么做到的？"

　　很显然，张心武不可能回答他的问题。

　　"窒息死亡……在梦……"苏骁一边看着他一边自言自语，"这两者分明就是自相矛盾的嘛！难道真如孙晓钰所说，张心武靠着自身意志力操控了这一场死亡？"苏骁想起孙晓钰，心情更加低落，随机又使劲儿把脑子里不当想的东西全部排出去，而后啧啧地说："活得好好地又为什么要去死？"

　　"这不是扯淡嘛！"苏骁下意识地否认了这荒诞无稽的想法。

　　"谁在扯淡？"不知什么时候，韩天走了进来，四下里望了望问苏骁，"你在跟谁说话呢？找出什么头绪了吗？"

苏骁看着韩天，无奈地摇着头说："我又不是福尔摩斯！"

"对了，我差点忘记了，今天你还有一件重要的事要做！"韩天忽然一拍脑袋，"其余的什么事都得放到一边去！"

"什么事？"苏骁心里明白，却努力把傻装到极致，"相亲吗？"

"明天就是新年了，难道你想再流浪一年吗！"韩天说话时那语重心长的神态让苏骁感觉浑身不自在。可面对对方一番好意，他又不便拒绝，只得支支吾吾地说："不是还有你收留我嘛！怎么会流浪？"

"别废话，咱们撒！你先回去，我随后就到……"顿了顿，韩天又补充说，"到你家！"

尽管别扭，苏骁还是觉得一阵欣喜，不由回过头看了看床头张心武夫妇的结婚照。忽然觉得他二人眼神流露出一股特别的依恋，或许这就是夫妻间特有的情感。苏骁不禁有了几分羡慕，从前见过太多生离死别、肝肠寸断的爱情故事，却都只停留在虚幻之中。无论小说或是电视都常常会有"不愿同生，但愿同死"的桥段，可是在现实之中，真相往往是"夫妻本是同林鸟，大难临头各自飞"，又有几人真能情至深处、生死相守呢？

苏骁不禁愈发地垂头丧气，正要转身往外走，不经意间却瞟到床头柜上一个小小的白色塑料瓶。

他走上前去拿起塑料瓶，只见上面贴着一张手写的标签"苯二氮卓衍生物"。陡然想起张心武的母亲频频强调的，张心武是被叶星慧下药害死的，莫非是她看见了叶星慧给张心武吃这些药？

苏骁立刻掏出手机询问"度娘"，"苯二氮卓"这类药物的信息一应俱全。尽管"苯二氮卓"是一类安眠药，可要想靠它们吃死人也是十分困难的。那张心武又不是傻子，而这药更不是糖豆，想要在短时间内服用足以致死的大剂量完全不现实……

苏骁这么想着，韩天又在门口叫。他举起手中的药瓶晃了晃："这个，可以带走不？"

他看了眼苏骁，又回头看了看，对苏骁轻轻点点头。苏骁忙将药瓶装入口袋，却顿时有种做贼的感觉，悄声跟随韩天走出门去。

楼道里，韩天似乎心事重重，甚至没有过问那瓶"苯二氮卓衍生物"，苏骁只得默默将药瓶在手里反复摩挲。

别过韩天，苏骁独自往自己家走去。他记不清究竟多久没有再踏上过这条路，尽管路边的一切看起来都那么熟悉，他仍是带着一颗忐忑的心按响了自家门铃。

"爸……我回来了……"或许是一种本能，当他看到屋内一切如故的陈设后，之前的所有顾虑都在这一刻抛诸脑后，很自然地跟前来开门的苏爸爸打招呼。

苏爸爸一愣，似乎诧异多过惊喜，然而只是在短暂的表情僵化过后，一种发自内心的慈爱溢于言表："回来好！回来就好！"苏爸爸连连点着头，把苏骁让进屋里，仿佛在招待最尊贵的客人。苏妈妈更是一边哼着小曲儿一边在厨房里忙活，宛如幸福突然降临的小蜜蜂。

苏骁沐浴在家的温暖中，不禁有些受宠若惊的感觉。回到自己房间，苏骁用手轻轻在各色摆饰上抚过，往事历历浮上心头。他的眼神随着手，对过去的时光充满了温柔，最终停在一把吉他上。

那是一把红色的 Gibson 牌电吉他，静静靠在床头。苏骁轻轻拿起吉他，像对待爱人一般温柔摩挲。那些几年前被磨得不再光鲜的棱角，如今在苏骁怀里再度显露出柔和的光芒。

"原来你在这里！"苏骁一边拨动琴弦一边喃喃自语。他清楚地记得那一年离家，这把吉他是他为数不多的行李之一。只是后来，他自己也记不清从什么时候起这把吉他再也没在自己生命中出现过。

"一定是韩天趁我不注意……"苏骁拨弦速度越来越快，也顾不得再去思考这些无所谓的问题。

"小苏……"房门口忽然传来韩天的声音。

苏骁回过头，举起吉他来扬了扬正打算兴师问罪，却一眼瞟到韩天身后站着的孟恬。

"唔，嫂子也来了！"苏骁忙放下吉他起身打招呼。

然而孟恬对苏骁的热情似乎并不买账，只是冲他浅浅点了点头。

苏骁自认为同孟恬本无交集，倒也并不在意，依旧自顾自地坐下来弹着吉他。

"你记得娜娜吗？"不知什么时候，孟恬坐到了他身边，静静地注视着他。

苏骁听到"娜娜"这个名字，内心忽然涌起一股不可名状的情绪。这情绪随即溢于言表化作难以控制的力量，只听一声脆响，琴弦骤然绷断。

孟恬被突然的动静吓得轻声惊呼，苏骁却在她的惊呼声中淡然回答："她是我嫂子！"说话间不忘回头看看韩天，然后才补充说："以前的……"

"韩天和娜娜的感情一定很好对吧？"孟恬一边低着头，一边用脚在地板上不断地搓来搓去，仿佛在酝酿一些极难说出口的话。

苏骁又看了看韩天，只见他正靠在门边看着孟恬，不禁有些犹豫，生怕自己说错话影响他同孟恬来之不易的感情。

"你不用看他，就算不说我也知道。"孟恬似乎有些得意，这种得意深深触动着苏骁，让他几乎无法思考究竟该如何回答。为了缓解这种尴尬气氛，苏骁使劲将刚才绷断的琴弦拉近，试图把琴弦重新接上，可是一切都徒劳无功，只是把手生生勒出两道深深的印记。

孟恬看了眼苏骁的手，目光里流连着复杂的情绪。房间里静了许久，才听到孟恬轻声说："能不能告诉我，娜娜是个怎样的人？"

第三十八节

　　虽然孟恬声音轻柔，苏骁却觉得她的问题一个比一个尖锐，不禁又看着韩天。这时候，韩天的表情已经发生了变化，就像不谙世事的少年陡然暴露在市井街头，人世间一切陋习让他感到扭曲。他张着嘴，皱着眉，同时站直了身子，目光死死盯住孟恬。

　　苏骁对韩天的状态感到恐惧，于是索性扭头不看他，轻抚着吉他缓缓说："温柔，漂亮，善良，执着……"苏骁一连串把能够想到用来赞美的形容词全都用上，"甚至跟你有些类似。"顿了顿，仿佛是经历了又一番细致的思考，继续补充说："可她没你聪明！"

　　"我就当你在恭维我好了！"孟恬笑了，露出浅浅的酒窝。这个样子不禁让苏骁觉得她就是娜娜——从前的那个嫂子。这使得他又下意识地看了眼门口，韩天的神色变得更加凝重，张着的嘴仿佛不受控制地越张越大，不得已只能用手强行让它闭上；而皱着的眉也自然而然地越皱越紧，以至于只能用手使劲揉搓将它抚平。

　　然而孟恬并不关注这些，依旧甜甜地笑。那种笑仿佛具有某种诱惑，令苏骁不得不将头转回去看着她。

　　"娜娜那么完美，韩天却把她忘记了！"孟恬忽然止住笑看着韩天，大声问苏骁，"以后会不会也这样对我？"

苏骁感觉自己像是夹在这对情侣中间的第三者，尽管知道自己笑得很难看，却尽力让自己保持着微笑。当然，他完全能够体会韩天此刻近乎崩溃的心情。

"求求你别整天胡思乱想了好吗！"韩天几乎开足了马力，大声吼起来，"很多事情的发生与忘记，全在意料之外！"

韩天的情绪似乎很具有感染性，几乎是在同时，苏骁注意到孟恬的眼里已挂满了泪。

"聊什么呢？讨论得那么热烈！去吃饭吧。"或许因为听到韩天的声音，苏爸爸赶过来救场。韩天这才带着一脸哀怨看了看孟恬，又看了看苏骁，仿佛满肚子心事却找不到人倾诉似的摇摇头，转身走出房间。

晚餐相当丰盛，苏爸爸拿出珍藏多年的老酒，为桌上的男子汉们满上。苏骁看着杯中微黄的美酒、父母慈爱的笑意，心中不禁涌起深深的悔意……

"你给我滚出去！"苏爸爸一手提着鸡毛掸子一手拿着苏骁的红色吉他，额顶的青筋显得格外粗壮，"我就当没生你这么个儿子！"

"出去就出去！"苏骁一把抢过爸爸手中已然抡起的吉他，径直往门外走去，"我就让你们看看，就算我不读书，也能养活自己！"

苏爸爸怒火中烧，举起鸡毛掸子一把甩开苏妈妈的劝阻追了上去，一边追一边喊："今天你出了这个门就别再回来……"

然而今天，苏骁回来了。

席间苏骁父母十分默契地对那些不愉快的过去只字未提，只是一个劲儿地催促着大家吃菜。间或聊起韩天的生活、孟恬的工作时，也只是一反常态的仅做询问不做评论。

苏爸爸忽然举起酒杯对韩天意味深长地说："韩天啊，你是警官，对于是非曲直心中自有公断，做人的道理也一定比这苏骁小子懂得更多。"

很难得的，韩天听了这番话居然会有些不好意思，只见他那一贯苍白的脸上微微泛起红来。韩天端起酒杯同苏爸爸的酒杯轻轻碰撞："姨父你大可放心，小苏过去干的那些荒唐事纵然让人咬牙切齿，但现在想来也并不为过，更不是什么伤天害理的坏事。毕竟，人在追逐梦想的路上总要适当舍弃一些。不走到最后，谁又能断定是对是错呢？"

苏爸爸默然不语，只是轻轻点点头，把酒一饮而尽。

苏骁听着韩天对自己的客观评价，不禁想要跟父母好好喝一杯。只是举起酒杯之际却又觉得语塞，看到大家正低头吃菜，只得缓缓放下酒杯。然而一时的口渴，却又让他再度举杯将酒一口喝干。放下酒杯，苏骁再度环视桌面时，忽然发觉大家正默默注视着自己，父母眼里甚至含着泪。

"小苏！"孟恬忽然举起酒杯，向苏骁笑着说，"欢迎你回来！"

苏骁看着孟恬的笑，心中涌起一阵暖意，正要举杯，却被一阵急促的铃声打断。苏骁抱歉地笑了笑，侧身掏出手机，屏幕上的名字几乎令他窒息。

"孙晓钰！"苏骁几乎不敢相信自己的眼睛，伴随着铃声不断重复，他反复念叨着这个名字，直到孟恬在一旁轻轻拍他肩膀，他才慌忙拿起电话，试着将电话接通。只是众目睽睽之下，他却又不知该如何开口，只得静静等待对方先说话。凑巧的是，对方似乎也有些未能确定的事，于是双方在电话两端僵持起来。

"你在吗？"终于，对方有些沉不住气，选择率先开口。

"这几天你上哪里去了！"苏骁听到孙晓钰的声音，不禁有种恍如隔世的感觉。

"我……"孙晓钰的声音听起来似乎相当疲倦，以至于苏骁根本硬不下心来继续责备，转而改成了温柔地问候："你还好吧？有什么事吗？"

"我……"孙晓钰似乎有什么想说却难以启齿的话，一直"我"个没完，在苏骁听来却更添几分焦急。

"是不是出了什么事？"苏骁心直口快，性子更是急如烈火，见孙晓钰半天"我"不出个所以然，不禁站起身来。

"我想见你！"孙晓钰说这话时，似乎还伴着低低的抽泣声。尽管声音轻微，却没能逃过苏骁的耳朵。

"你究竟怎么了？"苏骁不禁追问。

"我想见你，可你如果没时间就算了。"孙晓钰似乎不太自信，只是她依旧保持着一贯的乖巧与体贴。

"不不不！我……我没什么事！"苏骁生怕她马上挂断电话，说话都变得不利索，"你……你……你在哪？"说出这话的时候，苏骁心头忽然浮现出曾去苦苦寻找的安西街，生怕从对方嘴里又冒出个什么自己闻所未闻的街道名字。

好在孙晓钰给出的地址苏骁十分熟悉，并且离家不远。挂断电话，苏骁神色颇有些凝重，仿佛是因为不忍心离开刚刚回到的家。

"没关系的，你去吧！"孟恬一眼看穿苏骁的心思，轻声劝道，"伯父伯母一定不会介意！"

第三十九节

此刻餐桌上极静，苏骁抬头便与父母亲的眼神撞个正着，他从那两双期待的眼睛中读出了莫大的关切。当他想找几句贴心的话回应这种关切时，却又词穷。

"有事你就去吧，"苏妈妈笑着说，"我们在家一边聊天一边等你。"

苏爸爸忽然离席，回来时手里拿着个剥好的橙子塞到苏骁手里："去吧，吃个橙子解解酒。"

苏骁拿着橙子，忽然有些进退两难。苏妈妈看着他呆萌的样子深知他不善表达，不禁笑着说："还不快去，这么冷的天别让人家在外头等久了！"

苏骁心头一热，连连点头说："今晚我回来睡，帮我铺好床可以吗？"

苏妈妈不禁喜出望外，笑得合不拢嘴。

或许由于天空飘着毛毛雨的缘故，尽管是元旦节的前一天，街市上并没有太多人。路边各色门店冷冷清清地各自营生，鲜有人光顾。苏骁此刻心急如焚，顾不得流连于新年将至的光景，匆匆赶到约定地点。

这是一处十字路口的过街天桥，苏骁站在桥下一眼望穿四下，却不见孙晓钰的踪影。于是，苏骁越是寻找，心情越是焦急，宛如一块巨石缓缓沉入水底。

"可别想不开啊！"苏骁默默念叨着。正当他像无头苍蝇般寻找着孙晓钰的身影时，忽然收到一条她的短信："我在桥上"。苏骁的脑子里不禁"嗡"的一下，像点了串鞭炮似的炸开了花。

苏骁强压下不安的情绪三步并作两步奔上桥去，昏黄的灯光下却依旧不见孙晓钰的影子。在这一瞬间，娜娜、叶星慧两人的身影纷纷涌上他的脑海。苏骁再也按捺不住了，一边奔跑一边大声呼喊着她的名字。

"我在这……"一个角落忽然亮起了光，同时一个柔弱的声音传入苏骁耳膜。他的心这才稍稍平复，快步走过去，终于看见了蹲在角落里的孙晓钰。

"这几天你跑哪去了……"苏骁一见到这个令他牵挂多时的人，便忍不住开始吐槽。只是当他看到对方的样子时，便再也狠不下心来多说什么。

孙晓钰裹着一件浅粉色毛衣，双手紧紧抱在胸前，头发胡乱披散着，正倚着桥栏杆蹲在地上。苏骁想要伸手去扶她起身，触手之处却感觉一阵刺骨的凉意，不禁猛地缩回手。

"假如再过十分钟你还不来，也许我就从这里跳下去了……"孙晓钰抬头看了眼苏骁，那眼神宛如一柄尖刀，冷酷中透着哀怨，逼着苏骁连退好几步。

"好可惜，我没有那么强大的意志力可以操控自己的死亡，所以只能选择这种最傻而又最直接的方式……"孙晓钰静静看着苏骁，言语中仿佛带着挑衅。

"你是疯了还是傻了！"苏骁不知从哪里来的勇气，抢步上前一把将孙晓钰拉起来，尽管她手上的温度不断刺激着苏骁的心，他仍是牢牢抓住对方，仿佛打算一世都不松手。"别尽说这些屁话了好吗！年纪轻轻的别总是要死要活的！比你惨的人多了去了，要都跟你这么着世界上有几个人能好好活着……"

孙晓钰默不作声，像犯了错的小学生，任凭老师批评。苏骁说着说着却又有些于心不忍，凑近看时，发觉她早已梨花带雨哭得不成样子。

"算了算了！你当我什么没说吧！"苏骁不得不承认，自己实在不懂得怎样去哄人，尤其是这种悲痛欲绝的人。无论男女，唯一能做的就是用行动去表示关怀。于是他张开双臂，将孙晓钰紧紧揽入怀里。而此刻的她，更像是找到了一堵可以依靠的墙，更加肆无忌惮地哭着，仿佛积攒了多年的泪水一并爆发。苏骁只得静静地、轻轻地拍着她的背，抚摸着她的长发，任由她的身子在他怀里颤抖。

"你冷吗？"不知过了多久，孙晓钰已渐渐转为轻声抽泣，夹着浓重的鼻音问苏骁。

此刻，要说不冷那是假话，凛冽的北风一直没停过。苏骁的胸口早已被泪水浸湿了一大片，纵然怀里抱着火炉也难以感到丝毫温暖，可面对这娇柔可人的女子，他实在难以硬起心肠说"冷"。

"嗯，不冷！"他将孙晓钰抱得更紧，轻轻摇头。

"你骗人！"她却似乎笑了起来，娇嗔着靠在苏骁怀里说，"要是不冷的话，让我再哭会儿吧？"说着，又将脸贴到他的胸口准备发作。

"等等，你冷吗？"苏骁只觉得那动人的、暗暗透着幽香的身体颤抖得越来越强烈，不禁脱下外套裹在她身上说，"咱们找个暖和的地方，你再继续，这样好吗？"

两人手牵手钻进一家咖啡馆时，苏骁不禁被孙晓钰的样子惊呆。粉嫩的脸蛋显得格外苍白，额头上一大片瘀青于白净的脸格外不相称，嘴角上兀自挂着尚未干透的血迹。种种迹象表明，她经历着苏骁所无法想象的残酷对待。

"也许我们来错地方了！"苏骁忽然停住脚步，"我应该带你去医院！"说着，拉起孙晓钰的手往外走。

"我要喝热奶茶！"孙晓钰若无其事地指着吧台，那副天真的样子着实令苏骁无法抗拒。苏骁摇摇头，在孙晓钰的引领下坐到卡座里。

"是你爸爸把你打成这样的？"苏骁看着孙晓钰的狼狈样子，不禁有些心疼，一坐下来就问。然而她并不答话，只是睁着那忽闪忽闪的大眼睛四处张望，仿佛对面坐着的人全然与己无关。

"您的奶茶！"这时候，服务生把奶茶送到卡座上，孙晓钰接过奶茶便抱在怀里，一脸满足的样子。苏骁一边拿起服务生送上的咖啡一边默默凝视着她，仿佛打算透过那无邪的眼睛去发掘藏在背后的故事。

"干吗这样看着我？"孙晓钰不停地摩挲着奶茶杯，忽然问苏骁。

"我……"不善言辞的苏骁立刻变得腼腆起来，仿佛在孙晓钰面前，结巴已经成为常态。他清楚地记得，这种状态从前只在欧阳檬面前才会有。

然而孙晓钰并不能理会苏骁此刻所想，满心欢喜地向苏骁眨着眼，轻轻问："这几天你是不是很担心我？"

对于这一点，苏骁从未打算否认，不由大大方方地点头称是。于是天真小姑娘的脸上立刻浮现出花儿一般的笑。

"那你是不是很喜欢我？"孙晓钰越问越起劲，仿佛之前的不愉快只是一场噩梦。

第四十节

　　苏骁愣住了，对于孙晓钰的直来直往他素来很清楚的，自忖也没能达到小姑娘那敢爱敢恨的境界。可是话一旦说开了，苏骁也不打算噎着藏着，索性更加大方地点点头。

　　苏骁的肯定让孙晓钰欢呼雀跃起来，要不是此时咖啡馆里客人寥寥无几，恐怕会立时遭到老板郑重警告。

　　"今晚让我跟着你吧！"孙晓钰坐定后，忽然说了这么一句，"你去哪里我就去哪里，你让我干什么我就干什么……"说这话时，话未出口她的脸倒率先红了。那份少女独有的羞涩和暧昧令苏骁怦然心动。

　　苏骁正握着杯子，轻轻嗅着咖啡的香气，同时透过杯中升腾而起的水雾静静注视着孙晓钰的眼睛。她的眼神仿佛有种魔力，让苏骁心猿意马。孙晓钰忽然这么说，却正好戳中他的心事。苏骁心中一乱，下意识地喝进一大口咖啡，却全没留神杯中咖啡的温度，立时被滚烫的咖啡呛得前仰后合。

　　"别激动嘛！"孙晓钰忙坐到苏骁身边，一边轻轻拍着苏骁后背一边问，"你好点儿了吗？"

　　"我……我没事……"苏骁渐渐缓过神，示意她停下。一抬头，却与她四目相对，苏骁静静品味着花季少女独有的芬芳鼻息，不禁感到沉醉。而孙晓钰看着他，眼里充斥着欢喜，呼吸进而变得急促，仿佛在期待一场轰轰烈烈的爱情，缓缓闭上了眼。

苏骁看着眼前绝美的脸，心里却不自觉地浮现出另一张脸。那张哀怨的脸庞同样精致绝伦，却像魔咒一般让他难以释怀。

"如果你是她就好了……"苏骁忽然悄然呢喃。

苏骁声音虽轻，却字字撞击着孙晓钰的心。她缓缓睁开眼，表情如同平静湖面，波澜不惊。她看着苏骁许久，才静静说道："如果你愿意，当我是她吧！"

苏骁摇摇头，身子往后挪了挪，与孙晓钰隔出一段距离，依旧木讷地喃喃自语："不……我做不到！"

孙晓钰看着他，脸上看不到失望或哀伤，只是静静坐定，而后淡然起身回到自己座位上，继续看着他。

或许因为无奈，苏骁显得有些颓然，面对孙晓钰只能低下头默默不语。不知过了多久，他感觉一阵强烈的困倦袭来，令他无力抵挡。在孙晓钰的注视之下，苏骁长长打了个哈欠。

"你困了吧？"孙晓钰关切地问，"要不咱们走吧？"

苏骁没来得及闭上嘴，一面摆手一面解释说："不不不！我不困！咱们接着聊。"说着，轻轻啜饮了口咖啡。

这一刻孙晓钰却笑了，笑容里充满天真。

"短短一个多小时里，你都骗我两次了！"孙晓钰嘟起嘴，脸上却不带半点埋怨的表情，"或许只是你习惯了欺骗自己，等你先蒙蔽了自己，才会自以为是地欺骗身边的人。"

苏骁哑口无言，只得静静啜饮着咖啡。直到慢慢将一杯咖啡喝了个底朝天，才试探地问："今晚你还能回家吗？要不到我表哥家凑合一晚吧！反正今晚我回自己家睡。"

孙晓钰脸上表情细微的变化并未被苏骁捕捉到。最终，她只是淡淡地拒绝说："不用担心，我回家。"

送孙晓钰回家的路上，苏骁格外注意路线与方向，那条传说中的安西路仿佛一种诱惑，尽管令他朝思暮想，却如同海市蜃楼永远停在脑子里，甚至一度让苏骁觉得这一切都不是真的。然而当他跟在孙晓钰身后来到安西路的时候，他却看不出任何与众不同的地方，这里不过老城区一条极为普通的街道。

"等等！"苏骁看见街边路牌，不禁拿出手机一阵猛拍。

"是不是还想写上苏大侠到此一游？"孙晓钰转身站定看着他，直到他拍完照，才指着路边一栋楼说，"我到家了。"

苏骁愕然，突然觉得这一刻自己并不愿意与孙晓钰分开，一时间竟不知该如何对答。

"你回去吧……我要回家了……"孙晓钰看着苏骁一脸茫然的样子，不禁轻轻叹了口气，转身离去。苏骁看着她渐渐消失在黑夜中的身影，心也渐渐沉入黑暗。就像月亮缓缓没入厚厚的云层，剩下足可吞没万物的黑夜。然而在那片深沉的黑暗中，一张精致的脸逐渐浮现出来，在苏骁的脑海里越来越清晰。

"阿檬……"苏骁认得这张脸，那一直是他朝思暮想的容颜。

然而那张脸看起来很近，却又离得很远。苏骁想要伸手去抚摸，却怎么也触不着。只能静静地看着，他细细端详着这张脸，觉得一切又不那么真实，仿佛某位绝顶画家在漆黑的纸面上勾勒一副绝世容颜。

"假的……假的！"苏骁用手轻轻拍打着自己的脸，再睁开眼，摆在眼前的仍是欧阳檬的脸。

"别再撩拨我了好吗！"苏骁此刻宛如痴人说梦，能够随意嬉笑怒骂却无力回天。这一刻他觉得自己想哭，可伸手一摸自己的脸，却又是一片木然，根本无法挤出两滴泪。苏骁轻轻叹了口气，反复念叨着："假的……都是假的……"一边念叨一边把被子往脖子上捂紧。借着窗外微光，他觉得房间陈设变得那么陌生，然而一切都是真的！

"我怎么在这！"苏骁忽然一个激灵坐起身来，看见自己坐在床上，不禁喊出声，"我怎么会在这儿？"

苏骁一翻身跳下床，还未及站稳就觉得一阵天旋地转。苏骁不禁使劲抓住床沿才使身体勉强保持平衡。

"噢……家！"苏骁使劲敲着欲裂的脑袋，一边兀自喃喃，一边随手打开床头灯。房间陡然亮起来，苏骁只觉得双眼一阵刺痛，不禁伸手捂住眼。透过指缝，微黄的灯光配合脑子里天旋地转的眩晕感，他忽然感到贴心的温暖，那是一种久违的亲切感。

渐渐地，苏骁觉得眼睛适应了灯光的刺激，才缓缓挪开手掌。房间里的一切笼罩在微黄的灯光下，都让他觉得舒服。苏骁眼光忽然落在床头柜上一个精致的相框上。

第四十一节

那是一个倒扣在床头柜上的相框。苏骁伸手把它拿起来，双手捧着摆在胸前，低头去看时，不觉眼泪横湿了一片。照片上苏骁亲密地搂着欧阳檬的腰，在一片绿荫掩映之下两人笑得无比甜蜜，阳光投在两人身后，似乎在为这一对年轻恋人的美好时光送去温暖。苏骁伸手轻抚着照片上欧阳檬的脸，任由泪水肆意滴落在相框上……

早上苏骁起得很晚，彻夜难眠的痛让他看起来形容憔悴。他从床上坐起身才发现，手里还紧紧攥着他与欧阳檬合影的相框。他拿起相框仔细端详了一阵，深深的思念袭来令他难以自持。

"拼了命，我也要找到你！"苏骁看着照片轻声说。

下定决心之后，苏骁立刻给施彬打了电话。

尽管是元旦，作为白衣天使的施彬仍坚守在办公室。如约而至的患者更是络绎不绝。苏骁在诊室门外足足坐了一个半钟头，才见施彬从门里探出头来对他招了招手。

"哪里不舒服？"出于职业习惯，施彬张嘴就开始问诊。

"心里难受。"苏骁煞有介事地坐下，捂着胸口愁眉苦脸地说。

施彬扶了扶眼镜，认认真真地看了苏骁老半天，叹了口气说："昨晚哭过吧？"

苏骁点点头。在他看来，男子汉大丈夫哭鼻子并不是什么丢人的事，哭与笑通常是对应的，开心的时候随便笑笑都那么容易，不开心的时候为什么不能随便掉几滴眼泪？

"为情所困！"施彬立刻给出了诊断。然而看着苏骁许久，却又补上一句，"为哪一个？"

"你不是医生吗？"苏骁没好气地说，"寻找症结所在不是你最拿手的嘛！"

"看来你念念不忘的还是阿檬！"施彬摇摇头说，"只是孙晓钰那小姑娘，你怎么解决的？"

面对施彬的玩笑，苏骁索性不说话，只是皱着眉头看着他。

"好吧好吧，算我没说！"施彬深知苏骁用情之深，只得略带歉意地回应他，"你要我怎么帮你？"

苏骁索性把上次 W 城之行发生的事原原本本讲给施彬，只是将有关叶星慧的事一一略去。听完后施彬不禁轻轻摇摇头，喃喃自语："还好阿檬没事！可是我所了解的线索也只有这些了……"

苏骁牢牢盯着施彬，仿佛对他所说的并不关心。直到苏骁的眼神令他感到脊背发凉，施彬才接连应声说："好好好，我再托几个同学帮你打听她的下落，这样你满意了吧！"末了，看着苏骁的通红的眼睛和苍白的脸颊，施彬动情地说："寻找阿檬就像一场马拉松，你得在体力与耐力并存的状态下才可能达到终点；否则，把身体拖垮了，寻到阿檬又有什么意义？"

施彬的话在苏骁心里掀起一阵涟漪，对他来说，施彬仿佛救世主一般的存在。

施彬看了看表，抬头说："下班了，今天过节，咱们也去吃顿团圆饭。"

两人在餐厅坐定，便各自陷入思索。于是施彬看着苏骁、苏骁看着窗外，两人一言不发。看着苏骁一脸苦闷的样子，施彬想要劝解却无能为力，只能目不转睛地看着他，心里盘算着一套又一套说辞。

"你说会不会找到她的时候，她已经开始了新的感情？"苏骁忽然转过头，与施彬四目相对，自顾自地说："又或者已经嫁作人妇，开始了新的生活……"苏骁的脸上阴晴不定，提起欧阳檬的时候，却又显得格外甜蜜，即便做了并不乐观的假设。

施彬忽然一怔，陡然被苏骁疲倦而充满期待的眼神直视，不禁有些不适应，下意识地将头偏向窗外，仿佛默默组织着语言，等了许久才转向苏骁摇头说："你知道吗，就在你离开后不久，阿檬来找过我。那时候她的情绪虽然和现在的你一样低落，却从来没有放弃的意思。"

"放弃什么？"苏骁有些明知故问，或许只是为了确认某些自己并不肯定的答案。

"阿檬是个爱憎分明的女孩，也许平时表现得有些软弱，内心却是坚强的！"施彬作出这样评论的时候，语气是坚定的，"她爱你，恐怕即使你要她的命，她对你的爱也难以动摇。"

施彬只顾着说话，却没注意到苏骁在听到这些评论的时候，眼眶又泛起了泪光。

"甚至在我毕业离校前的最后一天，我在学校里遇见她的时候，她仍是这样。"

"她怎么样？"在施彬面前，苏骁根本没打算隐藏。

"她打算毕业后来 H 市，"想到这一点，施彬显得比苏骁更兴奋，"只为了离你更近！"

然而，苏骁却显得更为沮丧："可是这么久了……"

"正如你在 W 城时所见所闻，至少几个月前，她还对你满心牵挂着，不是吗？"施彬显然不太懂得安慰人，望着苏骁憋了许久，才想出这么一句，而后两人各自沉默。

"这不是彬哥嘛！"忽然，一个浑厚的声音打破了两人的沉默。

苏骁循声望去，一个看起来十分憨厚的男人正往他们的餐桌走来。施彬看见他时，不禁一改之前为难的神色，笑呵呵地站起身同对方打招呼。那人走得近了，施彬便起身离席，两人伸手相握，将深厚的革命友谊紧紧攥在手中，互相珍惜。

"这位是陈总，这位是我大学同学小苏。"施彬牢牢抓着来人的手，为双方引荐。

"苏老师你好！"那人彬彬有礼地递上名片。苏骁接过一看，只见上面很有国际范地印着某某医药集团某某制药公司技术总监陈定涛等字样。看着这一长串头衔，苏骁立刻想起了时下饱受非议的一个人群——医药代表。

"苏老师哪里高就？"陈定涛一边同苏骁寒暄，一边被施彬让到苏骁对面坐下。苏骁不禁一脸茫然地看着施彬，却见施彬不紧不慢地左右开弓享用起了面前美食，丝毫没有前来"救驾"的意思。

苏骁不由得在心中发出"果然天下乌鸦一般黑"的感叹，然而陈定涛还在静静等着自己的回应，索性将心一横，故作神秘地说："实在抱歉，由于我工作单位涉及国家机密，上级规定我们不能随便向外界透露单位名称，还请陈总见谅！"

陈定涛倒是颇具大将之风，尽管初听苏骁胡侃面色微微有异，却仍是镇定自若地赞美说："失敬失敬，原来是'国字辈'的老师！今后可要多向您请教呢！"

苏骁对自己的胡说八道抱有一丝忐忑，听到对方赞美之时却不免有些沾沾自喜，索性一不做二不休地同陈定涛侃侃而谈。

第四十二节

“陈总主要做些什么业务？”

陈定涛看了看施彬，仿佛在征求他的同意。然而施彬只顾着自己吃喝，并未将他当回事。陈定涛将目光转向苏骁，泰然自若地回答说：“我们公司主要研究方向是官能团的改变对药物作用机制发生的影响。目前跟彬哥合作，在成熟药物的基础上开发一些衍生产品……”

“不简单啊！”苏骁听到这些闻所未闻的专业词汇，不禁疑惑地看着施彬。

然而陈定涛并没理会苏骁的意思，只是一个劲地谦虚：“哪里哪里，苏老师做的工作才是真的不简单！”说着，又隔着桌子凑近苏骁问，“不知苏老师能否透露一下您做的是关于哪方面的研究，让我也好了解了解如今咱祖国的高新尖端科技！”

苏骁见陈定涛傻乎乎地问个没完没了，心中反倒乐了，便心存戏弄地学着他的样子凑近了悄声说：“那我告诉你，你可别告诉别人了。这事要是传出去可是要出大事的！”

陈定涛不禁眼巴巴地望着苏骁一个劲地点头。

苏骁假意往四下里看了看，又悄声对他说：“我们主要研究课题是，意识主导人类机体的死亡与复苏……”不知为什么，苏骁竟将孙晓钰灌输给他的思想拿出来卖弄，并且说得头头是道。

陈定涛听完苏骁所说,不禁睁圆了眼睛,嘴巴半天合不拢,过了许久才向苏骁竖起大拇指说:"高!实在是高……"

苏骁强忍住心中的得意之情,没表现在脸上,却见陈定涛同施彬耳语一阵便起身离席。

"苏老师,失陪了,我还有别的事儿。"陈定涛对苏骁竖起大拇指笑着说,"您是这号儿,有机会一定跟您好好请教!"

目送陈定涛走远,苏骁终于再也忍不住,一阵放肆地大笑,招来邻桌食客纷纷侧目。施彬悠闲地吃着菜,不以为然地说:"我看到时候人家真向你请教的时候,你拿什么嘚瑟。"

"我这么胡说八道,你以为他真能相信了?"苏骁夹起一块肉放在嘴里大嚼起来,用含糊不清的语音回应施彬,"他们可都是高智商、高情商人群,都有自己坚强的世界观、人生观和超高的辨别能力!"苏骁将菜咽下肚,却忽然话锋一转:"看来你也逃不脱和医药代表打交道的命运啊!"

"什么?谁?"施彬诧异地看着苏骁,对他不公正的评价立时给予纠正,"你说涛哥?"

苏骁放下筷子,带着他那独有的愤世嫉俗的目光一本正经地看着施彬说:"难道你敢说你们私底下没有什么吗?"说着,还露出狡黠的笑。

施彬白了苏骁一眼,往嘴里送了一口汤,而后却笑了,笑得很无奈。

"原来你把我当成勾结药代、收受回扣的黑心医生了……"

"不然呢?"苏骁仗着跟施彬交情深厚,反而有些咄咄逼人。

"好吧……"施彬摇摇头,"现在的中国人啊,都太自以为是了!看见黑的就说是腐败;看见黄的就说是嫖娼……从来没人会真正深入去探究事情的真相。"顿了顿,施彬才理直气壮地说:"刚才他也提到了,我研究生毕业后参与了一个有关药品研发的课题,合作方就是他们公司。"

苏骁从施彬眼里看不到半点委屈的影子,却还是主动盛满一碗汤递到他面前说:"真没想到你那么高端,做这么厉害的研究,我实在是错怪你了!

这样吧，为了表示对你的歉意，这一顿我请客，算是向你赔不是。"

话说到这里，施彬却又笑了。

"刚才涛哥跟我说，为了表示对你的敬意，这一顿他做东。这会儿应该已经买过单了。"

苏骁听了，顿时窘得说不出话来。想起刚才那番夸夸其谈，苏骁不禁支支吾吾地说："那多不好意思，初次见面就让人家破费……"

"你都快把牛皮吹到天上去了，人家还不得破费点把你接回来嘛！"施彬露出少有的嘻嘻哈哈的神情，却更让苏骁感觉无地自容。

吃饱喝足后，苏骁与施彬并排站在餐厅门口。望着滚滚车流，一阵强烈的失落感涌上苏骁心头。尽管施彬答应帮他继续寻找欧阳檬的下落，可他却清楚，希望是渺茫的。

"如果有可能的话，只要再让我见她一面，我也就心满意足了。"苏骁痴痴地望着街道，自顾自地说，"哪怕是在梦里！"

施彬轻轻拍着他的肩膀安慰说："只要你不放弃这份爱情，只要你一直想着她，一切都有可能实现的！我一定尽力帮助你。"

苏骁回到家，心仿佛被笼罩在层层乌云之中。瘫在沙发上一动不动时，自觉生无可恋，欧阳檬的身影不断在脑海里闪过，间或也能看到孙晓钰的影子，却始终模糊不可辨。正当他昏昏欲睡不辨昏晓的时候，门铃却意外地响了起来。

"你就是小苏？"打开门，那男人看起来矮瘦、孱弱，声音却低沉而有力，眼睛里布满了密集的血丝。当他紧紧注视着苏骁的时候，令苏骁浑身有种不自在的感觉。他仿佛一只濒死的猛虎，而苏骁就是他眼中最后的猎物。

"你就是小苏？"见苏骁只是上下打量着他却不答话，那男人似乎有些不高兴，用更为低沉的声音问道。

苏骁点点头，下意识地把门关小了一半。

"混账！"那男人却粗暴地一把将门推开，拉住苏骁的衣领往门外扯。尽管苏骁早有防备，也被他硬生生地拉出家门口，一个踉跄扑倒在门外。

"我要你的命！"见苏骁倒地，那男人便扑了上去，嘴里发出粗重的喘息声，眼里冒着火。

苏骁被他这一阵突如其来的疯狂进攻弄得发蒙，随即又被他一记重拳打在鼻梁上，顿时脑里冒起了金星，丝毫没有还手的余地。随后，一阵雨点般的拳头毫不留情地往苏骁身上砸下来。

"我要你为我们家晓钰偿命！"那男人一边打一边撕心裂肺地喊着。

"晓钰？"虽然苏骁脑子依旧发蒙，在听到晓钰的名字时却立刻清醒了大半。"晓钰怎么了？"苏骁一边护住胸口一边问。

那男人却仿佛没有听见他的问话，或是听见了更加愤怒了，苏骁只觉施在拳头上的力道更重了。

　　"够了！"苏骁忽然感到身上的疼痛全然消失，又或许是已经麻木。从那男人的只言片语中，他觉得渐渐明白了什么，理智再也压制不住愤怒，于是大吼一声，一伸脚将对方踹了个四脚朝天。

　　面对苏骁陡然的觉醒，那男子似乎也是始料不及，躺在地上只是呻吟却没站起来。

　　此刻，苏骁的脑海里反反复复回放着那晚孙晓钰的模样及她身上的伤痕。

　　"就是这个男人！"一个声音在苏骁的脑子里怒吼着。他飞身扑了过去，不等对方站起身来便一拳招呼在他的脸上。苏骁这一拳下手颇重，只觉得血往脑门上冲，哪里还想得到这许多，接下去便是第二拳，第三拳……直到苏骁感到身子被人从后面架住。

　　此时，那男人已被两个社区巡警从地上扶起来。最令苏骁感到惊讶的是，受了那么重的拳头，他竟然还能很清醒地瞪着自己，只是脸上看起来有些惨不忍睹。

　　"有本事你打死我！"他瞪圆了双眼对苏骁说。

　　"你？"苏骁不屑一顾地看着他，冷冷说，"你是什么东西？一个猪狗不如的畜生罢了，有什么资格让我动手！无论晓钰现在怎样都是拜你所赐！"

　　他听到苏骁说这话时，忽然像泄了气的皮球一般，双目死鱼一般地盯着地面，再也不多说半句话。

一行人将他俩扭送到社区治安室，对他们进行盘问。苏骁一口咬定自己属于正当防卫，毕竟楼道里布满了监控摄像头，是非曲直一看便知。即使是真的打起官司来他也不理亏，只是他心中真正担心的却始终是孙晓钰的安危。趁着民警们盘问那男人的空当苏骁不停地给孙晓钰打电话，电话那头却始终传来"您好，您所拨打的电话暂时无法接通，请稍后再拨"的提示音。随着一次又一次地拿起电话复又放下，他的心一点一点往黑暗的深渊中沉下去。

"什么情况？"当民警刚给苏骁做完笔录，韩天就赶到了这里。他一看见苏骁便一副恨铁不成钢的样子上前对他进行教育："你说你才回家几天就又犯事儿了！"说着，又看了看坐在苏骁对面的那男人，不禁悄声数落道："你下手也忒狠了点吧！你们有仇？"

苏骁看着韩天，又狠狠瞪了眼那男人，然后大声说："这男人有严重的暴力倾向，有长期家暴史，没准儿还背着命案呢！"

那男人听了不禁站了起来，拍着桌子便要冲上去揍苏骁，却被三名民警摁在了桌子上。

见状，苏骁更是愤愤地挑衅说："你也就能欺负女人孩子，碰上真爷们儿你就成今天这熊样儿。你最好把今天这样子拍下来，回家把照片挂墙上，以后手痒了想打老婆孩子的时候就好好看看……"

"闭嘴！"那男人又挣扎起来，一名民警摁住他之余指着苏骁厉声说，"你也给我老实点儿！"

苏骁只好悻悻地坐下来。韩天站在一旁悄声问："你爸妈不知道这事儿吧？"

"这种事儿哪儿能告诉他们啊！"苏骁却若无其事地说，"我一来这儿就给你打电话了！"

韩天白了他一眼，没好气地说："你给我打电话的时候我就知道准没好事儿。你也不小的人了，怎么还跟以前似的，拜托你长进点儿成吗！"说着，韩天掏出证件向旁边民警亮了亮，"我是这小子的哥哥，请问我什么时候能带他走？"

那民警看了韩天的证件，态度不禁好上百倍，郑重其事地对韩天说："我们刚才把监控录像调出来看过，确实是这位先生动手在先。本着正当防卫的原则，你弟弟还手本也是理所应当。我们现在就可以放他走。但是我想说的是，作为正当防卫来说，你这位弟弟出手未免也太重了，说是蓄意伤人也未尝不可，你回去还是要好好管教管教。"

韩天一边点头一边说："行，行！我回去一定好好教育他！"

那民警也点头说："那行，你们去那边签个字就可以走了。"说着，又转头对苏骁说："小子，以后注意点！"

苏骁无可奈何地点点头，嘴里叨叨着："谁叫咱碰见软柿子了呢！那还不使劲儿捏他一捏！"

站在他身旁的韩天听了，不禁使劲捏了他一把，而后对民警敬礼致意，这才带着苏骁离开了社区治安室。

"到底怎么回事，你知道我有多忙吗！"韩天一边走一边埋怨。

不问则已，一经问起，苏骁却显得更加悲伤。伴随着时断时续的哽咽，苏骁将他与孙晓钰之间的事原原本本讲给韩天听。

"那么……"韩天思索着，有些犹豫，最终把自己的想法说了出来，"那个男人有说自己是孙晓钰的父亲吗；其次，他有正面跟你说孙晓钰的情况吗？如果没有，我觉得也许只是你想多了！"

"他不是说让我偿命吗！"苏骁满含悲戚地不愿再提，却又有太多不得不说的地方。

韩天盯着苏骁，一言不发，似乎在努力寻找那些不合逻辑的地方。

"要不然……哥，"苏骁忽然拉住韩天的衣角，撒娇似的说，"你陪我去孙晓钰家走一趟吧！我们还用上次去张心武家那一招。"

"别拿你那些鸡毛蒜皮的事儿来折腾我行吗，我忙死了！"韩天不耐烦地把苏骁的手推开，一脸嫌弃的样子说，"你知道吗，李二毛也死了！"

"李二毛？"苏骁略一迟疑，想起那天在地下车库里那场惊心动魄的境遇，不禁一阵窃喜，"坏人越来越少，世界越来越好！"

此刻，苏骁脸上呈现出阴晴不定的样子，刚刚还欲哭无泪这会儿却又笑逐颜开。韩天在一旁看着不禁对他将白眼一翻，撂下句"那就这样，我先走了"转身便要走。

"哥……"见状，苏骁不禁喊住他。

"又怎么了？"韩天停住脚步回过头，神情凝重地看着苏骁。

"也许你说得对！"苏骁静静地站在原地，对韩天说，"我与孙晓钰之间本不应该有任何瓜葛。充其量她只是个孩子，而我只是个半大小子。我们的寻死觅活也好、喜怒哀乐也罢，全都只是过家家的把戏而已。这辈子如果能有个人陪我到老，那一定是欧阳檬。"

韩天点点头，转身又想走，却发现苏骁已经站在他面前拦住去路。

"但是我觉得我有义务去了解她的情况，与情感无关。"苏骁说话斩钉截铁，那语气容不得丝毫质疑。

对于苏骁的话，韩天不置可否，却没有再迈步离开的意思。

苏骁对自己此刻低三下四的表现并未感到多么愧疚和难堪，当他发现已来到自家门口的时候，更大的勇气促使他再次抓牢韩天的胳膊撒娇说："哥哥，求求你帮帮我吧，她的情况你可以帮我去了解的！你想想，曾几何时对娜娜你不也是这般执着吗！"

这次，韩天没有再甩脱苏骁。他只是沉默地低着头，仿佛被苏骁的言语深深触动着。

最终，韩天伸出另一只手搭在苏骁肩膀上，诚恳地说："既然说到这个分儿上，我答应你就是了！你到底是我弟弟。"

听韩天这么说，苏骁并没有如愿以偿地欢呼雀跃，只是眼神中流露出的感激之情令韩天动容。

韩天拍了拍苏骁肩膀，接着说："你的事这几天我一定抽空办好。不过，这会儿你得先跟我走一趟。"

"去哪？"苏骁顿时感觉不妙，仿佛自己活生生地主动钻进韩天事先挖好的坑。

"我车停楼下了，咱们边走边说！"说罢，拉着苏骁的手便走。

上了车，韩天才把情况一五一十地告诉一脸茫然的苏骁。一大早，指挥中心就接到报警，在一个大排档旁边偏僻的巷子里发现一具尸体。韩天赶到的时候，发现尸体静静地躺在地上，出乎意料的是无人围观。韩天离得老远看着它，忽然一阵苦笑。他心里似乎有些凄凉的成分在不断扩张，逐渐将他自己吞噬。或许是因为巷子偏僻，以至于这具尸体显得如此平静，四下里偶尔传来水滴声让周遭空气变得格外清冷。韩天使劲裹了裹外套走上前去。

那尸体面部朝下趴在地上，后脑暗红的血块以及周围大片的血迹显示了他的死因。看着那裹着黑色血块的金发，韩天忽然感到一阵胃部不适。当警察这么多年来，见过各式各样的尸体，胃肠道反应还是第一次发生。

"韩队，你没事吧？"同来的同事小王已经在四周布下警戒线，看到韩天皱着眉头不禁上前询问。

韩天一边摇摇头，一边戴好手套走上前。当他把死者的头抬起来辨认的时候，不禁一惊，仿佛那尸体拥有着一张世界上最可怕的脸。韩天下意识地猛然松开手，头落在地上发出一声闷响。

小王见状，不禁关切地站到了他身后。

看到那张脸的一刹那，韩天打心眼儿里涌起一阵快感，那仿佛是一种心想事成的满足感。

"李二毛！"韩天清楚地记得这个死者的名字。就在几天前，这个人还差一点要了苏骁和韩天的命。

"那不是强哥的手下吗？"小王听到"李二毛"的名字，长长舒了一口气，仿佛放下千斤重担。或许在他看来，这样的人忽然横尸街头实在是家常便饭。至少，用来破案的线索会更容易收集。

韩天点点头，伸手去拨开李二毛脑后的头发，手指触及之处仿佛蕴含着强大的电流，令他心中一紧。李二毛脑后的颅骨轻微往下陷，四分五裂地碎成一块一块。凭经验推断，应是被钝器多次重击所致。

"韩队，怎么了？"小王站在一旁，忽然问韩天。

"啊？什么怎么？"韩天站起身，不解地看着对方。

小王见韩天忽然起身，下意识后退几步，他看着韩天脸上隐隐浮现出一阵恐惧，说话略有些结巴："韩……韩队，刚……刚才你笑什么……"

"笑？"韩天下意识地摸了摸自己的脸，"我什么时候笑了……"

小王见状，脸上的凝重的神情逐渐变为惊恐，伸手指着韩天半天说不出话来。

韩天只觉得莫名其妙，伸手摊在胸前给小王看，向前迈出两步说："别一惊一乍的，有什么事儿你倒是说啊！"

然而，伴着韩天的前进小王连退好几步，始终与韩天保持着安全距离。

韩天对小王的反常举动颇有些上火，正要伸手时陡然看见自己的手套上满是血污。他忽然想起了什么，立刻脱下手套掏出手机。借着手机屏幕，韩天看到自己惨白的脸上印着一个血手印。配合此刻韩天的表情，那样子活脱脱的像是一具行尸走肉，与地上躺着的李二毛无异……

"这样很好，社会的渣滓又少一个！"苏骁听完韩天的陈述，不禁拍手称快。

韩天皱着眉头开着车，并不对苏骁的评价给予评论。窗外天色渐渐暗下来，汽车行驶在流光溢彩的繁华街道上，道路旁的灯红酒绿都化作各色坠落的流星，让人眼花缭乱。

苏骁坐在副驾驶，静静看着城市夜景。尽管上次那惊险一幕至今想来仍让他心有余悸，可终像路边风景一样被远远抛在脑后，甚至连那嚣张跋扈的李二毛也化作冰冷的尸体永远沉睡。想到这一幕幕跌宕起伏的经历，苏骁不禁摇下车窗侧头将嘴角微微扬起，静静看着广袤的夜空。那笑容发自内心，凸显着他心中愈发膨胀的满足感。

终于，车停下来，在苏骁与韩天都很熟悉的医院门口。

"事实上，我们谁都不该轻易评判一个人的好坏，更无权决定任何人的生死。"韩天并不着急下车，只是一面熄灭发动机一面自说自话，"即使那个人真的罪大恶极。"

韩天说这话时，苏骁默默注视着他。他的眉头似乎定格在"川"的形状，双手扶在方向盘上，显得极其缺乏安全感，双眼直直看着前方。

"哼……说教！"苏骁露出不屑的眼神，却没出声。仿佛叛逆的少年面对迂腐的老学究，敢怒而不敢言。

"强哥！"韩天忽然没头没脑地喊了句，而后飞身下车。苏骁觉得自己忽然有些明白韩天的意图，跟在他身后跟了上去。

苏骁一边紧跟上韩天，一边借着昏黄的路灯往前张望，只见一个老态龙钟的身影在几人簇拥之下缓步前行，一边走一边左顾右盼。当他忽然看见两人向这边快步走来，几人陡然缩紧了圈子，把中间那人紧紧围在中间。

然而中间那人似乎仍然极度缺乏安全感，忽然一声怪叫，伸手吃力地拨开包围圈，迈步往前急奔。尽管努力奔跑，却又心有余而力不足，踉跄着没跑出几步，就被那几人跟上去扶住。

第四十五节

"强哥，等等！"韩天不禁大声喊。

那人显然是认出了韩天的声音，本就不快的脚步逐渐放慢，还不时地回头辨认。尽管这样，他仍然没有彻底停下脚步，直到被韩天跑到跟前拉住他的胳膊。

苏骁跑到众人身边，那几人纷纷向他投来警惕的目光，将韩天与郑辉强紧紧围在中央。隔着人墙，苏骁看到郑辉强的时候，不禁倒吸了一口冷气。他还清楚地记得，上次见到郑辉强的时候他那身心俱疲的形貌已让人难以理喻。如今仅过两三日的光景，他的情形又远非当时可比：略显斑白的头发凌乱而油腻，四散开来好似一蓬枯草；眼窝黑洞洞的一片深陷进去，只有当眼珠反射灯光时才能发现原来还活着；原本满是黄牙的一张嘴掩藏在乱糟糟的胡须中，看起来也不那么突兀了⋯⋯整个人消瘦而无神，仿佛行将就木的蝉。

"原来是韩警官！"惊魂不定的郑辉强看着跟前的韩天，仍显得心神不宁，眼神不住地往旁边瞟，仿佛做贼。

"曾经一呼百应的强哥怎么弄成这样？"韩天缓缓放开郑辉强的胳膊。这一举动反倒令郑辉强一阵颤抖，似乎顿时失去了安全感，在韩天的注视下好半天才回过神来看着他。

"李二毛死了，你知道吗？"见郑辉强不答话，苏骁忍不住凑上前去问。

陡然提及李二毛的名字，郑辉强那呆滞的眼神忽然发生了变化，那是一种略带仇恨的目光。只听郑辉强将牙咬得咯咯作响，硬生生从牙缝里挤出字句："熊三死了，老鬼死了，如今二毛又死了，他马上要来找我了！"

"他？他是谁？"韩天侧头看着郑辉强，仿佛一个毫不相关的人。

这时候苏骁已经挤进去，陡然听到郑辉强咬牙切齿的说话声，忽然想起几天前在 W 城时接到的那个莫名其妙的电话。

"怎么搞的？阿鬼又失踪了！下一个是不是该轮到我……"

"事实证明，下一个却是李二毛。"苏骁在心里这么想，下意识地说出声来。尽管声音不大，周围人却听得一清二楚。听到这话时郑辉强更是愣在当场，死死盯住苏骁，足足十秒钟的沉默仿佛将现场空气凝滞成冰。

"刘希！一定是刘希……"郑辉强忽然将眼睛转向远方，反复用尽全身力气怒吼着。

郑辉强的声音尖厉刺耳，惹得周围路人指指点点。他的状态却忽然令苏骁感到不解。然而容不得苏骁多想，韩天已经双手把郑辉强扶住站定，关切地问："你又凭什么证明这一切都是刘希干的？"

"刘希不是被你抓去了吗？"苏骁见状，说话也毫不客气，"你这不是贼喊抓贼嘛！"

他的话立刻引得韩天投来制止的眼光。然而郑辉强仍是看着远方，仿佛没听见似的继续自说自话："刘希那小子一定躲在某个角落里，下一个目标大概就是我了！"

"我能怕他吗！"郑辉强忽然两眼直勾勾地看着苏骁说："你看看我的手下……个顶个的身强力壮反应机敏！"他指着周围布成人墙的手下，略有些兴奋地说："不论刘希用什么下三滥的办法干掉了我最得力的三个手下，我也不怕他……"

话题引到刘希身上，韩天正想顺水推舟探听虚实，郑辉强却陡然双手抓住他的胳膊，一边摇一边大声喊："你们一定要保护我，你们警察有义务保护我的人身安全！我不能死，我不能死……慧慧还在医院躺着，我一定要活下去！"

突如其来的挣扎令韩天措手不及，任由对方求生的欲望肆意高涨。

"啪！"不远处忽然传来一声巨响，仿佛是一块玻璃从高空坠落发出的声音。

"啊……"突如其来的声响猝不及防，只听郑辉强一声怪叫，大喊"保护我"，同时将韩天抓得更紧。

"强哥！冷静！"韩天任由对方牢牢抓住自己，不动声色地安慰道，"刘希早已失踪，你不要自己吓唬自己！"

"就是，没准儿他早已不在人世了！"苏骁在一旁露出鄙夷的神情，似乎在说："别装了，你那点儿小把戏实在不高明"。

韩天立刻将他喝止住，而苏骁的话却像一剂镇静剂，令郑辉强立刻平静下来。郑辉强淡淡看着韩天，仿佛毫不在意苏骁所说所做。

"难道你以为，是我把刘希藏起来了？"郑辉强终于将眼睛彻彻底底地瞪圆，眸子里射出凉凉的杀意，然而那昙花一现的精光却在刹那间消失，眼窝里恢复黑洞洞的一片。

"或者，干脆认为我把他杀了！"郑辉强在提及杀人放火的勾当时，眼里的光彩再度闪现，仿佛每一个字眼都能让他兴奋好一会儿。

"想必，你们知道蒋诗雯是谁吧？"郑辉强忽然垂下头。

这个名字对苏骁和韩天都不陌生，然而两人仍是相视一愣，仿佛通过这种眼神交流的形式进行沟通。这个名字通过这张嘴说出来显然有些不合乎逻辑，以至于让苏骁与韩天两人通过眼神沟通了好一阵子仍然没能得出一个合适的结论。然而令二人感到诧异的事情远不止于一个人名这么简单。

"她是我女儿！"郑辉强补充说，"尽管没能给她一个名分，这仍是不争的事实。"

郑辉强这话掷地有声，不仅令苏骁与韩天目瞪口呆，更让旁边组成人墙的他的手下纷纷投来异样的目光。

"这下我终于明白了！"比上次更久的沉寂之后，苏骁忽然高声呼喊，仿佛很快乐的样子说，"果然不是一家人不进一家门，如今再想想，刘希跟蒋诗雯他们俩倒也不那么不般配了！"

苏骁的一惊一乍令郑辉强又是一阵哆嗦，惨白的脸上现出一丝难以名状的愤怒，只听他将拳头捏得格格作响，藏在黑暗中的眸子再度显露，那威慑力直逼苏骁。

"可是你一定对刘希这个女婿诸多不满，以至于到最后要把他干掉！"对郑辉强的仇视目光，苏骁置之不理，反而更卖力地拉起了仇恨。

郑辉强一言不发，脸色变得更加难看。韩天见状，不禁上前扶住郑辉强，以防他随时发难。

然而郑辉强沉默许久，最终却选择长长叹了口气。

"对于雯雯，我一直想要补偿，所以对她所做的任何决定，我都会无条件地接受。"尽管孱弱，郑辉强这几句话时却是铿锵有力，仿佛在宣读着自己的誓言。

第四十六节

"可是，刘希并不被你待见！"韩天忽然说。

韩天忽然发话，显得十分突兀，郑辉强像面对怪异的陌生人一样地瞪大了眼睛盯着他看了许久。直到他的眼神令韩天感到浑身不舒服，韩天才略显尴尬地补充说："尽管刘希滥赌成性，好歹也是你女儿的丈夫。就算欠了你的钱，也不至于每次都把他打得不成人形！"

说起这事的时候，苏骁不禁想起那时从韩天嘴里所听说的事，再看郑辉强时，他却又低下了头，仿佛一个对自己所犯下的过错供认不讳的犯罪嫌疑犯。

正当苏骁想要扛起拉仇恨的大旗继续数叨郑辉强的罪过时，郑辉强却陡然抬起头。

"那小子根本配不上我女儿！"郑辉强说话斩钉截铁，与刚才判若两人。

苏骁明白，这是对方开始反击的节奏。

"刘希没读过什么书，更没有一份像样的工作，除了赌博其余一窍不通，一直是我赌场里的常客。看着雯雯嫁给他，有些时候我恨不得让雯雯做个寡妇也不希望看到他们在一起！"

话说到这里苏骁想插嘴，可当他看到郑辉强凌厉的眼神时却硬生生地把话缩了回去。

"所以你就以催债之名，千方百计地置刘希于死地并且最终得逞了是吗？"然而，韩天却替苏骁说出了心里话。

"种种迹象都表明,现在是他要对付我！"郑辉强像一头被惹怒了的狮子，大声吼道，"你明明已经把刘希抓起来，为什么却又放了他？难道因为我们是黑道上混的，你们警察就可以对我们的死活不理不顾吗！"

郑辉强一阵抢白，韩天一时竟说不出话来。趁着这势头，郑辉强接着说："刚才我守在慧慧那里，分明看见刘希鬼鬼祟祟地躲在重症监护室外面。你以为我这么贪生怕死，出个门都要带这么大一群保镖吗！"

"你确定没看错吗？"韩天眼睛一亮，追问道，"会不会是你最近守在医院太辛苦，出现了幻觉？"

"我看起来像是不清不楚的样子吗？"郑辉强忽然伸手牢牢抓住韩天，凑近了对着他吼起来，"我看起来像是不清不楚的样子吗！"

韩天对郑辉强突如其来的暴跳如雷毫无防备，任由他爆发。苏骁站在一旁不禁心中一紧，尽管光线昏黄，他仍能清楚地看到郑辉强眼中密布的血丝。

然而，不等韩天说话，郑辉强却陡然放开他淡淡地说："算了，你走你的通天道，我过我的独木桥。黑白两道也许本就是两条截然不同的路，与其靠你们这些无用的警察倒不如靠我们自己！"说罢，一行人护住郑辉强匆匆离去，将两人留在原地。

"太不可思议了！"苏骁看着呆呆愣住的韩天，忽然有些迷惘。他头一次感觉韩天在对待郑辉强的时候不仅处于下风，甚至根本无力对抗。

正当韩天走近苏骁想要说些什么的时候，远处忽然传来一声刺耳的急刹车声。而后便是一阵郑辉强的怒骂声。苏骁同韩天侧头望去，只见郑辉强一行人正停在一辆轿车跟前，同轿车司机理论。看情况似乎是他们中某一人被轿车撞倒在地。

看到这一幕，苏骁不禁想笑，他觉得这一出意外的发生，多少能为韩天挽回一些刚刚丢失的面子。于是苏骁颇有些幸灾乐祸地凑到韩天跟前，却听他默默地念叨着："不是刘希，不可能是刘希……"

"说什么呢？"苏骁使劲拍了拍他的肩膀。一拍之下，韩天却转身往医院走去。苏骁怔怔地看着韩天的背影，又回头看了看仍在争执的郑辉强，轻轻叹了口气，循着韩天的方向追了过去。

医院里不分白天黑夜地忙碌。苏骁同韩天径直来到重症监护室门口，这里照例门禁森严，门口焦急等候的家属或立或坐、或低头不语、或掩面抽泣。

苏骁站在走廊尽头，使劲打量着每一张脸。在那些悲伤的、憔悴的、愤怒的、困倦的脸上，他找不到一丝刘希的影子。最终，他向韩天一摊手一耸肩，悄声说："强哥肯定看错了，就算刘希要干掉他也绝不可能选择在这儿动手！"

韩天一言不发，在走廊上来回走动着。在走廊尽头还不忘打开常闭式防火门，探头往里窥视两眼。当苏骁跟上去，他才心事重重地说："这件事情越来越复杂了！"

"你是说蒋诗雯？"苏骁忽然觉得一阵困乏，不禁边打哈欠边说。

韩天点点头，拉着苏骁穿过防火门，来到空荡荡的楼梯间。随着常闭式防火门重重关上，黑洞洞的楼梯间感应灯忽然亮起。苏骁听着两人发出的声响在楼梯间里回荡，不禁愈发地感觉冷。

"如果没有蒋诗雯，矛盾冲突仅仅是刘希欠郑辉强的钱。"韩天压低了声音，尽量让楼梯间里保持安静，"如之前他们所说，钱已经还清，那么何必还要一再弄出人命？"

"你的意思是，钱只是一个幌子？"苏骁看着韩天的眼睛，想从里面获得些许提示。可就在这时，楼梯间里忽然暗了下来——感应灯灭了。

"钱也许只是另一回事。"韩天依旧保持极低的音量，让感应灯不再亮起，"很显然，郑辉强同蒋诗雯的父女关系并没有那么亲，甚至于这么多年我都不知道他还有个女儿。"

"对！之前我听说的是，郑辉强为了叶星慧一生不娶。"苏骁忽然想起来，不禁又在心里记挂着门后面重症监护室里的叶星慧。

"是的！"韩天在黑暗中点点头，"那么这件事又出现了第二个冲突——

郑辉强与蒋诗雯父女之间的矛盾。蒋诗雯为了刘希付出那么多，刘希没理由不对她感恩戴德，如果蒋诗雯有需要，刘希必然赴汤蹈火在所不辞……"

"砰"的一声，常闭式防火门忽然被打开，楼梯间里感应灯再度亮起。强烈的光线刺激令苏骁极为不适应。透过手指缝，他看见一个人从门里走出来。

渐渐地，苏骁觉得眼睛适应了灯光的刺激，才将手放下。当苏骁看清面前站着的人时，他不禁下意识地将外套裹得更紧。

第四十七节

苏骁见过这个人。年纪与他相差无几的少年此刻穿着单薄的病号服，面无表情的脸上宛如挂满一层严霜，冷冰冰的眼神从苏骁身上跳到韩天身上，最后又撤回来。苏骁忽然想起那天在施彬办公室时，初见这个冰山少年的感觉——生无可恋。

那少年似乎认得苏骁的样子，直勾勾地盯着他，毫不掩饰心中的憎恶之情。两人相持几秒钟后，冰山少年便迈步往楼下走去。尽管站在一旁的韩天一直盯着他看，他却若无其事。直到与韩天擦肩而过，他才飞快地扭头瞪了韩天一眼，往来只在须臾之间。

韩天从未想过这样一个少年具有如此强大的气场，能够在片刻打垮自己的心理防线。在少年扭头的那一瞬间，他下意识地退出几步，直到后背抵住冰冷的墙壁，那气氛让他感到熟悉。少年眼神中包含着冷漠、哀怨、愤怒，无一不让韩天回味。

两人呆呆站在原地，生怕随意走动会引来那少年其他异样的举动，静静目送他缓缓往楼下走去。他的脚步极轻，宛如一只在黑暗中特立独行的猫。最终，楼梯间里再度陷入黑暗。

"这是谁……"黑暗中，韩天没动，只是轻声问苏骁。

"可能是病人吧，我也不认识！"苏骁想了想，却也只能这么说。

"可是他显然认识你！"韩天的话却令他陷入沉默。

"砰——"两人在黑暗中互相沉默，常闭式防火门却又被猛然推开。几名护士跟着一个医生从门里冲出来。陡然看见苏骁和韩天各自占据一方，皆是一愣。

"有没有看见一个病人从这里下楼？"那个医生似乎更大胆，冲着苏骁与韩天大声询问。

苏骁和韩天相视一望，都不知应该如何回答。那医生显得十分暴躁，见无人应答，便扶着楼梯伸出头去上下使劲寻找，嘴里还絮絮叨叨地说："真是的，一个病人都看不住！那个重度精神病人就这么随便跑出去会出大事的……"说着，急匆匆地往下奔去，其余的护士也如同热锅上的蚂蚁三步并作两步跟在他后面。

"天晚了，医院里面很多地方很多人都是很危险的……"走到楼梯的转角处，那医生还不忘提醒，只是声音越来越远，令苏骁与韩天面面相觑。

两人走出医院，各怀心事。

韩天一边驾着车一边想着刘大爷、刘希以及蒋诗雯一家。他的潜意识里觉得，这三个人中必定有一个是始作俑者。而苏骁在经历过这一切之后，愈发地想念欧阳檬。他甚至有种感觉，认为欧阳檬和孙晓钰其实是同一人。

"哥，你什么时候去孙晓钰那儿？"苏骁忽然问。

此刻韩天脑子里充斥着各种问号，对苏骁的问题充耳不闻。苏骁得不到回应，只得加大了声音问："哥哥，你什么时候去找孙晓钰？"

"你——什——么——时——候——帮——我——去——找——孙晓钰？"苏骁用更大音量一字一句重复了一遍。

"我会去的！"韩天只是简单地说了四个字，留给苏骁的却是无限希望。

当车驶过繁华的商业街，韩天忽然将车停下来，望着路边大排档发呆。

"怎么了？要宵夜吗？"苏骁看着大排档里一个个大快朵颐的食客，禁不住感觉有些饿，使劲儿将口水咽下去。

"你看！"韩天指着大排档说，"刘大爷在那！"

陡然提起刘大爷，苏骁不禁有些茫然。或许是受韩天的影响，他忽然开始觉得所有人都是值得被怀疑的。顺着韩天指示的方向看去，苏骁看见一个身着环卫工人服装的身影穿梭于大排档中，仿佛在寻找什么人。

"好轻巧的身子骨！"苏骁远远望见刘大爷在人群中来回走动，毫无老态龙钟的感觉，不禁称赞说，"生命在于运动这话一点不假！当我六十岁的时候，身体如果能有他一半灵便，也就满足了！"

说者无心，听者有意，韩天正准备靠边停车，听苏骁称赞，便也开始注意刘大爷的身形。只见他近一米八的个子，腰不弯、背不驼，来往于桌与桌之间甚是矫健。即使偶尔与食客有所碰撞，对方至多也只是多瞪他两眼。这样的身体，多半是早年农耕、后来到城里一直从事体力劳动的结果。

正当韩天还想继续观察，忽然有人敲车窗。韩天回过神，只见一个协警示意他赶紧靠边。韩天连连点头，调转车头往路边驶去。待停好车，两人却再也寻不着刘大爷的踪迹。

"找不着！"来回找了三圈，苏骁有些泄气，一屁股坐在路边望着人家桌上热腾腾的火锅发呆，任由韩天像一只无头苍蝇四处找寻。

"吃点东西吧！"不知过了多久，韩天终于也耐不住饥肠辘辘，拎着酒和肉站在苏骁面前。苏骁仿佛看到了救星，顾不上起身就一只手抓肉一只手拿酒，就地狼吞虎咽起来。

两人吃饱喝足，苏骁心满意足地站起身，轻抚着微微挺起的肚子，美滋滋地打了个饱嗝。

"人都上哪儿去了？"韩天忽然说。

韩天的话立刻引起苏骁的注意。环视四周，刚才还人满为患的大排档此刻食客已是寥寥无几，不少桌子上还满满摆放着酒菜，只是无人享用。

"有情况！"韩天四下望去，忽见前方一条巷子有人进进出出，便信步走了过去。苏骁紧随其后，还未走近，就听见巷子那边传来"往死里打"之类恶狠狠的叫喊声。

"住手！警察！"苏骁不及思量，韩天已经冲了过去，大义凛然地喊出声。

苏骁站在韩天身后，细看眼前这帮凶徒，全是郑辉强的人。巷子里一个环卫工人正躺在地上，双手抱住头，一副惨兮兮的样子。

"刘大爷！"苏骁当即也顾不上周围虎视眈眈的人群，奔上前去将人扶起来。借助微光辨认之下，果然是刘大爷。

"算了算了，警察叔叔来了……"小混混们发出一阵嬉笑，各自离去。一边走还一边有人骂道："老东西，再敢跟踪我们要你好看……"

苏骁一边扶起刘大爷一边骂道："你们再敢随便动手我要你们好看！"

第四十八节

所幸刘大爷伤得不重，在苏骁的搀扶下慢慢站起身，嘴里不断轻轻发出低沉的呻吟。

"刘大爷您没事儿吧？要不我送您去医院？"韩天抚住刘大爷手关切地问。

刘大爷缓缓摆摆手，脸上现出无奈的表情，又轻声哼哼了一阵子，才默然问道："韩警官怎么来了……"

苏骁和韩天七手八脚地把刘大爷搀出巷子，直到暴露在昏黄的路灯下，苏骁才看清刘大爷狼狈的样子。

"您老跟着那些小混混干什么？"韩天对刘大爷的伤仿佛漠不关心，开口便询问自己关注的问题。

"我……"刘大爷一时语塞，满脸愁容却暴露了他的想法。

"看来您是认定了刘希在他们手里啊！"韩天摇摇头，有些恨铁不成钢的意思。

"不是被强哥抓走了，他能去哪儿？"刘大爷说话略有些沮丧，眼里渗出两滴眼泪，他脱下棉手套使劲擦去。

苏骁拍着他的肩膀安慰说："您别着急，刘希有那么漂亮的老婆，又有那么好的老爹，福气什么的肯定比我好！我尚且安安稳稳地活着，何况刘希那么大福气呢……"

苏骁这话尽管出自肺腑，此时说出来却不免有些生硬，以至于刘大爷看他时眼神变得愈发奇怪。

韩天生怕苏骁继续胡言乱语，正想安慰两句，却陡然瞥见刘大爷的棉手套，不禁又是一阵呆立。只听苏骁接着说："如今强哥也是整天胆战心惊，生怕熊三、老鬼、李二毛之后就轮到他……按常理看，如果他抓了刘希，大可不必这么担惊受怕不是吗？"

苏骁本以为他这么说会让刘大爷悄悄放宽心，哪知刘大爷斜眼看着他，脸上现出一阵莫名的激动，本来苍白的脸上现出一阵红一阵白，刚刚还只是因为吃痛而轻度急促的喘息逐渐加重，胸口不住地剧烈起伏。

"刘大爷，您是不是哪里不舒服？"苏骁见状，不禁关切地询问，"要不我送您去医院吧！"

"不用你管！"刘大爷忽然粗暴地伸手推开苏骁。

苏骁毫无防备，一屁股直接坐到了地上。

"你没事吧？"韩天似乎有些惊诧于一贯温和的刘大爷这时竟然如此粗暴地推搡苏骁，直到苏骁自己站起身才想起询问。

苏骁感到莫名其妙，不禁有些恼羞成怒，可站在刘大爷面前却又踟蹰不前。

"你……你推我干吗！"苏骁脸上一阵白一阵红，拳头捏得格格作响，却只用十足的中气向刘大爷提出质问。

刘大爷静静看着苏骁，嘴唇轻轻动了动却没有言语。他看着苏骁，眼睛显得浑浊而无力，仿佛一生的积淀都能在眼里显现，有悲欢有离合。然而，苏骁静静地看着对方眼睛时，却能清楚看到密布的血丝，他忽然浑身一哆嗦，对这样一双眼睛感到前所未有的恐惧。

面对这样一双眼，苏骁的怒气渐渐平息，取而代之的畏惧让他松开了拳头，接连后退。

"我儿子不会杀人！"刘大爷终于动了动嘴唇，从牙缝里挤出七个字。

刘大爷说这话时，身侧平地刮起一阵风，凉飕飕地拼命往苏骁衣袖、裤管里钻。苏骁顿时觉得浑身冰凉，仿佛被赤身裸体置于冰窖中，寒冷刺骨且毫无隐私可言。

刘大爷立在风中，嘴唇不住地抽动，不停地默默念叨着那几个字。正当苏骁不知所措地看着他时，刘大爷却陡然转身，迈步离开。

"刘大爷！"刘大爷走得不快，可任凭苏骁在身后如何呼喊，他都没有停下来的意思。不知出于什么心理，苏骁忽然想要追上去，还没起步便被韩天拽住。

韩天轻轻摇了摇头，淡淡说："让他去吧……"

跟着韩天回到家，苏骁忽然有种亲切感。尽管父母一再要求他搬回家住，他仍占据着韩天家一间卧室。在那段时间里，这间卧室给予他一个容身之所，更寄予了他一切努力和情感。苏骁一回到这间卧室便感觉无比自在，索性就势一歪，和衣倒在床上，面上洋溢着归家般幸福的笑意。

然而，当苏骁看着天花板，努力想要入睡，白日里经历的一切却都在他脑海里盘旋，那些身影有如放电影一般循环来去。这些挥之不去的场景仿佛白蚁一般，慢慢地侵噬着他面上的笑容。直到那些笑渐渐化作满面忧伤的时候，苏骁终于再也坐不住了。

"都走开都走开！"他顾不得睡在隔壁房间的韩天，使劲凭空挥着手大声喊了出来，仿佛这样真的能让脑子里一片空白。

苏骁倒下时，天花板上浮现出一个女人的身影。

"统统离我远点！都离我远点！"苏骁更大声地喊，那状态显得歇斯底里。喊过之后，他却忽然坐了起来。令他感到奇怪的是，他在屋里弄出这么大动静的时候，韩天在隔壁竟然可以毫不理会。如果换在平时，哪怕苏骁听音乐声音稍稍大了几分，韩天都会立刻冲出房间，一脚踹开他的房门双手叉腰毫不客气地咆哮："给我安静点！"

"今天怎么这么体贴了？"苏骁缓缓站起身，蹑手蹑脚地来到隔壁韩天的房间。推门看时，房间里空无一人。

苏骁清楚地记得，刚才回家的时候，韩天一句话没说就走进房间关上了门。苏骁不禁又在屋里寻了一圈，厕所里没人，厨房里没人，唯独能够证明韩天曾经停留过的只是客厅茶几的烟灰缸里堆得满满的烟头。

"这小子……大概又去买烟了！"苏骁倚在韩天房门口，放肆地嘲笑着，仿佛自己是个不近烟酒的好男人。说笑间，他隐约觉得自己需要些什么，不禁又回头看了看韩天的房间。房间里陈设依旧，毫无违和感，唯一引起苏骁注意的，只是床头柜上一个小小的药瓶。

苏骁清楚地记得上次到韩天房间偷吃安眠药的不愉快经历，然而韩天毕竟是哥哥，总有些兄长的风度。想到这里，苏骁不禁大着胆子走了进去，那样子仍像是在做贼。他快步蹿到床边，拿起药瓶就走。幸运的是，直到苏骁回到自己房间，韩天都没有出现。

由于上回的惨痛经历，苏骁这次学得相当乖巧，事先准备好一杯温开水放在床头，才小心翼翼地打开药瓶。然而令他失望的是，药瓶里安安静静地躺着一片小药片——最后一片。

第四十九节

"上次明明还有不少！"苏骁一边把药片拿出来放进嘴里一边说，同时还不忘时刻注意门口，尽管在正常情况下韩天绝不会随便破门而入。借着温开水把药片送下去，苏骁小心翼翼地把空药瓶瓶盖盖好，放进床头柜抽屉的角落里，以防被其他人例如韩天轻易找到。直到将一切准备停当，苏骁才关灯钻进被窝里。

夜静极，宛如沉睡中的美人，呼吸细致而均匀，外形甜美而诱人。躺在床上的苏骁透过落地窗看着窗外沉沉的黑夜，忽然觉得有种上当受骗的感觉。

"什么破安眠药！这么久都没能让我睡着！"苏骁记不清过了多久，只知道窗外的天一如既往的黑。

苏骁无奈，下床站到窗户边上，屋里凉凉的气氛让他更为清醒。贴着窗，苏骁能够清楚地听到窗外的风声以及间或传来的由远及近而后由近及远的汽车发动机的声音。

"走，一个人走。

走得累了，心却碎了。

爱，一个人爱。

爱得哭了，哭得倦了。

路上行人在穿梭，伤了心的人究竟有几个。

耳旁的恋人都在唱歌，可我的爱到底剩下什么……"

不知什么时候，窗外隐隐约约传来歌声。苏骁听过这首《没有你的日子我真的好孤单》，那曾是欧阳檬的最爱。起初，他认为是楼里某个和他同病相怜的人因为寂寞、因为难过或因为些别的什么，在这夜深人静的时候需要音乐的抚慰。

"反正我也睡不着……"苏骁这么想，显然没有太在意楼里其他人的想法。然而当他侧耳细细听时，却发觉更像是有什么人在跟着音乐动情地演唱着。

苏骁索性打开窗户，让那声音夹着风声幽幽传入耳朵，敲打着耳膜，他感到无比亲切。苏骁朝外面望去，天依旧黑得发沉，那歌声仿佛是在夜空中飘荡着的幽灵，无处不在，却又无迹可寻。

"一定是有什么人在天台上唱歌！"苏骁自言自语着，身体仿佛被某种力量操控着穿上了衣服，开门往天台走去。

天台上寒风凛冽如刀，每每割在脸上似乎都能留下一道难以抚平的痕迹。歌声夹在风中迎面吹来，却使那声音显得更为清晰而熟悉。苏骁尽力护住脸，迈步向前，而前方影影绰绰，但闻其声却不见其人。尽管如此，苏骁却觉得离那个唱歌的人越来越近。

终于，当他可以看到这个人的轮廓时，歌声戛然而止。

"你终于来了！我本以为这辈子再也见不到你了。"这个声音听起来哀怨而绝望。苏骁在脑海里努力地搜索着那个与之相对应的名字，却始终一无所获。

"为什么不说话？"这个人忽然转过身，背后是二十八层楼高的"悬崖"。

天上云在流动，就像那些令人难以忘怀的过往，来也匆匆去也匆匆，既抓不着、却也留不住。月亮恰逢时宜地在这一刻透过薄薄的云层将冷冷的月光投射下来。淡淡的月光为那模糊的轮廓描上了一层细纱，也使苏骁的视线更为清晰。

苏骁使劲揉了揉眼睛，不禁惊呼道："娜娜！"

听到苏骁呼唤她的名字，对方的声音显得更为幽怨，仿佛来自地下的幽灵。"你告诉过我，我们不会分开的，不是吗？"

"我们……我们？"苏骁不由得惊诧万分，想要询问想要辩解却都无从着手，似乎自己的嘴巴从登上天台的那一刻起就不属于他本人，意识与身体已经存在于两个不同的世界。但此时他唯一可以确定的是，面前的这个人的确是娜娜——韩天的已故前女友。

"娜娜，先到这边来好吗？那边太危险了！"终于，苏骁从自己嘴里说出了此刻他最想说的一句话。

"有什么区别吗？"她转过身去，低头看着楼下。黑洞洞的楼下，宛若无底的深渊。从那里跌下去或许会粉身碎骨，可是灵魂呢？只怕在那一刻灵魂也会跟着一起烟消云散吧！

"没有你的日子，我真的好孤单，所有的心碎全与我相伴。

没有你的城市，我真的好茫然，所有的快乐都与我无关。

没有你的日子，我真的好孤单，思念的痛还在心里纠缠。

没有你的城市，我真的好迷乱，爱与不爱都已经太晚，回头太难……"

娜娜又轻声唱起了那首歌。令苏骁感到惊诧的是，就在同一时刻，音乐也一道响起，仿佛在天台的某个角落里藏着一群人，有灯光有摄影有音响也有美工……而娜娜唱歌的声音，分明和欧阳檬一模一样。

"别闹了，这是在拍戏吗！"苏骁默默地祈祷着，嘴里却不受控制地说，"娜娜，对不起！"

"我这是在说什么呢？"苏骁不禁有些抓狂，恨不得使劲抽自己几个耳光。

听了苏骁的话，娜娜回过头来，似乎陷入沉思之中。两人呆立了许久，娜娜才静静地说："或许……如果没有那件事，我们现在已经结婚了。"

听到"结婚"二字，苏骁心头一热，却也随即清醒过来，暗暗告诫自己："记住，你不是韩天！"可他的嘴却始终不听使唤："娜娜，真的对不起！"他只觉得自己的声音越来越弱。而各种苦恼，无论是他的、或是韩天的，尽数包含在这句"对不起"中。

"可为什么要对不起？"尽管此刻的苏骁已经完全将自己代入到韩天的角色，可中间却有太多他并不明白的地方，譬如自己一再诉说的"对不起"，又譬如韩天为何能够将娜娜忘记。

"对不起……"娜娜沉吟着，而后又开始抽泣。

"娜娜，别难过……"苏骁试图向前迈出了两步，却陡然听她冷冷地说："你别过来！你再靠近一步我就跳下去。"

苏骁立刻僵在那里，不进不退，不知所措。

"哎……"见苏骁没了动作，娜娜叹了口气说，"其实，活着迟早都是要死的！这道理对谁都一样。你，我，他，都逃不掉。"

"娜娜，你清醒一点好吗？"此时此刻，苏骁觉得自己更像是一个演员，无论台词或是动作都预先设计好，像数据文件一样早已储存在他的大脑里，根本无须思索、无须记忆，一对一答是如此自然。而真实的自我，则充当着一个观众的角色。

"我很清醒！"娜娜忽然笑了，"对于这一刻，我已经在脑海里排演过 N 次，但是每一次的结果都一样。"

"但这次的结局会不一样！"苏骁忽然变得异常坚决，当下便要上前去强行将娜娜拉回来。

"你给我站住！"娜娜忽然大声说，声音有种撕裂感，她的脚步又往后挪动了一些。

此时月亮重又躲回了云层之中，黑暗中凛冽的寒风送来娜娜的声音："我是认真的！"顿了顿，娜娜的声音忽然变得娇柔："韩天，我现在很庆幸。如果那时你真的听了我的话，恐怕今天我也不会有机会站在这里和你说这些话了！"

"我究竟是谁？"苏骁满心疑惑，却有口难开，他听见自己继续说，"我们一定可以白头偕老的，你一定要相信我、相信你自己！"

"不！"娜娜的声音渐渐变得绝望，"有些事情虽然理所应当地存在着，但我却宁可那些事从未发生。如果这个世界是那样残缺不全，为什么我不选择一个更为完美的世界呢！"

　　"不！在我心中你永远都是最完美的……"苏骁仿佛完全进入了韩天的世界，扮演着他的角色。

　　"不……亲爱的，如果上天注定我们不能完美地生活在一起，那就让我永远完美地活在你心里吧……"娜娜的声音越来越飘渺，让苏骁感到心头一震剧烈的刺痛。他的耳朵忽然被一阵激烈的声音狠狠刺激着："不……"

第五十节

随着那超高分贝的声音逐渐衰减，苏骁感觉自己的身体开始往下沉，类似自由落体运动。经历一番挣扎之后，他从自己的床上坐了起来。

"还好，还好，只是个梦！"苏骁回味着梦里的一切，不禁喃喃自语。

此时窗外天已大亮，冬日暖阳透过落地窗投在床前，令苏骁几乎忘记梦中的阴霾。他看着窗外洒满阳光的世界，忽然听到卧室外传来一声清脆的关门声。他知道那是韩天出门了。

一想起韩天，昨晚梦中的每一个细节不禁再次浮现在苏骁脑海里。

"太真实了……"苏骁喃喃自语着，"太神奇了……"

然而苏骁并没有太多时间去思考这个与己无关的问题，他清楚地记得，自己还要工作。

洗漱停当，苏骁路过韩天房间时，却又停住了脚步，那里面的一切似乎都对他颇具吸引力。

房间里收拾得整齐如故，至少和昨天晚上苏骁进来时毫无二致，仿佛昨晚根本没人在这儿过夜。

"如果梦里的那一切都是曾经发生过的事，如今却又被韩天忘却……"苏骁自言自语着走进韩天的房间。他至今还记得那个晚上，他所听到的韩天的哀嚎。那种响彻夜空的声音至今回想起来仍令他汗毛战栗。

苏骁一进来，就先查看了韩天的小药柜。那里没有被翻动的痕迹，看来韩天并没有发觉被偷走了一瓶只有一片的安眠药。苏骁禁不住为自己的小动作感到窃喜。

　　"反正就剩下最后一片，怎么吃都吃不死！"苏骁洋洋得意地翻看着韩天房间里别的蛛丝马迹。对他来说，韩天的房间就像一处宝藏，他不舍得放弃任何一处可能藏有秘密的地方。最终，苏骁在书柜最下层的抽屉里，找到一本病历。

　　"李黛娜……"苏骁看到这个名字，说话声音因为兴奋而有些颤抖。更令他兴奋的是，开出这份病历的医院和科室他都相当熟悉。

　　"不会这么巧正好是施彬吧？"当他迫不及待地翻开病历时，却又大失所望。那本病历空空如也，部分纸页被齐刷刷撕去，那撕痕在苏骁看来仿佛是一种挑衅，趾高气扬地挑战着苏骁的好奇心。

　　"有时候我真的怀疑关于娜娜的一切都是韩天装出来的！"苏骁看着病历上空荡荡的表格忿忿地说，却早在心里做出了打算……

　　苏骁匆匆离家，往琴行赶去。尽管心里惦记着娜娜的病历，可该做的事到底要做。来到琴行时，透过玻璃门一眼便瞥见一名清瘦的男人正低头往外走。苏骁礼节性地为其拉开门，对方见状不禁点头致意。两人擦肩而过，苏骁禁不住深深被其折服。

　　那男人看起来约摸四十来岁的年纪，足足高出苏骁半个头。尽管岁月的印记早早爬上额头，却也掩不住那棱角分明的俊朗外形。一直以来苏骁都当仁不让地把自己列入帅哥的行列，可看到这男人的时候才深切地因自己的青葱而感到自卑。

　　"你是不是病了？"苏骁一边目送那男人走远，一边走进店里，还未站定便因老板的关怀而不知所措。

　　"哪里？没有……"待在原地愣了足有一分钟，苏骁才想起来回应对方。然而老板仍在用怀疑的眼神看着他，令他浑身不适。

"有空得去医院看看，瞧你那脸色，蜡白蜡白的！"老板照例直言不讳。苏骁心里清楚状况，当下也不多解释，走出两步却又回头看着门外，刚才那个男人早已消失在茫茫人海中，不禁好奇地问："刚才那个男人是谁？"

"对了！"老板听苏骁问起，才从吧台后面走出来，递给苏骁一支烟，缓缓说，"你来之前，你那学生孙晓钰的父亲来过，就是你进门时遇到的那个男人。"

"哦？"苏骁听了不禁愕然，立刻在心中回想起昨天同自己以命相搏的那个矮个儿男人。"他是孙晓钰的父亲？"老板此刻自然不会明白苏骁的潜台词，然而苏骁心里却早乱成了一锅粥。"如果他是孙晓钰的父亲，昨天那个跟我打架的男人又是谁？"苏骁不断在心里问自己。

老板见苏骁魂不守舍的样子，不禁连声呼唤。当苏骁最终回过神来应声的时候，老板不禁劝他说："你还是早点去医院找个专家看看吧，这些日子你状态不太对！"说着，他又看着苏骁，脸上露出幽幽的笑，看起来像是正酝酿着一个巨大的阴谋，"你是不是被那小姑娘迷昏头了？不过这下你可要失望了，他父亲刚才来退了学，连后面课程的学费都不要了。"

苏骁张着嘴，任由老板说着笑着，始终说不出话来，直到有顾客推门进来，苏骁才有机会躲到一旁拨通了孙晓钰的号码。

"对不起，您拨打的电话已关机……"一连好几次，听筒里反复传来电脑的回答，令苏骁沮丧至极。当最后一次听到对方电话已关机的提示，苏骁甚至想要拨打"110"。

"好在也不是第一次了……"苏骁放下电话，自嘲地说。尽管如此，两个疑似孙晓钰父亲的人的脸仍不断在他脑海里闪过。一个看起来粗壮猥琐，一个看起来孤傲不驯，强烈的反差让苏骁在心里画上巨大的问号，令他思前想后坐立不安。一整个上午的吉他课，他甚至不知道自己讲了些什么。

他这么想着，下了课却抢着往外飞奔。他知道自己不甘心，他要亲自到那个安西街46号去看一看，无论孙晓钰的父亲是那粗矮壮汉还是那孤傲型男，更无论孙晓钰此刻究竟是生是死，他都想要亲自弄清楚，而非从第二人或第三人、第四人口中得知。

街上熙熙攘攘、车水马龙，尘世的纷扰令苏骁感到混乱。然而他内心的坚定又让他尽力拨开迷雾去寻找，只是寻找的结果不尽如人意。

"怎么会这样！"苏骁在试过寻找、询问、打的等多种方式都无法到达那个神秘的安西街 46 号时，不禁有些疑惑。他甚至怀疑自己的人生中关于孙晓钰的那一段究竟是否真实。

站在街头，苏骁迷茫而毫无目的地四处张望。他忽然触电般拿出手机，使劲滑动屏幕，那动作几近癫狂。

"我记得当时拍过照的！"苏骁眼巴巴地看着手机，想要找到那晚在孙晓钰见证下拍下的路牌。可最终，他找到的只是一些普普通通的风景照，根本没有什么路牌。

第五十一节

此时他的身边人来人往。在他们中间，苏骁觉得自己只是一个无名小卒，或许又叫作沧海一粟，没有什么值得让旁人关注，在这种情况下，任何人都可能轻易迷失，迷失在过去，也迷失了自己……

"小苏……"苏骁忽然听见有人喊自己，声音是那么熟悉。他回过头去看，只见一个陌生的面孔正用一种奇怪的眼神看着他，仿佛他长着四只眼或三个耳朵。苏骁正在回忆这人是谁的时候，对方却已然从他身边走过去。苏骁想要上前去叫住他问个究竟时，却又听见身后传来同样的声音。转过身去，他看见的依然是陌生人。那声音仿佛直接从对方心里传进苏骁的脑海，使他一把拉住对方问："你叫我吗？"

"神经病！"那人白了苏骁一眼，挣脱他的手骂道。

面对斥责，苏骁想解释，可是当他刚要张口，身后却继续传来呼唤声，仿佛全世界都在用同一个声音喊着他的名字。而他却根本找不到声音的源头。

"欧阳檬！"苏骁忽然想起来，这个久违的声音究竟来自何人。他四下张望着、寻找着，而周围人们却以一种怪异的眼神看着他。苏骁忽然感觉自己成了被锁在笼子里的怪物，供世人赏玩的怪物。

"小苏！"苏骁身后忽然又传来一阵喊声。此刻的他仿佛早已经置身于梦境，根本分不清谁是真实谁是虚幻。直到有人从背后拍了拍他的肩膀，苏骁才浑身为之一震，仿佛刚刚大病了一场，豆大的汗珠从额头上淌下来。

苏骁转过身，看到孟恬独自立在那里，两眼通红。

"怎么是你？韩天呢？"苏骁左右看了看，却没见韩天的影子，不禁发问。

不料一提起韩天，孟恬眼里即刻渗出泪来。泪水如同断了线的珠子，令苏骁应接不暇。

"有话好好说啊，嫂子你别哭！"苏骁本还木讷的表情在孟恬眼泪的刺激下终于恢复了常态，忙掏出纸巾来递给她。谁知孟恬看都不看他一眼，变本加厉地痛哭起来。

"这……"苏骁一时间没了主意，当下掏出手机给韩天打电话。

"您拨打的用户正在通话中，请稍候再拨……"苏骁一连拨了四五通，听筒里不断传来占线的提示音，到最后苏骁也终于没了耐心。

"该死的家伙，成天的跟谁煲电话粥呢！"苏骁一边骂一边偷瞄孟恬，只见她长发随风撩起略显凌乱，满脸眼泪，妆都花了，微微翘起的红唇却在梨花带雨之后更加惹人怜惜。

见孟恬渐渐转为轻声啜泣，苏骁才有胆子再次递出纸巾，同时小心翼翼地询问："究竟怎么了，是不是和韩天吵架了？"

孟恬接过纸巾摇摇头，仿佛又被苏骁触动了泪腺，正要再度发作，却听苏骁继续骂道："这臭小子我回家非狠狠抽他！"同时将手高高扬起做出抽人的动作。

苏骁样子虽然滑稽，孟恬却也只是淡淡一扬嘴角。那苦涩的笑意被苏骁看在眼里宛如一幅淡雅的水墨画，画中女子一颦一笑都牢牢牵绊着他的心弦。

"好美！"苏骁不禁暗暗赞叹。

"韩天要跟我分手……"孟恬一边轻轻抽泣一边轻声说。

"分手……"苏骁不禁倒吸一口气，然而一口凉飕飕的冷气陡然吸进肚里，让他立刻感到不适，一阵猛烈的咳嗽倒将孟恬的哭泣彻底止住，并引来她为苏骁轻拍背部。

"好点了吗？"孟恬柔声细雨，苏骁不由连连点头。

"好了好了！"伴随着一种受宠若惊的感觉，苏骁又连续咳起来，却伸手示意孟恬停手。

"好好地为什么要分手？"直到呼吸恢复正常，苏骁才站直了身子轻轻问。

"他……"孟恬看着苏骁，欲言又止，仿佛有话要说却又不便当面言明。

"他怎么了嘛？"苏骁一跺脚，"真急死人了！"说着，又拿出手机拨通韩天的电话。

"您拨打的用户正在通话中，请稍候再拨……"

"打这么长时间电话，八成是接到新案子了！"苏骁胡乱猜测着，更胡乱地安慰，仿佛他这么说就能让对方得到最有效的安慰。

孟恬看着苏骁，终于止住泪。看着她哭成大花脸的样子，苏骁忽然有种心疼的感觉。他很熟悉这种感觉，就在当年向欧阳檬提出分手的时候，欧阳檬带着哭腔的声音回荡在耳边，他听到的却是自己心碎的声音。

苏骁忽然间很能够理解韩天说"分手"二字时的感觉了。可是，他并不允许自己的兄弟这么做，尤其是面对一个真心爱韩天的女人。

"韩天这混账，我一定帮你教训他！"苏骁将拳头捏得格格作响，仿佛一头即将开始咆哮的狮子，那样子倒令孟恬有些花容失色。孟恬禁不住一边抽泣一边用哭到嘶哑的声音劝苏骁说："你不要这个样子，韩天也有很多无奈，没准儿这会儿他已经后悔了呢……"

"也许某一天你会在某个角落发现我悄悄注视你的身影，那只是因为我一直不舍得离开你，却更不舍得让你不开心。你一定要好好地，好好等到那一天……"

苏骁将这句话记得很清楚，当他听到孟恬这么说的时候，不禁又想起了欧阳檬这句最后的告白。此刻他的心却是凌乱的，矛盾的。尽管他很能理解韩天这么做的原因，尤其是在经历昨晚的梦之后，可是出于对欧阳檬的爱，他却对韩天的行为难以原谅。

"嫂子你放心，我一定好好教训他！"苏骁仿佛做出了一个重要决定，以至于他的脚步显得沉稳而有力。

"你去哪？"苏骁的表现忽然令孟恬心生不安，可她再三呼喊他的名字，也没能将他唤回来。看着苏骁慢慢远去的背影，孟恬轻轻地叹息着……

接下来的整个下午时间，苏骁疲于奔命地往来于所有韩天可能出没的地方。从刑警大队到韩天家，从洗车店到理发店，甚至韩天与孟恬常常约会的街心公园也没放过。然而事实证明苏骁的努力是徒劳的。韩天仿佛突然人间蒸发，苏骁用尽各种方式也没能把他找出来。时间长了，苏骁觉得自己仿佛是众目睽睽之下的异类，面对旁人的指指点点习以为常。

第五十二节

最终，苏骁走进一家韩天常去的小酒吧。这个时候，夕阳的余晖也紧紧跟在他身后，投在小酒吧的门口。

"昨日重新……"苏骁侧着脑袋看着酒吧LED招牌上的英文单词"Yesterday Once More"，不禁想起那首脍炙人口的歌。轻轻哼着那带着淡淡忧伤的旋律走到吧台前，苏骁仿佛显得很轻松。

"你好，要喝点什么？"此时刚到下班的时候，酒吧里并没太多人，以至于苏骁觉得，闲暇的气氛和甜甜的笑让漂亮的服务员显得更有礼貌。

苏骁回头看了看酒吧里寥寥无几的客人，并未找到韩天的踪影，又下意识地往门口望去，仿佛那里有什么人在守着他，又或许韩天随时可能从门口钻进来，坐到吧台前点上一杯"曼哈顿"，皱着眉头独自品味。

"朗姆，不加冰。"苏骁回过头，淡淡地说。

"你的品位真独特！"服务员微微一笑，为苏骁倒上酒。

苏骁拿起杯子狠狠灌进一大口。纯粹的朗姆入口香甜，随即一股强烈的刺激直冲脑门。苏骁让酒精从舌尖滑到舌根，而后转回来分散到整个口腔。一时间，甜味逐渐消退，辣辣的灼烧感伴着淡淡的苦味充斥在嘴里。

苏骁愉快地感受着这些细微的变化，却发现服务员仍在注视着自己，脸上笑意神秘而充满向往。苏骁不禁将口里的酒再次收归一处，一口咽下。那股醇香的味道宛如一颗燃烧弹，自上而下将苏骁整个食道尽数点燃，最后在胃里化作一片火海，恨不能将一切都付之一炬。

苏骁皱着眉头感受着这阵刺激，却并不因此而感觉难受。他反倒觉得浑身上下所有毛孔全因这一口烈酒而张开，自由畅快地呼吸着。早些时候的各种不愉快在一呼一吸之间喷吐得无影无踪。

"干吗这样看着我？"苏骁拿起酒杯问服务员。

漂亮的女服务员依旧笑着，细细斟酌一番才轻轻说："你喝酒的样子很可爱！"这话听在苏骁耳里直奔心里很是受用。正当苏骁打算借着酒劲深入交谈的时候，旁边忽然有人喊："服务员，来一打啤酒！"

女服务员走开时，仍不忘对苏骁报以浅笑，苏骁忽然觉得有些无趣，不禁又掏出手机给韩天打过去。

"您拨打的电话暂时无法接通，请稍候再拨……"听筒里的对白终于有所改变，只是依旧无法改变结果。苏骁只得摇摇头，继续拿起酒杯。女服务员回来的时候，苏骁的酒杯已经空了。

"再来一杯。"苏骁看着那迷人的笑，显出几分醉意，至于是酒精的原因或是其他什么便不得而知。

女服务员为苏骁倒上酒，双手撑住头看着苏骁问："这样好喝吗？"

苏骁笑了笑，把酒杯递过去，略带挑衅地说："你试试？"

女服务员摇摇头，而后指了指胸前的围裙，意思是上班时禁止喝酒。

苏骁见状，不由得也摇摇头，而后喝下去一大口，缓缓说："天底下只有想喝的酒，却没有好喝的酒！就好像这杯酒……"说着把杯子举到与女服务员视线平齐的地方轻轻一转。琥珀色的液体在杯子里快乐地舞起来，仿佛流动的精灵。一圈过去，有的停在杯壁上等待，有的继续狂舞，直到下一轮来袭都不打算停下。

"喝完这杯，还要三杯……"苏骁忽然煞有介事地说着，然后将酒一饮而尽。

"你有很多心事吗？"在酒吧干的时间长了，服务员们或多或少养成一种职业素养，一眼就能分辨出哪些人是来消遣、哪些人是来买醉，比如现在的苏骁。女服务员小心翼翼地在苏骁拿过来的空杯子里倒上酒，轻轻地问，面上却收起了笑容。

"我哥他来过吗？就是每次来都喝'曼哈顿'的那家伙。"忽然被对方问起，苏骁才想起正事。

女服务员把酒瓶轻轻抱在怀里看着苏骁，仿佛仔细辨认、认真回忆，又仿佛害怕苏骁不胜酒力继续向她要酒。最终她轻轻摇摇头，淡淡地劝苏骁说："喝完这杯别再喝了，今天已经喝了不少，举杯消愁愁更愁！"

苏骁静静地看着对方，忽然一阵厌烦的情绪涌了上来，拿起刚刚斟满酒的杯子又喝了个底朝天。

"倒酒！"苏骁将空杯子使劲放在吧台上，声音提高了几分，带着些许命令的语气。空杯子与吧台的碰撞发出清脆的声响，惹得酒吧里为数不多的客人投来厌恶的目光。

"对不起，你喝醉了！"女服务员不禁有些慌张，忽然间不知道如何处理苏骁这样的醉鬼，一不小心却犯了大忌。

"拿来吧！"苏骁听到对方说自己醉了，带着愠怒从高脚凳上一探身子，从对方手里把酒瓶硬生生抢了过来，"尽瞎说！我哪里醉了？"说着，熟练而灵巧地拧开瓶盖，当着对方面把瓶里剩余的酒喝得一滴不剩。

"你看看，我挺好的嘛！"苏骁把喝剩下的空酒瓶倒过来，比划给女服务员看。"都是老客人了，又不是不付钱！"说着，复又把酒瓶盖好，揣在怀里说，"第一次喝得这么痛快！"说罢，掏出钱丢在吧台上，小心翼翼、晃晃悠悠地从吧台椅上下来，歪歪倒倒地往门口走去，一边走一边扯着嗓子说："找零当小费吧，酒瓶我收藏了！"说着，还将空酒瓶扬了扬，仿佛战利品。

"喝了咱的酒，上下通气不咳嗽；喝了咱的酒，滋阴壮阳嘴不臭；喝了咱的酒，一人敢走青刹口；喝了咱的酒，见了皇帝不磕头……"

趁着酒劲，苏骁一路走一路歌，时不时还把空酒瓶攥在手中充当麦克风，在路灯下拖着摇摇晃晃的影子独自狂欢。尽管醉态百出，但苏骁心里明白，这个时候，肯定有无数双眼睛正盯着自己，那感觉就跟站在舞台上一样。

"随他去吧……"苏骁想着，声音更大了。

第五十三节

忽然一阵风过，撩起苏骁的头发，冰凉的感觉蹭着他的头皮，让他稍稍清醒了些许。他忽然觉得周边路人的目光渐渐有些异样，令他感觉浑身不适。苏骁放下空酒瓶，左右张望着。好些驻足观看的路人见状，纷纷说着笑着离他而去。

"有……有什么好看的！"由于酒精的刺激，苏骁觉得舌头有些麻木，说话都不利索，但心里却在埋怨，"听天桥底下卖唱的唱歌还要给钱呢……"

走到一条街口，苏骁混在人群中等红绿灯。他照例是一边摇晃一边左顾右盼着，苏骁自己都不知道他究竟在寻找什么，又或许他只是下意识地去关注周围路人对醉鬼的反应。然而，他看到的只是一群忙着赶路的过客，有的眼巴巴望着对面红灯，有的焦急地看着表，有的低头刷着朋友圈，还有的一脸疲惫……

"他妈的，这个红灯怎么这么长……"苏骁用含糊不清的语音骂着，事实上他清楚，自己并不着急过马路。这时候，一群高中生有说有笑地加入了等灯的队伍，人群一下子膨胀起来。然而这时，苏骁却已收回目光静静望着对面红灯，把空酒瓶攥得更紧了。他听着高中生们聊着变态班主任，聊着懵懂爱情，居然有些心潮澎湃，仿佛血液里的酒精被这群青春洋溢的年轻人放火点燃，让他整个人都沸腾起来，各种记忆由远及近、各类朋友从疏到亲

——从大脑皮层的沟壑里爬出来，让他回味无限。最终，欧阳檬的笑容浮出水面，苏骁仿佛觉得，她就站在自己面前。

"阿檬……你在哪里……"苏骁想要伸手去抚摸，欧阳檬的影子却在瞬间分崩离析，只留下川流不息的车流。

"你喝多了……"苏骁笑着，拍了拍自己的脑袋，却有种浑身轻松的解脱感。借着这种令人愉悦的感觉，他感到自己整个身子在往前倾倒，仿佛脱离了重力的束缚，自由而洒脱。

随着身后人群发出惊呼，苏骁忽然听见一阵刺耳的急刹声，随后传来一阵怒骂："死醉鬼，要死换别处去！"苏骁站直了身子看了看，自己离那辆公交车头仅剩不到三十公分的距离。不知为何，他忽然想起当初被张心武撞死的那个混混熊三，甚至开始脑补自己被眼前这辆公交车撞倒后的画面。

然而公交车里的司机早已按捺不住，从边上窗户探出头居高临下地对他喝骂着，同时使劲儿按着喇叭。苏骁傻乎乎地看着司机身后，乘客们已纷纷站起身，对着自己指指点点。三秒钟过去，又有不少乘客加入了同司机一起破口大骂的队伍。

"快站回来！"直到人群中忽然有人提点，苏骁才悻悻地看了眼那司机，歪歪倒倒地回到等灯的人群中，目送公交车扬长而去。

"现在的年轻人真是……"苏骁依旧站在前排，身后不断有人品评着刚才的突发事件，更有甚者已将苏骁当作反面典型来教育后面的高中生。

此时的苏骁酒意尚浓，对身后的评价笑而不语，回想起公交司机那满脸愤怒与惊恐的样子他甚至笑出声来，他仿佛觉得这种偶尔为之的疯狂让自己快乐。于是，乘着酒兴，苏骁迈着踉踉跄跄的步伐往湖边走去。

月泊湖，流传着一个美丽的传说，每当月圆的时候，月亮都会悄悄落到湖里歇息，故此得名。今天天气虽好，可惜的是却只有一钩弯月挂在无垠的天上，略微显得落寞。苏骁独自站在堤道上，尽管从湖面上吹来的寒风刺骨，却并未能就此吹走他游湖赏月的雅兴。弯月如钩，泊在湖面上却好似一柄泛着银光的弯刀。每每有风吹过，那弯刀便开始晃动，寒光就此袭人，直沁心脾。

"小楼一夜听春雨，月泊明朝看彩霞……"苏骁忽然借着弯刀的想象念起诗来。在他的脑海里，《圆月弯刀》中的男主丁鹏绝对是个世间少有的痴情男子，而这样的男子也只有青青这等痴情女子才可以与之相配。至于其余秦可情、谢小玉之流，在苏骁眼里，不过是用来衬托青青的世间无匹而已。

"昨日情深犹可盼，天涯何处去寻她？"苏骁痴痴望着湖面上月亮的倒影一时间诗兴大发，想象自己是守着南海苦等小龙女十六年的神雕大侠，却不知道自己还要苦苦寻觅多久，才能见到那个属于他自己的欧阳檬。

"天涯何处去寻她？天涯何处去寻她……"苏骁的声音更大了，好像在问天上月，在问陆上风，在问湖中水。只是反反复复问了很多遍，天上月依旧静静挂着，陆上风始终狠狠刮着，湖中水永远缓缓流着，各自顾着各自的节奏，将苏骁的诗句在三者中间来回传递，仿佛踢皮球似的相互推脱。

"回答我！"苏骁的喊叫越发地用力。所幸的是，在这寒冷冬季的夜里，湖岸昏暗的堤道上并没什么人，不会将苏骁当成从精神病院逃出来的疯子。

正当苏骁喊得动情时，他忽然觉得身子一沉。在大脑经历过短暂的空白之后，苏骁的思维和醉意随着身体在大堤上重重的撞击带来的疼痛感而恢复正常。他强忍住浑身上下骨肉欲裂的疼痛感，伸手尽力稳住身体，使自己在倾斜的大堤上不继续滚落。

最终，苏骁停了下来，脑子里再度天旋地转，以至于当他想站起来的时候身子悠悠晃了晃，重又跌了下去。这一刻苏骁感到头顶传来一阵刺骨的凉意，抬起头才发现自己后脑勺已经完全浸在冰冷的湖水里。苏骁挣扎了一阵，却不敢马上起身，此时月泊湖面已近在咫尺，稍不留神便会落入水中。

自小到大，苏骁一直不会游泳，为这事还常常被韩天嘲笑是"旱鸭子"，然而这也同小时候的几次落水经历有关。苏骁努力保持身体的平衡，试图缓缓站起来。当他小心翼翼地站在大堤陡坡往上看时，不禁有些后怕。此时苏骁立足的地方距离刚才落下来的堤道足有近十米的落差。身上各处传来火辣辣的疼痛感让他下意识地发出急促的喘息和低低的呻吟。

"还好还好，都是皮外伤……"苏骁尝试着动了动四肢，忽然有些庆幸。可当他再次抬头去看那黑洞洞的堤道时，一个严重的问题掠过心头。

"我怎么下来的？"尽管有些醉意，但苏骁清楚自己还不至于到那种连站都站不稳的地步。他努力回忆着滚下来之前的细节，顿时感到脊梁骨发冷，仿佛陡然之间发现一个巨大的阴谋。随着酒醒，他依稀记起刚才被人狠狠推了一把。

"谁？"身边忽然发出一阵响动。苏骁此刻俨然受惊的兔子，任何风吹草动都足以令他发狂。借助淡淡的月光，他看到湖面上泛起层层波光。

第五十四节

"原来是条鱼！镇静……镇静……"苏骁努力尝试着深呼吸，却止不住胸口剧烈的起伏。"究竟什么人跟我有这样的深仇大恨，怕我摔不死吗……"湖面上的波光渐渐平静下来，却在苏骁的心里荡开了花。

"不对！"看着湖面，苏骁忽然想到一个更为可怕的事实，"这个人真的是想我死！"他想起来，刚才在斑马线等红绿灯的时候，自己分明是被人狠狠推了一把才走到路中间的。想到这里，苏骁的心一下子揪了起来。他自认平时安分守己，既没得罪谁，也不碍着谁，却又是谁这么处心积虑地趁着自己喝得烂醉的时候要置自己于死地？

"究竟是谁……究竟是谁……"强烈的惊惧令苏骁有些不知所措，甚至都不急于立刻离开湖边。正当他惊惶地喃喃自语时，身边沉沉的夜幕中忽然蹿出一个黑影，以迅雷不及掩耳之势从背后勒住苏骁的脖子。

顷刻间，苏骁觉得浑身发软无力反抗，脑海里再次空白一片。他仿佛是一个迷失在纯白色迷宫中的旅人，四处寻找却四处碰壁，精神几度崩溃却又几度再次燃起生的希望。从背后勒住他脖子的那支手臂如同一支钢钎，精瘦却充满力量。纵然苏骁鼓起全力挣扎，也无法搬动对方半分，只令对方越勒越紧。

当苏骁再一次铆足了劲儿一蹬腿，却发觉双腿踢空。显然对方高出苏骁许多，又有足够的力量将苏骁勒住从而提离地面。此刻苏骁才感觉彻底无望，狠命蹬了两下腿之后终于放弃。他知道面对身后那名无论身高还是力量，甚至清醒程度都占据绝对优势的杀手，他根本不应当抵抗，束手就擒反倒能够免去许多不必要的痛苦。

随着意识逐渐模糊，苏骁索性将全身放松，犹如一摊烂泥任凭对方手臂不断收紧。然而越是在意识逐渐丧失的时候，身体的触碰感越是强烈，比如，苏骁忽然感觉到手里还紧紧握着什么东西。

"空酒瓶……"苏骁一片空白的脑海里忽然浮现出一个空酒瓶的样子。不知哪里来的勇气，苏骁忽然聚集全身力量，拿着空酒瓶反手往身后的杀手捅过去。只听对方"呃"的一声闷哼，手忽然松开，显然是被空酒瓶的袭击击中。

苏骁双脚再次触到地面，心中终于有了踏实的感觉。然而长时间的窒息却令他跪在地上不住地剧烈咳嗽，几乎抬不起头。当他眼角的余光陡然扫到自己手中的空酒瓶，却又强迫自己镇定下来。空酒瓶早在刚才从堤道上跌下来时已然摔得七零八落，借着月光仿佛可以看到尖利的碎玻璃上还残留着殷红的血迹。直到隐隐看到这些血迹的时候，苏骁才陡然想起身边还有一个千方百计要置自己于死地的杀手。

苏骁已经来不及惊恐，对方已经再度扑了上来。显然空酒瓶对他制造的伤害比起他带给苏骁的痛苦只是小巫见大巫，可那空酒瓶给他带来的疼痛却足以令他愤怒。杀手一扑之下，苏骁手中的空酒瓶脱手落在一旁摔得粉碎。苏骁此刻还未从窒息所带来的脱力中恢复过来，象征性地扑腾了两下便再也无力挣扎。任由对方用双手将他死死扼住，甚至连睁开眼看看对方的力气都没有……

一片混沌之中，苏骁忽然听见"扑通"一声巨响，在那瞬间，他的耳膜承受着的巨大压力让他耳边一直充斥着"嗡嗡嗡"的声音，而后冰冷的湖水开始顺着他的衣领、袖口、嘴里、鼻孔里、耳朵往里猛灌。他觉得自己仿佛置身于冰窖之中。那刺骨的冰冷令苏骁渐渐忘却了不适感，就像婴儿蜷缩在母亲的子宫中，暖暖的羊水让他感觉到安全，使他可以尽情嬉戏。

就在这种无比放松的环境中，苏骁脑海里的空白渐渐开始变化，仿佛老式幻灯机一张一张地切换着不同画面。许多画面带给苏骁的不仅是亲切感，甚至能让他将自己代入其中……

一片孤寂的湖面上，孤零零的小船静静地漂着。一个孩子站在船上呆萌地看着湖面，那湖水里似乎有什么东西牢牢吸引着他的注意力。孩子身边没有人，准确地说，小船上只有那孩子。湖水里的东西仿佛具有某种诱惑，像极了勾起孩子欲望的糖果，又或许是什么新鲜的玩具，最终令孩子趴到了船边，将头凑近水面。仿佛这样，玩具会自动浮出水面，任由孩子把玩。可是不知过去多久，孩子依旧只是趴在船边，静静盯着湖水。也许他同湖里那东西的距离，就像牛郎和织女，中间永远隔着广袤的银河。

孩子忽然探出手，伸向湖水。然而孩子年幼，手掌始终和水面隔着一段距离。孩子的脸上露出焦急的神色，豆大的汗珠从额头上渗出来，他显然急切地想要得到水里的东西。于是他的身子越来越往前倾，而手也离湖面越来越近。只听"扑通"一声，孩子钻进了水里。

"不要……不要……"苏骁将一切看在眼里，却无法张嘴呼喊，只能尽力手舞足蹈地期待奇迹发生。就在他对此感到万分无奈的时候，他隐约听到水面又传来"扑通"一声巨响。而后水里出现一个模糊的人影，尽管那影子越来越近，苏骁却觉得眼前越来越模糊，直到最后黑沉沉地什么也看不见。

"小苏！小苏！你醒醒……"苏骁忽然觉得有人在喊自己。

"别闹……"苏骁在心里说。此刻他觉得困倦极了，根本不想理会对方的呼喊。他只想趁着这个机会好好睡一觉，把长久以来积蓄的苦闷和忧伤尽数抛进梦境的深渊，从此便可以不再理睬。

"小苏！别睡！快醒醒……"然而对方并不气馁，仍旧不停地呼喊，同时还拍打着苏骁的脸。

"怎么这么烦啊……"脸上传来隐隐的痛感让苏骁不胜其烦，然而对方不厌其烦的呼唤和拍打也让苏骁无可奈何。最终，苏骁只能缓缓睁开眼，尽管吃力，却也由不得自己。

　　"韩天？"黑夜中，苏骁依稀看见韩天的脸，只见他一脸焦虑的样子，手上打脸的力道越来越大。

第五十五节

"疼⋯⋯"苏骁咬着牙,憋出这么个字。说着,他想要伸手去抓韩天的手,刚刚抬起却又感觉一阵乏力,只得作罢。

"别乱动!"韩天带着关切的语气发布命令,尽管看不清他的脸,苏骁却能感受到韩天的担心。

"放心吧⋯⋯"苏骁渐渐感觉呼吸顺畅了些,才轻声回应韩天,"死不了!"

韩天听了不禁大喜,将苏骁缓缓扶起来。一坐起身,苏骁的脑子仿佛瞬间又被各式各样的烦恼所填满。

"这一整天你到底跑哪儿去了?找你不见人,电话打不通?再这么下去我都恨不得去报警了!"苏骁有了点精神,便即刻向韩天发难,"你为什么要跟孟恬分手?那么好的女孩子你怎么舍得伤她的心?你是不是脑子进了水⋯⋯"

苏骁连珠炮似的责问让韩天半天说不出话来。韩天静静看着苏骁,仿佛在脑子里酝酿说辞。然而苏骁说着说着,双手忽然捂住肚子,"哇"的一声接连吐出几大口水。

韩天轻轻拍着苏骁的背,淡淡地说:"感觉我就是个祸害,总在连累着身边的人⋯⋯"

苏骁大口吐着水,并没听太清楚韩天的话,却从他言语中听出几分懊悔的意味，正想问的时候却又忍不住吐了出来。

"我还从没见过你这么能喝的时候，"韩天让苏骁在一旁狠狠吐着喝进去的湖水，略显落寞地打趣说，"我早让你搬回家去住，好离我这个灾星远点，你硬是不听！就算你自认命大，也逃不过这么三天两头的折腾吧……"

"有什么大不了的！"苏骁吐过一阵之后，苦笑着说，"顶多从明天开始我报个游泳培训班，再报个散打培训班，咱缺啥补啥！"

"还缺啥补啥，你想当兰博吗……"韩天一脸不屑的样子，语气却是动容的。

苏骁吐到吐无可吐，终于晃晃悠悠站起身，凑近韩天的脸问："看起来你知道些什么！究竟是谁那么丧心病狂，千方百计地要置我于死地？"苏骁脸色逐渐变得严肃，随着他头发上的水珠不停地滴落，他仿佛即将被冻结成冰。

"也许……他只是想让我死！"韩天面对苏骁的问题，似乎有些颤抖，不知是因为冷还是因为从内心深处感到恐惧。

"啊……嚏……"苏骁冷不丁地打了个喷嚏，令韩天浑身一震。

"早点回去吧！回去洗个澡换身衣服再说。"韩天看着苏骁，拍了拍他的肩膀，迈开腿想要走，却陡然听见苏骁说："等会儿！"

韩天回过头，看到苏骁僵直地站在原地。尽管浑身淌着水，却并未见他因为寒冷而颤抖。淡淡的月光投在他身上仿佛为他描上一层银白的光晕，让人难以捉摸。

韩天看着他，沉默不语，只是借着眼睛反射月亮的光华与之对峙。

"你选择与孟恬分开是不是因为娜娜？"也许是因为被冰冷的湖水浸透了，苏骁言语中的每一个汉字仿佛都带着严霜，一点一滴地侵袭着韩天心底的最后防线。

韩天站在苏骁对面，仿佛显得有些彷徨。或许由于夜黑风高，苏骁咄咄逼人的眼神并没能让他感到丝毫不妥。

"可能是因为我有病吧……"韩天的言语恢复了冷漠，苏骁的问题显然提得有些不合时宜。

"神经病！"苏骁狠狠打了个喷嚏，然后白了韩天一眼，学着他的口气进行反击。

"可能你现在需要去医院，就算不感冒没准儿身上还有别的伤……"韩天的态度忽然出现一百八十度转折。这令苏骁尤其觉得不适应，索性不管三七二十一地照葫芦画瓢："可能你现在也需要去医院，就算不感冒没准儿脑袋还有别的问题……"这个时候，他已经注意到对方跟自己一样浑身淌着水，于是同一句话的语气出现断崖式转变，"那敢情好，同去同去！"说着，便要去拉韩天的手。

韩天一脸不屑地甩开苏骁说："一边儿待着去，没工夫跟你瞎胡闹！现在你给我听着，第一，马上回家去洗个热水澡换身衣服；第二，如果感觉不舒服马上去医院！我的事，不需要你掺和，无论私事还是公事。"

此刻苏骁和韩天仿佛战场对垒的双方，经过你来我往的言语较量之后，最终由韩天取胜。而苏骁沦为彻底的失败者之后，甚至连言语反击的胆量都没有，只能乖乖坐上韩天的车被护送回家。

直到回到韩天家，苏骁才深切感受到他的关怀。毕竟在这数九寒冬的日子，从水里捞出来浑身湿透的感觉比大雪天光着膀子要难受得多。苏骁把自己收拾停当，才陡然想起来韩天为了救自己也弄得浑身湿透，此刻却连衣服都没换就出门办事，顿时有些于心不忍。苏骁正想打电话给韩天提醒，手机却主动响了起来。

苏骁看着屏幕上陌生来电，小心翼翼地接通，听筒里传来郑辉强焦灼不安的声音："这次你一定要帮我！阿慧快不行了，该死的医生说抢救风险很大，必须要有家属签字才能做手术！求求你，马上联系阿慧的家人来医院，钱什么的都不是问题，只要他们签字！我在这儿等你们，求求你！"

听到郑辉强的话，苏骁最先想到的念头竟然是"为什么是我"。尽管一直以来他对叶星慧都报以深深的同情，可几次险些将命搭上之后，他变得不太愿意插手这些事。然而叶星慧的倔强眼神在苏骁脑海里不断浮现出来，再加上郑辉强仍旧在电话那头几乎带着哭腔反复哀求，苏骁心软了，撂下句"我马上去"便挂断电话往那栋临街的老楼赶去。

在张心武家门口，苏骁却又犹豫了。他知道自己这样贸然前来显得有些唐突。在他的印象中，那道门里，除了张心武外再无第二人关注叶星慧的死活了。可事到如今张心武早已作古，叶星慧甚至被认为是杀害亲夫的凶手。尽管事情曲折往复，获得帮助的希望更是渺茫，苏骁仍旧按响了门铃。

第五十六节

"谁啊？"过了好久，屋里才有人问话。苏骁听得出，尽管是同样的乡音，却不是叶星慧婆婆的声音。

"你好，我是公安局的……"尽管从一开始，苏骁就决定将这个身份再次用上，但此刻孤军奋战的他在使用这个杜撰身份的时候仍显得有些底气不足，仿佛声音再小几分他就能自己把自己给否定了。

"上次来过的，负责张心武死亡案子的……"为了避免连门都进不去的尴尬，苏骁只得旧事重提，以此获取开门的信任。

果不其然，这招颇为管用，之后再无人答话，取而代之的是一阵急促的脚步声。

门"吱呀"一声在苏骁面前开出一条门缝，苏骁顿时被一股刺鼻的气味逼退好几步。那仿佛是腌制食品和熬制中药的混合气味常年被压抑在局促的空间里、最终发生了某种化学变化的结果。门里没有开灯，从门缝里探出一个脑袋，一双小眼睛警惕地看着苏骁，又向左右不安地张望。

尽管对方只露一小脸，苏骁却认出她就是张心武死亡的那天在医院遇见的一个"七大姑"或者"八大姨"。

看出对方并未认出自己，也没有让自己进门的意思，苏骁清了清嗓子，一本正经地说："你好，我是公安局刑侦队的小苏，之前张心武的案子是由我们负责办理的……"

"查出些什么了吗？"对方站在门后抵住门，却没刚才那么警惕，间或甚至打起了哈欠。

苏骁在毫无底气的时候却显得极其镇定，虽然他并不清楚张心武的案子进行到了哪一步，也不知道案情究竟和叶星慧有没有关系，他仍旧不紧不慢地回答说："阿姨是这样的，今晚我来主要是想请张心武的母亲跟我去一趟医院。刚才收到医生的电话，说叶星慧被告病危，急需要进行一场风险很大的手术。手术的成功率也许只有百分之十或者更低，但本着救死扶伤的原则，他们还是想要试一试。但进行这场手术需要叶星慧本人或者直系亲属的签字确认，所以让我过来请老太太。说起来，老太太在家吗？"说着，苏骁试图推开门。

"别动！"对方忽然将门用力把住，同时大喝一声，那气势活生生地将苏骁逼停住。

苏骁正要解释，却听屋里传来老太太的声音："二妮，跟谁说话呢？"

这位被称作"二妮"的回头说："公安局的来人说叶星慧那个小骚货病危做手术，要你去医院签字确认。""二妮"说话特别快，说完屋里一阵静寂，老太太仿佛需要一段时间来消化这些内容，却听"二妮"接着说："小武都被那个小骚货害死了，现在反倒要你去签字救那个小骚货，你还想什么……"

苏骁听着屋里"小骚货"来"小骚货"去，心里甚是反感，若不是郑辉强极力恳求，他自己定然不会深更半夜跑来听老太太们的废话。苏骁正想出言驳斥，却听屋里老太太说："叫他走吧，那个小骚货是死是活跟我们没关系……"说着，一阵剧烈的咳嗽打乱苏骁的思绪。当咳嗽停止时，"二妮"又探出头，脸上露出一副嫌弃的表情说："听见我姐姐说的了吗？那个小骚货要死就让她死好了，跟我们有什么关系。麻烦警察同志以后不要为这种小事三更半夜来敲我们门，打扰我休息也就算了，我姐姐有病在身，休息不好影响身体你们担得起这个责任吗！"

一番话说出来，几乎令苏骁抓狂。他正想反驳，却听对方接着说："还有你们警察也是，你说我们小武被那小骚货害死多久了，你们查出什么结果没？你们还小武一个公道没？还有脸来请我们去救那小骚货……"只听这"二妮"一边说着，屋里一边传来老太太嚎啕大哭的声音："我的小武啊……你死得好惨啊……"

苏骁面对这一阵劈头盖脸的臭骂，不禁血气上涌直奔脑门，看着"二妮"那趾高气扬、意犹未尽的样子，忽然冷静下来。他自知争吵解决不了问题，更救不了叶星慧。苏骁忽然将门一把推开，冷冷说："之前我们已经拿到医院的验尸报告，上面显示张心武是死于过敏性哮喘所致的呼吸道水肿引起的窒息，跟叶星慧一点关系都没有！"

"二妮"见苏骁忽然变了个人似的，不禁有些后怕，努力想要把门再掩上，却被苏骁粗暴地撑住，让门大开着。门里各种腐朽掺杂的气味，老太太哭作一团的身影，以及"二妮"惊慌失措的样子，都呈现在苏骁面前，令他作呕。

苏骁义正词严地站着，本还想再多送上几句嘲讽的言语，却忽然觉得一切都毫无意义。最终只静静地在她们惊恐的眼神中转身离去。那一刻，楼道里的感应灯忽然熄灭，没有人再去唤醒它，所有的感情都在沉默中，有的爆发、有的灭亡。

从张心武家离开，看着茫茫夜色，苏骁忽然为叶星慧感到悲哀。她只是个善良的弱女子，她以微笑面对世界，世界却对她报以冷漠。然而与此同时，苏骁却又有些犯愁。虽然同郑辉强接触时间不长，但他深知郑辉强其为人。如今张心武家人并不关心叶星慧死活，自己也稀里糊涂地被牵扯进去。万一叶星慧有个三长两短，其结局苏骁不敢想。

然而不敢想归不敢想，苏骁仍旧趁夜赶到了医院。

也许是因为近来往医院跑得勤，苏骁赶到时觉得医院保安看他的眼神都十分亲切，仿佛极为熟识。然而苏骁顾不得同保安寒暄，径直来到 ICU 病房。来到门口时不禁被那阵势吓了一跳。ICU 病房本来设有门禁，不允许非医务人员随意进出。可此时的 ICU 病房却如同菜市场，里三层外三层挤满了人。苏骁放眼望去，倒看见不少熟人，全是郑辉强手下的小混混。

"强哥说了，都到楼下去待命！"里面忽然有人喊。一时间小混混们纷纷往外涌。苏骁站在人群里，间或还能看到几个医务人员，他们的脸上都写满了惊恐和无奈。

"你总算是来了！"苏骁正琢磨着该怎么跟郑辉强说，却老远听见郑辉强的声音传来。苏骁抬头看去，郑辉强正从 ICU 病房里走出来。

"那些个医生真是食古不化，好说歹说都要等阿慧的家属来签字……"郑辉强一边说着话，一边往周围望去，仿佛很诧异的样子说，"人呢？"

苏骁摇摇头。

第五十七节

郑辉强脸上本还阴晴不定，这一刻终于也不再控制了，只听他怒吼起来："那是一家什么东西，一群给脸不要脸的畜生！之前把阿慧打得青一块紫一块还逼她跳楼也就算了，如今又是这么绝情……"

苏骁任由郑辉强咆哮着，不去接话。因为他知道凭着郑辉强这种性格，自己指不定又会因为一句什么不恰当的言论被卷入其中。如今唯一能做的，就是期待叶星慧能安然渡过这场劫难。

苏骁正这么想着，郑辉强却转身往 ICU 病房奔去。此时医院 ICU 病房的门禁已经形同虚设，郑辉强的两名手下把守门口，郑辉强进进出出得仿佛是自己家门似的。旁边纵然有保安也只是敢怒不敢言地干瞪眼。

"还不赶紧打电话报警！"苏骁跟在郑辉强身后，经过保安身边时悄声对他们说。

此刻郑辉强一反常态地矫健，在 ICU 病房里左突右窜，看得出来这几天他对这里的环境摸得是一清二楚。苏骁跟在他后面进了一间看起来像是医生办公室的地方。只见郑辉强一把抓起一名医生的衣领，恶狠狠地说："你马上叫人来给叶星慧做手术，要签什么字要担什么责任都由我来，我是她的家人！"

那医生看起来一脸惊惧的样子，不住地挣扎却是徒劳。旁边的两名医生见状，也纷纷上前来劝说，却被郑辉强完全忽略。

"这不合规矩啊……"那个医生勉强从嘴里挤出几个字，脸憋得通红。

"我不管什么规矩不规矩！"郑辉强这时候表现得霸气十足，仿佛随时都掌握着生杀予夺的权力，"只要你尽全力救她，我必定重金酬谢；如果不幸救不了，我也不怪你。"

"可是她的家人……"医生一脸为难的样子，身子不住地扭动着挣扎着，仿佛临刑前的死囚。

"除了我她没有家人！"郑辉强忽然吼了起来，"她是我的妻子，等她伤好了我就跟她去领证！"

"可是……"那医生还想说话，却被郑辉强一把推倒在地。郑辉强几乎是咆哮着对医生说："别可是这可是那的，想必都知道我是谁，也不用我做自我介绍。我的人就在楼下，你们再不动手术我就让人把你们医院砸了！"

可怜那医生在郑辉强重重一推之下，身子往办公桌上摔去，桌上物品凌乱地散落一地。而他自己则倒在地上，痛苦得哇哇大叫。

"少装蒜！"郑辉强见状，走上前去又把他拎起来，愤怒地喝道，"今天你如果不给我把手术做了，明天我就让你一辈子做不了手术……"

苏骁站在一旁，将一切看在眼里，一时间义愤填膺，上前便去扭郑辉强的胳膊，一边扭一边说："你这副土匪性子除了敢欺负欺负老实人还敢做什么！叶星慧跳楼前被人打成那样你干什么去了，这个时候却在医院耍横算什么男人！"苏骁不知哪里来的勇气，硬是把郑辉强的手腕掰开，将那医生解救下来。

然而郑辉强听了苏骁的话，却目露凶光地看着他，嘴唇不住地抽动着，仿佛有什么话要说却没说出口，只是使劲将苏骁一推，之后再无其他动作。

"别以为你现在这么大义凛然就很威风、很英雄，当年你强暴叶星慧的时候你有没有想过她的人生就这么被你给毁了？"苏骁此刻仿佛比郑辉强更加歇斯底里，一连串的抢白令郑辉强哑口无言。尽管他将拳头捏得格格作响，苏骁仍旧狠狠盯着他，眼里没有丝毫惧色。

"都住手！都住手！"这时从门外闯进一队保安，手持着防暴装备将郑辉强和苏骁团团围住，"这里是医院，请你们都自重！我们已经通知警察，他们马上就到。请你们立刻停止妨碍正常医疗秩序的行为！"

苏骁看着身边的保安，只见他们个个神色严峻，手持防暴武器严阵以待。看来平时对待医闹颇有心得。苏骁再看郑辉强时，他却是一脸凶相，仿佛准备随时大开杀戒。

"强哥……强哥……"这时候，门外一阵嘈杂的脚步声，一时间门口又多出十几名小混混，都是刚才被支走的郑辉强手下，仿佛看到自己老大有难纷纷前来救驾。霎时间，ICU 医生办公室里三层外三层地围满了几拨人，势态剑拔弩张。

"嘟——嘟——嘟——嘟——"正当几拨人对峙而立，纷纷大气都不敢随便喘的时候，医生办公桌边的墙上，紧急呼叫器急促地响了起来。

"什么事……"刚被苏骁解救下来的那位医生，忍着痛走上前去按下按钮。

"张医生，不好了！二十床病人叶星慧快不行了……"外放听筒里传来值班护士焦急的声音。

那位张医生再次按下按钮，略微整了整衣服，看都没看郑辉强一眼就往门外走。这时门外堵满了小混混，一时间竟挤不出去，张医生只得回头漠然看着郑辉强。

"都给我闪开，滚到楼下去，谁让你们上来的！"郑辉强怒吼起来……

一眨眼工夫，苏骁听到郑辉强的手机报时，提示已是凌晨零点。苏骁不禁深深打了个呵欠。此时他和郑辉强早已被保安们再次请到 ICU 病房外。其余人则被郑辉强驱散，各回各家。叶星慧已被送进抢救室近三个小时，时间不仅考验着郑辉强，同时也考验着苏骁。

"我对阿慧做出的那些事，也时常令自己感到后悔。"郑辉强一边掏出手机看了看，一边轻声说。他这话仿佛说给苏骁听，又好像是在安慰自己。

"所以我选择终身不娶，也是对自己的一种惩罚！"郑辉强自说自话，似乎根本不理旁边的苏骁听到没听到，更不管他相信不相信。

"可你还是有个私生女！"苏骁对郑辉强的这套说辞显然不太感冒，于是挑着他的刺儿来给予响应。

"你应该知道，人都是有欲望的！"郑辉强解释，可他却又似乎并不着急解释。

"你所指的是私生女这一茬还是叶星慧这件事？"面对郑辉强这种不算太诚恳的态度，苏骁索性靠装傻充愣来逼他就范。

郑辉强低下头，神情落寞，仿佛诉说着一个自己都不相信的谎话："对于雯雯母女，我是深感歉意的，可除此之外我什么都做不了。她们怨我、恨我都是理所应当。"

"难道你想说这又是一次酒后乱性吗？"尽管苏骁对这一切并不在意，却一直不忘在一旁煽风点火。

"常在河边走，哪能不湿鞋……只不过有些湿得心甘情愿，有些后悔莫及……"

苏骁头一次见到飞扬跋扈的郑辉强如此失魂落魄，那感觉仿佛是骄傲的狮子在猎人的围追堵截之下最终低头。苏骁不禁窃喜，忍不住追问道："要不，你干脆说说和蒋诗雯的母亲这一段吧。"

第五十八节

"让你知道了又怎么样？以后用来取笑我吗？"然而再落魄的狮子终究也是狮子，郑辉强冷冷瞪着苏骁说，"说起来，那不过是另一个叶星慧的故事罢了，甚至比阿慧还早！"

这时候的苏骁，再也不惧怕郑辉强吹胡子瞪眼，见他略有些不悦，便也不再多说，只在心里默默地说："老东西，她们不过都是你喜新厌旧的牺牲品而已……"

两人之间又是一阵突如其来的沉默。

"说实在的，人的欲望才是她们所有悲剧的罪魁祸首！"郑辉强忽然再次打破沉寂，在苏骁看来他仍是在为自己洗脱罪名。"最初的我只是个穷光蛋，奋斗了半辈子才拥有现在的一切，可到头来却连这些女人们都搞不定。这让我怀疑我这么努力赚钱究竟有什么意义。或许有的人，哪怕做一场梦都比我现在的生活精彩一万倍！"

"假如你走的是正道，也许你就不会羡慕那些做梦的人了！"苏骁忽然站起身，他打心眼儿里再也不愿跟这个活不明白的老家伙说半点废话。

"你们两个……"正当这时，张医生从走廊的那一条缓缓走过来，脸上带着疲惫，"谁能帮忙通知下叶星慧的家属？"

"我能！"苏骁当即说。

"我就是家属！"郑辉强几乎在同时站起来，抢到张医生身边说。

"很遗憾，我们尽全力，也没能把她抢救过来。抱歉……"张医生的声音越来越小，眼睛死死盯着郑辉强，仿佛提防着他随时扑上来。

"你没跟我开玩笑吗？"郑辉强的反应显得很平静，这令苏骁和张医生纷纷感到诧异。以至于苏骁甚至想要悄悄走上前把张医生从郑辉强身边拉开。

"叶星慧的伤一直很重，情绪也很低落，能撑到现在已经是奇迹。"张医生似乎毫不畏惧随时可能发生的危险，继续向郑辉强解释。"麻烦你们想办法通知叶星慧的家属来办理后事。"说着，张医生转身要走。

"放心吧，阿慧的后事我会办好的！"郑辉强似乎全不理会张医生的话，转身往相反的方向走去，一边走一边重复着那些字句。

苏骁站在那里，看看张医生，又看看郑辉强，忽然觉得每个人都是可悲的。叶星慧可悲，因为她在酒吧里做服务生认识郑辉强的时候，就决定了终将死在这里；郑辉强可悲，因为他奋斗了大半辈子却终究因为各种原因留不住身边的女人，终究孑然一身；张医生可悲，因为他一辈子都在为病人操劳却时时刻刻都有可能被形形色色的病人威胁，随时可能被同归于尽……

苏骁回到家时，已近乎精疲力竭，连灯都懒得开就势往沙发上倒下去。这一刻他忽然觉得，什么腰缠万贯也好、什么你侬我侬也好，都比不上在疲倦至极的时候啥也不用想、倒头就睡。那种感觉仿佛是人回到母亲的子宫里，肆意徜徉在羊水中，极具安全感和舒适感。

"什么玩意儿！"苏骁平躺着，忽然觉得沙发上有什么东西硌着他的腰，翻来覆去都觉得难受。苏骁伸手去摸的时候发觉是件衣服，不禁大喊起来："韩天，你又把外套乱扔……韩天……"苏骁的喊叫声中仿佛带着愠怒，似乎是在怪韩天的外套打扰了他来之不易的休息。

苏骁一连喊了好几声都不见韩天回应，苏骁正想接着喊，却陡然发觉有些不对劲。借着窗外灯光他忽然发觉这外套有些眼熟。苏骁"噌"的一下跳了起来，使劲一把拍在电灯开关上。客厅里陡然亮了起来，苏骁反而有些不适应。他用手遮住眼睛，迟迟不肯放下。直到最后，究竟是不肯或是不敢放下连他自己也说不清。也许，有些苏骁所害怕的事情迟早会发生。

静静躺在沙发上的，是一件深色牛仔外套，外套的主人则是苏骁。那天夜里，苏骁亲手将这件外套为孙晓钰披上之后，就再也没有拿回来。

"什么鬼，韩天这小子什么时候……"苏骁有些不敢相信自己的眼睛，带着些许踉跄奔到韩天房间。

"关键时刻老是玩失踪！"看着一切陈设摆放得井井有条的房间，苏骁只能自说自话。此刻他甚至希望，回到客厅的时候再也看不到那件本应在那里的外套。

然而一切事与愿违，外套仍在那，苏骁却没有显出半点失望的神情。他缓缓靠近沙发，慢慢伸出手去拿起那件外套，触感柔软而真实。苏骁止不住地大口喘息起来，仿佛有股抑制不住的激动自心底冉冉升起，随着这股激动心情的升起，苏骁将那外套越抓越紧，仿佛手握着什么珍贵的东西生怕它会随时消失不见。然而外套不仅有触感，还有分量，这一切都使苏骁感到真实。终于，他不再怀疑什么，缓缓将外套凑近鼻子，轻轻嗅过，外套上仿佛还带有孙晓钰那花儿一般的少女体香。

"是她！是她！"苏骁细细体会着这香气，忽然发狂一般地喊起来。那气味仿佛有种魔力，让他不由自主地将外套从头到尾从上到下嗅了个遍。然而就在这翻来覆去的过程中，一样东西从外套口袋里掉出来，落在地上。

"苯二氮卓衍生物……"苏骁拾起那个从张心武家里找到的小药瓶，一边摩挲着那手写的标签一边念叨着，"或许你才是解药吧！"然而念到这里，苏骁却笑了起来，仿佛在笑自己傻，脑袋里充斥着这些奇奇怪怪的念头。

尽管那么疲劳，苏骁却又失眠了，他不断地在脑海里播放着一些稀奇古怪的片段，当他将所有片段连在一起的时候，却一次又一次令自己的灵魂感到震撼，从而更加难以入眠。

"也许，我该来片安眠药！"看着黑洞洞的天花板，苏骁根据从前的经历喃喃自语。

第五十九节

　　"来吧……来吧……来梦里找我吧……"他的脑海里不断重复着这样的声音，一种虚幻缥缈又极具挑逗性的声音。苏骁觉得自己仿佛是迷失在茫茫大海中的奥德修斯，女妖塞壬的歌声不断诱惑着他，使他不但迷失方向，更迷失自我。苏骁无奈地闭上眼睛，看到一片黑暗。之后再睁开眼睛的时候，看到的却依旧是一片漆黑，哪怕窗外投进些许光亮，也没能为他照亮什么。也许冥冥之中有一个幽灵悄悄地将他的灵魂带到无尽的黑洞，在那里一切都被巨大的引力所吞噬，包括光明。

　　最终，苏骁只好拿出最古老的办法——数绵羊，希望借此入睡，也希望借此暂时忘掉脑海里那些迷人的身影。可是令他感到郁闷的是，常常会在不经意间，脑海里飞速掠过某个熟悉的影子，在羊群之间欢笑歌唱，或是欧阳檬，或是孙晓钰，又或是娜娜。当这些不速之客闯进来时，苏骁便突然忘记了计数，于是越数越清醒，清醒到全世界仿佛就只剩下他一个人还醒着。

　　"你不是还有一瓶'苯二氮卓衍生物'吗？"灵魂深处，那个声音突然提醒苏骁。

　　"可是也许我根本不需要？"我下意识地回答"他"，"他"却毫无回应。

　　不知是自己太过清醒还是已然分不清东南西北，苏骁索性坐了起来，伸手拿起放在床头的那瓶"苯二氮卓衍生物"对自己说："无论她或者他！又或者它……"然而，苏骁却在说话时义无反顾地打开了瓶盖，小心翼翼地取出一片药丸放在掌心。

借助窗外微光，他盯着那白色小药丸出神："我吃下了你，是否就能够实现当下最伟大的愿望？"

白色小药丸静静地躺在苏骁手心，仿佛在向他招手，又像是在向他投去鄙夷的眼神。人若是一味地要靠药物来维持生命中某些正常的机能，那的确是一个悲剧。而此时此刻，苏骁却正在试图将这个悲剧变为喜剧。因为他所能做的，只是将这始作俑者狠狠吞进肚子里，然后蒙头大睡一番，把那些该有的、不该有的，想见的、不想见的人影统统赶出梦境，让自己踏踏实实、安安稳稳睡一个好觉。因为苏骁觉得，自己真的累了……

苏骁继续躺在床上，等待沉睡之神的降临。不知过去多久，他觉得自己依旧静静躺在床上，间或听得到窗外车轮碾轧路面的声音。

"看来又是一瓶过期药品！"苏骁伸手想去床头柜上拿药瓶，却意外摸到了手机。手机屏幕亮起时，桌面背景上显示着他和欧阳檬的合影。"拜托……三点多了……"尽管这么说，苏骁心里却盘算着另一件事。

"睡了吗，亲爱的？"苏骁编辑好短信，在联系人名字栏里填上欧阳檬。他知道这么做完全是自欺欺人，早在几个月前，这个号码就已成了空号。可是直到点击确认，发送完毕，苏骁一直保持着一种愉快的心理。在他看来，给空号发短信似乎也存在着一种希望。

"没准儿她又把号找回来了呢……"苏骁这么安慰着自己。就在这一刻，他忽然觉得自己再也不想睡觉了，他恨不得把手机一直捧在手心，一直捧到对方回复消息。

夜里，万籁俱寂。苏骁仿佛觉得自己能够听到电波在空气中传播所发出的"嗞嗞"声。也不知过了多久，他的手机屏幕竟奇迹般地亮起，随即电话铃声响起。

苏骁的心一下子提到了嗓子眼儿，激动得几乎连手机都拿不稳，只见手机上真的弹出欧阳檬的笑脸——那是在学校时苏骁为她拍摄的来电头像。

"是她！真的是她！"苏骁只觉得欣喜若狂，再度从床上坐了起来，捋了捋凌乱的头发，清了清浑浊的嗓音，仿佛对方能通过手机屏幕看到自己。直到一切准备停当，这才小心翼翼地按下了"接听"键。

"喂，是你吗？"苏骁把自己的声音尽量放轻，以便让对方在电话那头听起来不觉得刺耳，尤其是在这空气几近凝滞的夜晚。

"是你妈！"对面却传来一个男人的声音，凶悍且粗鲁，"你他妈谁啊？深更半夜的装什么情圣！乱发什么短信！吵死人了！寂寞了空虚了无聊了你他妈去找小姐啊！少他妈的在这儿装纯情……"

对方一通乱骂，苏骁脑袋"嗡"的一下大了起来，刚才本还澎湃万分的心一下子便又跌进了绝情谷底。

苏骁索性把手机丢到了一旁，也没心思去按挂机，任由对方在电话那头絮絮叨叨地骂个没完没了。又不知过了多久，大概对方见苏骁没有回应，自觉无趣，才挂断了电话。

"这药是过期的吧？"苏骁又一头扎进了枕头里，心中无限悲愤，仿佛那些想要服毒自杀的人买到假农药一样。可他找不出任何理由去怪谁，这瓶药丸本来就什么都没有，没有药品名称，没有生产企业，没有产品批号，更没有有效期。光凭着一个药品类目苏骁就指望它能够为自己排忧解难，似乎有些期待过高了。

苏骁索性把手机也丢回床头柜上，毕竟，他还指望睡个好觉。可是，刚刚放下手机，电话铃声却又响起。

这回苏骁打定了主意，如果还是那个粗鲁的男人，他一定把对方骂个屁滚尿流。苏骁觉得反正自己睡不着，有个人陪着对骂一阵也还不错，既舒缓心情又消磨了时间，没准儿还可以加速血液循环促进睡眠。想到这里，苏骁懒洋洋地将手机拿到了耳边，看都没看便接通了电话，等待着那头的"狂轰滥炸"。

"小苏……你好吗？"电话那头传来一个温柔的女声。

第六十节

苏骁不禁呆住了，张着嘴半天没说出话来。

"喂？"那边又连着"喂"了好几声，听不到这边有半点回音，不禁自言自语地说，"难道睡着了？"

这一刻，苏骁的心再次地被撩拨起来，生怕对方挂断电话，忙对着话筒说："我在我在，别挂电话！"

"噢……"她应了一声，仿佛又陷入深深的思索，半天才再次出声，"我是阿檬，这么晚打电话，不会打扰你休息吧？"

苏骁轻轻一笑，心中感到一种莫名的喜悦，不禁柔声说："我当初就跟你说过，无论什么时候什么地点，我的电话都为你保持畅通，即便如今我没在你身边。"

"噢……"对方又长长地应了一声，似乎脑子里还在组织着言语。隔了很久，仿佛两人都在等待对方先开口。终于，欧阳檬又开口了："我过几天去 H 市。"

"你骗我的吧？"听到她说这话，苏骁几乎要从床上蹦起来。又或许，在这样的时候，即使欧阳檬骗他，苏骁也会心甘情愿地相信这是真话。

"你真的要来？"苏骁又试探着问。

"我在 H 市找了份工作。"欧阳檬在那头，声音依旧轻柔。但苏骁完全可以听出她声音中所包含的激动。从这点点滴滴的激动中，苏骁完全可以想到，分别这么久以来，欧阳檬为了重逢的这一天所付出的，远比自己所做的多得多。

"你现在怎么样？"欧阳檬清了清嗓子，也许是借此稳定情绪，才又试探着问苏骁。

"我……"这回反倒换成苏骁有些拘谨了。他完全明白此刻欧阳檬问话的含义。面对这名千里迢迢来到自己所在城市的女子，无论怎样，她的付出都值得苏骁用一辈子来珍惜。更何况，这名女子是苏骁朝思暮想的欧阳檬！

"我爱你！"终于，苏骁再没有任何犹豫、没有任何虚伪地说出了这三个字。

听到这三个字，欧阳檬沉默了。苏骁细细听去，电话那头似乎传来一阵细微的抽泣声。苏骁不禁安慰说："亲爱的别哭！无论从前发生过什么，都已经过去，我们最终还在一起才是最重要的！"

"你知道我有多想你吗？"苏骁仿佛为欧阳檬拉开一道闸，让她将珍藏了许久的泪水在这一刻全然释放出来，她几乎是哭喊着对苏骁说出的这句话。而欧阳檬的情绪，也同样感染着苏骁，令他想要立刻紧紧抱住她、亲吻她，用他全身心的爱去抚平自己给她造成的伤口。

在苏骁的安抚下，欧阳檬在电话那头渐渐平静下来。她没有变，依旧爱他如昨；而苏骁从骨子里也从未曾改变。唯一有所改变的只是时间。时间想要拉远两个相爱的人，却在不知不觉中让他们靠得更紧。

"早点休息吧！"末了，苏骁心疼地说，"等你来了，我们可以在抱一起说三天三夜的话，不是吗？"

"你记得吗？"欧阳檬仿佛在微笑，笑容通过无线电波深深映射在苏骁心里，"当初我跟你说过的话。"

"怎么会忘呢？"苏骁柔声说，"死生契阔，与子成说；执子之手，与子偕老……"说着，他忽然停住。

"怎么了？"听见苏骁陡然刹住，欧阳檬似乎紧张起来，声音开始有些颤抖。

"对不起，阿檬！"苏骁带着深深的歉意说，"当初，我是那么自私，为了梦想竟然选择放弃你，却不知其实我的梦想就是和你在一起，平平淡淡、快快乐乐，我……"

"傻瓜！"欧阳檬又笑了，"爱情是两个人的事，只要有一个人不离不弃，一切就都还有希望。我们现在不就挺好吗？"

欧阳檬的言语如同黑暗中燃起的一团明亮火焰，点燃苏骁心头明灯，就连他一直皱着发疼的额头，这一刻也全然被她抚平。直到苏骁不停地催促她休息，两人这才结束了久违的情话。

挂断电话，苏骁忽然觉得一阵倦意袭来，放下了手机便即刻睡去。或许，当人的复杂而浮躁的心境重新归于单纯之后，一切都会变得简单，就连睡眠也是一样。

一阵迷糊之中，苏骁觉得有点冷。他极不情愿地将眼眯成一条缝，窗外天已大亮。苏骁想拿手机看看时间，却突然发觉双手已不听使唤。

"我的手呢？"苏骁一惊之下，睁眼四处寻找，只看到自己双手正放在被窝外面，其中一只还搭在床沿边，紧紧握着手机。

"还好还好，还在还在！"苏骁这才放心地又闭上眼，同时试图把双手收进被窝里。无奈一双胳膊在被窝外"露宿"一夜，早已麻木得全无知觉。苏骁略一使劲，只听"啪"的一声，手机落在地板上，将他的瞌睡虫彻底赶回了爪哇国。

"一大早的……"苏骁发觉手上的麻木感实在没那么快能够恢复，索性将脖子缩了缩，往被窝深处钻去。

"小苏，你醒了吗？"门外忽然传来韩天的声音。

"没呢……"苏骁躲在被窝里，嘴里发出含糊不清的回应。

"看来沙发上的外套你已经看到了！"不知什么时候，韩天已经站在了床边，在一个最不应该的时刻提起最不该提起的话题。

"别闹……让我再睡会儿……"苏骁的表现让韩天觉得他确实是没睡醒，"昨儿跟阿檬聊了一宿……困死了……"

"哦？那可要恭喜你了！"韩天的语气仿佛带着怀疑与讽刺，"看来你也跟外面那些喜新厌旧的花花公子没什么区别嘛！"

"你说什么？"苏骁听见他这么说，立即从被窝里钻出来，瞪着韩天说。

"孙晓钰走了，只留下这件外套。"韩天表情显得冷漠而难以亲近，以至于这句话从他嘴里说出来更像一种哀悼。

"你说什么？"苏骁浑身一震，慢慢坐直了身子，仿佛感觉不到外界的寒冷。

"你接着睡吧，我要去上班了！"韩天眼神中流露出一丝怜悯，而那眼神转瞬即逝，取而代之的仍是冷漠。

"你站住！"苏骁忽然跳下床，喝止住韩天离去的脚步。

韩天依言停住，却没转身。

"告诉我，你是骗我的！"苏骁绕到韩天跟前，狠狠摇着他的胳膊。

"你看我的眼神，像是在骗你吗？"韩天甩脱苏骁的手，依旧显得淡定。那些事事不关己，他也无谓为之付出更多一丁点情感。见苏骁不言语，韩天绕开他又要走。

"不对！"苏骁忽然回身拉住他，"你在哪里拿到我外套的？"

"安西路46号。"对那个神秘的地址，韩天背得朗朗上口。显然，他对那个位置也很熟悉。

"少骗我，那个地方根本不存在！"苏骁在这一刻仿佛失去了对韩天的信任，又或许他只是不相信自己，"不然你带我去那个地方，去安西路46号！否则我不会相信你说的话！"

"你爱信不信！"韩天将眼一翻，露出对苏骁的不屑，"没空跟你闲扯，我说的都是实话！"说罢又要走。

"等等！等等……"苏骁心里仿佛有许多悬而未决的疑问，只得毫不顾忌颜面地拖住韩天。

韩天再次停下，终于开始正眼看苏骁，仿佛在等他所要说的话。

"你去她家里，这衣服是谁交给你的？"

"那该是她父亲，"韩天一边看着苏骁一边细细回味，"一个瘦瘦高高的男人，很有品位！"

第六十一节

　　此时此刻，韩天的每一个字一经说出口，都对苏骁造成非同一般的刺激。直到最后，苏骁终于再也说不出什么言语了，韩天才摇摇头转身离去，仿佛对苏骁失望至极。

　　"不可能！不可能！不可能……"这次苏骁终于不再阻拦韩天离开了，只是呆在那里一个劲地说着"不可能"，他的脑海里仿佛有一对矛与盾相互激烈地碰撞，每擦出一阵火花，都引起苏骁一阵颤抖；而每一阵颤抖，都引发他无数联想，比如"那个矮个儿男人是谁"，比如"究竟安西路46号在哪儿"，再比如"究竟高个儿男人是她父亲还是那个矮个儿"……事实上，苏骁最想了解的还是孙晓钰究竟是死是活。最终，在一系列纠结与彷徨之后，苏骁选择接受韩天传达的噩耗——因为韩天是不会说谎的。就在那一刻，苏骁落下一滴泪。

　　苏骁的泪很凉，如同此刻他的心。只是当他想要落下第二滴泪的时候，他止住了。

　　"不！旁人与我无关，我应该一心一意对待阿檬！"苏骁觉得，这一刻他急需欧阳檬的安慰。

　　"手机！我的手机！我的手机呢？"苏骁忙碌起来，在卧室里四处寻找自己的手机，最终看到静静躺在地板上的手机。

苏骁拾起手机，努力寻找着。

"我知道她不会怪我的！"苏骁一边努力滑动屏幕一边自言自语。他知道距离上次和欧阳檬通话，仅仅过去不到五个小时，然而他现在揣着一颗几近破碎的心，他觉得只要听听欧阳檬慵懒的声音，他就能立刻原地满血复活。

"在——哪——里——在哪——里见过你……"苏骁一边翻看着通话记录一边哼着歌，强迫自己装出轻松的样子。然而这点虚伪很快就装不出来了，因为他发现通话记录里根本没有欧阳檬打过来的电话。最后一条通话记录还停留在郑辉强的名字上。之后发生的一切往来，仿佛被凭空删掉。

"怎么会这样？"苏骁双手紧握住手机，脸几乎贴在手机屏幕上。此刻的他恨不得钻进手机里去，将昨晚那段溢满思念与温情的通话找出来。

"绝对不可能！我明明……"尽管在这样的时刻苏骁更热衷于用自言自语的方式来表达，但此时他根本说不出话来。

苏骁忽然感到一阵眩晕，就势倒在地上，四仰八叉地望着天花板。他用双手死死贴住地板，让自己身体保持稳定。可这时天花板却又旋转起来。最终，他只能选择紧闭双眼，天旋地转的感觉让他感到困倦。

不知过去多久，苏骁忽然觉得冷，睁开眼，他才意识到自己正穿着睡衣躺在地板上。

"这世上会不会有自投罗网的神经病？"苏骁并没有立即爬起来，反而自言自语地做了个决定，"没准儿我将是第一个……"

"哪里不舒服？"苏骁坐在医院精神心理科诊室里，两鬓斑白的医生循规蹈矩的问诊方式令苏骁昏昏欲睡。

"呃……晚上睡不着……"苏骁捂着刚打完瞌睡的嘴含糊不清地说。

"那白天睡得醒吗？"医生手扶着眼镜，抬眼望着苏骁，额上挤出的抬头纹像原生态的梯田。

苏骁白了他一眼，没有说话。

医生摇了摇头："要不给你开几片安眠药吧。"

"庸医！"苏骁在心里暗暗骂道。

"实在睡不着的时候吃一片。"医生补充说，"我跟你这么大的时候能吃能睡。平时放宽心，天大的事儿到了明天都是小事儿……"

医生长篇大论说了一堆道理，在苏骁看来倒不如几片安眠药来得实在。

"小苏？"正当苏骁琢磨着如何尽早让眼前这位老学究停下说教的时候，门外走进一个戴眼镜的医生，"你又是哪里不舒服了？"

"我……"苏骁忽然看见施彬大剌剌地走进来，不禁有些尴尬。

施彬对那正在说教的医生点点头，而后看着苏骁，那眼神仿佛有些恨铁不成钢。

"到我这儿来，咱们说说你的病！"施彬在诊室里转了一圈，忽然拍了拍苏骁的肩膀，明目张胆地说。

苏骁看了看施彬，又看了看面前的医生，仿佛很难抉择的样子。

那医生悠闲地笑了笑，对苏骁挥了挥手，那意思仿佛是说"快走快走"。苏骁这时候才隐隐觉得，施彬与这位医生之间似乎建立着某种联系，这种联系更像是一种契约。有的时候只需要一个眼神，另一人就心领神会。

苏骁跟在施彬后面，忽然有种身不由己的感觉。自己仿佛成为施彬的猎物，任由对方带回巢穴。

施彬的诊室和其他诊室无二，却让苏骁感觉异常地冰冷。施彬指引苏骁坐下，自己坐到他的对面。

"你打算亲自给我看病么？"苏骁面对这架势有些心底发怵，却死也不愿表现出来，于是刻意地装作镇定，却让自己显得更加惊惶。

施彬使劲在抽屉里翻找着，一边找一边说："我想我有能力帮助你，解决那些不愉快的过往给你带来的阴影，前提是你得配合！"

苏骁干瞪着眼，看着施彬忙前忙后，感觉自己完全插不上话。

终于，施彬从抽屉里翻出一份文件放在苏骁面前。苏骁凑上去看，只见那文件封面上赫然印着"乐梦计划"几个字。

"什么鬼！"苏骁一脸茫然地翻开文件，里面密密麻麻的文字登时令苏骁一个头几个大，咂着舌头合上文件看着施彬，仿佛在用眼神催促对方赶紧娓娓道来。

施彬的笑容显得很诚恳，立刻满足了苏骁的愿望。

"乐梦计划是我的一项研究课题，希望通过改变现有某种安眠药的作用机制，提升其作用效果，为人类带来最完美的睡眠环境。"施彬在为苏骁讲解的时候，处于一种近乎亢奋的状态。显然，他对自己的研究成果相当满意。

"这个……"苏骁一头雾水地看看施彬又看看那份文件，将信将疑地问，"你的意思是要我参加这个乐梦计划？"

施彬点点头，从抽屉里拿出一个白色塑料瓶放在桌上，上面贴着手写的标签"乐梦"。

"我了解你，但是更了解它！"说着，对白色塑料瓶努了努嘴，"所以很清楚你们两者各自的需求。"

苏骁眼巴巴地看着那白色塑料瓶，好奇地想要伸手去拿，却被施彬随手握在手里，用另一只手指着它说："乐梦，我和我的团队划时代的产品，集合了药理学、电生理学、生物分子学等多个学科的研究成果。虽然目前尚处于临床试验阶段，其效果却已经大大超乎我们研发团队的意料。假如它可以成功上市，一定会引起全球性的轰动！"

第六十二节

苏骁看着施彬的一举一动，忽然觉得他已经完全拥有了传销团队首席讲师的潜质。

"我觉得你在坑我！"苏骁盯着施彬，忽然站直了身子直言不讳，"咱们这么好的关系你拿我做临床试验！你还是人吗？"

施彬看着苏骁，忽然笑了，直到收起笑容才摇头晃脑地说："真是我本将心向明月，奈何明月照沟渠啊……我处处为你着想，你却这么不知好歹！"

苏骁将信将疑地看着他："你是不是骗了很多人来试用这个药？"

尽管苏骁说话难听，施彬仍是不紧不慢地解释："乐梦的所有审批程序都是一步一个脚印走下来的，每一个受试者都按法定程序签订了试验协议。将来它肯定是国产良心药的典范！"

施彬这么说，苏骁又觉得他像极了电视购物里面说个没完没了的主持人。

"只要八十八，破盘价八十八，你去到世界任何一家医院任何一家药店都买不来的国产良心药！破盘价八十八，国产良心药你就抱回家……"苏骁索性配合施彬演上一段。

"别闹！"施彬对苏骁恶趣味的玩笑有些反感，却又像是满不在乎，仿佛在饱受非议的处境下已练就金刚不坏之身，能够自动免疫外来的各种嘲讽。"到目前为止，加入乐梦计划的人对我们的研究成果都是赞不绝口。它绝对能给你带来完全不一样的睡眠体验！"

"我应该怎么做才能加入这个……乐梦计划？"苏骁不禁有些心动，态度变得诚恳起来。

"我们通常会跟自愿受试者签一份协议，在协议中明确双方的权利和义务。"施彬推了推眼镜，诊室里柔和的光线在他的镜片上蒙上一层淡淡的光幕，让苏骁无法看清他的眼。只听施彬接着说："对于受试者我们也是有严格筛选的，不能有任何基础疾病或慢性病。签订试验协议的自愿受试者我们通常会定期发放一定金额的补贴。最重要一点，受试者因试验过程造成的任何身体不适都可以在本院得到无偿治疗，并且可以随时无条件地退出这项计划。据我所知，到目前还没有哪位受试者申请退出。"

"听起来很诱人啊！"苏骁吐了吐舌头，小心翼翼地拿起"乐梦计划"那份文件，一副犹豫不决的样子。

施彬仿佛看穿了苏骁的心思，将那白色塑料瓶递到苏骁面前说："咱们老交情了，药和文件你都先拿回去，文件里有乐梦计划的所有资料和相关介绍，如果有需要，你在文件的最后签上名字，就可以参与到试验。鉴于首次受试，这瓶里只有三片试片。等到你按照需要服用完之后，如果觉得还有需要或是对药物可以耐受，就再来找我。"

苏骁一手拿塑料瓶一手拿着文件，忽然有种踌躇满志的感觉，尤其是在接到昨晚那亦幻亦真的电话之后，他觉得自己有些认同施彬劝他时所说的那些话："寻找阿檬就像一场马拉松，你得在体力与耐力并存的状态下才可能达到终点……"

苏骁点点头，把白色塑料瓶举到施彬面前郑重其事地说："虽然我更希望你帮我寻到一劳永逸的解药，但在那之前，我就靠它来撑过这些难熬的日子吧！"

施彬一怔，随即摇头说："药物充其量只是一种工具，帮助你获得一种更为理想的生理状态，千万不要觉得有了它就可以有恃无恐了，更不要对它产生依赖。我建议你每次用药最好能够间隔三至五天。尽管到目前为止它的表现近乎完美，可越是这样越值得加强关注。我可不希望它成为你的精神鸦片！"

苏骁离开的时候，一直把手捂在装有乐梦的口袋上，直到在医院门口，看见孟恬红着眼魂不守舍地埋头往医院里赶时，他才慢慢把手放下来。

"怎么这么巧！"苏骁心中一沉，却仍主动迎上去打招呼。

孟恬突然被苏骁上前搭讪，仿佛见到鬼，惊魂未定之下见是苏骁，一双通红的眼更像是决口的大坝，泪水倾泻而出，反倒让苏骁手足无措。

"好好地你怎么又……"苏骁正想问，孟恬却突然扑进他怀里，泪水更加汹涌。

"你……你干什么……"苏骁顿时觉得脑袋一炸，随后说话都不利索，脸上一阵红一阵白，两只手悬在空中放在哪里都不合适，"你……你别这样……这……这人来人往的……看到不好……"

"刘大爷他……去世了……"孟恬一边哭一边说。

苏骁听到这个消息的时候，终于不再言语，对孟恬的悲伤似乎感同身受，于是任由她在自己怀里时而嚎啕、时而抽泣。孟恬身上的馨香阵阵扑鼻，让他觉得这是一种极为亲切的感觉，索性也不再抗拒，伸手轻轻抚摸着她的背脊。

忽然，苏骁有了种异样的感觉，他觉得自己像某种温顺的小动物，正被蹲守在身边的野兽虎视眈眈地盯着，随时可能被扑倒在地，撕烂脖子。感知到这种危险的信号，苏骁警惕地侧头张望，却看到韩天不知什么时候已经站在了旁边，用一种复杂的眼神看着自己抚慰着他的前任女友。

"韩……韩……哥……"韩天的眼神令苏骁感到紧张，他觉得自己忽然间像一个初次犯错的小学生，无辜却又尴尬。于是，他轻轻推开孟恬。

反倒是韩天显得极为大度，除了一贯的冷漠更甚，并无太多表情变化。对苏骁轻轻点头过后，他还刻意装作很客气的样子同孟恬打招呼。

"刘大爷在医院？"三人关系不再显得尴尬之后，韩天忽然问话，显出了他此行的目的。

　　"刚接到电话，刘大爷已经去世了……"孟恬点点头，仍旧轻声抽泣。

　　"别难过！"韩天伸出手，想去拍拍孟恬的肩膀，可手伸出一半却又硬生生停下悬在空中，这动作保持几秒钟之后，他终于又将手缩回去，同时补充说，"对他来说也算是种解脱。"尽管韩天说这话时表情凝重，旁人听来却仍觉得颇有些轻描淡写的味道，就连在一旁的苏骁也不禁感叹世态炎凉、人情冷暖。

　　孟恬红着眼，痴痴望着韩天，面对那双近乎无情的双眼，她缓缓低头呢喃："我们由他开始，是否也意味着到此结束呢……"

　　韩天对孟恬的低语充耳不闻，苏骁在一旁却有些按捺不住。

　　"见过无情无义的却没见过这么翻脸不认人的！"苏骁忿忿地说，"郎既无情妾何必有意！从今往后，索性大路朝天，各走一边，活该这小子打一辈子光棍！"

　　苏骁走在两人中间，左边一句右边一句地絮叨着，却令韩天与孟恬两人彻底平静下来。后来苏骁也觉得无趣，看看左右，发现不觉已随着韩、孟二人走到了急诊科，不远处蒋诗雯正坐在椅子上低低抽泣。

　　"雯雯！"孟恬见状，不禁迎了上去，轻抚着她陪她一道哀悼。

　　"看来……刘希的确是凶多吉少了……即便他爹去世也没有再出现……"韩天看着眼前悲伤的人们，冷不丁冒出这么一句。

　　韩天的话，在这一刻显得那么刺耳，立刻遭来其余人的白眼。然而韩天似乎并不在意旁人的看法，甚至打算将仇恨一拉到底。他缓缓坐到蒋诗雯另外一边，悠闲地靠在椅背上，像个精神病人一样自言自语："这样的话有一件事就可以确定了……"

第六十三节

　　正当苏骁用一种厌恶的眼神看着韩天时，刘大爷的尸体被罩在洁白的遮尸布下推出来。蒋诗雯当下哭出声来，那感觉似乎是悲伤过了头，眼泪像断了线的珠子一般，也赚足了孟恬的眼泪。

　　韩天突然站起身，三步并作两步来到放置刘大爷尸体的推车前，在众人猝不及防之下将刘大爷的遮尸布掀开。

　　"你干什么！"伴随着在场女性齐声发出的惊呼，苏骁如同狂暴的野兽一般，冲上来一拳招呼在韩天的脸颊上。韩天身子微微一晃，当苏骁愤怒地想要再挥拳相迎时，却被韩天伸手拦住。

　　苏骁不能理解韩天一系列异常的举动，在韩天所指之下却不禁呆住：刘大爷安然躺在推车上，面上没有一丝死亡的迹象。身上整整齐齐穿着睡衣，如果不是在医院，谁都会认为他睡着了。然而，苏骁却在刘大爷的睡衣上发现一圈血迹。

　　"你们想干什么，请你们尊重死者！"推着车的护士见状，不禁对苏骁嚷了起来，只是嚷嚷中带着三分怯意，大概这也是她这辈子第一次见到有着这么奇怪甚至变态嗜好的人。

　　然而在韩天的带领下，苏骁变得更加癫狂。他迫不及待地将刘大爷衣服拉开，里面露出青灰色的皮肤。在腰部的位置，有一个圆形却并不规整的伤口。

"怎么会这样……怎么会这样……"苏骁看到这个伤口的时候，尽力捂住嘴以掩饰自己的惊惶失措。然而那个圆形伤口早已结成略带红色的黑色血痂，仿佛化作一张带血的嘴，尽力张大了来嘲笑苏骁。

"是我杀了他……是我杀了他……"苏骁忽然想起从酒吧里带出来的那个空酒瓶，豆大的汗珠从额上渗出来。他的嘴像失控的机器，不断重复着自己的判断。所幸他一直用手捂住嘴，声音并不大，却将其余人的目光尽数吸引过来。

"护士小姐，我是警察，这位老人的死因你们查清楚了吗？"苏骁正失魂落魄地演着独角戏的时候，却听见韩天在一旁向护士询问，不禁好奇地侧头去看。只见那护士一脸错愕地看着韩天，仿佛极度怀疑的样子。直到韩天亮出证件，对方才略有些不自信地轻轻回答："医生还没有给出结论，初步估计……老人死于心肌梗塞……"

护士的话一经说出口，蒋诗雯在一旁哭得更厉害了，那种悲伤的情绪也将孟恬也带进眼泪的海洋里游不上岸。

也许是问题得到了解答，韩天也不再说什么。护士这才将刘大爷衣服整理好，继而盖上遮尸布缓缓推走，留下一脸不解的苏骁呆呆地目送她的背影。

"可是……"护士推着尸体走远了，苏骁忽然将头转向蒋诗雯，说话不再遮遮掩掩，"不是我杀了他，可他为什么要杀我！"此刻苏骁说话时目露凶光，仿佛要将那晚险些丧生车轮下、湖水中的账全算在蒋诗雯头上。

"或许……"韩天似乎与苏骁形成了一种默契，陡然将头转向蒋诗雯轻声说："我才是他的最终目标！"韩天的声音逐级增大，仿佛带有自身情绪的升华："可是……为什么……他为什么要杀我？"

此刻，面对眼前两个男人的质问，蒋诗雯依旧沉浸在悲痛里，仿佛他们全然不存在。这反倒令孟恬颇为她担心，正想为她解围时，蒋诗雯却缓缓止住眼泪，带着轻声的抽泣说："事到如今，爸爸已经不在了，那些事本应该当作谜永远不再提起。可韩警官是爸爸的恩人，他这样对待韩警官实在是迫不得已……"说到这里，蒋诗雯接过孟恬递过来的纸巾擦了擦眼泪，轻轻叹了口气说："爸爸对刘希实在太溺爱了……恨不得为他剔除人生路上所有困难，甚至不惜以身试法……"

韩天疑惑地看着她，脸上的诧异神情反不如苏骁那么明显。也许他早已对此有所猜疑，只是一直不愿加以印证，只想在事后了解所有细节。

原来，刘大爷来到城里后，发现刘希不仅好赌，还欠下一大笔赌债，不禁头痛不已。眼见儿子每每被人上门逼债，刘大爷更是心如刀绞。最终，刘大爷决定依照自己的方式来保护自己的儿子。

"照你这么说，强哥的几个手下都是被刘大爷给……"苏骁没有说下去，只是用手比划着。

蒋诗雯点点头。

"可是不对啊……"苏骁忽然想起那晚在路上看到熊三时的情景，路上分明空无一人，难道那晚不止熊三喝醉了，连自己和韩天也都喝多了不成？

"不要小看老爷子从农村来，更不要小看他一把年纪，"蒋诗雯带着崇拜的表情说，"无论是智慧还是力量，他都远超过其他很多人！"

为了对付熊三，刘大爷花半个月时间摸清了他的习惯，知道了他常常喝酒喝到深夜才回家，路上总喜欢横穿马路并且要翻越一段交通护栏。于是每天晚上都在那一段交通护栏上浇水。冬天夜里冷，到凌晨时水都结了冰，正常人踩在上面都觉得滑，更不用说一个醉鬼！"

"常在河边走，哪能不湿鞋！熊三运气不好，最终碰上运气更不好的张心武开车经过，于是就……"苏骁恍然大悟，忽然对刘大爷的智慧产生了由衷的佩服。

"可是郑阿桂那种资深专业打手，刘大爷又是怎么把他从烂尾楼上推下来的呢？"韩天仿佛也折服于刘大爷的巧妙布局，忽然问话。

"爸爸以刘希的名义开了张银行卡，里面存着他大半辈子的积蓄。他用这张银行卡作诱饵私下里联系郑阿桂，以替刘希还债的名义去了那栋烂尾楼。

结果你们是知道的。当然，面对郑阿桂那样的打手，想全身而退也是不太可能的，所以……"

"所以那晚刘大爷去急诊科是因为刚刚和郑阿桂进行了一场搏斗！"苏骁想起那晚在急诊科的碰面，不禁恍然大悟，"看来那时刘希也是才知道这事，虽说大发雷霆，实则是出于对刘大爷的关心啊……"前前后后比对起来，苏骁忽然觉得刘希这人也并非一无是处，至少他也是条一人做事一人当的汉子。

"和前两次比起来，干掉李二毛那次就显得太……"韩天忽然接着说，"太粗暴了！当然，对待李二毛直接一点比较有用！"韩天独自喃喃自语，仿佛在回忆中带有几分快意。毕竟，他自己的性命也曾险些坏在这个地痞手上。

"可事到如今，把他们全都杀光也没法让刘希回来了……"苏骁有些惋惜，随口一说之下却听韩天接着说，"似乎还有一个郑辉强仍然活着……"

"可是当老公和亲生父亲产生纠葛的时候，你会选择站在哪一边呢？"苏骁忽然感到好奇，于是口不择言。

兄弟俩一对一答说起来似是无心，却让在场其他人纷纷正色、各有所思。

第六十四节

苏骁再次从医院离开的时候，左边跟着韩天，右边跟着孟恬。韩天一边走一边悄声同苏骁耳语说："我还有事，麻烦你，送送她。"

苏骁看了眼还沉浸在刘大爷之死中的孟恬，也学着韩天的样子郑重其事地凑到他耳边悄声说："这个责任太重大，要送你自己送！"

韩天仿佛打了一场不战而败的仗，最终垂下头继续往前走。

"对了！"苏骁忽然一拍脑袋，大喊一声。

"干什么，一惊一乍的！"韩天不忿地吼起来，也不知是真被苏骁吓到，还是因为之前遭到苏骁的拒绝而心有不平。

"你们俩先走，我在医院还有件重要的事儿！"苏骁忽然想起李黛娜的那本病历，刚才一心解决自己的问题，却忘记了跟施彬提这一茬儿。

"有什么大事儿也先跟我们走一趟！"韩天此刻心里认定了苏骁醉翁之意不在酒，更不打算放他离开，于是伸手将他脖子搂住，显出一副"哥儿俩好"的和谐场面。

"真有事儿！"苏骁使劲一挣，却没挣扎开，只得快快地说，"有件很重要的事儿我一定要弄清楚！"

韩天看了眼孟恬，再看看苏骁，不禁一拍胸脯说："天塌下来都有哥给你扛。"

"真的？"苏骁斜着眼看他，嘴角露出一丝得意的奸笑，那意思似乎在说："小样儿，看我还治不了你？"

韩天看到他的表情，似乎明白了什么，然而为时已晚，只听苏骁忽然收起所有表情，郑重其事地说："对不住了哥，前天在你房里，我翻出了一本病历，一本只有封面、中间都被撕干净了的病历……"苏骁的声音越来越小，因为除了本身做贼心虚之外，他发现韩天的表情已经在慢慢发生着变化，也许只是因为孟恬在一旁才没有立刻发作。

"要不，你说说病历的内容吧……"也许是有恃无恐，苏骁索性将自己最关注的提出来，要求当事人解答。

韩天忽然停住脚步，眼里充满了愤怒，随即转为忧伤，之后又变作惊恐，仿佛太多事藏在他心底被一股脑儿挖出来，令他脸上呈现出多种情感。最终，他像一个泄了气的皮球，表情归于平淡，仿佛生无可恋。

"我也很好奇，"将这一切看在眼里的孟恬忽然说，"究竟是怎样一个人，能让你从癫狂转向遗忘，而当你记起来的时候，却又满心恐惧！"

孟恬的话像一桶冰水，劈头盖脸浇到韩天身上令他透心凉的同时浑身还打着哆嗦。

"回答我，娜娜究竟得了什么病？"孟恬的话仿佛给了苏骁极大的勇气，让他有胆量当街审问韩天。

韩天不住地颤抖，也不回答苏骁的问话，甚至不正眼看苏骁一眼。

"回答我！娜娜是不是有抑郁症？"此时的苏骁看起来已经完全占据了主动权，任由他如何咆哮，韩天都只是保持缄默。很快苏骁就意识到，自己的这种主动权已经在韩天的沉默中变作了一种被动。苏骁看着韩天的样子，就像喝醉酒的老子见了考试不及格的儿子，除了道理其余都能讲得通。最终，苏骁按捺不住内心的冲动，飞起一脚踹在韩天身上。韩天木讷地挨着踹，身子微微晃了晃，仍是不说话。

"你说啊！你说话！"韩天的样子惹得苏骁怒火中烧，正想再伸腿的时候却被孟恬从身后拉住。

"娜娜的病一定不是一开始就有的，她是受了什么刺激吗？"孟恬站到苏骁与韩天的中间，关切地扶着韩天的胳膊柔声询问。

当韩天被孟恬的手触到时，浑身又是一震，仿佛在经历过苏骁暴风骤雨般的质问过后，孟恬的温言软语成了一剂抚慰心灵创伤的圣药。他略显呆滞的目光缓缓移向孟恬，上下打量着她，仿佛在面对一个素未谋面的陌生女子，最终韩天轻轻"噢"了一声，眼神里的戒备逐渐松懈下来。

"娜娜的事情，告诉我好吗？"孟恬发觉韩天眼神里的变化，不禁趁热打铁追问。

"娜娜……娜娜……"韩天嘴里默念着这个名字，抬头望向远方，仿佛在浩瀚的记忆长河中寻找与之相对应的片段。

"啊！"不知韩天把"娜娜"二字念叨了多久，在苏骁和孟恬都快听厌的时候，韩天终于完成了记忆检索，如释重负般重重吐了口气。

"是不是想起来了？"见状，苏骁不禁欣喜若狂。

"不——"韩天忽然双手抱头蹲在地上，仿佛极为痛苦的样子。

"韩天！你怎么了？"苏骁和孟恬立刻围了过去，关切地问。

"是我害了她！"韩天抱住头的手不住颤抖着，"是我害了娜娜……"

"如果你觉得痛苦，就不要再去想了，事情已经过去，就算是娜娜她也不会希望你这个样子！"孟恬看着韩天痛苦的样子，不禁心疼地落下泪。

就在孟恬劝说韩天的同时，苏骁根本不在乎韩天的痛苦，跪在韩天身边，双手撑在地上把嘴凑到他耳边，毫不避讳地大声说："娜娜那么爱你，最后又死得那么惨，你却把她忘了！你不能面对的究竟是娜娜还是你自己？"

"你不能这样！"孟恬忽然大声对苏骁说，"你不要再逼他了！你真的想把事情都搞僵吗！"

苏骁抬起头与孟恬四目相对，这让孟恬陡然感受到一阵平地里袭来的寒意。孟恬想要站起身，却因重心不稳一个踉跄坐到地上。孟恬挣扎着想要站起来，却有一只手友好而及时地伸到面前。

韩天把孟恬扶起来站定，轻轻叹了口气。

"也许小苏说得对！我不仅要面对娜娜，更应该面对自己！孟恬，对不起！我们还是分手吧！如今刘大爷已死，你我再也没有交集，以后也不需要再联系了！"

韩天说话如此决绝，连苏骁都感觉到诧异。

"你铁了心要跟我分手，就是因为娜娜吗？因为那个已经去世两年多的女人？"终于，孟恬有些激动，可生性恬静的她却连争吵都很温柔。

第六十五节

"那本来是另一个故事，一个我本已经遗忘的故事！"韩天语速相当慢，仿佛是在努力将刚刚找回来的记忆碎片重新拼成完整的回忆。"那个时候我刚调到刑警队，娜娜则刚毕业在一家学校教书。我们本来准备攒够一笔钱就结婚，可是……"

面对身边人的焦急眼神，韩天却越发显得慢条斯理，仿佛是又整理了许久头绪才接着说："当时我跟着队长接手了一件大案子，我们连调查带走访，到潜伏，到最后实施抓捕，前前后后折腾了两个多月。当时那个案犯叫……叫什么来着……"韩天使劲拍了拍脑袋，又是一阵细细的思索。

"对，王大冲！这名字我应该一辈子都记得！毕竟是我当警察以来击毙的第一个罪犯。"韩天又轻轻拍了拍脑袋，苦笑着说，"当时那王大冲简直可以用穷凶极恶来形容，接连伤了我们好几个同志。迫不得已的情况下，我开枪把他击毙了！当时为这事儿，我还立了功升了级……"

"未必是好事儿啊！"苏骁一边听着韩天的故事，一边淡淡地评论。

"的确！"韩天点点头，"王大冲死后没多久，我和娜娜的生活彻底被改变了。泼油漆、恐吓电话成了家常便饭，连作为警察的我都几乎扛不住压力，更不用说刚刚走出校门的娜娜了……"

"所以，娜娜患上了抑郁症？"孟恬对这段故事颇为投入，又或许她所关心的只是韩天与娜娜的过往。

韩天又点点头，眼神中透着无奈和懊悔："那时候娜娜苦苦哀求我，希望我改行，希望我不要再做警察，可是……"

"依你那倔驴似的脾气，可能听嫂子的吗！"这时候的苏骁似乎已经达到一种境界，往日在韩天面前的唯唯诺诺早已不复存在。而韩天根本没打算和自己的弟弟去计较这些，只是继续点头、继续叹气、继续诉说。

"当时我也是年轻气盛，一心只想着邪不压正，却没考虑那时候的娜娜是有多害怕。于是，我越较真，那些坏人也越来劲，直到有一次他们玩得过分了，险些把娜娜烧死在家里，我才彻底认识到事情的严重性。可尽管我救了娜娜的命，却救不回娜娜的心。从那以后，她的症状更加严重，出现了各种幻觉、各种妄想。那时候我觉得我唯一能做的就是给她吃药，只有当她沉沉睡去，我才会觉得那是我的娜娜、我的未婚妻……"

"可她的梦里，未必像你那么安逸！"苏骁此刻脸色铁青，他已经完全能够理解那次梦里娜娜的心情。

"你为什么总要那么倔！"苏骁忽然伸手推了韩天一把，他一想起娜娜生前所遭受的那些痛苦，心就如同刀绞一般难受。"如果你不逞能，如果你不当警察，没准儿娜娜现在还活着！你才是害死娜娜的罪魁祸首！"

苏骁胸中一口气涌上来，他捏紧了拳头向韩天冲去，却被孟恬从中拦住。"你不能这么想！尽管娜娜哀求韩天不做警察，可那一定不是因为她害怕。试问一个敢从二十八层楼上跳下来的女人，还有什么其他事情好害怕的呢？她真正担心的一定是韩天！害死娜娜的罪魁祸首应该是王大冲的同伙才对！"

"对，王大冲的同伙呢？"苏骁站定，质问韩天。

"同伙……同伙……"韩天却又不适时宜地陷入迷茫，"对啊，他的同伙是谁……为什么……为什么我还是没有全部记起来……"

"王大冲的同伙是不是郑辉强？"苏骁看到韩天的样子，不禁怒其不争地用高八度的声调吼起来，"你说！"

"我……我……我记不清了……"韩天被苏骁骂得一脸狼狈，慌乱之下更显得迷茫。

"你不要再刺激他了！"孟恬忽然一把扯住苏骁，"你快要把他逼疯了！"

"没准儿他已经疯了！"苏骁撂下话转身离去。

"你去哪儿？"孟恬想跟上去，却硬生生止住脚步。

"我有事要去办，他状态不对，麻烦帮我送他回家！"苏骁头也不回，一眨眼的工夫就消失在孟恬视野里。

可事实上苏骁并没走出多远，就忽然发现两手空空似乎少了什么。

"噢！那份协议……"苏骁随即醒悟，刚才在医院时随手把协议放在急诊科门外的椅子上了。

"你还在……"苏骁摸了摸口袋，乐梦还在。"可是……"尽管他再三纠结，最终还是折回了医院。

回来时，无论韩天还是孟恬，甚至蒋诗雯都已离去。令他感到庆幸的是，那份协议仍然静悄悄地在椅子上。协议拿在手里，苏骁忽然有了种安全感，他觉得施彬给他的已不仅仅是一份协议、几片药。对苏骁来说，那仿佛是一次重生的机会。

苏骁独自漫步在医院里的林荫小道上，忽然觉得有几分乏力。或许是刚才用那样一种过激的态度对待韩天使他精疲力竭。

"哥，实在对不起，我太激动了！"苏骁自言自语着走进小树林。那里三三两两横着石桌石凳供往来行人休息，而独坐其中时重新得到的简单心境，也让苏骁倍感轻松。

"那不是刘希吗！"透过树林，苏骁忽然看到一男一女手挽手从林荫小道缓缓走过。"原来他还活着！"苏骁警惕地拿起协议遮住脸，目送刘希挽着蒋诗雯慢慢消失在林荫小道的尽头。

苏骁忽然在心里作出一个大胆的假设，只是细节还需要他亲自去验证。

离开医院，苏骁径直来到辉强商贸公司。这个时候，他觉得自己无论站在韩天的立场，还是蒋诗雯的立场，都有必要同郑辉强见上一面。"强哥去慧姐家料理后事了……"郑辉强的手下看见苏骁似乎有些慌张，根本没打算让他进门。

"哼！谁知道他们在里面干些什么见不得人的勾当！"苏骁暗想，他道了句"谢谢"便即刻转身，心里却暗暗合计："反正我不是韩天，你们就算杀人放火也与我无关！"

然而当苏骁回家路过张心武家那栋临街旧楼时，却又双腿不听使唤地走了进去，仿佛是去看望一位久违的朋友。

第六十六节

“你走！你快走！再不走我就报警抓你！”站在门外，屋里传来张心武年迈老母亲气急败坏的声音。

“老太太别发火，一大把年纪了肝火太旺会伤身子的！”郑辉强的声音听起来倒十分和气。

“这家伙，又做什么？”苏骁心想，索性站在门外，细细倾听屋里的动静。

“我家小武就是你串通那个小贱人害死的，如今你还来做什么，看我们笑话吗！”听起来，张心武家那位“二妮”也在，气势远远强过张心武年迈的老母亲。

“我好心过来看望一下老人家，顺便商量一下阿慧的后事，你们怎么尽把好心当作驴肝肺呢！”强哥的声音依旧温和，这种感觉和平常苏骁所认识的那个强哥相去甚远，但苏骁却在言语中听出一股杀意。

“你这种人的好心我们寻常百姓家实在当不起，你们赶紧走！”说着，苏骁听到一阵急促的脚步声。

苏骁正想躲，却陡然听见屋里传来一阵尖利的哀嚎声，仿佛是郑辉强对老太太做了什么。

“我看你们是活得不耐烦了！我们强哥说话，还没有谁敢说个不字！”屋里响起了第四个人的声音。

"别把老人家吓着！"郑辉强的语气似乎变得严厉，但在苏骁听来却也只是应个景，装装样子。

紧接着，屋内一片寂静。

苏骁站在门口，耳朵捕捉不到任何声音，不禁有些着急。正当他盘算着要不要打"110"报警的时候，屋里郑辉强又说话了。

"两位老人家请听我说，"郑辉强的声音依旧是带着商量的语气，却不给人任何商量的余地，"从道义上说，你们不愿意让阿慧跟张心武葬在一块儿，这个我很理解，同时也很支持……"言语至此，郑辉强却突然又不作声了。

"你们家张心武是个什么东西，一个破司机而已！活着的时候配不上阿慧，死了也没理由跟阿慧葬在一块儿！"郑辉强陡然将声音提高了好几个八度，让苏骁感觉站在门外都能听得一清二楚。"要是有得选的话，我第一个反对他们合葬！"

郑辉强停下来，屋里再无其他人吱声。

"可话说话来，阿慧毕竟是你们家的儿媳妇！"郑辉强的声音变得柔和起来，仿佛带着卑微的乞求，"尽管我有一百个不乐意，她也是你们张家明媒正娶的儿媳妇。"郑辉强顿了顿，似乎在观察张家老太太的脸色，而后才接着说，"如果没什么问题的话，一会儿我就陪二位去民政部门签字，办理殡葬手续……这里面的费用我全包了！"

苏骁站在门外，忽然对郑辉强刮目相看。苏骁暗暗寻思，他这种宽广的胸襟和深沉的爱，早已甩了自己和韩天好几条街。相比之下，大部分世人的爱情好像成了过家家的儿戏。这个时候，屋里又传来郑辉强的声音，似乎是在向老太太们诉说自己与叶星慧的过往。

"我不去！"然而最终，屋里传来老太太的声音。尽管低沉，却显得坚定；尽管简单，意思却明确。

"你……"很显然，郑辉强的手下有些按捺不住，随时可能暴起伤人。苏骁觉得，这个时候，自己已再没有听下去的必要。

屋里两拨人，各持己见、各有坚持。唯一有所不同的，只是一方老态龙钟却倔强；而另一方则以强势作为资本，享有生杀予夺的权力。

苏骁无奈地摇摇头，转身往楼下走，任由屋里人怒吼也好，哀嚎也好，其实一切都与他无关。他觉得自己只是个过客，既无权也无力去管控这所有的矛盾。

这一天苏骁回到了自己的家。尽管父母不在的时候家里显得冷冷清清，他仍然感到亲切和习惯。

当他抱着心爱的电吉他坐在房间里的飘窗上，看着夜幕降临的时候，韩天打来电话。

"张心武家发了大火，张心武的老母亲和一名亲戚被大火活活烧死……"韩天的声音恢复了既往的冷静，似乎白天的事已被他全然忘却。

"哦？"苏骁似乎觉得那是必然的结果。

"初步估计是不正确使用燃气，引发了火灾……"韩天似乎并不在乎苏骁对待这事件的态度，只是想找个人说说罢了。

"这么说，张心武家一个活口都没了？"苏骁觉得自己很明白这件事，只是不便于向其他人讲述罢了。挂断电话，苏骁才长长舒了一口气。

"这么一来，强哥就有机会随心所欲了……"不知为何，苏骁想到这一点的时候竟莫名其妙地感到欣慰。

清晨，人们总盼望着新的一天会收获更多的惊喜，只不过绝大多数人更容易收获新的失望。而苏骁却不知是否该感到庆幸，当东方刚刚泛起鱼肚白的时候，他的手机再度奏响欢快的铃音。

"你怎么还没来呢？"手机屏上显示着欧阳檬的头像，令苏骁感到不真实。只是欧阳檬的声音回荡在他耳边的时候，他忽然觉得身体还是自己的。

"呃……到哪里？"苏骁略有些不情愿地伸了个懒腰，脑子里却有个声音不断地催促他起床、清醒。

"火车站啊！"欧阳檬诧异地在电话那头呼喊起来，"不是早跟你说过吗！"

说着，又停顿了几秒，似乎换了只手拿电话，"火车已经到站了！我现在就在 H 市，你是不是不欢迎我？"尽管一连串的问话令苏骁的思维越发混乱，可欧阳檬的声音却成了他做一切事情的原动力。

"你等我！十分钟！在原地！我马上到……"虽然苏骁根本记不得曾经接到过欧阳檬的电话，可他这一刻的心情却是难以平复的。

"九分五十秒了！你在哪？"欧阳檬拨通电话,声音充满迫不及待的思念。

"转身！我在你后面。"苏骁笑了，他很难想象自己在这个时候笑起来会是什么样子，也许比哭还难看，可他还是笑着将欧阳檬抱了起来。

"我是在做梦吗？"欧阳檬紧紧钻进苏骁的怀里。这一刻，两人纷纷忘记了身边熙熙攘攘的人群、嘈杂纷扰的环境。这一刻，整个世界仿佛都属于他们，只属于他们两个人。

"梦是会醒的！"苏骁不住地伸长手臂，恨不得将欧阳檬三百六十度全方位地包裹住，"可你，我不会让你再离开了！"

欧阳檬没答话，只是将脸紧紧贴在苏骁胸前，身子微微颤抖。于是，欧阳檬越是颤抖，苏骁就抱得越紧，两人密不可分地裹在一起，连凛冽的寒风都为他们绕行。

"我是在做梦吧！"苏骁轻轻抚摸着欧阳檬的头发，那个躯体，那张面容，甚至那种气息都令他感到熟悉，以至于让他越发地难以相信自己。"我不是在做梦吧？"

第六十七节

　　欧阳檬忽然抬起头，充满晶莹泪珠的眼静静看着苏骁。那张令苏骁朝思暮想的容颜此刻就在眼前。苏骁使劲闭了闭眼，然后睁开，双手不住地在欧阳檬的脸上抚过。他此刻唯一想要做的事，就是用所有他能够想到的方式去证实眼前的一切是真实的。

　　然而不等苏骁得出结论，欧阳檬已将双唇贴在苏骁唇上，四片唇紧紧贴在一起，令苏骁感觉温软、甜蜜。那曾经是他最为熟悉的味道，而那种温度更令他久久不愿停下。有时候苏骁会觉得自己是块坚冰，可此时此刻面对眼前的明眸善睐、倾国倾城，他的眼里流出泪来，他觉得首先融化的是他自己。

　　"傻瓜！哭什么！"欧阳檬想要收回红唇，却被苏骁死死黏住不放，睁眼看到苏骁眼里流下的两行热泪，不禁情由心生。一时间，同苏骁哭作两个泪人儿。

　　不知过了多久，苏骁只觉得鼻孔里全是欧阳檬发际的馨香，触手处全是欧阳檬如凝脂般的肌肤，却听她吹气若兰地在耳畔轻声说："我们该走了，不然下一趟车该来了……"

　　"下一趟车？"苏骁不解地笑着，"下一趟车怎么了？"

　　"我来的时候已经买好了下一趟车票，如果见不到你，就乘下一趟车离开这里，永远不再来！"欧阳檬看着苏骁，乖巧地将脸贴在他怀里。

"我们赶紧走！"苏骁一只手拎起欧阳檬的行李，另一只手牢牢握住她的手，孩子似的说，"我要永远留住你，一定不让你再从我身边离开了！"

欧阳檬微微一笑，双手挽住苏骁，紧紧依偎在他身边。

"我们去哪儿呢？"苏骁满脸洋溢着幸福，一边走一边问。

"你去哪儿我就跟去哪儿！"欧阳檬调皮地笑着，"苏老师您看成不？"

苏骁略一扬眉，不禁笑着说："那不成嫁鸡随鸡嫁狗随狗了？"

"我嫁的分明是一头猪……"正当两人徜徉在甜蜜之中时，苏骁耳边却响起一声刺耳的急刹车声。那声音如同利刃，撕裂着他的耳膜，直刺心脏，令苏骁浑身为之一震。可当苏骁想要再搂紧欧阳檬的时候，身边却只有无尽的黑暗。夜凉如水，他的心却冷若冰霜。

这一刻苏骁恨极了窗外那位踩下急刹车的司机，以至于他立刻跳下床奔至窗边，带着遗憾与少许愤怒朝窗外四处张望。

"假如天天都能做这样的梦，睡觉也会变得有意义了！"苏骁自言自语。

此时，天已微微泛起了亮光。尽管天寒，天明时总让人倍感温暖。苏骁凭窗看着远处的山、近处的水，尽皆掩映在薄雾之中，心情便也不那么惆怅了。然而他像是忽然想起了什么，陡然回头，只见床下散落着文书数页，床头兀自立着的白色塑料瓶分外醒目。

"乐梦！"苏骁缓缓拿起白色塑料瓶，旋开瓶盖往里看，两片白色药丸相互做伴，倒显得比苏骁更为孤单。

"以后我们在一起，就不觉得孤单了！"苏骁将瓶盖盖好，轻轻摇了摇塑料瓶，缓缓说。

苏骁虽然起得早，出门却晚。他也是临时想起来今天在琴行还有吉他课，才匆匆洗漱出门。

一路上街头风光依旧，没有因新开了哪家店面或是哪家店又关张了而不一样，然而苏骁来到琴行时却傻了眼。偌大的一间店面只留下"铁将军"把守，透过玻璃门可以看到里面空空如也，仿佛关了很久。

"什么情况？"苏骁感到事有蹊跷，抬头看去却见原本挂着门店招牌的地方也是空无一物，就好像这家店从来都不曾存在过一样。

"见鬼了！这个月工资还没发呢！"苏骁忽然想起了"江南皮革厂黄鹤"的梗，"难道也带着小姨子跑了？"可转念一想又觉得不对，这才两三天的时间，事前更是从没听说老板还有个小姨子。

"这不是开玩笑吗！"苏骁一边掏出手机拨老板的电话，一边往隔壁打听。

"琴行？什么琴行？"隔壁副食店老板娘一脸迷茫地看着苏骁，"旁边那店面空好几年了，小伙子你记错地方了吧！"

老板娘的话像一记闷棍，打得苏骁失了方寸。正当这时，电话通了。

"对不起，您所拨打的号码是空号，请查询后再拨……"

听筒里不断传来提示音，令苏骁无心向老板娘道谢。

"怎么会这样……怎么会这样……"苏骁觉得自己还在梦里未曾醒来，一会儿拍拍自己脑袋，一会儿拍拍自己脸，絮絮叨叨地走出副食店，留下副食店老板娘在后面向他投去异样的眼神。

"不不不，我一定是梦还没醒！"苏骁站在空空如也的店门口，仰头大笑起来，"梦！一定是梦！一定是梦！"

苏骁忽然止住笑，随即更加兴奋地自言自语："如果是梦，阿檬一定在！我要去找阿檬！"

这时，他的周围已经聚集不少看热闹的闲人。苏骁一边喊着一边笑，努力拨开人群冲出去。

"不长眼睛的不要命啦！"苏骁只觉得耳畔传来一声怒吼，随即他觉得身上一阵剧痛。

"噢……不是梦！"苏骁倒在地上时，嘴里依旧喃喃念叨着。

"还好只是辆三轮车，不然你这小命只怕是……"施彬匆匆赶来，看着刚刚包扎好伤口走出急诊室的苏骁，禁不住说笑起来。

"都什么时候了，你还有心情开我玩笑！"苏骁扬了扬被包得严严实实的胳膊，愤愤不平。

"没伤筋没动骨，有什么大惊小怪的！"施彬伸手拍在苏骁扬起的胳膊上，疼得苏骁哇哇直叫。

"别嚷嚷了！下次小心点儿就是了。"施彬拍了拍苏骁肩膀说，"没事儿的话我先走了，这伤不碍事，你趁早回家休息吧。"

"等等！"苏骁忽然伸手拉住施彬，"你说我是不是有病？"说着，把琴行莫名消失的事说给施彬听。

"这个……"施彬听了苏骁的叙述，不禁也感到奇怪，不由伸手摸了摸他的额头。

"好着呢……"施彬又试了试自己的额头，"这不科学啊！你确定那里真的有你说的那家琴行吗？会不会是你走错地方了？"

"怎么可能！"苏骁下意识地摸着自己的额头说，"我在那琴行代课也不是一天两天了，要说那琴行不存在是绝对不可能的！要说我弄错地方也是绝不太可能的事……"

"那就是你在做梦吧！"施彬脑子转得快，却立刻戳中了苏骁的心。苏骁觉得一切仿佛回到了原地，而他所纠结的事情依旧是那个梦。

施彬看着苏骁，轻轻摇摇头说："你最近太累了，回家好好休息一段日子，该吃吃该喝喝。过些日子一切都会正常的！你会发现琴行在那里，一切都和原来一样。"

第六十八节

"可惜阿檬不在……"苏骁听着施彬的话不禁有些心动，只是心动之余却又难免心痛。

"什么？"施彬听他低声嘀咕，只觉得莫名其妙。当看到苏骁落寞的表情时才明白他心中所想，不禁安慰说："放心吧，我已经发动一切能够动员的力量去寻找阿檬了，相信很快就能联系上她，你要相信我！"

施彬的话无疑像一剂兴奋剂，立刻让苏骁在找不着北的生活中平静下来，充满力量。

"彬哥，怎么在这儿啊，陈教授四处找你呢！"走廊上忽然从老远传来一阵熟悉的声音。苏骁定睛看去，只觉得来人面熟，却喊不上名字。

"苏老师也在这儿呢！哟，手怎么了？"来人见苏骁一连尴尬地望着自己，连忙满脸堆笑地自我介绍："咱们上次见过面的，我叫陈定涛，和彬哥一块儿做药品研发的。"说着，亲热地拍了拍苏骁肩膀说："苏老师我可记得您啊，您上次的教诲还真给了我不少灵感！"

苏骁依旧一脸茫然地看着陈定涛。此一时彼一时，那时胡乱吹牛的理论制造者如今要依靠药物才能保证正常生活。苏骁不是不想理人，只是觉得自己有些恍惚，害怕说错话得罪人。施彬见状，同陈定涛耳语几句，陈定涛才又满脸笑意地向苏骁挥了挥手，扬长而去。

"如果你实在撑不住，回去吃片乐梦好好休息吧！"看着陈定涛消失在走廊尽头，施彬语重心长地劝苏骁，"你的情况并不严重，估摸着只是心理负担过重同时缺少休息，用乐梦来治你我太有信心了！"

"什么？我这还不重？"苏骁听施彬轻描淡写，不禁感到愤愤不平。

施彬微微一笑："一般来说喝醉酒的老说自己没醉，相反没喝醉的才会说自己醉了，是这个理不？有些病人一脸雄赳赳气昂昂的样子看起来可比你精神多了，可你会相信人家有严重心理障碍？还有些病人当着你面一副小鸟依人的样子可能转身就会扔小鸟，最后还不忘记上去踩上两脚……这样一些病人你还不能跟人家实话实说，非得处处顺着他，时时瞒着他。你说你能比这样的病人还严重？"

施彬一番话，令苏骁哑口无言，甚至有些自惭形秽。此刻他觉得自己纯粹没事找事闲得慌，于是他决定回家去好好睡上一觉。

"另外，乐梦这药不错！"临走时，苏骁还不忘记赞美两句，"真没有辜负'乐梦'这个名字！"

苏骁离开的时候意外地听到自己肚子"咕咕"作响，经历了一整个上午的瞎折腾，在这个临近午饭的时间他感觉特别饥饿。或许是因为心情不错，苏骁独自走进附近一家小馆子，点上几个菜，还要了一瓶酒。他认为今天这种情况，应当喝几杯酒来庆祝。

酒过三巡菜过五味，苏骁不胜酒力，略有几分醉意。然而起身却又觉得迷茫，不知此时此刻究竟该何去何从，于是索性靠在饭馆卡座的椅背上，在浓烈的酒精与愉快的心情的混合作用下，苏骁迷迷糊糊睡了过去。

"我说，小马哥，咱们也很久没在一块儿喝酒了……"又是一阵浑浑噩噩的空白中，苏骁听到身后有人说话，声音听起来十分熟悉。

苏骁觉得自己又在做梦，正想要自动忽略这一切的时候，突然有人拍了拍他。

"先生，您需要买单吗？"服务员看见苏骁睡着了便问。

"叫我小马就成，说起来您也是强哥的女婿，没准儿以后公司还得您来掌舵呢……"说话的人似乎并不在意身后的醉汉，依旧自顾自地攀谈着。然而说者无心听者有意，苏骁听到"强哥的女婿"这几个字时，却是一个激灵酒醒了一大半。

"先生，您现在买单吗？"然而那服务员仍是不知好歹地询问，似乎害怕苏骁借着酒醉来吃霸王餐。

苏骁不耐烦地掏出一张毛爷爷递过去，然后朝他挥挥手。

服务员收到钱，欣然而去，而苏骁邻座的那两人仍在你一言我一语地聊个没完，依然毫无防备之心。苏骁隔着椅背悄悄看过去，只见那位与自己背靠背而坐的男人正是失踪多时的刘希。

"小马跟着强哥快有三年了吧？"刘希为对面那位被称作"小马"的年轻人倒满酒，问话显得十分随意，仿佛面对久违的朋友，称呼也早已从"小马哥"变作了"小马"。

"是啊，一晃快三年了。托强哥的福，我才能在城里混口饭吃。"小马一边说，一边被刘希劝着喝下杯里刚刚倒满的酒。

刘希继续给小马加满酒，两人推让了一番，却又干了一杯。刘希放下酒杯又去斟酒，却被小马把酒瓶抢在手里，欠身为刘希倒上酒。趁着这当儿，刘希狡黠地看着小马，忽然压低了声音说："其实你可以不只是混口饭吃，你还可以有酒喝、有肉吃、有妞玩……"

刘希说话声音一句比一句低，但苏骁字字听在耳里，只觉得另有所图。正想着，只听小马"嘿嘿"一笑，憨憨地说："那可不！有'驸马爷'罩着我，我还愁啥！"

"话可不是这么说……"刘希端起酒杯放在鼻子边一边嗅一边说，"辉强商贸公司虽然不是什么正经地方，可也算得上是人才济济。在这里想靠勤勤恳恳出人头地，未免有点不切实际。"说着，抬眼看着小马，仿佛在等他的回应。

小马显然是对刘希的话深有感触，不禁有些失落，拿起杯子喝了一大口酒，低头喃喃说："我只是个给强哥端茶倒水的下等人，对出人头地什么的还真没敢想过……"小马说这话时显得很矛盾，他的言语让他显得与世无争，可他的脸上却又写满了失望。

"依你这种心态，咱们只喝酒就好。"刘希点到即止，便只说些风花雪月锦衣玉食，其中不乏小马闻所未闻的经历，令他心生艳羡。

"刘希哥，你说我有机会吗？"两人各自吃了几口菜，小马终于按捺不住，刘希为他描绘的美好生活太诱惑人了，便借着酒意问刘希。

"其实你是个聪明人！"刘希举着酒杯，透过杯子眯起一只眼睛看着小马说，"话不用我说透就知道怎么去做！"

"刘希哥你抬举我了！"小马仿佛觉得刘希在为他筑起通往幸福生活的阶梯，不禁又干了杯中酒，而后倒握着空酒杯说，"需要我做什么尽管吩咐就是！"

苏骁在邻座听着两人对答，忽然为郑辉强担忧起来。刘希仿佛思索了很久，也一口干掉酒，而后轻声说："你只要随时掌握强哥的行踪就好，其余的交给我！"

第六十九节

"可是……"小马忽然显得有些犹豫，"刘希哥你想干什么？"

刘希轻轻"哼"了一声，让邻座的苏骁感觉到冷。他很好奇，不知此刻小马的脸上会是什么表情。正当他想要伸出头一探究竟时，却听刘希"呵呵"笑起来，他笑的声音不大，却混合着刚才那声冷哼，汇成一阵惊心的凉意。

苏骁使劲抚着胸口，那股凉意仿佛悄悄分散到他全身，潜藏在每一个细胞、每一寸皮肤，每当他觉得一时半会儿都不再有某种不适的感觉时，寒意却会在某个不经意的瞬间悄悄爆发，令他浑身一震猛烈地哆嗦。

"好！我听你的！"谁知苏骁还没想明白，小马已经连声应诺。一时间苏骁身后的卡座里推杯换盏的声音连成了一片。在这种虚伪的和谐气氛里，苏骁仿佛听出了背叛的声音。

"说起来，强哥有一个很特别的习惯……"小马或是喝得多了，舌头在说话的时候已经开始打卷儿，吐字含糊不清。而对于刘希，尽管苏骁听出他喝酒时一直在克制，听到这里却仍因为抑制不住的兴奋开始大口痛饮。忽然听小马说到郑辉强，苏骁不由瞪圆了眼睛，偷偷扭头隔着椅背往后瞄去。只见那个叫作小马的男人已经喝得满脸通红，眯着眼睛一边比划一边说："强哥每天中午都要睡午觉，一睡好几个小时，到晚上吃饭那个点儿才醒过来。"

"他……不睡干吗呢……"刘希端着杯子的手略微有些发抖，"一整个下午都没什么事儿，多难熬……"

"不不不！"小马拿着酒杯的手直摆，杯里的酒洒得满桌都是，两人却视而不见。只听小马一边摆手一边说："强哥每次睡前都要吃安眠药才能睡得着。记得有一次药吃完了，他硬是一整个下午都不安生……"

"哼！摊上你们这样的女婿和下属，他不吃药能睡着才怪了……"苏骁暗暗在心里合计，心中的天秤早已偏向了郑辉强。

结了账，苏骁就带着几分摇晃去了辉强商贸公司，见到郑辉强时他正要睡觉。

"你怎么来了？"郑辉强坐在宽大的办公桌后面，脸上显出几分诧异。

苏骁四下观察着郑辉强的办公室，装修虽然并不豪华，可是各色物品配置得倒也齐全。

"我是来救你的！"或许因为酒精的作用，苏骁说话有点飘，倒和他此刻的身体状态十分相似。

"又喝多了吧？"郑辉强依旧保持着不苟言笑的态度，"我这儿可不是给你醒酒的地方！"

郑辉强语气中明显透露着不欢迎的意思，然而苏骁正好借着酒精将其完全忽略，随手拉了张椅子坐下，伸出两根手指在郑辉强面前晃了晃，示意他来根儿烟。

郑辉强铁青着脸，却任由苏骁放肆着，随即递过一支烟。

"唷……玉溪啊！到底是强哥，档次都不一样！"苏骁一边把烟点着一边恭维着。

"少废话，没别的事，抽完烟赶紧走！"强哥丝毫没打算隐藏对苏骁的反感，他似乎觉得没有立刻下达逐客令已经是很客气的表现了。

苏骁没有搭理郑辉强，只是静静地抽着烟，看着郑辉强在电脑显示屏后面露出的半个脑袋。那半个脑袋上，大半头发已近斑白。这同苏骁心目中那个精明干练的黑道枭雄形象极其不相称。他突然在犹豫，不知自己是否应该就刚才的事情前来通风报信。

正当苏骁踟蹰不前的时候，郑辉强桌上的电话响起。他看了看来电显示，当即拿起听筒丝毫不避讳。简短的通话结束后，郑辉强怔怔地看着苏骁。

"二毛刚刚下葬了！"

苏骁看着郑辉强的眼神，那里面曾经犀利无匹的杀意早已不复存在，取而代之的只是一潭死水般的沉寂。苏骁想回应他两句，一时间却找不到合适的词句。

"这下你们所有人应该都在心里暗暗叫好了！"没等苏骁组织好语言，郑辉强便已带着一种愤恨的情绪继续说，"先是老三，后来是阿鬼，如今又是二毛……你们真的打算赶尽杀绝吗！"

"事实上，还有一个！"苏骁见他正是哪壶不开提哪壶，便打算索性把刚才的事情说出来，省得自己在这里干坐着既尴尬又惹人厌。

"啊，对！还有一个大冲！"然而郑辉强却会错意。

"王大冲？"苏骁听到这个名字的时候不禁一怔，默默将这个名字念了出来。

"对，王大冲！"郑辉强提起这个名字的时候，嘴角流露出一丝狠辣的笑意，"王大冲在的时候，我们基本还是势均力敌，甚至可能还占上风！"

苏骁很清楚郑辉强说这话的意思，因为尽管韩天干掉了一个敌方悍将，却搭上了自己未婚妻的性命。在苏骁看来，这绝不是一场划算的交易。看着郑辉强得意洋洋的笑，苏骁忽然有了想要冲上去暴打郑辉强一顿的冲动。

"你干什么？"郑辉强很警觉，忽然发现苏骁目露凶光，双拳捏得格格作响，不禁站起身来退到墙边。

苏骁笑了，带着些许讥讽对郑辉强说："你果然是亏心事做得太多了！"

"一将功成万骨枯，死个把人又算得了什么！"郑辉强郑重其事地回答，"说起来那时候也不能全怪我！我手下最得力的助手死在警察枪下，打击报复是在所难免的。谁知道那女人那么大惊小怪，最后还跳楼自杀……"

"住嘴！"苏骁忽然怒吼起来，"你有你的道理，世人有世人的法则，你选择的本就是一条和大多数人背道而驰的路！今天我本来不该来这里，有些话更不应该对你说，可是如果我不来、我不说，也就和大多数人的道路相反！如果那样，我和你又有什么区别？"

"行行行！你高尚，你伟大！要说什么就说吧，我洗耳恭听！"说着，郑辉强回到座位上，顺手打开抽屉拿出一个白色塑料瓶对苏骁扬了扬，"安眠药！你赶紧说完我赶紧吃了要睡觉！"

"真他妈的不知好歹！"苏骁不禁在心里暗暗骂娘，恨意延伸开后，他的脸色显得特别难看。

"说吧！"郑辉强当着苏骁的面，用水送下一片安眠药，然后继续催促。

"刘希要来杀你了，还拉拢了你的手下，你自己当心！"苏骁淡淡地说完，转身想要走。

第七十节

"不可能！"郑辉强不假思索地说，"刘希早被我干掉了，你一定是喝醉了！"

"果不其然！"苏骁不禁又在心里暗自骂开了，"这家伙就是个大骗子！"当苏骁看着郑辉强的时候，他又是一副得意满满的样子。

"总之刘希没有死！他会来干掉你的！"苏骁厌恶极了郑辉强的样子，说话越发地冰冷。

"给你沏杯茶吧！"郑辉强不知怎的心血来潮，起身一阵折腾，片刻工夫，一杯浓香四溢的金骏眉摆在了苏骁面前。

"这人真他妈的奇怪透顶，刚才找他要烟抽的时候，老不乐意的样子，可现在却主动留我喝茶……"苏骁暗自揣测，于是自嘲地说，"看样子我真是来醒酒的！"

"就说嘛！"郑辉强忽然放大了音量，一脸肯定的样子说，"我就知道你准是喝多了！"说着，伸手端起放在苏骁面前的金骏眉，在鼻子边晃了晃，而后轻轻啜饮了一小口。

"你……"苏骁见状，立时觉得气不打一处来。

"我什么我！我们关系还没好到那种程度！"郑辉强再度板起脸说，"给你烟抽算是礼仪，再请你喝茶就成交情了，全没那个必要！"说着，指了指门口，"喏，门在那儿，不送了！"

苏骁走出来的时候，一边走一边骂，并且骂得还挺大声。他觉得今天算是充分领略到好心被当作驴肝肺究竟是怎样一种感受。最终，苏骁恨恨地说："随便吧，反正跟我半毛钱关系都没，这种人早点去死也是社会的福利！"

晚上，苏骁回到了自己的家，平静地度过了一整个晚上。只是在睡前他左思右想，始终觉得应该向韩天报告刘希约见小马的事，顺便也汇报自己的行踪。只是一连拨打了好几次，韩天的电话始终处于占线状态。

"这小子，又在跟谁话聊呢……"苏骁忽然觉得韩天最近老是出现这种状况，便见怪不怪。只是放下手机，当他想要安然入睡的时候，近来发生的林林总总的事却交替在脑海里沉浮。苏骁觉得自己的脑子里好像多了一部投影机，将最近发生的一切——无论现实还是梦境都交织成为一部莫名其妙的电影。更让人莫名其妙的是，这电影的男主角要么是他自己要么还是韩天，苏骁觉得一切是那么让人不知所措。

"糟糕，我的乐梦……"当苏骁脑子里纷繁复杂的画面不断叨扰着他的美梦时，他才意识到药都放在了韩天家里。于是，他越发地难以入睡，就当他在自己的床上辗转反侧的时候，他的手机骤然奏响了令人亢奋的摇滚乐，那声音在黑暗中显得异常突兀，苏骁不禁长长叹了口气说："今晚真是不用睡觉了……"

苏骁极不情愿地拿起手机，却在屏幕上看到韩天的名字。不知怎的这反倒令他有了些许激动。

"喂……没想到你还活着！"苏骁极为毒舌地开着玩笑。换作平时，韩天定然会用极重的语气道出"闭嘴"二字，然后引出正题。只是这次，电话接通之后，那头静得出奇，更没有人说话，苏骁所能听见的只有空气流动的声音。

"难道是睡着之后不小心拨通了电话？"苏骁猜测着，越发地提起了精神，将听筒更贴近耳边。电话那头依旧没有任何声音，甚至连空气都已凝滞。

"深更半夜的搞什么鬼！"苏骁不禁有些气恼了。虽然他知道韩天从来不是这么不靠谱、喜欢恶作剧的人，虽然此刻他自己并没有睡着，但这种情形之下苏骁仍是忍不住想要爆粗。

正当苏骁想要按下挂机时，电话那边却传来韩天的声音。

"小苏……"那边的声音听起来空洞而遥远，仿佛同空气混合在一起，随着电波的流动一点一点把声音通过手机传递到苏骁的耳膜上。

"你搞什么鬼！"为了不吵醒父母，苏骁刻意压低了声音。但是他完全能感觉到自己此刻的声音具有怎样的威慑力。

"你小点儿声，我听得见！"渐渐地，韩天的声音听起来稍稍充实了一点，但全然不像他平时那样中气十足。

"你到底怎么回事？"直到感觉韩天的声音听起来变得正常，苏骁这才稍稍降低了音量，也平息了怒火。

可是，当他降低了音量之后，换来的却是韩天的沉默。

"喂……喂……"苏骁不禁一连"喂"了好几声，声音却并不敢放大。

"我在！"韩天的回答让苏骁觉得，每次都需要自己用最激烈的方式，才能换取对方的回应。

"你究竟是谁？韩天可不是你这副德性！"苏骁不再怒吼，只是挑明了自己的疑惑。

"是我！"这次，韩天的声音终于彻底恢复了正常。稍稍停顿片刻之后，他似乎鼓足了勇气，平静地说："我决定了！无论她在哪里，我都应当陪在她身边！"

虽然韩天的声音回归了现实，苏骁却觉得他的想法越发地脱离现实："她是指谁？孟恬吗？难道是娜娜？"苏骁小心翼翼地询问，却担心甚至有些害怕对方给出的答案，因为那个答案很有可能是致命的。

"娜娜！"很不幸，韩天的答案正是苏骁最不愿意听到的。

"你神经病啊！"苏骁再也不理会是否会吵醒父母，对着电话吼了起来。

可是电话那头却平静下来。这种平静令苏骁害怕再次听到类似刚才那样的言语。苏骁只得压制住焦躁的情绪，静静等待对方出声。

　　"小苏，"果然，当他平静下来时，韩天才继续出现在电话那头，不紧不慢，"其实在那个时候，我就应该同娜娜在一起。那时我是她的她是我的，可现在……"听筒里传来一声幽幽的叹息，继而韩天接着说，"这么久以来，娜娜无时无刻不在等待着我。是的，她就在那里！"

第七十一节

韩天这话，让苏骁想起了他家顶楼的天台——二十八层楼顶。只是娜娜如今所在的地方，即使是天堂，却也同韩天阴阳相隔。"你不能这么做！你不能这么自私！"苏骁虽然激动，却依旧用足够低的音量对他说话。此刻他太害怕他的沉默了。

"小苏，我已经想得很清楚。"然而韩天仍旧在跟他继续说话，只是对话的内容令苏骁并不能够接受，"这是我欠她的，我应该用一生去补偿，给她幸福！"

"你疯了！"苏骁明显感到自己已经克制不住情绪，不禁坐起身来。一边单手找衣服穿上一边对着电话里吼，"你别乱来！我马上到你家，你千万别乱来！"

"小苏，"韩天的声音却显得波澜不惊，"你别来，相信我，你不可能找到我！我只是希望和娜娜快乐地在一起，快乐地走下去。"说罢他挂断了电话。当苏骁再拨过去的时候，已经提示"您所拨打的电话已关机"。

苏骁很快便到了韩天家楼下。然而下车他并没有立刻上楼，却是先绕着楼房寻找起来。或许是因为最近经历了太多类似的事，他害怕再次受到视觉与精神上的双重刺激。幸运的是，楼房外只有黑夜和风，昏黄的路灯下，苏骁轻轻舒了口气。

"或许只是韩天的恶作剧吧！"苏骁一边喃喃自语一边走进楼里。

这个时候，楼里的人们大都早已进入梦乡。在楼道里碰上一个活人的机会比碰上个女鬼的几率高不了多少。呼呼的北风像被关禁闭的幽灵，在空旷的楼道里来回冲撞并肆意咆哮，直令苏骁感到背上发冷、头皮发麻。唯一值得他庆幸的或许该是这栋楼的物业管理还算不错，楼道里的感应灯大都处于正常状态。这令苏骁独自走在楼道里时敢于稍稍放慢节奏。他听着自己的脚步声伴随着风声响起，俨然演奏着一首"亡灵序曲"。随着他鼓点般急促的脚步声，北风的咆哮似乎更具有力量，吹得他心惊胆寒。当然，苏骁极不情愿被这"亡灵"所奴役，只得将脚步尽量放轻，连他自己也不知走了多久，才终于走进了电梯。

可是电梯里的恐怖元素丝毫不逊色于楼道。曾经苏骁一直很好奇为什么这年头有那么多大导演钟情于拍"电梯惊魂"之类的恐怖片。直到现在，他才真正明白其中的奥秘。只是当苏骁后背贴着墙耐着性子和壮着胆子等电梯把他送到目的地的时候，一路上来却并没有出现类似电梯突然停电或者天花板渗血一类的惊悚场景。

电梯门陡然打开，外面一片漆黑。苏骁使劲儿清了清嗓子，期望点亮楼道里的感应灯。然而物业终究也有令他失望的时候。他不禁又努力咳了两声，可外面依旧笼罩在黑暗之中。苏骁觉得失望，可更多的是对来自黑暗的恐惧。正当他犹豫着要不要走出电梯时，电梯门却要自动关上。苏骁忙用手去阻挡，只是手才一伸出去便立时感受到电梯外的奇寒气氛。他不禁触电般将手又缩了回来。好在电梯感应灵敏，重新把门打开。

"韩天啊，你他妈的别玩儿我了行不！"苏骁嘴里默默念叨着，一个箭步跳出了电梯。随着身后电梯门渐渐关闭，他越发地感觉自己像是渐渐被黑暗所吞噬的灵魂。当下只得拿出手机来照明，当一道极强的光线射向前方，连同空气中的尘埃也一道被照亮时，苏骁的心中这才踏实了几分。

或许很多时候，人们所害怕的并非黑暗，只是害怕孤独，正如同现在的苏骁。

从电梯口到韩天家门口不到十米的距离，苏骁感觉寸步难行，心里越发狠毒地咒骂着韩天，同时却又不免为他担心。不知过了多久，苏骁终于走到了韩天家门口。他先敲了敲门，而后静静地等待。苏骁打心眼儿里希望，此刻韩天能够揉着惺忪的睡眼为他把门打开，哪怕韩天会抱怨他这么晚回来。可苏骁静静等了许久也丝毫不见动静，周身甚至再也听不到呼呼的风声。苏骁猜测也许是因为这里太过寒冷，连空气都已凝结成冰。

终于，苏骁耐不住性子，轻轻地、缓缓地掏出了钥匙，摸索着找到钥匙孔，将钥匙插进去，转动……转动……再转动……只是转了半天却转不动。

"怎么回事？"苏骁暗自纳闷，"难道韩天趁我回家把锁给换了？"他正想着，却忽听门后隐隐传来脚步声。

"啊！太好了！"苏骁松了一口气，在黑暗中发出欢欣的笑声，"啊哈！韩天还在！"

可正当苏骁琢磨着该怎样数落韩天的时候，门打开一条小缝，门里面站着一名穿着睡袍的妙龄少妇。她披散着头发警惕地看着苏骁，轻声询问："你找谁？"

苏骁不禁愣了，结结巴巴了半天却没说出一个字。

"谁啊？"妙龄少妇身后走来一个男人，看不清长相。唯一可以确定的是，他长得相当魁梧。

"你找谁？"他将少妇拉到了身后，把门半开着问苏骁。

苏骁目瞪口呆地看着他支吾了半天之后，才结结巴巴地问："请……请问，这……这……这是几楼？"

"二十五楼！"随着那男人愤怒的吼声，门被用力关上了。因关门而旋起的风把苏骁往后推出好几步。之后他便听见门后面传来那男人骂骂咧咧的声音。

"对不起……对不起……对不起……"尽管对方大门紧闭着，苏骁仍是一个劲地说着对不起，同时使劲拍着自己的脑袋，"有必要那么紧张吗！"

韩天家住二十七楼。或许是挨了骂的缘故，苏骁感到自己的肾上腺素正急剧地分泌着，一时间竟不觉得害怕了。坐电梯上到二十七楼，习惯性地咳嗽了一声，感应灯应声而亮，这无疑为他更多添了一分安全感。

苏骁走到韩天家门口，抬头看了看门牌，这回终于没错了！

基于刚才在二十五楼的教训，苏骁索性不再敲门，钥匙在钥匙孔里转动的声音听起来很清脆，门开了，里面又是一片漆黑。

正当苏骁用警惕的眼神向门里面扫视时，感应灯却不合时宜地暗了下去。他只觉得心中一紧，一脚踏进韩天家门，就势一甩手打开了客厅电灯，同时另一只手随手关上了大门，整套动作一气呵成，极为连贯。在这一瞬间，苏骁感觉自己从地狱重又回到人间。苏骁回头又看了一眼大门，在确定大门关好之后，还不忘透过门上的猫眼往外看了看。外面的感应灯亮着，长长的楼道里依旧空无一人，苏骁这才放心地靠在门上长长舒了一口气。

苏骁用背倚住大门，细细扫视着客厅。这里同他上次来时没有太大区别，只是茶几上烟灰缸里的烟屁股已经堆得像座小山。

第七十二节

"哥，你在吗？"苏骁冲着卧室喊了两声，无人应答。苏骁索性把所有房间的灯全部打开，却仍是不见韩天的踪影，包括任何一个苏骁所熟知的角落也没有。

韩天的家保持着一贯地整齐，以致苏骁无法在这里找出任何有关他失踪的蛛丝马迹。苏骁坐在床前再次拨出了韩天的号码，依旧提示对方已关机。

"要不，报警吧！"苏骁对自己说，可是却又在瞬间打消了这个念头。离韩天失踪还不到一个钟头，苏骁更没有任何证据能够证明韩天要自杀，警察凭什么相信他。

"或许到了明天早晨，韩天会自动出现在我面前……"苏骁安慰着自己，却陡然想起白天在医院里施彬安慰他所说的话。

"也许我太累了……"苏骁这么想着，再度躺下。这张床让他感觉特别亲切，它就像苏骁的庇护所，在他决定自己养活自己的时候，韩天带着他去商场买下了它。兄弟俩一起将它搬回来，摆放在这里。而此时，苏骁和它都在，唯独少了韩天。

有的时候，苏骁甚至希望一切回到最初那个时候——他刚刚负气离家，住到韩天这里。那时候韩天刚刚调到刑警队没多久，两人都在为各自的梦想而奋斗。虽然聚少离多，但每每遇到公休日，总能就着几样小菜好好喝上一顿酒。韩天作为苏骁的哥哥，同时也是他的朋友，在更多的时候则让苏骁感觉像是位长辈，在父母不在身边的那些日子里引导、帮助自己。

不知出于什么原因，苏骁并没打算关上灯。更确切地说，他一直点亮着所有房间的灯。或许，他希望光明能够照亮房间里所有的角落，包括韩天迷失的那个地方。他希望光明能够为韩天照亮前方的路，引导他回到现实世界，尽管苏骁并不知他究竟身在何方。

灯光对于苏骁的失眠无异于雪上加霜。让苏骁不断地思索、回忆着，虽然他觉得眼皮越来越重，可每每想要合上眼睛沉沉睡去的时候却总觉得在某个不曾被光明笼罩的角落里，有一双眼睛正盯着他看，使他不得不重新睁开眼，映入眼帘的依旧是天花板上那泛着柔色光晕的灯。

"还早着呢！"苏骁看了看窗外的天，黑得没有一点生气。"几点了？"他下意识地伸手到床头柜上拿手机，却感到指尖碰到的是一个小小的、轻巧的物体。那东西似乎被碰倒，而后"啪"的一声又清脆地滚落在了地板上。

苏骁趴到床沿上探头去看，一个白色的塑料瓶闯入他的视线。

"我认得你！"苏骁依旧趴着，伸手去摆弄它，让它在地上滚来滚去，里面装着的药片则随瓶身的滚动而不停欢腾雀跃着。

苏骁像对待朋友一样，同它和善地说着话，"乐——梦！你是上帝派来拯救我的吗？也许只是撒旦派你前来迷惑我……"苏骁细细摩挲着瓶身，指尖不住地在那手写标签上摩挲。

"来吧，来吧，和我一起去梦里寻找她吧，去寻找那个你最想念的她吧！"那个声音又在苏骁的脑海里深深地诱惑着他。

"她？"苏骁下意识地向两边看了看，屋内陈设如故，韩天仍保留着自己在这里居住的权力。"哪个她？"他不禁在心里问，"欧阳檬吗？还是孙晓钰？又或者是娜娜？噢……不！娜娜是韩天的女朋友，她差点成了我的嫂子……"

"来吧，来吧，你不想见到她吗？"那个声音听起来似乎相当熟悉，仿佛是某个经常出现在电视新闻里的男主播深沉而富有磁性的声音，又像是某个苏骁曾经极为推崇的歌手，那嗓音沧桑而具有穿透力。

"我想啊！怎么会不想！"苏骁直白，毫无保留。因为他知道，对方藏在自己脑子里，无论自己想要什么、想做什么，他都一清二楚，根本轮不到自己说谎。

"来吧，来吧，我会帮助你！"苏骁感觉自己一步一步被他牵引着，往灵魂深处行进。一路上纵然是无迹可寻的荒漠，他依旧有办法让苏骁以最行之有效的办法到达目的地……

"还在睡啊？你忘记我跟你说的事了吗？"一大清早，手机铃声穿透了清晨的寂静，欧阳檬的声音将苏骁从梦中唤醒，只是他之前做过些什么梦却全然忘记了。

"啊？"苏骁拿着手机，懒洋洋地回应着，脑子里一团糨糊。

"啊个鬼啊！快点起来，限你半个小时内出现在我面前！不然看我怎么收拾你！"电话那头的声音语气虽然严肃，苏骁却能听出其中的温柔。

"是！遵命！我一定火速赶到！"苏骁依旧裹着被子，一边打着哈欠一边打着包票。

"你快点哦！"电话那头果然立时露出温柔的本来面目，柔声说，"今天我第一天上班，迟到了可不好！"

"你说得没错，亲爱的，我办事你放心！"说着话，苏骁已经掀开了被窝跳下床。天气虽然寒冷，可他依旧动力十足，或许这就是爱情的力量。

苏骁火速准备好了一切，只是出门时却傻了眼，门口街道堵得水泄不通，长长的车流一直延伸到远方看不见的地方。

苏骁摇摇头，满心想着欧阳檬，仿佛她就在眼前，于是轻轻笑着说："没关系，我有办法！"

苏骁一刻也不敢耽误，尽全力跑回去取出了尘封多时的自行车，轻轻拂去面上的积灰让自行车看起来崭新如故。苏骁跳上车便往欧阳檬所在的地方狂踩过去。对于大堵车来说，任何交通工具都比不上自行车这般轻便，随时随地可以跨越各种障碍，上楼、蹚水，无所不能！

不出十分钟，苏骁就以最为轻便的姿态出现在欧阳檬面前。她看到苏骁时不免有些吃惊，而后却又心疼地为他轻轻擦去脑门上渗出的汗珠，柔声埋怨着："堵车你就别来了嘛，我又不是自己不会去！交通这么乱万一出了事怎么办？"

苏骁一边把在路上顺道买好的早餐递给她一边傻笑着说："我在这几条街上骑来骑去少说也十几年了，能有什么事！赶紧的，上车！"

欧阳檬看着车，又看着苏骁，不禁满心欢喜地嫣然一笑，接过早餐坐上自行车后座。

交通虽然拥堵，却不堵心，两人一路有说有笑。苏骁载着欧阳檬，仿佛载着她的全部，在堵得水泄不通的街边慢慢行进，沿途无论高楼林立或是车水马龙，都成了陪衬的风景。欧阳檬天真地对苏骁诉说着最近发生的趣事，然后两人一同大笑。苏骁忽然觉得从前独自走过的一切，都不如此时短短数十分钟路程。

第七十三节

　　两人来到欧阳檬工作的医院时时间尚早，他们手牵着手并肩走在空空的走廊上，沐浴着冬日清晨的和煦阳光。这让苏骁觉得此刻他们并肩走过的是两人今后即将一起走过的幸福人生。

　　"你似乎还没告诉我，你要到哪个科去上班呢！"苏骁忽然神秘地笑着问。

　　欧阳檬没好气地看着他说："你这只不长记性的猪，早跟你说是精神科了！"

　　"哇——精神科啊！"苏骁装作一副惊悚的样子吓唬她说，"那不是常常要跟疯子打交道？"

　　"我不怕！"欧阳檬轻轻笑着说，"这世上有几个比你更疯的人？连你都不怕，还能怕他们？更何况，这里会有人罩着我！"

　　"哦？对哦！"苏骁一拍脑袋，心中想起了某个人，一时间却又忘记对方的名字，不禁自言自语地说，"奇怪了，那是谁来着，我怎么给忘了……"

　　"你看看你！"欧阳檬笑着说，"你居然连老施都给忘了！等我正式上班，第一个就给你看看脑袋！"

　　两人且走且聊来到精神科。有值早班的护士主动上来询问。

　　"你好，我是新来的精神科医师叫欧阳檬，今天过来报到，请问主任来了吗？"欧阳檬有礼貌地询问。

护士微笑着点头说:"陈主任很早就来了,二位请跟我来。"说着,把两人带到办公室门前,轻轻敲了敲门,见里面无人应答,她索性推开门,指着沙发对两人说:"你们就在这儿等会儿,陈主任可能去食堂吃早餐了,估计很快就会回来。"

欧阳檬对她又是一番感谢,这才和苏骁走进办公室,在沙发上坐下。

"说起来,这个工作岗位还是老施帮我留意的,咱们到时候还得好好感谢他!"欧阳檬轻轻靠在苏骁肩膀上柔声说。

"是啊!"苏骁心中泛起一阵甜蜜,用力嗅着她发际的馨香说,"说起来老施可是我们俩的大恩人。以后我们结婚,他肯定要坐首席!"

苏骁的话似乎勾起了欧阳檬美好的憧憬,令她面上微微泛着红晕,静静看着窗外。此刻屋内一片寂静,苏骁侧过头看她,只见她脸上挂着笑,那表情写满幸福的味道。

正当两人沐浴着透过落地窗洒进来的冬日暖阳,徜徉在彼此的陪伴中时,办公室门忽然推开,一前一后走进两个人。欧阳檬站起身来,笑着对走在前面的那人打招呼:"陈主任,早上好!"

苏骁同欧阳檬并排站立,只见那位陈主任花白头发,戴着玳瑁老花镜,同施彬一前一后走进办公室。陈主任笑盈盈地看着欧阳檬说:"很好很好!做好心理准备投身到白衣天使的行列了?"

欧阳檬微笑着点了点头,苏骁心里也跟着高兴,欣喜溢于言表。

"这位是……"陈主任看到一旁的苏骁,不禁发问。

欧阳檬拉紧苏骁,大大方方地说:"这是我男朋友。"

"不错不错!小伙儿挺帅啊!"陈主任依旧是笑呵呵地说,"听说小欧阳是为了你这小伙儿才大老远来到咱们这儿,多不容易啊!你小子要是敢欺负她,我老头子第一个不放过你!"

"怎么会呢!"顿时,苏骁觉得有些不好意思,但心中是火热地——有一团只为欧阳檬而熊熊燃烧的烈焰。

"小苏，"这时候，施彬也从陈主任身后凑到苏骁面前说，"我能为你俩做的就只有这么多了，是喜是忧全看你们自己了！"说着，他习惯性地扶了扶眼镜。

这时候，苏骁忽然感到眼前一阵模糊，浑身一阵冰凉，似乎在办公室平地里起了一阵北风，吹得他浑身直哆嗦。

"怎么回事？"苏骁正想将欧阳檬拉到自己怀里为她抵挡寒风的时候，身子却又是一震。睁开双眼一看，自己依旧躺在床上——他还在韩天家里。

"原来还是梦啊！"苏骁挣扎着从床上爬起来，此时窗外天已大亮，他昨晚就这样和衣在床上躺了一整夜。

"那么美的梦，就这么醒了……"苏骁略带遗憾地站起身，心里念着欧阳檬。这一刻他宁可现实与梦境对调，那样他的人生就完美了。

"哥，你在哪儿？别跟我捉迷藏了！"苏骁又在家里找了一圈，从卧室到厨房，从卫生间到阳台，依旧不见韩天的影子。最终，他被某种力量引领到韩天的卧室，在书桌上看到一个日记本。

苏骁仔细地回忆着昨晚寻找韩天时的情形，他丝毫不记得在同样的地方放着同样一个日记本。那日记本里里外外缠着各种皮质绳索作为装饰，精致的内衬配上复古的外皮，苏骁一看到那种风格就觉得喜欢，但他深知那绝不可能是韩天的东西。

"韩天你给我出来！"苏骁忽然警觉地吼起来，他觉得这个日记本一定是昨晚他睡着之后，有什么人放在这里的。然而一连喊了好几声都不见回音。

"要让我知道是他在戏弄我，非得暴打他到生活不能自理不可！"苏骁恨恨地撂下狠话，尽管无人应答他仍觉得心里暗爽，但此刻他的脚步却不自觉地移向书桌，眼神停留在那日记本上。

"看了也就看了，难不成他会从角落里冲出来暴打我一顿？"苏骁一边伸手一边自言自语。此刻在他心里，当真是宁可被韩天暴打一顿也不愿意再承受韩天失踪这种心理压力了。他甚至觉得，这个日记本只是韩天设下的局，韩天则在一旁静静地候君入瓮，只等苏骁一翻动日记本他就会冲出来人赃并获地扭住苏骁的手，而那日记本里面多半是空空如也。

可是苏骁想多了，日记本里洋洋洒洒写了大半本，那字迹让苏骁觉得眼熟。苏骁随意翻动着日记本，心里越发觉得不可思议，索性将日记本翻到第一页。

第七十四节

"离开阿檬的第 632 天，天气晴。

我不知道阿檬现在身处何地，不知道阿檬现在过得怎么样，更不知道阿檬现在是否和我一样也充满着思念。我只是希望，在我们分开的这六百多天里，她每一天都安然无恙。

今天凌晨，娜娜自杀了。她的样子很安详，起初我以为她只是睡着了——那么冷的天，我多想为她披上件衣服。可是韩天在旁边嘶吼，声嘶力竭地嘶吼，那样子令我感到害怕！

天很黑，风很大，夜很冷。我只能远远看着韩天守在娜娜尸体旁边，不敢上前去劝他，甚至不敢拨打"120"叫救护车——事实上我不知道到了这个时候，叫来医生还有没有用。可是救护车很快就到了，我看见医生护士手忙脚乱地把娜娜抬上车的时候，韩天还在用沙哑的声音拼命呼喊娜娜的名字。那些医生护士似乎特别不近人情，将韩天和娜娜就这么活生生地分开。那一幕像极了小时候看到的电视剧里白娘子与许仙分别的场面。可医生护士终究还是白衣天使，最终有个护士把韩天也扶上了救护车。看着救护车闪着灯、响着急促的铃声，我只能站在旁边，不知道应该做些什么。

小区终于安静下来，我仍然站在这里。不知道什么时候月亮悄悄探出头，将一切照亮。地上留下一大摊血迹，那应该是娜娜的血。那么冷的天，留了这么多血一定很疼吧？

可是我很纳闷，月亮那么亮，为什么没法把我的心照亮？

我不知道自己还傻傻站在这里做什么，事实上我不知道的只是自己究竟应该回到搂上去继续安睡，或是换身衣服赶去医院给予韩天陪伴——喔，当然，韩天的爹娘、娜娜的爹娘，没准儿还有我的……

我不知道这次回到 H 市来又是为了什么，自从我辍学以来就再没回过家；自从我离开学校之后就再没见过阿檬；自从我走上这条路之后似乎就没有再获得过真正的快乐……这一切的根源在哪里？

现实太残酷了！也许我该回到那个地方去，至少那里还有我的期待，对，我今天就要回去！"

苏骁看到这里，不禁深深叹了口气。之前他所做的一切假设原来都是毫无根据的。日记本的内容足以证明，这个日记本属于苏骁，至于为什么会出现在这里苏骁根本无从得知。他甚至需要努力回忆，自己何时有过这样一个日记本，并且流水账般记录了大半本……

"离开阿檬的第 633 天，天气多云。

我承认，我是个立场不坚定的人。刚刚踏上这片土地的时候，我感觉没把自己的心从家乡带出来；然而回到住的地方却又开始惦记家里的情况、惦记韩天的心情、惦记娜娜的后事、甚至还会惦记爹娘……

可大家都说我是个倔强的人，这一点我也承认，像我承认自己立场不坚定一样爽快。

刚刚跟老板打电话报到，他还纳闷为什么我会这么快主动结束假期。当然，这一点他是非常欢迎的，看来最近生意不错！我们应当始终保持这种互惠互利、友好合作的工作状态。

最值得欣慰的是，在这里我还有一帮志同道合的狐朋狗友。有时候幸运和不幸真的很难说，感觉这两者也一样相辅相成。然而我要的是生活，管他妈的幸福或是幸运，晚上跟兄弟们喝酒去，就这么愉快地决定了……

只是明天，我应该抽空继续寻找阿檬！"

苏骁看到这里，大致理出了一些头绪。这个日记本记录着苏骁回到 H 市之前的生活。那个时候他还怀抱着与现在同样的梦在外地打拼。只是再往后翻看的时候，苏骁越发地感觉背脊发凉。有些事情或许情有可原，但太多事情又是那样离奇。

"离开阿檬的第 634 天，天气多云。

今天是我休假归来后第一天上班，体贴的老板给我介绍了一个名叫孙晓钰的新学生———一个很漂亮的女孩子。那种美得让人窒息的感觉对我来说，这辈子还是头一次。可以毫不夸张地说，她的美甚至远超欧阳檬。

孙晓钰很活泼，也许是活泼过了头，一上来就小苏前小苏后的叫个没完没了，活生生地让我阿檬、晓钰，傻傻分不清楚。

我想该抽空跟老板谈谈，这样的女学生我不能收。我自己还一堆悬而未决的问题，万一日久生情怎么办，万一找到阿檬怎么办，万一……真不敢想！

今天回了趟学校，似乎我走以后发生了很多事，最终结果当然还是没找到阿檬。不过话说回来，就算知道阿檬在哪里，过着怎样的生活，我又能怎么样？我又敢怎么样？当初我那么自私地放弃，如今却又想要一切还和从前一样，这是否算异想天开？"

"离开阿檬的第 635 天，天气阴。

今天唱了首《一生何求》给孙晓钰听，犯下了大错。当初发过誓的，这首歌只能唱给阿檬一个人听，可是……

当然，阿檬从来不是那种斤斤计较的人，别说她此刻不知身在何处，即便她知道这件事也不会怪我。可是我自己呢？也许是我太容易原谅自己了。

可是话说回来，孙晓钰那女孩子真的是……各方面都无可挑剔，尽管这种念头不该有，可我仍是忍不住去想，万一这一辈子都再也见不到阿檬，难道我就真的孑然一身，想要以后出家为僧吗？

有些时候真的感觉受够了这种生活，当我一头扎进人堆里的时候，却觉得无比寂寞，究其原因，只是因为身边人都同自己背道而驰，更要命的，那些志同道合的人都在远方呼喊。爱情究竟是沁人心脾的蜜糖，还是玫瑰花丛下的白骨——至少，我不会傻到即使吃不着蜜糖还枯坐在玫瑰花丛里等死！不管那么多，晚上约了孙晓钰看电影，一切顺其自然。我真的受够了！

今天老头子找来了，也许一切都在往更好的方向发展。"

"离开阿檬的第 636 天，天气阴。

本以为昨晚会发生些什么，但实际上什么都没发生！

当然，我绝不是那种公狗似的、随便逮着个什么女人都急着先推倒的男人。关键在于，我知道爱情是宁缺毋滥的。电影里说，柠檬看起来玲珑剔透、小巧可人，可你要想尝到与之外观般精致如一的味道，先得要承受它那刻骨铭心的酸涩。而那种酸涩，很有可能让你一辈子都不再愿意接近它。对我来说，与阿檬的短暂分离，只是对我和对爱情的一种考验，考验着我的耐心，考验着爱情的忠贞。

孙晓钰这女孩子也确实在短短三天之内让我眼前一亮。如果我的世界里不曾有过阿檬的话，我一定会欣然接受她的全部爱意，并且珍惜如自己的生命。可是，爱情也讲究先来后到的。既然我的心里已经满满都是阿檬，便再也容不下其他任何人，任她光鲜靓丽还是风情万种。

这辈子哪怕穷极一生，我也会找到欧阳檬。哪怕再见的时候她已经移情别恋又或是已为人妻，我的爱情不变。"

看到这里，苏骁已是满头大汗。他看着日记本里所记录着的一年前那些事，纷纷犹如先知预言一般接二连三地在自己身上再次应验。而日记本的那个作者，则更像是处于某个平行时空里的苏骁，早在一年前就已经历了苏骁近期才有机会经历的一切。

第七十五节

"不可能……不可能……我一定是还在做梦……"尽管这么想，这么说，苏骁仍是忍不住将日记本一直往后翻，所有与孙晓钰有关的片段早已在日记本里写得清清楚楚明明白白，无论是孙晓钰提出的"意识控制死亡学说"，还是那个神秘的安西路46号，甚至孙晓钰那个身形矮壮的父亲。

"怎么会！孙晓钰的父亲是那个粗壮猥琐的男人……"苏骁深深陷入混乱与迷惘无法自拔。尽管这种找不着北的情绪可以被继续认为是平行世界理论造成，但他并不愿如此简单地欺骗自己。强烈的恐惧感和好奇心驱使他一直看到最后，然而那又像是一个巨大的阴谋，让苏骁深深感到不安。

"离开阿檬的第646天，天气有霾。

在大城市混迹了多年，我一直觉得即便大城市喧闹、有雾霾、交通不便，同时物价还高，也始终比偏安一隅的H市好那么多。直到今天我才发现，原来促使我留在这里的，从来不是这些毫无意义的理由。

昨晚，很意外地接到了孙晓钰的电话。当然，那个电话不是从阴间打过来的。她只是很任性地来了场说走就走的旅行，当是散散心也好，当是为了忘却也罢，这令我很欣慰，至少她还活着！

有时候生命就是这样，太多的巧合促成了误会，当误会被人们所接受的时候，又被一些巧合所澄清。有可能我们永远都没机会知道，在我们的一辈子里，究竟有多少误会被当作事实所接受，更有甚者有些误会我们大概宁可是误会也不愿意知道真相。这就是生活！

今天居然遇见了施彬学长，他没有变，事实上我也没有变。在我各种哀求之下，他终于同意帮忙打听阿檬的下落。尽管当今科学技术如此发达，可是就寻找阿檬这件事来看，中国人口还是太多了吧……哈哈！

另外，施彬居然告诉我他要去 H 市工作，这实在是一个天大的意外，人各有志吧！或许我也不应该继续留在这里。这个城市承载了太多不快乐的回忆，对我是这样，对阿檬也一样。我对孙晓钰同学说了我的想法，远在天边的她似乎很赞成这个决定。当然，我希望那是她由衷的祝福。

假如我和阿檬有缘，我们还会在新的地方相见。毕竟两颗心的相互牵挂远比手牵着手要紧密得多。希望她一切安好！"

看着空空如也的下一页，苏骁全身血液像是沸腾了起来。

"之后……之后我就回来了吗？"苏骁仔细回忆着，他觉得根本记不清自己回到 H 市的确切时间。他的记忆像断了线的风筝，或者更像是海中孤岛。一切看起来那么美好，实则孤立无援、独自飘摇。苏骁一边努力往大脑深处寻找那些似是而非的记忆，一边一页一页地往后翻日记本。尽管翻到的全是空白纸张，可他不甘心不放弃，仿佛空白纸页对他更具有吸引力。最终，皇天不负有心人，在日记本的最后一页，他看到了令自己感到绝望的一则日记。

"离开阿檬的……似乎我已经不记得有多少日子没在阿檬身边了，可是一切似乎都已不再重要。

天气晴朗，风和日丽。

人们常常想把一些思想强加于人，以示自己的强大。这样看起来一身正气、大义凛然，无形中却让身边人感到痛苦。

几个月过去了，施彬学长那边音讯全无。他是一个负责任的人，答应我帮忙打听阿檬的消息就一定会办到，除非……有的时候我真不敢想。

当然，就目前这种状况，我宁可他忘记了这件事。

近来，我觉得身边的人变得很疯狂，也可能连我自己也是如此。玛雅人的预言大概很快就会应验了，可事实上我们都不相信。至多，只会有人借题发挥作些文章，可直到那一天来临之前，我还是希望玛雅人的预言将会实现，至少好人还是好人，坏人离我们远远地。

只是那样的话，阿檬啊，我最爱的阿檬，我这辈子的梦不知还能否实现。或许注定不能吧！

天快亮了，今天将是疯狂的一天：当黎明来临前，我的信仰之神将会出现。

他是一条蛇，在我心中的孔洞中钻进钻出，掏空我的血肉；他是一头牛，用尖锐的犄角恐吓着我，禁锢我的思想；他是一位花花公子，对我开着毫无底线的玩笑，亵渎我的灵魂。

而就在今晚，我也将以我的虔诚示人。

用黑色没膝的斗篷包裹我的皮肉；把我思想的源泉用宽大的帽檐遮挡，在其中发出低沉的咆哮，宣泄我的不满。

可是我的女神，她会在远方看着我，无论天明的时候我是否存在……"

省略号后面还有很多省略号，那些语言或许只有他和他的女神懂得。而他的女神……

"我的女神无疑就是欧阳檬！"苏骁合上日记本，随手扔在书桌上，自己则瘫倒在椅子上。日记本的内容能够让他感同身受，苏骁觉得那则写在最后一页的日记更像是一封绝笔信。作者希望这个日记本终有一天会被他的阿檬看到，而那个"阿檬"未必是苏骁的欧阳檬。

苏骁靠在椅背上许久，觉得浑身无力。桌面上凭空而来的日记本像一个魔咒，令苏骁感到愤愤不平。"哼，这一定是又一个阴谋！一切都是韩天在搞鬼……"苏骁将昨晚到现在发生的一切联系在一起，忽然暴跳起来。

"一定是韩天！一定是韩天在耍我！一定是这样……"苏骁略带踉跄地奔回房间去找手机，他要继续拨打韩天的电话直到对方接听为止。他决定当韩天接通电话的那一瞬间，要把韩天骂个狗血淋头、体无完肤。然而，苏骁没能得逞，隔着老远，他听到自己的电话铃声响起，施彬的名字出现在手机屏幕上。

"你起来了吗？"施彬的声音在电话里显得很庄重，让苏骁颇有些不适应。

第七十六节

"起了。"苏骁心里一团乱麻，懒得跟施彬多开一句玩笑。

施彬重重呼出一口气，仿佛心里压着千斤巨石。此刻的苏骁倒颇有耐心，对方不开口他也不动声色，或许只是因为无力言语。

"如果早上没什么别的事，麻烦你到医院来一趟，带上乐梦。"施彬的呼吸声相当沉重，仿佛在整理了很久语言之后道出了自己的意图。

"乐梦……"苏骁听到这两个字的时候不禁一惊，忽然有了种做贼的感觉。因为他很清楚，施彬给自己的塑料瓶里一共三片乐梦，已经吃掉两片。

"喂？喂？"施彬半天不见苏骁回应，不禁有些着急。

"你打算把那个要回去吗？"苏骁试探着问。

也许是苏骁的语气太过明显，施彬瞬间会意。

"你不会把药吃完了吧？"施彬说话的声音混合着焦躁和不安，那种语气越发地令苏骁感到难堪。

"没有没有……还给你留了一片……"苏骁吞吞吐吐地回答，自己都能感受到脸上的尴尬，就好像施彬交给他一只烧鸡，当施彬再问起来的时候苏骁告诉他给他留了一只鸡腿。

"一片……"施彬在电话那头的声音又多了几分无奈。苏骁在那声音中听到了气急败坏的味道，不禁弱弱地问："那一片……我还要给你送去吗……"

301

"带上！赶紧来！"施彬说话斩钉截铁，毫无商量的余地。

施彬一声令下，苏骁就带着最后一片乐梦赶到医院。当苏骁气喘吁吁地把装有最后一片乐梦的塑料瓶拍在施彬桌上时，施彬连看都没看苏骁一眼，急不可耐地拿起塑料瓶旋开瓶盖往里看。

"好家伙……一天一片……"施彬苦笑着说，"你把我的交代完全忘到脑后了！"

"三至五天吃一片嘛！"苏骁大刺刺地坐下，眼睛直勾勾地盯着施彬说，"可我就是需要它……"说着，用手指关节敲了敲桌子问施彬，"这药究竟有什么问题？我会死吗？"

"死？"施彬一脸惊诧地看着苏骁，足足将那种眼神保持了三秒钟，让苏骁看得连大气儿都不敢喘一下。

"你想多了……"终于，施彬的神情恢复正常，装出一副轻松的样子笑着说，"上头下文件了，要求严格管理好临床试验用药。对每一位受试者都要严格按照流程筛选并登记造册。我大致想了想，好像就给了你三片，所以……"

"那我不是要害你背黑锅了？"苏骁听他这么说，一颗悬着的心稍稍感觉安稳。静静地看着施彬将塑料瓶盖重新旋上，小心翼翼地放回到抽屉里。

"其实……"苏骁忽然一拍脑袋说，"能不能，再给我弄些乐梦？"

施彬一怔，看着苏骁那迫不及待的样子，情不自禁地挠起头来。

"怎么了，这个要求不合理吗？"苏骁看看施彬，又看看他刚才放乐梦的抽屉，眼神不住地往下瞟。

"你是不是被乐梦的神奇效果给吸引住了！"施彬仿佛对他的眼神视而不见，对他的要求更是置若罔闻。

"是啊……"苏骁努力回味着梦里的欧阳檬，跟曾经的记忆中无二。"我跟你说，阿檬和乐梦，你至少为我带来其中一种，否则……"苏骁没有说否则怎么样，因为他知道，自己没法拿施彬怎么样。

"是不是觉得，梦里的一切都那么美好，相比起现实生活中的残酷更令人流连忘返？可是你有没有想过……"施彬的言语变得越发严肃，"你有没有想过，这东西其实就像毒品，一旦长期浸淫其中就会无法自拔；久而久之会对现实生活产生厌倦，宁可永远活在梦里。我们设计这款药物的初衷绝不是这样。"

"可是，人类的意识还没有强大到可以随心所欲地控制自己生死不是吗？甚至不可能仅靠意志控制自己保持睡眠的状态……"讲到这里，苏骁忽然想起孙晓钰。她的离奇理论莫非就是从这里提炼出来的？难道她也和乐梦有关系？苏骁一边说一边暗暗合计。

施彬摇摇头，仿佛在对待一个不成器的学生："你所说的保持睡眠状态也许意识没法控制，但是乐梦绝对可以控制。其实不光是乐梦，其他的苯二氮卓类药物都能够让人产生昏迷、嗜睡等类似的效果，只是乐梦剔除了对人体不利的作用。形象地说，乐梦可以让人类机体产生类似冬眠的效果，而当人们从这场冬眠中醒来的时候，任何事情都不会发生任何变化。"

施彬说了这么多，苏骁几乎全没听进去。他唯一听清楚并确认的词只有"苯二氮卓"这四个字。这个名字他只在一个地方见过，那就是从张心武卧室里带出来的那个小塑料瓶。

"你的意思是，乐梦也是一类苯二氮卓药物？"苏骁侧着头，小心翼翼地问。

施彬点点头回答说："没错，乐梦是一种苯二氮卓衍生物，几乎继承了所有苯二氮卓类药物的优点……"

施彬的话让苏骁确信，从张心武卧室带出来的那瓶所谓的"苯二氮卓衍生物"就是乐梦无疑。

"既然这种苯二氮卓衍生物这么神奇，能给人带来非同寻常的梦境感受，为什么不能用来治疗那些抑郁病人，让他们永远快乐地活在梦里，甚至可以永远不要苏醒过来。"苏骁刻意用了"苯二氮卓衍生物"几个字，言语毫无违和感。他的目光开始闪烁，似乎希望通过旁敲侧击来探知更多的谜。而施彬似乎也很习惯这种称谓方式，扳着手指头给苏骁算账。"动物处于冬眠状态下，各方面代谢都减慢，这本来是动物适应自然界的一种生存法则。可人类是一种社会动物，自带改造自然、适应自然的能力。仅仅因为一些精神上的障碍或是心理上的疾病就对人强制实施冬眠，由此引发的各种诸如生理、伦理方面的问题，实在不是你我在这儿侃侃而谈能够解决的。更何况……"

施彬略一停顿，却陡然听到苏骁的手机响了。苏骁顿时有种兴味索然的感觉，带着一脸嫌弃的样子瞟了眼手机屏幕。那个陌生号码在苏骁看来略有几分似曾相识之感。苏骁抬头看了看施彬，他已经微笑着示意苏骁自便。

苏骁无奈，轻轻按下接听键却不作声，听筒里传来郑辉强略带沙哑的声音。

"咱们也算老交情了，所以这个时候想给你打个电话。"

苏骁没搭理他，只是在心里默默念叨着："你是贼我哥是警察，鬼才跟你是老交情！"

然而郑辉强对苏骁的沉默并不在意，只是继续碎碎念着："说起来，一个做贼的，如果不是良心发现，可能永远不会低头。所以……"

第七十七节

"所以你打电话给我只是想随便聊聊天气，然后一言不合再损我一顿吗？"苏骁打断他，显然是因为上次那杯金骏眉的事而心存不满。

"当然！"郑辉强仍显得很平静，只是那沙哑的嗓音通过电波的传输听起来令人毛骨悚然，"你我之间不太可能产生交集，如果我有事求你，你肯定也不会答应。我说得没错儿吧？"

苏骁在郑辉强的言语中听出了一丝卑微的味道，然而他忽然觉得这是郑辉强的又一次把戏。如果苏骁不慎入套，郑辉强一定能够耍得他无力喊娘。

所以苏骁决定先发制人："那也未必！"然而话说出口，他又觉得后悔，仿佛这是郑辉强精心设下的局。

"这就好！"郑辉强的回答越发地证实了苏骁的想法，"希望你能帮我最后一个忙，没准儿也是帮自己。"

苏骁终于说不出话来，最近太多事令他应接不暇，更无从分辨真伪。尽管在他看来郑辉强是那种满嘴跑火车的人，可这时他的心是为之动容的。

"你想要我做什么？"

当苏骁给予响应之后，换来的反倒是郑辉强的沉默，他仿佛在酝酿着什么难以启齿的事。

"说话！"当这份沉默挑战到苏骁耐心的极限时，苏骁吼了起来。

"我需要你给我三个钟头的时间，让我证明一件事。在这三个钟头里，你守着我。"郑辉强似乎自己都觉得提出的要求有些过分，说话的声音很轻，生怕苏骁再度吼起来。

　　可是，苏骁却笑了，笑得有些狂野，也有些无奈。就连施彬在听到这样的笑声时，都禁不住感觉到冷。

　　"我不怕死！"郑辉强似乎认为苏骁的笑是一种嘲讽，于是加以解释说，"我只是想知道……"

　　"可以！"苏骁似乎并不需要他的解释，一口答应了他的要求。

　　"三个小时能换来什么？"苏骁挂断电话，笑着问施彬。可施彬似乎惊惧于苏骁这种状态，细想了许久之后仍是不答话，眼神耐人寻味。

　　当苏骁站在郑辉强办公室门口的时候，郑辉强几乎有些不相信自己的眼睛。苏骁背着手一边悠闲地踱着步一边笑着说："怎么，当我开玩笑，以为我不会来？"

　　郑辉强表情显得有些僵硬，看了苏骁许久，仿佛经过审慎的鉴定确定眼前是苏骁本人之后才点点头道了声："谢谢。"尽管言语中并无谢意，却已然让苏骁感到受宠若惊。

　　"要我怎么做？"苏骁对郑辉强的感谢并不在意，便更不在意他的表达方式，只用最平淡的语气询问。

　　"你知道的，"郑辉强的语气显得十分肯定，这倒符合一贯以来他的作风，"我是混黑道起家的，最辉煌的时候手底下五员虎将个个生猛。今天只要他们一个在，都用不着请你来……"

　　"李二毛、郑阿桂、熊三、小阿四……"苏骁一时兴起，扳着指头数，可是数来数去却只数出四个人。

　　"还有王大冲！"郑辉强有些看不过眼，略有些不悦地提醒道，"怎么连他都忘了……"可是当他与苏骁四目相对时，却又立即打住，改口说，"那都是陈年旧事，不提也罢。一会儿我想在里屋睡个好觉，希望你能够在外面帮我看着点，别让人打扰我。你有什么需要，可以尽管吩咐我的手下去办，保证服务周到！"

"我看你是害怕刘希来找麻烦吧？"苏骁静静看着他，说话一针见血。

然而郑辉强一副破罐子破摔的样子，毫不掩饰地点点头，然后说："对于阿慧，我是无时无刻不在思念的，无论她嫁做人妻或是长埋地下。你永远不会知道，当有那么一刻一切都如我所愿发生在我的生命里时，我会有多么激动，哪怕那样的事情永远只能发生在梦里……"

郑辉强说到这里，苏骁便已猜出了几分，只听郑辉强接着说："有时候我会觉得，就算如今阿慧还在人世，我也更乐于陪在梦里那个她的身边。"

"你中毒了！"苏骁摇摇头，想要这么说，可话到嘴边却突然浑身一震。他觉得这时候他终于能够明白施彬收回乐梦的良苦用心了。

"或许太晚了……"苏骁自言自语地说。

"是的！太晚了！"郑辉强仿佛是与苏骁同病相怜的兄弟，也兀自喃喃，"我不能没有它……"说着，从书桌上拿起一个白色塑料瓶，不紧不慢地旋开瓶盖，那动作让苏骁觉得是那么熟悉。

苏骁看着郑辉强脸上那股兴奋的神情，忽然一把抢过他手里的塑料瓶。

"你干什么！还给我！"郑辉强怒吼起来，脸上全无血色，一双眼瞪得比铜铃还大。

苏骁拿着塑料瓶连退好几步，把它举到与视线平齐的位置，同时伸出另一只手指着郑辉强说："你别激动，更不要冲动，一切都好商量，前提是你先回答我三个问题。"

或许是两人闹出的动静太大，郑辉强办公室的门忽然被推开，他手下小喽啰们冲进来不明就里地四处张望，看见郑辉强脸色苍白却安然无恙。

"滚出去！谁让你们进来的！"郑辉强忽然大吼起来，吼声在嘶哑的嗓音作用下有种劈裂感。

趁着屋里混乱，苏骁瞟了眼塑料瓶，只见里面安安静静躺着三四片白色小药片。然而屋里很快又安静下来，只剩下郑辉强死死盯住苏骁手上的白色塑料瓶。

"你想知道什么？"此刻，郑辉强或许紧张白色塑料瓶比紧张他自己的性命更多。

"这东西是不是乐梦？"苏骁的气势明显压过对方。

"我不知道什么乐梦、乐醒的，我只知道这是一种叫作苯二氮卓衍生物的东西。赶紧把它给我！"郑辉强看起来有些焦急。

"很好！"苏骁点点头，从塑料瓶中倒出一片放在桌上。郑辉强见状，不禁像饿虎扑食一般伸手抓过就往嘴里送，而后脖子一扬使劲咽了下去。

"你吃这玩意多久了？"苏骁看着郑辉强的样子，不禁感到后怕，却分毫没在脸上表现出来。

"十天！"郑辉强宛如一只乞食的宠物，眼巴巴地看着苏骁，仿佛在乞求他继续打赏。

"十天……"苏骁摇摇头，深深为郑辉强感到悲哀，同时又取出一片放在桌上。郑辉强像是饿绿了眼的狼，手一伸一缩就把药片拿在手里，而后放到嘴里。

苏骁见状，刻意把塑料瓶在手上摇了摇说："最后一个问题！你这次吃那么多药，想要干吗？自杀吗？"

"哼……"郑辉强冷哼了一声，咬着牙吐出几个字，"我只是想永远地和我爱的人在一起！"

郑辉强最后那句"我只是想永远地和我爱的人在一起"重重敲击着苏骁的心，令他再无言语，只是缓缓地把塑料瓶放在桌上刚才放药片的位置。郑辉强伸手抓过塑料瓶，一仰头就把瓶里剩下的药片尽数倒进嘴里，仿佛害怕苏骁反悔再次抢走塑料瓶，吃完之后还不忘对苏骁展示一下空塑料瓶，样子像极了顽皮的孩童。

"算你狠！"苏骁不禁对这位为爱毫不畏惧死亡的勇士竖起了大拇指。苏骁此刻的赞美是发自肺腑的。"你去睡吧，我尽一切可能让你不被打扰，安心做你的美梦！"

郑辉强看着他竖起的大拇指，笑了，虽然在那略显苍老的脸上摆上那样一种笑仿佛有些怪异，但苏骁完全能够体会到对方的真诚。

"你这一辈子也挺不容易，好好休息吧！"郑辉强进里屋前，苏骁说，"没准儿等你醒过来咱们还继续对着干呢！"说这话时，苏骁也笑了。郑辉强回过头看着他，仿佛没听见似的指着书桌旁的吧台说："那里都是好酒，尤其是那瓶威士忌，调出来的曼哈顿和酒吧里卖的有天壤之别，有兴趣的话你试试……"郑辉强说完正要回头，却陡然想起什么，又指着书桌说，"抽屉里的东西，我放了好几年，一直没派上用场，一会儿也许你用得着。"说罢，转身走进屋，反手关上了门。同时，苏骁听见里面传来房门上锁的声音。

"估计不是什么好东西！"苏骁对郑辉强的话颇有些好奇，看了眼吧台上的酒，便转身走到书桌前打开抽屉。里面静静躺着一把五四式"大黑星"手枪。

苏骁吃了一惊，随即自言自语道："我又不会用枪……"说归说，不会归不会，苏骁仍旧拿起了枪。

触手之处是冰冷的，漆黑的枪身泛着柔和光芒，那似乎是一种低调的杀机。枪并不沉，可真正沉下去的是苏骁的心。苏骁握住枪，学着警匪片里的样子举枪、扶稳，然后瞄准，这一刻他的感觉忽然变得很好了。于是苏骁扬起嘴角，他笑了起来。对他来说这把枪仿佛是力量的象征，任谁身强力壮，又或是身手不凡，面对冰冷的子弹，都只能乖乖地臣服。

苏骁忽然叹了口气，依依不舍地把枪放回抽屉，合上抽屉前还不忘伸手轻轻在枪柄上摩挲一阵。而后，才将视线转向旁边的吧台。

"我不喜欢曼哈顿！"苏骁走过去，拿起一瓶朗姆酒，"太淡！娘们儿喝的酒！"苏骁一边说一边给自己倒上一杯。顿时，酒香升华作一团氤氲却不着痕迹，弥漫在苏骁鼻腔里，仿佛妖娆女子对他一边媚笑着一边勾着手指。

"真是好酒！"苏骁一边赞美一边把酒杯凑近，让那醇厚的酒香将自己包裹起来，带入一个无忧无虑的极乐世界。

正当苏骁闭着眼睛沉浸在朗姆酒的醇香中，办公室的门忽然被轻轻推开。苏骁看到刘希缓缓走进来，反手关上门。

"是你！"看到苏骁的时候，刘希似乎吃了一惊，几乎是在同时，他又立刻恢复一贯的冰山脸，极不情愿地问道，"你怎么会在这里？"

苏骁看着刘希一脸漠然的样子，不禁觉得好笑，随手倒上一杯酒，递到他面前。刘希看着杯子里琥珀色的酒液，不置可否地看着苏骁，并不伸手去接。

"没毒的！"苏骁轻轻一笑，仰头喝干杯中酒，而后把杯子晃了晃，仿佛是在耀武扬威。

"那个老家伙请你来做保镖？"刘希心事重重地看着苏骁，似乎在盘算要如何先干掉苏骁，才能达成自己的最终目标。

苏骁摇摇头，并不多作解释。在他看来自己只是为了解答生命中的某些困惑而来，至于到最后郑辉强是生是死都与他没太大关系。

"那样最好！"刘希显得不再迟疑，一把抢过苏骁手中另一杯酒一口喝下，而后问，"他在哪里？"

苏骁接过刘希递回来的空酒杯，往后面努了努嘴。刘希点点头，径直往里屋走去，一边走一边伸手往怀里掏着什么，只一眨眼的工夫，刘希的手里多了把明晃晃的砍刀。

"等等！"刘希手里的砍刀折射着寒光，晃得苏骁头晕，苏骁见刘希伸手去开里屋的门，忽然喊道，"真有那么大仇恨吗，一定要置他于死地？"

刘希停住，头也不回只冷冷说："你不是我，你不会明白！"

"可你不是他，你又明白什么？"苏骁的语气变得有些严厉，这样的语气似乎激起刘希的不满情绪，只见他忽然转过身质问苏骁："你只是个局外人，你什么都不明白！"

"不错，我是个局外人，"苏骁走上前，义正词严地说，"可我知道欠债是要还钱的，杀人也是要偿命的，我还知道刘大爷为了你做了很多错事，尽管如今他已经不在人世，可他仍要背负一个杀人犯的罪名，这一切都是因为你这个不孝子！"

苏骁的声音虽然不大，可句句话戳中刘希的心，令他暴怒地捏紧了拳头，额头上的青筋略微凸起，表情极为骇人。

苏骁看着刘希，并未因此退却，只是据理陈述："事到如今，你们和郑辉强的恩怨该算是一笔勾销了，你何苦还要赶尽杀绝，同时也让自己陷入万劫不复的地步呢？"

刘希忽然笑了起来，笑声中夹着悲凉，仿佛站在悬崖绝壁上断了退路的旅人，除了纵身跃下再无其他路可走。

"我给你讲个故事吧——我身边的故事！"刘希忽然止住笑，背靠在门上，也不等苏骁表态就静静地说，"从前有个事业有成的男人，宣称爱上一个女人，一辈子非她不娶。可他风流成性，四处留情。这样一个渣男，偏偏还有女人为他死心塌地。有一个姓蒋的富家女为了这个渣男宁可和家里断绝关系，未婚先孕。可是这个渣男给不了她名分……事实上，他什么都不会给她。最终，这个姓蒋的女人郁郁而终，留下一个女儿独自长大成人……"

"这个姓蒋的女人是蒋诗雯她母亲吧？"苏骁打断刘希，却见他将眼睛一横，瞪得苏骁浑身一阵冷战。

"像他这样的渣男，害了这么多人，难道不应该得到惩罚吗！"刘希的声音越来越大，最后演变成为咆哮。

第七十九节

正当苏骁站在咆哮的刘希面前不知所措的时候，办公室门忽然开了。苏骁看见小马从门外探出头来，似乎对屋里的情况感到好奇。但在看到苏骁之后，小马随即又关上门。或许是小马带来的这个小插曲，让苏骁忽然有了勇气回应刘希。

"你无权评判他人的对错，更无权决定旁人的生死。即使郑辉强理应受到惩罚，也不应由你来执行！"

苏骁说话铿锵有力，却被刘希当作放屁。刘希低头把玩着明晃晃的砍刀，声音仿佛被封在密闭的盒子里："也许你说得对，我既不是警察，也不是法官，甚至都不是什么正人君子，所以大家所说的公理正义根本轮不到我来伸张；可我是我，我也是个人，有权利为自己做些我认为对的事情，有权利为我爱的人做些我认为对的事情。今天，如果你打算阻止我，我只能说声对不起……"这个时候，刘希忽然抬起头，砍刀一抡就往苏骁砍过去。

苏骁丝毫没料到刘希会突然发难，一蒙之下竟不知躲闪，直到刘希近身，苏骁才感觉到一股杀气扑面而来，随即侧身避开。但砍刀早已化作一阵寒光，迎着苏骁劈下，在他的胳膊上留下一道长长的口子。

苏骁吃痛，接连退出几步，直退到墙边上。胳膊上的刀伤让他感觉到痛。随着肾上腺素的急剧分泌，苏骁开始觉得浑身颤抖。然而他并不害怕。

"如果你觉得，杀一个保本，杀两个就是赚到的话，我索性奉陪到底！反正我也有一堆弄不明白的事儿，没准儿事后还能更明白！"苏骁用略微颤抖的声音说出了自己的心声。当他看着刘希刀上滴下的血，心中一股狠劲涌上来，随手抓起身边一把椅子全力冲刘希扔了过去。

　　刘希心里动了杀机，眼里仿佛能够喷出火来，却忽见一把椅子凌空飞过来，想要躲闪的时候已是太迟。只见刘希迎着那椅子，铆足了劲一刀劈下去。然而武侠剧里常常会见到的一刀劈下去椅子裂成两半的场面并未发生，刘希的刀深深斫进木质的椅子里。那椅子也因为部分力而中途改变方向，椅子两条腿往里打在刘希的胸口上。

　　刘希被椅子击中，连退好几步。趁着刘希使劲拔刀的时候，苏骁大喊一声："刘希你收手吧！"同时三步并作两步冲到刘希跟前，伸脚往刘希脑袋踢过去。刘希反应奇快，见苏骁踢来，就势往后一闪，双手抱住苏骁的腿往后一抽，想要摔苏骁一个四脚朝天。此时苏骁一股狠劲涌上来，借着刘希的力道腾空而起，同时勾起另一条腿，伴着一声怒喝用膝盖往刘希下巴拱去。只听刘希一声闷哼，往后急退好几步，而苏骁也被掀翻在地，痛得半天喘不上气来。

　　"呸！"刘希吐出一口血沫，定睛看去里面还有两颗门牙，不禁勃然大怒。手脚并用地拔出卡在椅子上的砍刀再度往苏骁袭来。

　　苏骁刚才背部着地，痛得险些背过气去，睁眼突然看到刘希挥刀而至，心中不禁骇然，深知这时候以命相搏，对方刀下决计不会留余地。苏骁挣扎着爬起来，手忙脚乱地把旁边的椅子、花盆往刘希身上扔。而刘希早已杀红了眼，接连纵跃避开，誓要把苏骁一刀劈死。

　　苏骁一边退一边胡乱扔些物件阻挡刘希，退到书桌前又把桌上各种杂物扔向刘希。一时间郑辉强一间好好的办公室被两人你来我往闹得鸡飞狗跳、一片狼藉。眼看着书桌上的物品被扔尽了，刘希依旧气势汹汹地冲过来，苏骁忽然心念一转，拉开抽屉，稳稳将五四式"大黑星"握在手里，黑洞洞的枪口直指刘希。

苏骁胳膊上仍在滴血，这让他感到手里的"大黑星"似乎越来越沉。可眼下性命攸关，他只能将"大黑星"使劲握住，同时大喝道："站在那别动，不然崩了你！"

这一下倒是颇为有效，一来苏骁自己也不再因为疼痛和恐惧而颤抖，二来刘希也确实停在了那里，死死盯住苏骁。

"把刀放下，站到墙边去！"苏骁举着枪，声嘶力竭地下达着指令。在枪的威慑下，刘希握刀的手终于缓缓垂了下去，却没松手。

"撒手！把刀扔下！"或许出于紧张，苏骁的手再度开始剧烈颤抖。他却像分毫未曾察觉似的一面眯起眼瞄准刘希一面发出命令，"赶紧放下，不然我就开枪了！"

两人僵持着，中间只隔着一张书桌和几个椅子的距离。尽管苏骁一再强调让刘希放下刀，刘希却始终停在刚才的姿势，对后来的命令充耳不闻。两人保持着一种微妙而危险的平衡关系。

"不要以为我不敢开枪！"苏骁说着话，心里却在犹豫是否开枪。事实上，他所想得更多的，则是自己从未曾开过枪，甚至之前从未摸过枪。当他更多地依仗于语言攻势的时候，刘希却忽然将眼神投向苏骁身侧——那是里屋的房门。

"坏了……"苏骁心念一动，只怕这时候郑辉强听到外面的吵闹声苏醒过来，并打开门走出来。然而就在这一分心的工夫，刘希忽然抬起胳膊将手使劲一抖，那砍刀便像离弦的箭一般往苏骁飞过来。

"完了！"苏骁一着急，扣在扳机上的手指猛一用力，只听"大黑星"发出一声震耳欲聋的巨响。几乎就在这同时，刘希的砍刀擦着苏骁的脸飞了过去，落在他身后的地上。

"王八蛋！"不知为何，砍刀没有击中自己，反倒让苏骁怒火更盛。苏骁索性低着头，接连扣下扳机，直到子弹被射空。

苏骁抬起头环视办公室，已经不见刘希的踪影。他小心翼翼地探身查看时，只见地上空流着一摊血迹，却不见刘希人影。

"看样子伤得不轻！"苏骁细细查看着那摊血迹时，听见门口传来窃窃低语的声音。苏骁抬头看去，办公室大门随意敞开着，门口已聚满了各色小混混，而小马也混迹其中，脸色惨白地看着苏骁。

"跑那么快，伤得一定不重！"苏骁蹲在血迹边喃喃自语，朝小马轻轻勾了勾手指，示意他到身边来。小马一脸惊恐地左右看了看，踟蹰不前。直到苏骁指着他，晃了晃手里的"大黑星"，小马才一步三回头地走进办公室。

第八十节

"他呢？"

"他……他……他跑掉了……"或许是"大黑星"的威慑作用太强，小马的舌头有些不灵光。

"真有你的！差点把郑辉强给弄死！"苏骁笑了起来，那笑容却让小马摸不着头脑，只是自己同刘希合谋干的那档子事儿被揭穿之后，尤其是被一个外人揭穿之后，心虚是在所难免的。

"去，"苏骁看看表，对小马说，"去看看你老大什么情况。"

小马一愣之下，连连点头，这对他来说，似是一种救赎。小马轻轻走到里屋门前，轻轻敲了敲门，压着声音问："强哥，强哥，睡醒了吗？"一连问了三四声，不见回应。

小马回过头望着苏骁，苏骁不耐烦地示意他继续敲。可里屋像是根本不曾有人进去过一样，始终没有回音。

"一切和计划一样！"苏骁看了看表，喃喃道，"快三个钟头了！他真是很好的榜样！"说着，走到吧台边上。所幸在刚才激烈的搏斗中，吧台上的酒倒是安然无恙。苏骁给自己满满倒上一杯朗姆酒，看着小马说："要不要来一杯？"然而小马仍是满腹心事的样子不作回答。

苏骁离开的时候，没有和任何人说话。郑辉强的手下们像对待神明一样看着他。可他们的眼神让苏骁觉得自己是个怪物。

街上车水马龙，喧嚣不断。苏骁从辉强商贸公司出来的时候，就一直关注着地上的血迹——那暗红的血迹意味着刘希的伤势不轻，至少比苏骁的伤重。苏骁瞟了眼自己胳膊上已经结痂的伤口，几乎感觉不到疼。这一点却让苏骁觉得，自己应该去看看刘希的情况。

苏骁一路赶到刘希家门口，发现房门虚掩着，气氛安静得有些奇怪。苏骁轻轻推门进去，只见血迹在实木地板上延伸开来，一直通向卧室。在这略显压抑的气氛里，卧室隐隐传来笑声。苏骁侧耳听去，那仿佛是一种带着挖苦的嘲笑。

"这么说，一切都是假的？"苏骁把脚步尽量放轻，悄悄走过去，只听见刘希用极其虚弱的声音表达着愤怒情绪。"你跟你爹真是一个德性！"

"屁话！"苏骁走得近了，看见蒋诗雯背对着门坐在床头，说话方式同平时唯唯诺诺的形象截然不同。"从骨子里，我是个善良的人，只是被你们逼成了这个样子！"

"谁逼你了？我可没逼你，我爹也没逼你，一切都是你自己逼自己！"刘希说话有些断断续续，仿佛随时可能一口气上不来而再也说不出话。

"算了算了，"蒋诗雯仿佛有些抑制不住内心的喜悦，"事情走到这一步，我再跟你争辩这些事好像显得我不够大度。或许你会觉得，有我在你身边，即使独自静静地死去，也是一种幸福。到那边记得代我向爸爸问声好。细细想想，似乎爸爸是我唯一有所亏欠的人。而你……眼下我所做的已经够让你将来在九泉之下感恩戴德了！"蒋诗雯的情绪仿佛股市行情，时起时落地令苏骁咂舌。

"你……"刘希似乎有些不忿，一口气上不来，令苏骁暗自替他捏了把汗。然而只在片刻之间，卧室里再度响起他虚弱的声音。

"你怎么能这样对我！我到底是你老公……"

"噗嗤！"蒋诗雯听了刘希的话，不禁笑出声来，仿佛他开了一个巨大的国际玩笑，"你觉得我什么时候把你当作过我的老公？你不要想太多了，你充其量只能算是我的棋子。我之所以答应嫁给你，还帮你还债，无非是因为你和郑辉强之间有足够的矛盾，能够帮我杀了他。如果没有我，恐怕你早被阿鬼他们给干掉了。只是没想到……"

"没想到我为了你而做尽错事的时候，我爹也为我……"刘希的声音越来越小，苏骁几乎听不见他在说什么，正想再凑近一点的时候，却陡然听见刘希吼了起来："我们父子俩都毁在你手上了……"刘希这口气似乎憋了很久，在短暂的爆发之后，却又悄无声息。

然而刘希还没把话说完，就听见蒋诗雯冷哼一声说："这世界这样严酷地逼我就范，我又什么时候逼过你们？我所做的，无非是要为我母亲讨回一个公道，我又有什么错？"

"是！"刘希无奈地承认，"你确实从来没有逼我，甚至我也从没逼我爹帮我做那些事！我们做这一切都是心甘情愿！而你只是悄悄引导我们做到这一切而已！"

刘希这几句话听在苏骁耳里，令他感同身受。此时此刻，若是欧阳檬让他做点什么，他就算粉身碎骨也要全力以赴。因为在他看来，面对爱情，没有值与不值之分，只有愿不愿意之别。

这个时候，蒋诗雯似乎也在细细品味刘希的话，最终也许是因为觉得刘希说得有理，便轻轻点头说："有的时候我真心希望我的父亲像你爸爸一样，把子女当作自己的一切。虽然我知道这样很自私，可我还是利用了你爸爸的这个弱点……"说到"弱点"两个字的时候，蒋诗雯轻轻叹了口气才继续说，"算是弱点吧！为了你，他对我言听计从，把辉强商贸公司的核心成员一个一个杀掉，并且不着痕迹。其中唯一的败笔，恐怕就是你给他的那张银行卡。"

"原来这一切都是你策划！"虽然隔得老远，但苏骁可以清楚地看到刘希脸上的肌肉开始抽动。

"最可惜的是，老头子走的时候，把药都吃掉了，不然的话……"蒋诗雯忽然天真地一笑，然后说，"不然这会儿给你用倒是挺合适！"那笑声令躲在门外的苏骁感到一阵毛骨悚然，而更令他诧异的是，刘大爷一家居然也知道乐梦，只听蒋诗雯继续说："不然你可以像老爷子一样，静静地睡过去，一点痛苦都没有，在梦里尽情地欢愉。在梦里我一定不会拒绝你，我可以把我的一切都给你。当然在现实中我也会一直守着你，直到你离开。可惜了……"苏骁看见蒋诗雯说到这里的时候，缓缓站起身，从旁边拿起一条毛毯，一边靠近刘希一边说："放心吧，很快的！"同时双手拿住毛毯对准刘希的脸。

　　刘希看着她，眼神中似乎有些绝望，但却不见挣扎，惨白的脸上反倒露出一丝笑。

　　"别动！"苏骁见情况不妙，一步跨进屋里，从口袋里掏出一样东西指着蒋诗雯说，"把东西放下，离他远点！"也就在同时，苏骁才看清，自己手上拿着的，是从郑辉强办公室带出来的"大黑星"。

　　"你怎么进来的？"蒋诗雯颇有些震惊地把毛毯放在床边，轻声问。

　　"门没关，就这么进来了！"苏骁答话的时候神色泰然，甚至持枪的姿势都比刚才顺溜。

　　然而蒋诗雯面对黑洞洞的枪口时也没显得紧张，只听她轻声说："你杀了我也没用，他干了那么多坏事，始终都是要死的！还不如让我给他来个痛快！"

第八十一节

　　苏骁看了看躺在床上的刘希，他的眼里透着悲伤，脸上却还故作坚强。他的腹部有两处枪伤被他用手按住，脸色死灰。

　　"这是我们的家事，用不着你管！"刘希依然嘴硬，只是身子骨远不如嘴上那般坚强，"你快滚吧！"说到这句的时候他已是脸色发黑、嘴唇发白。

　　苏骁看着他，轻轻摇摇头，头一次对他有了几分怜悯之心，于是扭头对蒋诗雯说："你以为你算尽天机，却没算到强哥请我来做保镖，也许现在强哥已经睡醒起来了。"

　　蒋诗雯嫣然一笑，那神情像极了欧阳檬，正当苏骁略有些走神的时候，却听她大声说："我从来不喜欢把希望寄托在一个人身上，那样一人失手全盘皆输……"她说到这里的时候，苏骁不禁在心里暗叫"不好"，他想起小马这时候还在郑辉强门外，没准儿已经对他下了手，正想着，蒋诗雯继续说："郑辉强吃下那么多药，一时半会儿是醒不过来的，只需要我一个电话，就会有人在他身上捅上十几个窟窿。只是到时候，我的老公就百口莫辩了。所有人都看到他拿着刀到辉强商贸公司刺杀郑辉强。"

　　尽管苏骁觉得她说得有理，却没把枪放下。当他看着刘希的时候，刘希却闭上了双眼，显得平静了许多，仿佛在蒋诗雯的开导下看透了一切，准备迎接对方的审判。

"你还不快滚！离开我的家！"刘希忽然睁开眼对苏骁咆哮。

苏骁觉得有些尴尬，正想举起枪对刘希说"枪没子弹"的时候，脑后陡然一紧，而后剧烈的疼痛感逐渐蔓延开来。苏骁努力转过身去，看见小马神气活现地站在那里，手里拎着个空酒瓶。苏骁心中一着急，拿枪的手又吃力地抬了起来，用尽吃奶的力气朝着小马扣动扳机。可是接连扣好几下都传来空膛的声音。这个时候，苏骁终于再也忍不住脑后的剧痛，浑身瘫软下来失去了知觉。

苏骁醒过来的时候，周围的黑暗足以吞噬一切，只有窗外投进的微光让他感觉自己仍活着。他感到一种类似宿醉一般的眩晕，耳朵里始终伴着嗡嗡的声音。苏骁想要使劲拍拍脑袋，却忽然觉得脑袋上似乎缠着类似绷带的东西。苏骁挣扎着站起身，沿着墙壁寻找到灯开关。灯亮的那一瞬间让他极度不适应，头痛欲裂令他再次闭紧双眼、咬紧牙关。直到他觉得疼痛感稍稍缓和，苏骁才慢慢睁开眼，却不免被眼前的景象所震惊。

这仍是刘希与蒋诗雯家里的卧室。精致的床上刘希静静躺着，脸色铁青。他腹部两个弹孔早已不再流血，他的衣服上、床上、地上四处沾染的血迹已呈红黑色。

苏骁扶着墙，轻声喊了声，不见回应。他缓缓挪到床边，伸出手去查看时猛然发现五四式"大黑星"还握在手里。苏骁脑子里立刻涌起一阵不祥的预感，四处望了望，只见卧室里一切物品如常。他突然看到玻璃窗上映着自己的样子，似乎存在着某些不同寻常的地方。对着玻璃窗，苏骁摸了摸脑袋，原来自己脑袋上裹着一层厚厚的纱布。

"服务还挺周到！"苏骁苦笑着说，不由得脑袋又是一阵剧痛。苏骁咬着牙低下头，陡然看见刘希睁眼看着自己，那种眼神放在一个浑身是血的男人面上，显得格外扎眼。

"啊！"苏骁心中一紧，往后退去，却一脚踩在那摊血迹上，一屁股坐在地上，吓得连"大黑星"也脱手。

"喂！刘……刘希……"苏骁感觉害怕，轻声呼唤了两声，仍不见刘希回应。他慢慢站起身，强忍着脑后的炸裂感缓缓挪向床边。此时刘希分明仍是紧闭双眼，与最初无异。

"刘希，你还活着吗？"苏骁壮着胆，又问了句，同时用指尖轻轻戳了戳他。

"死了……"苏骁的手指尖传送回来这个信息。这一刻他觉得自己的心脏仿佛长在了脑袋上，随着剧烈的跳动将脑袋里所有的神经全都被带动起来，仿佛在欢乐地聚会。

"他死了！"苏骁默念着这三个字，脑子里出现一片空白。他忽然想到什么，四下里到处寻找起来。终于，他在离床不远处的地方找到那把"大黑星"。

苏骁冲过去，把"大黑星"牢牢抓在手里。"大黑星"的子弹早已用尽，其中有两颗此时正留在眼前这具尸体的腹部。在这片刻之间，苏骁脑海里早已滚动播放了无数个毁尸灭迹的生动画面，那些血腥画面令他的心乱成一锅粥。

正当苏骁六神无主的时候，他的手机在口袋里不合时宜地响了起来。苏骁慌乱地掏出手机，谁知收到的消息内容更令他凌乱不堪。屏幕上出现一张照片，照片上的地方正是眼前这间卧室。刘希躺在床上，腹部两个血洞。苏骁拿着手机对照眼前刘希的尸体，两者毫无二致。然而更令苏骁背后发凉的是，他看见照片上有个人侧卧在离床不远处，手上拿着枪，似乎处于昏迷状态。从那身行头上，苏骁认出了他自己。

"是我杀了他……"苏骁抱着头喊了起来。事实上他知道，自己不仅杀了人，还留下了罪证；更要命的是，这罪证还掌握在别人手里。

"我要删了它……我要删了它……"一时间，苏骁有些手忙脚乱，正当他忙着选择删除消息的时候，那边又发过来一条文字消息："天知地知，你知我知；你好我好，大家都好！"

"混蛋！"苏骁将手机重重地摔在地板上，只听"啪"的一声脆响，手机屏幕碎成了花。正当苏骁耐不住心中的烦闷想要破口大骂的时候，他忽然听见门口传来敲门声。

"不好！"苏骁一惊，知道大事不妙。一连串的坏事却在无形中锻炼了他的心智，让他在这一刻强迫自己平静下来。

"您好，请问有人吗？"门口的人操着一口普通话，问话十分客气。

苏骁蹑手蹑脚走到门口，却听那人一边敲门一边说："您好，我们是中国电信的维护人员，请问家里有人吗……"听到这里，苏骁顿时松了一口气，一屁股坐在地上。尽管如此，他仍保持着绝对的安静。

第八十二节

不多时，门外便没了声音。苏骁透过猫眼反复确认门外没有人之后，才做贼般溜之大吉。在离开之前他没忘记把一切罪证全都抹去，当然，他也没忘记带走郑辉强的那把"大黑星"。

"蒋诗雯！一定是蒋诗雯！"苏骁回到韩天家，坐在沙发上狠狠地抽烟，一边拨打着发短信过来的那个号码，一边思考前前后后发生的一切。"可是她为什么要帮我包扎头上的伤口？"这个时候他最希望的，莫过于看到韩天忽然打开门，用他那独有的冷漠眼神看着自己。

"对不起，您所拨打的电话暂时无法接通，请稍候再拨……"毫无疑问，电话是打不通的。

"一定是这样！"苏骁对于电话不通显得十分淡然，放下手机一边透过摔得粉碎的屏幕看着刚才那张照片，一边尝试着用韩天的方式来思考所有问题，灵感像黑暗中的一束火花陡然亮起。几乎就在同时，苏骁发现一个几乎令他窒息的问题——那张照片上，刘希与"自己"都毫无违和感地躺着，但躺在地上的"自己"，充其量只是一个和自己穿着打扮一模一样的人。拍照片的人似乎刻意选择了一个看不清地面的角度，以至于床上的刘希摆在照片明处，层次分明轮廓清晰；可地上的那个人却只能看个大概，面部根本看不清。

"这个人不是我！"苏骁一边摸着自己下巴一边喃喃自语，"肯定不是我！"

在反复观察照片过后，苏骁觉得这个人有些面熟。然而也就在这个时候，真正的恐惧才油然而生，因为他觉得，这个人好像是韩天。

接下来的夜晚对苏骁来说，无异于一种折磨。尽管这种情况在最后一片乐梦被施彬没收之后他就已经预见到，可是中间这些曲折离奇的部分确实是他始料未及的。苏骁在床上翻来覆去想着那个和自己装扮一模一样的韩天，辗转到了天亮。最后他想起了整件事的始作俑者。如果那张照片是蒋诗雯吩咐摆拍的，那么她一定知道韩天的下落。

当天刚刚大亮，苏骁就赶到辉强商贸公司。他坚信在这里可以找到蒋诗雯，更能够找到他需要的答案。果不其然，当他来到郑辉强那间带着独立卧室的办公室时，蒋诗雯正坐在里屋卧室，两眼目光呆滞，静静看着躺在床上的郑辉强。

"看来你的目的最终达到了！"苏骁无视守在一旁沙发上、打着瞌睡的小马，略有些嘲讽地说。

蒋诗雯抬起头看着苏骁，昨天那充满复仇快意的光芒早已荡然无存，取而代之的只剩下空虚的寂寞和无尽的疲惫。

这时候，在沙发上打着盹的小马似乎听到房间里不和谐的声音苏醒过来。看见苏骁的时候他猛然站起身，随手抄起放在身边的一只啤酒瓶，眼神里透着警觉与敌意。

"你是来还枪的吗？"蒋诗雯忽然伸手示意小马坐下，"现在辉强商贸公司的所有东西都属于我，包括你拿走的那支枪。"蒋诗雯说这话时，脸上见不到一丝喜悦，仿佛那一切都是负担。

苏骁从口袋里掏出"大黑星"，轻轻摩挲了一阵，把它放在床上——郑辉强的身边，并向他投去怜悯的目光。那一刻苏骁只觉得他虽然脸色苍白，和刘希死后的面容却有着天壤之别。而当蒋诗雯看着枪的时候，眼里一阵闪烁，似乎勾起了些许回忆，或许她只是想起了这支枪与她丈夫的恩怨。正当她凝视着枪出神的时候，苏骁忽然评论说："如果让你继承辉强商贸公司是强哥的遗嘱，那他也算是仁至义尽了！"

蒋诗雯没有说话，只是用一种极为复杂的眼神看着郑辉强，那感情除了爱恨，似乎还有些许懊悔。"如果他只是死了，那倒也一了百了……"蒋诗雯说话细声细气，仿佛又成了刘希那个小鸟依人的妻子。

"你是说他没有死？"苏骁听到这句话的时候并没有显得太吃惊，他反倒在心里窃喜。

"可是他这样却又……"蒋诗雯欲言又止，洋溢在面上的关切远远多过仇恨。

看到蒋诗雯这个样子，苏骁忽然想起了施彬所描述过的乐梦的作用。眼下郑辉强的状态，极有可能是进入了一场一切如愿的快乐梦境。其最终可能导致的结果会是——他永远醒不过来，成为一个只会做梦的植物人。

"他这样子可苦了咱们蒋小姐！"一直坐在沙发上的小马仿佛猜透了一切，插嘴说道，"在强哥活着的时候可以一个劲地去恨，如果不幸死去或许可以将那些恨意一并带走，可如今这样不生不死的……"尽管小马的话得到苏骁和蒋诗雯在心底的认同，可两人同时向他投去白眼，让他不得不将嘴闭紧。

"可是我不信！"蒋诗雯似乎被小马的言语所触动，忽然伸手使劲儿抓住郑辉强的胳膊，一边摇晃一边喊，"你给我醒醒！你把我妈妈害得那么惨，不能就这么便宜了你……"

蒋诗雯最后变摇为推、变推为打，仿佛想要用尽一切手段让郑辉强站起来。苏骁看着她歇斯底里的表情，想要伸手去拦，可他的理智却让他站在一旁袖手旁观。事实上他希望看到这一幕，因为他也想知道郑辉强究竟能否被唤醒。可事实证明，蒋诗雯所做的一切都是徒劳，乐梦的功效再一次被体现得淋漓尽致。

苏骁伸手放在郑辉强的鼻孔边，那种气若游丝的感觉反倒让他觉得安心。他看着蒋诗雯，带着一种隆重而庄严的神情对她说："首先，感谢你没有要我的命，反而帮我包扎伤口。"说着，他指了指自己脑袋，继而表情越发严肃，"你是否打算也像对待刘希那样对待他？"苏骁指了指躺在床上的郑辉强，静静看着蒋诗雯。

蒋诗雯显得有些迟钝，反应过来后却又脸色大变。她看看苏骁，又看看郑辉强，一脸茫然地问："我对刘希做什么了？"

"他死了你不知道？"苏骁的语气有些咄咄逼人，脸上显出一副气恼的样子。

苏骁的话一出口，蒋诗雯便将目光转向小马。小马像触电般站起身，瞪圆了眼睛结结巴巴地说："不可能啊，我走的时候他还活着！"

苏骁看看蒋诗雯，又看看小马，拿出手机翻出照片给他们看，同时问道："这是你们谁的号码？"说着把手机号码大声读了一遍。

这么一来小马更显得手足无措，呆呆地点头回答："那是刘希哥让我拍下来发给你的，可那时候刘希哥还活着呢！"

"我不是让你把刘希送去医院的吗！"蒋诗雯瞪着小马厉声呵斥，眼里却悄悄淌下两行泪。

小马支支吾吾地说："刘希哥说他的伤不重，让我跟着照顾蒋小姐。他还让我拍下那照片，以防万一。"

"以防什么万一？"苏骁感到好奇。

"万一出了什么情况，可以为蒋小姐脱罪。"小马说出这话，已令蒋诗雯泣不成声。

"这么一来，唯一有可能杀掉刘希的人是你！"苏骁忽然沉下脸来看着小马，静静捏紧了拳头，仿佛准备随时对猎物发动袭击。

苏骁这话一说出口，立时遭来对方的反驳。"没准儿是你醒过来之后杀了刘希哥，然后贼喊抓贼呢！"

苏骁听了不禁脸色大变，正当他恼羞成怒的时候，忽听蒋诗雯说："有些事情当局者迷，没准儿你自己干了什么都不知道呢？"

"听你这口气好像是我杀了刘希！"苏骁忿忿地看着蒋诗雯，暗地里却有些泄气。

"除了你就是我，还可能有第三个人吗？"小马站在苏骁的对立面，说话也是铿锵有力、有理有据。毕竟在这种人命关天的大事面前，人人都会尽力为自己辩护。"我进屋的时候，大门是虚掩着的。最后一个进门的是你对吧？"小马一板一眼地分析给苏骁听，苏骁只得点点头。

小马也点点头继续说："我进屋就把门给关上，后来送走蒋小姐以及我自己出门的时候，都把门关得好好的。也就是说，从我进屋以后，不可能再有其他人进到屋里……"

"可之前也未必有啊……"苏骁听他说得有道理，不禁又开始嘴硬。

"那可说不准了……"蒋诗雯加入讨论中说，"我家房子一百八十多平，要想藏几个人实在太容易了。只是这人究竟和刘希有什么深仇大恨？他都这样了还要……"蒋诗雯说着说着又开始暗自神伤。

"是啊……"苏骁感叹说，"事实上，我们又和刘希有什么深仇大恨呢？你是刘希的妻子，即使两颗心从未在一起，可多多少少还是有点感情的！我算是刘大爷的朋友，跟刘希虽然没有多少瓜葛却也往日无仇近日无怨……"

"就此打住吧！"蒋诗雯一边擦着眼泪一边说，"现在这种局面实在是太多巧合与意外结合在一起形成的，也许我有错、你也有错，可既怪不得你、也怪不得我，连我爸爸也只是一个被命运捉弄的人……"说着，她满含深情地看着郑辉强。

蒋诗雯忽然喊郑辉强作"爸爸"，这着实让苏骁刮目相看，就在一天之前她还对郑辉强咬牙切齿，恨不得让他死无葬身之地。

"同样服下要命的药，郑辉强比起刘大爷来可算是幸福得多！"苏骁想起身边众多乐梦的试用者，不禁轻声感叹起来，然而他最终需要担心的却是自己。

"也许我们都该反省，"蒋诗雯点点头，泪水又在眼睛里打转，"我们确实太依赖药物了！"就在苏骁在一旁轻声感叹世事无常的时候，他忽然在蒋诗雯的眼神里看到了忏悔的泪。

"刘大爷的药是你给他的吧？"事情已经到这个分上，苏骁也不打算再拐弯抹角。

蒋诗雯点点头看着苏骁，一副问心无愧的样子说："前段日子，我因为一些事老是唉声叹气，半夜睡不着。我一个同事听说了就推荐我去找医院看精神心理科，找陈教授治疗。当时从医院带回来一小瓶药，我回来试过觉得效果不错。再后来，我公公因为刘希的事整晚失眠，我就把药给了他。那种药真的很神奇！"

"那种药是不是叫乐梦？"苏骁追问道。

蒋诗雯迷茫地摇摇头，仿佛坠入回忆的深渊无法自拔。

"我记得好像叫作什么衍生物……"

苏骁点点头，对前前后后各种因果往来明白了一大半。只是他不明白，那些使用乐梦的人里面，为什么有的人死在梦里，有的却能够活在梦里？更深究起来，他甚至在考虑自己究竟死在梦里合适还是永远活在梦里合适。

"所幸乐梦已经被施彬拿回去了……"苏骁暗自想，却不知这是究竟是好是坏，"哦，不……"他陡然想起从张心武家里带出来的苯二氮卓衍生物，面上表情却又变得复杂起来。

见苏骁不再言语，蒋诗雯并不在意他脸上起起落落的变化，只是慢慢止住抽泣扭头吩咐小马说："今天你派人去把刘希他们父子的后事准备准备，我公公的尸体现在还停在医院。"

"等等！"苏骁打断后对小马说，"你说照片是你拍的？"

小马看着他，莫名其妙地点点头。

"照片上的人是怎么回事？"苏骁本该说"照片上的我是怎么回事"，可话到嘴边却又改了口。

"什么怎么回事？"小马在苏骁犀利的眼神注视之下，登时感觉手足无措，两只手背在背后、拿到前面、垂直放下似乎都觉得不太妥当，最后只好放进裤兜里。

苏骁拿出手机翻出照片呈在小马面前，指着手机说："这个人在哪里？"此刻苏骁指着的，正是倒在床边上那个和他扮相一模一样的男人。只是苏骁的手机屏幕早已碎成花，碎花儿正好挡在那男人的脸上，勉强能够看到他的穿着，至于他的脸是无论如何也看不清了。

"那不就是你嘛！"小马一眼看到照片，不禁喊了起来，仿佛全世界的真理都掌握在他手上。

"怎么可能是我！"苏骁斜眼看着他，毫不客气地说，"别再玩把戏了，告诉我……"

"照片是我拍的，我有必要骗你吗！"小马打断苏骁说，"事情都到这个分儿上了，还扯那些做什么，我发照片威胁你也好，发短信提醒你也好，无非都是为刘希哥保护蒋小姐。刚才大家已经把话说得清清楚楚、明明白白，你大可以把照片和短信都删掉，当作什么事儿也没发生过。我们会处理好一切，保证不会把你牵扯进来！"

小马一番抢白，让苏骁哑口无言。这一刻他觉得自己成了全世界最混乱的人。他的眼神不断在小马、蒋诗雯、郑辉强之间游走。小马理直气壮地看着他，随时准备继续唇枪舌剑；蒋诗雯目不转睛地看着他，眼神里却没半分苏骁的影子；郑辉强依旧高枕无忧地睡着，也许在梦里他早已和叶星慧结为夫妻，幸福地生活在一起……

最终，苏骁决定不再和任何人辩驳。他很清楚自己此刻需要的只是乐梦，其他任何人或事对他而言都是可有可无的。他即便不这么想，双脚却也不受控制地把他带到了医院，施彬诊室门口。

施彬诊室的门虚掩着，苏骁轻轻推门走进去。诊室里并不见施彬的影子，只有一股咄咄逼人的清冷，令苏骁禁不住想要即刻退出去。苏骁回头看了看门外，只见各色医护病患来来往往，神情漠然。那种冷漠仿佛合并成一股更为强烈的寒意，把他倒逼进诊室里。

苏骁反手关好门，下意识地把外套裹得更紧。他的目光把空荡荡的诊室里的物品逐一扫过，最终落在办公桌上。

施彬的办公桌摆满各种处方笺、文件夹，但并不显得凌乱。苏骁眼睛放着亮，绕到办公桌前，轻轻翻找起来。他的心里有如掌起了一盏明灯，为他照亮自己正在努力寻找着的一切。

"乐梦……乐梦……乐梦……"苏骁轻声念叨着，展开了地毯式搜寻。这一刻他毫无心虚的感觉，仿佛是在翻找着自己的东西。可正当苏骁聚精会神寻找的时候，有人敲门。

苏骁顿时停住，但却并没有任何掩饰的意思，只是静静注视着房门，心里预备着门随时被推开时的说辞。

然而外面敲门的人似乎很懂得分寸，又或许只是因为很着急，门被再次敲响几下后便再无动静。

"这么大的医院怎么说没就没了，你们医院是怎么管理的！"门外有人大声抱怨，声音越来越远。

"你先别着急，我们这不是在积极帮你找吗……"另一个声音向他解释，随后两人的声音再也听不到。

直到这个时候，苏骁才突然对自己的镇定感到万分惊诧。然而不及多想，他又将注意力集中到施彬的办公桌上。他清楚地记得那种盛装乐梦的白色塑料瓶的样子和手感。可令他感到失望的是，他翻遍了施彬的抽屉，也没能找到那样的白色塑料瓶。

"你在干什么？"正当苏骁感到沮丧的时候，门口忽然有人说话。他抬头看去，只见一名中年护士站在门口看着自己，脸上透着严厉。

"我……我是施主任的朋友，"苏骁略一迟疑，随即把施彬的名号搬了出来，"施彬施主任，他让我在这儿等他。"

"施彬？"中年护士一脸狐疑地看着苏骁，又看看施彬被翻乱的桌面，跨步走进诊室说，"哪个施主任？"

见对方不买账，苏骁本还理直气壮的样子终于有所收敛，手不再放在办公桌上："精神心理科的施彬副主任啊……"为了壮胆，他不禁反问："你是新来的吧？"随着这句反问，苏骁也逐渐恢复了自信。

"我是新调来的精神心理科护士长，据我所知我们这儿没有一个叫施彬的副主任，事实上我们这里根本没有施彬这个人！"对方神情愈发地严肃，同时双手扶在门框上，那架势仿佛是要堵住大门。

"你……你在开……开玩笑吧！"苏骁顿时没了底气，一种挫败感令他说话有些结巴，"我明明……"

然而护士长根本不听苏骁继续辩解，拿出手机打起电话来："保安吗？马上来精神心理科陈主任办公室，这里有小偷……"

听到对方这样打电话描述，苏骁只觉得头一下变得几倍大。出于心虚，此刻的苏骁只想夺门而逃。然而诊室大门已经被护士长牢牢占据，苏骁一脸尴尬地看着她，根本无法想象自己脸色有多难看。

"大姐你放我走吧，我不是小偷……"苏骁不敢用强，不禁苦苦哀求。

护士长板着脸，上上下下打量着苏骁，而后才冷冷说："年纪轻轻有手有脚，干什么不好偏要来干这个，最近院里不少人反映丢了东西，都是你干的吧？"

苏骁听了，只觉得怒气上涌，却又难以辩驳，正当进退两难之际，门外有人说话："刘护士长，你在干吗呢？"

那位刘护士长听到声音，脸上表情突然转晴，满脸堆笑地说："陈主任，您可算来了。我刚刚来找您，在您办公室堵住个小偷。他口口声声说什么是施彬副主任的朋友……"

"哦？"来人听到护士长描述似乎显得很诧异。很快，苏骁在门口看见一个两鬓斑白的老医生，那和蔼可亲的样子令苏骁有种似曾相识的感觉。

"我已经呼叫了保安来处理，陈主任您看要不要先……"刘护士长转身站直了身子向陈主任汇报。却见陈主任轻轻摆摆手笑着说："谢谢你，刘护士长。麻烦你跟保安再打个电话，让他们不用来了，这里留给我来处理，你也去忙吧。"说着，侧着身子走进诊室，对苏骁投来微笑。

"这……"刘护士长似乎还有什么疑惑，最终却又不再作声，转身反手将门关上。

"小伙子，坐。"陈主任指着椅子对苏骁说，自己坐到了办公桌前。

苏骁迟疑地看着对方，眼神忽而转向诊室大门。尽管对方的态度与之前的刘护士长有着天壤之别，显得格外友善可亲，可苏骁仍然做好随时夺路而逃的准备。

"刘护士长上个星期才来，当然不认识施彬，你别见怪！"陈主任的声音温和，夹杂着与年龄相符的沧桑感。这种感觉像久旱的田野恰逢甘霖，令苏骁立时把注意力转移到他身上。同时，苏骁也看到办公桌上摆放着的工作牌——精神心理科主任医师陈文山。

最终，苏骁点点头。

陈文山看着他，用手推了推鼻梁上的眼镜。这个小动作在苏骁看来感觉十分熟悉。只听陈文山轻轻叹了口气说道："你很久没见他了吧？"陈文山这话令苏骁感到纳闷。他清楚地记得就在几天前还在医院见过施彬，可不出三天一切仿佛都变了。然而周遭环境并没有让苏骁放松心情，于是他仍旧保持沉默。

"这里从前的确是施彬的办公室。"陈文山见苏骁默然不语，不禁轻轻一笑，而后低头看着被苏骁翻乱的桌面，许久才问："你想要找什么？"

苏骁的心里牢牢记挂着乐梦，忽然被对方问起的时候，有些情不自禁地脱口说出了这两个字。尽管他的声音极轻，可是此刻诊室里极静，"乐梦"两个字传到陈文山耳朵里时也一清二楚。只见陈文山低下头，反复默念着"乐梦"两个字，忽然抬头用一种复杂的神情看着苏骁。

第八十五节

　　"用乐梦来形容我们的这项研究成果真的很贴切！"陈文山意味深长地品评着，只是语气中始终带着些许遗憾的味道，转而又追问苏骁："你是不是用过？"陈文山看着苏骁，仿佛在问话后面还隐藏着无数的疑问。

　　苏骁狐疑地盯着陈文山，心中疑问不比他少，对他过分友好的态度生出几分警惕情绪，于是冷冷问道："施彬在哪儿？"

　　或许是苏骁此时的神情具有足够的震慑力，陈文山最终像是斗败的公鸡，颇有些垂头丧气地说："你跟我来吧。"

　　尽管苏骁觉得，此刻就这么不明不白地跟着陈文山，没准儿会被他拐到哪里，没准儿会遭受怎样的待遇，可他仍然想都没想就跟了上去，一路穿过医院各色新老建筑，往医院的最深处走去。正当他越走越心慌的时候，面前出现一幢小白楼，楼前挂着"医学实验中心"的牌匾。

　　"不是带我去见施彬吗？"苏骁质问道。

　　陈文山身上的白大褂随风轻摆，他指了指小白楼："你跟我来。"

　　走在小白楼里的走廊上，苏骁一个劲地四处打量楼内陈设。只听陈文山介绍说："这座医学实验中心是我们这座教学医院的核心区域之一，这么多年以来我院所取得的各项科研成果都是出自这里……"陈文山言语间带着几分自豪感，却被苏骁用东张西望的方式所无视。

苏骁的态度丝毫不影响陈文山的心情，直到说起施彬，苏骁才慢慢将注意力转移过来。

"施彬是个好苗子！他的理论扎实、想法超前，尤其是他主持设计的课题，真是把我们这些老古董给惊艳到了！"陈文山说到这里时，发觉苏骁正用不解的眼神望着自己，忙解释说："就是你所说的乐梦，当然我不知道这个名字的来历，不知道究竟是施彬告诉你的还是你用后的感受总结，我们……"

"这是几天前施彬告诉我的。同时他还给了我一份协议和三片乐梦，后来我吃掉了两片乐梦，最后一片连同协议被他收回了。那东西的效果实在是……我不能没有乐梦！"苏骁终于按捺不住打断了陈文山，把自己的真实目的一五一十说了出来。

然而苏骁的话却像一记晴天霹雳，令陈文山陡然停住脚步，看着他，惊讶得几乎合不拢嘴。

"不可能！这是不可能的！"最终，陈文山没有多说别的，只是重复着这几个字，直到两人来到一间空荡荡的实验室。

"陈教授，您来了！"终于，苏骁见到一个熟悉的面孔。

"你是那个什么医药集团陈定涛！之前我们见过的……"苏骁凑上前去，仿佛看到久别重逢的亲人。可他自己却觉得，看到陈定涛的那一刻，自己更像是被拐多年、突然回到父母身边的走失儿童。他顾不上寒暄，抓住陈定涛的胳膊问："快告诉我，施彬是不是在这里？"

可是陈定涛形同陌路似的看着苏骁，一脸茫然，眼神在苏骁与他抓住自己胳膊的手之间游走，最后只得求救于陈文山。他的表情终于令苏骁失去了最后的希望，缓缓将手放开。

"有时候我真的会怀疑，施彬这项研究究竟是造福人类的好事，还是……"陈文山叹了口气，对陈定涛摆摆手说："带他去见施彬吧！"

陈定涛点点头，领着苏骁来到实验室深处、一间贴着观察室字样的房间门口说："施彬在里面。"说罢，推开门，里面整整齐齐地摆放着几张病床，苏骁一眼就看到躺在一张靠窗病床上的施彬。

"怎么会这样！"苏骁不禁使劲揉了揉自己的眼睛，走上前去。只见施彬躺在床上脸色苍白，跟几天前相比除了瘦了些并无太大变化。那样子倒令他想起陷入长眠的郑辉强。

"他不会是也服用了大量乐梦吧？"苏骁站在施彬床前，心里早乱成了一团麻。

"你说得没错，他已经在这里躺了一年多。"不知什么时候，陈文山跟了进来，皱着眉头站在苏骁身边说。

"只不过我们还没打算给这产品取名字，乐梦这两个字可算是个不错的选择！"陈定涛显得比陈文山轻松，显然他更关注的是他们的产品。

苏骁看着沉睡的施彬没有说话，他想要努力捋清楚近来所发生的事情的逻辑关系，比如凭空出现的自己的日记本，再比如明明常常在现实中见到的却被证实已经沉睡一年多的施彬。

"你的情况并不严重，估摸着只是心理负担过重同时缺少休息，用乐梦来治你我太有信心了……"苏骁忽然回想起施彬对自己说过的话，尽管不知这话是真是假。

"大概依你的看法，人人都跟你一样一躺一年多，这样才算严重了……"苏骁苦笑着自言自语，这副失魂落魄的神态令陈文山和陈定涛像看待怪物一样看着苏骁。

"我说……"陈文山拍了拍苏骁的肩膀问，"小伙子，你会不会是遇着什么事，导致精神压力过大，最后出现幻觉？如果你相信我的话，让我给你检查检查，你这样发展下去挺危险的！"

苏骁似乎关心施彬多过自己，自顾自地问："他为什么会服下那么多药？"

陈文山看了眼沉睡中的施彬，轻轻摇摇头说："如果当时那事我及时阻止，或许他也不会一时冲动服下超量药物。那时他一位朋友的表哥带着患有严重抑郁症的女朋友来找他看病。那时候的施彬太过自负，竟然用还不成熟的苯二氮卓衍生物给患者治疗。起初效果还比较理想，可到后来事情变得不可控，再后来听说那女孩儿从二十八层楼跳了下来……"

第八十六节

"娜娜……"苏骁一惊，随即在心里不断默念这个名字。

陈文山静静看了苏骁许久，见他并不发表评论，便继续说："尽管后来对方没有来找施彬麻烦，他自己却背负了更大的心理包袱。而药物研究不完善的地方成了他唯一前进的动力。经过接连几个月夜以继日的研究，他把经过完善的设计方案留给了我，而他则决定用自己做一次药物极量试验，用来证明这款药物前所未有的安全性。"

"于是他一睡到了现在？"苏骁吃惊地说，同时不由自主地伸手放到施彬鼻孔边，那微弱的气息若有若无，给苏骁似曾相识的感觉。

"准确地说，他进入了一种冬眠的状态，"陈文山点点头说，"但我们所知的大多数动物冬眠都是一种生理状态，为的是应对异常的外界环境；可这种药物导致的冬眠似乎是由大脑控制，其间我们对他进行监测，发觉尽管他的生理活动已经降到最低，可是脑电波却异常活跃，整个过程中只要为他补充极微量的能量就令他支持到现在，这实在是一场奇迹！"

"或许施彬说得对，"苏骁定了定神，收回那种略带艳羡的眼神转而看着陈文山，神色充满坚决，"让我美美地做一场快乐的梦就能让我脱胎换骨重新做人，前提是……"说着，苏骁跨前一步，站到陈文山的面前，那种侵略感逼着陈文山连退好几步。只见苏骁伸出手，用乞求与命令各占一半的语气对陈文山说："如果你真的想帮我，看在施彬的面子上，给我一些乐梦，又或者叫苯二……随便你们叫它什么，给我一些！"苏骁说话的时候，脚又不知不觉往前迈出一步。

"你站住！"陈定涛见苏骁神色有异，抢上前一步挡在陈文山身前，厉声大喝。

"我只是想要一点药而已！"苏骁毫不介意对方的态度，仿佛什么事都没发生过，说话轻描淡写。

陈文山拍了拍陈定涛，绕过他来到苏骁面前，眼里闪着矍铄的光，表情严肃起来："我们的这项研究目前还处于临床试验阶段，这将是一个漫长过程；所有受试者的筛选都经过了一套非常严格甚至苛刻的流程，为的是充分保证受试者的人身安全。这是对受试者负责，更是对我们的研究负责……"

"扯淡！"苏骁对陈文山的话不屑一顾，"真那么严苛筛选的话会接连死掉那么多人？"

"哪里死人了？"陈文山显得很惊讶，仿佛长期与世隔绝的人，不知有汉，更无论魏晋。

"这是不可能的！"陈定涛在一旁补充说，"我们有受试者回访机制，定时与受试者通电话，详细询问生理状况。到目前为止没有一例受试者出现任何不适。"

"难道我是在做梦吗？"苏骁颇有些义愤填膺地说出了张心武、刘大爷等人的名字，却见陈定涛茫然地摇摇头。

"受试者中没有你说的这几个人。"

这句话令苏骁倍受打击，虽然那些药是否存在于他来说已是难以分辨，可那些欧阳檬存在过的梦境却似紧紧贴着他的大脑皮层，令他感觉记忆犹新。

"当然，也不排除受试者私自把药物给其他人使用的可能，虽然那样是我们的协议中明令禁止的。"陈文山解释说："我们选择的受试者，都是没有任何基础疾病和慢性病的健康人士，在可控的安全范围内使用药物不可能存在任何危险；即使像他这样，"他指了指施彬，继续说，"你也看到了，由大脑自主冬眠状态也是不存在任何风险的！"

"可确实有人死了，有的死于过敏性哮喘，有的死于心肌梗塞……"苏骁对他们的话本就将信将疑，于是据理力争。

陈文山本就老成持重，面对苏骁提出的难题，不禁看着施彬沉思起来。

"我们并没有做过这方面的研究，所以没法给你准确的答复。可是如果作为本身患有某种慢性病而急性发作的私自试用者，当急症发作时，生理状态和心理状态形成某种竞争机制，而大脑进行最终裁决时，很有可能倾向于人类长期得不到满足的心理，进而忽略了生理上的病变，于是致人死亡。"陈定涛大胆的假设，终于令苏骁哑口无言。

见苏骁终于不再言语，陈定涛趁热打铁地追问："如果你知道些什么，希望你配合我们的工作。我们要对这些违背协议的试用者提起诉讼，维护我们公司和院方的利益和形象。"

苏骁摇摇头，对陈定涛的话显得无动于衷。他回想着连日来所经历的事，回忆着连日来所做过的梦，嘴里默默念叨着："施彬不可能为你联系欧阳檬了，这一辈子都见不到她了……"

"你没事吧？"陈定涛见他默然不语，脸上表情阴晴不定，不禁想要上前询问。

"把药给我！"说时迟那时快，苏骁忽然一个箭步蹿到施彬旁边抱住他的脑袋，同时从床边拿起一把医用剪刀，狠狠抵住他的脖子，咬牙切齿地说："赶紧给我拿些苯二……乐梦来！"

猝不及防的变故令陈文山、陈定涛二人忽然乱了方寸。眼看着剪刀尖在施彬脖子上抵得越来越深，陈文山不禁出言劝说："有话好好说，你把剪刀放下！"

"给我拿药来，否则我就……我就……"苏骁低头看着施彬，想象着从前的点点滴滴，无论现实中的，还是幻想中的。

陈文山与陈定涛两人面面相觑，对苏骁的要求不置可否，或许他们根本不相信苏骁能够做出那样的事。

"快点！"苏骁忽然将剪刀一挥，在施彬的脸上划过，而后继续用剪刀更用力地抵住他的脖子。瞬间，施彬的脸上留下一道一寸来长的印迹，极少量的血从伤口里渗出来。

"快去快去，给他拿点苯二氮卓衍生物……"陈文山显然被苏骁的疯狂举动吓到了，挥手指使陈定涛给他拿药。

陈定涛应声转到旁边门里，不一会儿就拿着一个白色塑料瓶走出来。

"别过来，把药扔到床上！"苏骁厉声呵斥，然而他看到白色塑料瓶时内心却是欢喜的。

陈定涛依言把塑料瓶扔在施彬的床上，一时间观察室里静极了。

苏骁换了只手握住剪刀，正要伸手去拿塑料瓶，忽听旁边病床上传来一阵磨牙声。

第八十七节

　　苏骁只觉得浑身一阵哆嗦，抵住施彬脖子的剪刀也放松了几分。他侧头往旁边病床看去，只见一名脸色苍白的年轻人静静沉睡，嘴里偶尔发出磨牙的声音。

　　苏骁看着那年轻人，有一种似曾相识的感觉，而那苍白的脸颊、颌动的上下颚以及刺耳的磨牙声，都让苏骁感到浑身发冷，仿佛陡然之间自己被置于冰窖之中。

　　"这……他……他是谁？"

　　"他也是一个受试者，情况和施彬不同的受试者。"陈文山解释着，眼睛却没离开施彬半分。

　　苏骁目不转睛地看着那年轻人，只觉得他磨牙声越来越响。伴随着那声音，他的心收缩得也越来越紧。当他觉得自己再也无法承受这种紧迫感的时候，磨牙声陡然消失了。顿时，苏骁悬着的心从高处回到了原位。他正要将目光从年轻人脸上抽回时，却突然看到那年轻人咧嘴笑了起来。苏骁甚至觉得满耳充斥着的都是那诡异的笑声。

　　"啊！"苏骁觉得在那一刻，自己的心从嗓子眼蹦了出来，抵住施彬脖子的剪刀也顺势滑落。正当此时，陈定涛眼疾手快，一步抢上前去，伸手要夺苏骁的剪刀。

苏骁早已被那诡异的笑深深刺激到，陡然见陈定涛扑出来，不禁脑中一片空白。慌乱之间他的眼睛定在床上的白色塑料瓶上。

"乐梦！"苏骁脑子里不断回响着这个名字，他忽然一猫腰，从陈定涛身侧闪过去，同时伸手抓起床上的白色塑料瓶，夺门而去。

苏骁一路小跑离开医院，把那白色塑料瓶稳稳揣在衣服口袋里，用手按住，心里满满都是快意。此时夜幕初上，他混迹在下班回家的人群中，再难愉快地奔跑，只好随着人流缓步前行，却时不时地需要回头看看是否有人跟随。那种忐忑的感觉直到苏骁坐在韩天家沙发上点燃一支烟的时候，才稍稍有所缓解。

随着香烟在手中燃尽，苏骁靠在沙发上闭紧了双眼。他已经懒得去思考那些荒诞离奇、无人能解的谜题，他只希望有一种解药能够为自己解除相思之苦。

"或许你就是那最有用的灵药！"苏骁从口袋里摸出白色塑料瓶在手中把玩，"我不管什么协议，我只想安安心心继续在梦里见到阿檬，哪怕再也醒不过来！"苏骁一边想一边往沙发上歪倒下去。这一刻他觉得累，只想寻找一种最舒服的姿势为自己画上一个圆满的句号，又或是开启一个新的开始。

然而，苏骁的手机却在一个很不合时宜的时间响了起来。

他觉得在这一刻，再与任何人联系都是徒劳，可他依然接通了电话，依然不看来电显示。

"喂……"苏骁本不想说话，却仍旧轻轻应了一声，或许他只是想要珍惜。

"我是孙晓钰！"电话那头传来一个熟悉的女声。

那声音像电一样刺激着苏骁的神经中枢，让他浑身一震，握着手机的手险些松开。待确定抓紧了手机之后，苏骁的大脑皮层反应出的第一句话却是"你是人是鬼"，可他终究没把话说出口。

"你好吗？"那边的声音如故，甜美、娇羞，却带着几分倔强。

苏骁长长叹了一口气，只想摇摇头，却意识到对方在电话那根本看不到，这才从牙缝里挤出几个字："说真的，不太好……"

"哦?"她仿佛笑了。苏骁突然间十分怀念那粉嫩的脸蛋，或许只是因为那种青春他早已不再拥有。"是因为我吗?"末了，孙晓钰竟还不忘撩拨苏骁。

"或许，"虽然此刻苏骁的心情沮丧到了极致，却并不影响他的判断力，"有那么一点点!"

"这次不是在骗我了吧?"听苏骁这么说，孙晓钰不禁笑了起来，至少那声音听上去，显得开朗了许多。

"你究竟去哪儿了?"一时间，苏骁脑子里闪过许多画面，最终才想起该要说的话和该要做的事。

"我留了张字条在家，一个人出门旅行了。"听了苏骁的话，孙晓钰却显得有些失落，快快地说："我以为你会去我家找我!"

直到这时，苏骁才终于明白韩天的那句"她走了"的真实含义。这一切让苏骁觉得生活如此不可理喻，但幸好这一刻有孙晓钰。

"所以……"苏骁长吁了口气，仿佛放下一个极为沉重的包袱，"你一直在外面玩到今天，才想起来告诉我你的去向是吗?"

"不是的……"孙晓钰仍旧像个犯了错的孩子，面对苏骁的埋怨刻意将声音稍稍减弱了些许，"其实，我出来旅行还有一部分原因是因为你。"

"我?"苏骁只感到心头一震，却又说不出话来。

"你知道吗? 我从第一次见到你、看你弹吉他，就喜欢上你了。"孙晓钰的声音依旧很小，那话像是说给她自己听，"但是，我知道你肯定会嫌我小，又不懂事。我害怕我们会没有结果，我还害怕……"

"天啊!"苏骁不禁在心里暗自感叹起来，"她考虑得可真多啊!"

"不过，"她似乎又显得很高兴，"这几天我已经想明白了，因为我觉得你是喜欢我的，不然那天晚上不会陪我到那么晚。所以，我才决定今天给你打这个电话。"

苏骁愣住了，呆呆看着天花板暗想："她这是在等我的答案吗? 如果我实话实说了，她不会想不开又'走'一遍吧？"想到这儿苏骁不禁犹豫起来，不知该如何是好。

"你这是不好意思吗？"孙晓钰忽然笑了，"你是个男人啊，应该敢爱敢恨才对！"

"是啊，我是男人，有什么话不敢说的！"苏骁在心中告诫自己，终于把该说的话完完整整地说了一遍："抱歉！我承认我也喜欢你，但却不是爱。如果一定要我说出一个我深爱着的人的名字，我想那个人叫欧阳檬，我的阿檬……"

"欧阳檬……阿檬……"孙晓钰在电话那头沉吟着，"好美的名字！那该是个大美人吧？"对于苏骁的告白她似乎毫不介意，反倒继续问道："那你的阿檬在哪里？她也爱着你吗？"

苏骁不禁想起了连日来的美梦和各种蹊跷事情，忽然觉得浑身一震，刚才拿在手里把玩着的白色塑料瓶掉落在了地上。

"喂？喂？你还在吗？"久久听不到苏骁回应，孙晓钰在电话那头似乎有些着急。

"你……你等会！"苏骁手忙脚乱地从沙发上坐起来，深深吸进一口气，而后重重吐出来。似乎这样做，能够令他清醒。

"离开阿檬的 646 天里，你是不是该劝我不要放弃、努力寻找阿檬，然后鼓励我说一定还会再见阿檬？是不是这样？"在整理好一切情绪之后，苏骁开始果断出击，他清楚地记得这样的内容在自己的日记本里被记载得清清楚楚。

"你……"电话那头的孙晓钰似乎显得有些猝不及防，"我当然是这样想，尽管不能和你在一起，但如果能看到你和你心爱的人终成眷属，那也是一件非常值得开心的事情！"

"现在，"苏骁不分青红皂白地怒吼起来，"你能不能告诉我，你究竟是个活生生的人，还是别的什么？"

第八十八节

"你怎么了？发生什么事了？"孙晓钰似乎丝毫不为苏骁的愤怒而感到生气，反而愈发地关心起他，接连问道，"你究竟怎么了？"

"去死吧！一切都是假的！"苏骁狠狠挂断电话，把手机往地上扔去。手机终于再也承受不了苏骁的粗暴，屏幕应声粉碎。

"可是，到底谁才是真，谁才是假？"苏骁窝在沙发里，看着摔得粉碎的手机，禁不住喃喃自问。最终，他看到地上滚落着的白色塑料瓶，于是捡起来窝在手里不断地摩挲。连日来的失眠已让他颇有些心得，失眠这东西就如同毒瘾一样，一旦患上就很难戒断。又或许偶尔能够有一场高质量的睡眠，但随之而来的则是更为强烈的戒断症状，让人死去活来、分外难受。但就苏骁而言，此刻更为强烈的戒断反应正深深刺激着他。他感到自己手中拿着的才是真正的毒药，不见了会想，见着了却又恨。

"来吧，跟我们一起吧！"苏骁忽然觉得，那个声音再度在他脑子里响起来。时至今日他才发现，这声音同韩天的竟是如此相似。然而细细一想，苏骁却又觉得如今他所面对的一切，同施彬无关，同陈文山无关，同孙晓钰无关，同欧阳檬更是毫无关系。唯一一个能够带着他一步一步走向今天这局面的人只有韩天。

"我们有什么深仇大恨吗？"苏骁仿佛面对着韩天，咬牙切齿地质问他。

韩天却用一贯的冷峻目光看着他，并不答话。

"我们不是兄弟吗？"苏骁感到有些委屈，面对韩天的时候却又无可奈何。

"你认为是我在害你吗？"韩天的嘴并没有动，那个声音仿佛直接传到苏骁的耳膜，送到他心里。

"如果不是你，我怎么会这么深入地走进乐梦的世界？你真以为那是个极乐世界吗？我告诉你吧，那才是这世上最悲痛的梦！你知道每次醒来有多么痛苦吗？"苏骁没有韩天那种传声入耳的绝技，却更能用语言抒发他的情绪以及他的愤怒。

"我们是兄弟！"这个时候，韩天却笑了，"我们是一家人！"他笑得很灿烂，与从前都还是孩子的时候一样。

"是啊，我们是兄弟，我们是一家人，"苏骁看着韩天的脸，只觉得那张脸在视线中越来越模糊，"可是从前的日子我们再也回不去了！回不去了！"苏骁看着他逐渐消失的脸，缓缓拧开手中白色塑料瓶的瓶盖。然而看着瓶子，苏骁却又苦笑起来，塑料瓶里的小药片仿佛在向自己热情招手。

"我该怎么办？"看着韩天那若隐若现的脸，苏骁轻轻伸出手去，把白色塑料瓶递出去亮到他面前说，"哥哥，我要吃它们吗？"

可是就在这一刻，苏骁发现面前韩天的脸早已不见，取而代之的是他朝思暮想的容颜。

"小苏，你知道吗？我真的很想你！"欧阳檬轻启朱唇，吹气如兰，声音软软地传到苏骁心里，让他为之心醉。

"是啊，我又何尝不思念你呢！""可是，当初你说你要离开的时候，我真的很恨你！"欧阳檬的脸上多了几份怨恨。但苏骁明白，世界上若只有一个人可以恨他的话，他只允许那是欧阳檬。

"阿檬，对不起……"苏骁感到脸上有什么东西，温热的、咸咸的，悄悄浸入了他的嘴角——久违的眼泪。"对不起，阿檬，我爱你……"他甚至感到自己依然泣不成声。

欧阳檬面上幽怨的神色渐渐散去，只是静静地、冷冷地看着苏骁，看着他泪如雨下，看着他歇斯底里。最终，她转身离去。

"不，不要走！"苏骁终于控制不住自己，再度伸出双手，在空中胡乱挥舞着，却是什么都抓不到，只能眼睁睁地看着她渐渐离自己远去。

"我要和你永远在一起！"苏骁不假思索地将药瓶往嘴里猛倒下去，仿佛大热天里喝着冰镇啤酒那样爽快。

"求求你，别离开我！"吞下所有药片，苏骁仍旧哭喊着，却又感到无力追赶。

"对你来说，我真的有那么重要吗？"不知何时，欧阳檬却又站在了苏骁面前。

苏骁一把将她紧紧地搂住，嘴里不住地念叨："我再也不会离开你了……我再也不会离开你了……我们一辈子都要在一起……"

此刻，即使被他抱住的是一块万年坚冰，也都能够融化。苏骁只觉得欧阳檬的身子渐渐软了下来，她的头轻轻贴在了苏骁胸口，声音也变得温柔起来："我们……结婚吧……"

"我们每个活着的人，这一生之中都面临着各种各样的选择。有些人运气很好，一路走来每次都能做出最正确的选择。很遗憾我不是他们其中一员……"在众多亲朋好友的见证下，婚礼的主角动情地说出了自己最想要说的话。

"从前我常常犯错。尤其是在几年前，我曾经做过一个足以令我后悔一辈子的决定。直到今天我都感到后怕，生怕以后的某天突然脑子短路，又傻傻地伤害了自己最爱的人。我记得那时，当我告诉她我的决定时，她什么都没说，可我知道她的心一定很痛。我承认我是一个比驴还倔的人，因为我的倔强伤害了不少人，其中包括她，包括我的父母，或许也包括你们在座的很多人。人是一种社会性的动物，被孤立的人所做出的决定或许只能影响到他自己，但我们每每做出一个决定，都决不单单是影响到我们个人，也影响了我们身边的人。今天我站在这里，应当感谢你们中间很多人，感谢你们在那

351

些看似不经意实则极为重要的时刻做出的那些看似不经意实则极为重要的决定！而你……"说着，新郎拉起了身边那美艳动人的新娘的手，"你决定为我坚守的时候，就注定我必须用一辈子来感谢你，感谢你的不离不弃，谢谢你，亲爱的！谢谢你，娜娜。"

新郎的独白立时令全场起立鼓掌，而他身边的新娘，也悄悄流下了温热的泪。然而她觉得，泪是甜的，像蜜一样甜……

光阴在岁月的长河中悄悄洗去了浮尘。当人们看到它的本来面目时，都不禁大吃一惊。谁也不知道在什么时候，通过怎样一种方式，它改变了最初的模样。它能够留给人的唯有幻想，人们需要通过幻想来忆起昨天，更需要通过幻想来窥视明天。

H城黄昏时分的火车站，一列远方驶来的火车刚刚到站，三三两两的乘客各自拖着行李和疲惫的身躯缓缓走向出站口。

"不好意思，请问……"这时候，一个穿着白色羽绒服的妙龄女子拉着行李箱，赶上一个看起来不过十八九岁的小姑娘，向她问路，"请问新街口怎么走，有公汽可以去吗？"

那少女背着双肩包，粉嫩的脸上衬着淡淡的夕阳，已染上了微微的红晕。她眨巴着大眼睛看着面前这位大姐姐，笑着说："不好意思我也是第一次来H市，我要找的地方好像也叫新街口，好巧啊！"

"嗯！"白衣女子面容有些憔悴，但却掩不住双眼透射出的神采，她的眼中仿佛闪着光，就如同在这个城市存着一处宝藏，由她独享的宝藏。"噢，那咱们可以一块儿去那儿。"

"姐姐你来H市干吗啊？"小姑娘带着少女特有的朝气一边往车站外面走一边同这位白衣女子聊着。

那白衣女子低下头，仿佛陷入深深的沉思，许久才缓缓说："我的男朋友在这里，我在这个城市找了份工作，准备过来和他在一起……"

"那你男朋友怎么不来接你？让你这么漂亮的大美女一个人在这样陌生

的地方瞎转可不称职哦！"小姑娘脸上挂着调皮的笑，人小鬼大地看着她。

"其实……"白衣女子似乎有什么难言之隐，"其实"了很久才缓缓说，"我们好久没有见面了，我想给他一个惊喜……"

"啊！"小姑娘一脸惊讶地看着她，只见她长长的睫毛上隐隐挂着几滴晶莹剔透的泪珠，掏出纸巾递过去说，"姐姐，你就不怕万一……"

"万一什么？"那白衣女子看起来似乎有些紧张，看到对方递过纸巾来却又显得不好意思，缓缓接过纸巾，转过脸悄悄将眼里挂着的泪拭去。

那小姑娘聪明伶俐，立时感到自己说错了话，便将话锋一转，轻轻问："姐姐，你男朋友是干什么的啊？"

"他……"白衣女子似乎有些迟疑，仿佛还沉浸在刚才的"万一"之中，"他是个吉他手。一般都在酒吧弹琴，平时在琴行教学生。"

小姑娘似乎感觉到白衣女子的语气变化，便安慰说："姐姐你别太在意了，我刚才瞎说的，哪有什么万一呢！"

白衣女子轻轻点点头，精致的脸上浮现出一丝笑容。

"姐姐你可真漂亮！"小姑娘侧着头看着她，轻声赞许。

"你的嘴可真甜！"白衣女子又笑了，夕阳从她的侧面投射过来，将她面部的轮廓勾勒成一道优美的弧线，长长的睫毛，挺拔的鼻梁，俏皮的嘴唇，一切都好像一幅画一般。

"姐姐你叫什么名字，我叫孙晓钰，是来 H 市找人的。咱们交个朋友吧，等你找到你的男朋友，让他带我们去吃喝玩乐！"小姑娘掏出手机来，说着便要给白衣女子拍照。

白衣女子嘴角微微扬起，露出甜美的笑容。这笑容立时便被这名叫作孙晓钰的少女用手机镜头记录了下来。那是一幅夕阳西下时的场景，画中人穿着白色羽绒服，她的长发随意地披在肩上，被夕阳染上了金色。她虽然在笑，却掩不住眼神中淡淡的忧伤，当然，这并不是一个十八九岁的小姑娘所能够察觉到的感情。这女子有一个很美的名字——欧阳檬。

尾声

"陈主任，好久不见！"陈文山的诊室里，突然走进一个皮肤白皙、风姿绰约的成熟女人。她的腹部微微隆起，显示着她正悄悄孕育着新的生命。

"蒋小姐，真是好久不见，"陈文山扶了扶眼镜抬头看她，当看到她微微隆起的腹部时，不禁露出慈祥的笑，"蒋小姐气色不错，看来是有喜事了啊！"

这位蒋小姐微微一笑，脸上露出幸福的红晕。

"我来医院做产检，顺便到您这儿来看看。"她拉出椅子，坐到陈文山对面。

陈文山点点头，忽然凝视了一阵窗外，仿佛在思考什么重要的问题。他转过头来，对蒋小姐说："最近还在继续用药吗？"

"其实我也是无事不登三宝殿，今天就是为药物试验这事儿来的。"蒋小姐说话时始终面带微笑，同时用手轻轻抚着肚子。

"我不建议你继续参加药物试验。"陈文山将手肘放在书桌上，双手托住脸看着对方直言不讳地说，"我们的药物试验只针对没有任何基础疾病和慢性病的健康人群，老人、孕妇、儿童都不在我们的试验范围之内，即便以后上市也不推荐给相关人群使用。"说着，陈文山伸手取下眼镜，用手使劲揉了揉眼窝，显得有些疲倦。

蒋小姐见状，不禁点点头，轻声说："我明白。"

"根据我们的电话回访记录，蒋小姐的受试药品应该早就用完了。"陈文山重新又将眼镜戴上，依旧保持着慈眉善目的样子说："不如蒋小姐暂时退出本次药物临床试验，我代表我们的研究团队向蒋小姐的付出表示衷心感谢。"说着，陈文山站起身，向蒋小姐伸出手。

蒋小姐听了陈文山的话，有些迟疑，却也只在片刻之间便站起身来伸出手去。两人握过手，蒋小姐略显失落地离开陈文山的诊室。走出不久，忽然听到手机在包里响起。

"小马，什么事？"

"雯姐，我已经到门口了，您什么时候出来？"

她仿佛有些心不在焉，只轻轻"哦"了声，便随手挂断了电话，同时呆呆站定，一时间竟显得茫然无措。这位蒋小姐，正是郑辉强的私生女蒋诗雯。

"雯雯！"正当蒋诗雯神游之际，忽然一名女子迎了上来，亲热地跟她打招呼。

"孟恬？"蒋诗雯略一迟疑，手却被对方握住。这时候，她才感觉心中有了依靠。

"你怎么会……这是……他的？"孟恬看着她的肚子，不禁轻轻捂住了嘴。

蒋诗雯轻轻点点头，神色落寞。

"一眨眼的工夫过了几个月，时间过得可真快啊！"孟恬若有所思地看着蒋诗雯，手也握得更紧。

蒋诗雯仿佛体会到来自对方的手心的温度，于是给予相同的回应。

"对了，你怎么会在这儿？哪儿不舒服吗？"蒋诗雯连日来少言寡语，如今忽然遇见一个可以说说心里话的人，一下子敞开了话匣子。

孟恬听她问起，忽然面露难色，表情凝重。

"发生什么事了？"蒋诗雯见孟恬犹豫不决，便追问。

孟恬沉默了许久，终于鼓起极大的勇气说："我陪一个人来看病，这个人你认识。"说罢，她静静看着蒋诗雯，仿佛很多心照不宣的事情难于启齿。

看着孟恬的表情，蒋诗雯心里仿佛悬着十五个水桶，七上八下。她的表情忽而凝重，忽而疑惑，那样子像是参加高考的学子。

"小恬，我们走吧！"旁边一间诊室的门口，忽然出现一个高大的人影，操着一口浓重的乡音对孟恬说话，同时他也看到了蒋诗雯。

当蒋诗雯看到这个人的时候，呆住了。她的眼睛不断睁大，瞳仁却不断缩小。她以极快的速度抽回被孟恬握住的手，双手抱住自己的手机，却仍然止不住颤抖。

"雯雯，你怎么了？"孟恬见状，不由关切地扶住她的肩膀，轻声询问。

"不……不可能……"蒋诗雯显得极为恐惧，说话时嘴唇发白，"刘希他爹早就去世了，死于心肌梗塞，这不可能！"说着，她伸手不住地拍打着自己脑袋，一边拍打一边自言自语："我已经很久没吃苯二氮卓衍生物了，事实上我从没吃过那玩意儿……不可能……不可能……"

看着蒋诗雯一副惊恐万分的样子，孟恬双手扶住她的肩膀说："别害怕，你不是在做梦，这也不是幻觉，这真的是刘大爷！"说话间，刘大爷已经走到两人跟前，静静看着蒋诗雯，眼神中透露着神秘感。

"雯雯，别怕。"刘大爷轻声说。

然而，蒋诗雯早已按捺不住惊恐交加的情绪，伸手推开孟恬的双手，像见了鬼一样往外奔去，一眨眼的工夫就不见人影。

"雯雯，别跑，小心你的孩子！"孟恬见蒋诗雯情绪异常，跟在后面追了出去，留下刘大爷独自站在走廊上。

此刻的刘大爷，静静看着走廊尽头的门口。他仿佛在回忆过去，又好像在算计将来。只是最终，他选择默默低下头，往那门口走去。